古體小說叢刊

異聞集校證

〔唐〕陳 翰 編
李小龍 校證

中華書局

圖書在版編目(CIP)數據

異聞集校證/(唐)陳翰編;李小龍校證. —北京:中華書局,2019.5(2023.6 重印)
(古體小說叢刊)
ISBN 978-7-101-13845-0

Ⅰ.異… Ⅱ.①陳…②李… Ⅲ.筆記小説-小説集-中國-唐代 Ⅳ.I242.1

中國版本圖書館 CIP 數據核字(2019)第 059578 號

責任編輯:許慶江
責任印製:管　斌

古體小說叢刊
異聞集校證
〔唐〕陳　翰 編
李小龍 校證
*
中華書局出版發行
(北京市豐臺區太平橋西里 38 號　100073)
http://www.zhbc.com.cn
E-mail:zhbc@zhbc.com.cn
三河市鑫金馬印裝有限公司印刷
*
850×1168 毫米 1/32 · 12⅛印張 · 2 插頁 · 280 千字
2019 年 5 月第 1 版　2023 年 6 月第 3 次印刷
印數:4501-5500 册　定價:40.00 元

ISBN 978-7-101-13845-0

《古體小説叢刊》出版説明

中國古代小説的概念非常寬泛，内涵很廣，類別很多，又是隨着歷史的發展而不斷演化的。古代小説的界限和分類，在目録學上是一個有待研究討論的問題。古人所謂的小説家言，如《四庫全書》所列小説家雜事之屬的作品，今人多視爲偏重史料性的筆記，我局已擇要編入「歷代史料筆記叢刊」，陸續出版。現將偏重文學性的作品，另編爲《古體小説叢刊》，分批付印，以供文史研究者參考。所謂古體小説，相當於古代的文言小説。爲了便於對舉，參照古代詩體的發展，把文言小説稱爲古體，把「五四」之前的白話小説稱爲近體，這是一種粗略概括的分法。本叢刊選收歷代比較重要或比較罕見的作品，採用所能得到的善本，加以標點校勘，如有新校新注的版本則優先録用。個別已經散佚的書，也擇要作新的輯本。古體小説的情況各不相同，整理的方法也因書而異，不求一律，詳見各書的前言。編輯出版工作中不够完善之處，誠希讀者批評指正。

中華書局編輯部

二〇〇五年四月

目録

序

清蓮塘居士陳世熙《唐人説薈》之例言稱：「洪容齋謂：唐人小説，不可不熟，小小情事，凄惋欲絶，洵有神遇而不自知者，與詩律可稱一代之奇。」繼而又云：「舊本爲桃源居士所纂，坊間流行甚少，計一百四十四種，每種略取數條，條不數事。今復搜輯四庫書及《太平廣記》《説郛》等，得一百六十四種。」所謂容齋之語，雖不知所據，然不失爲深中肯綮之言。予嘗考之於《容齋隨筆》，並無此語。惟《容齋四筆》卷九《文字書簡謹日》條云：「作文字紀月日，當以實言，若拘拘然必以節序，則爲牽强，乃似麻沙書坊桃源居士輩所跋耳。」因知南宋麻沙書坊曾有桃源居士其人，則唐人小説，或有桃源居士輩所纂者，亦未可全盤否定。洎至明代，則有單行本《唐人百家小説》（北京大學圖書館藏），收録一百四十八帙，署有「桃源居士纂」一行，前有錢塘章斐然所書之序，謂：「唐三百年，文章鼎盛。獨詩律與小説，稱絶代之奇。」其後引及洪邁語：「洪容齋謂：唐人小説，不可不熟，小小情事，凄惋欲絶。」僅此而已。序中已引及《説海》《小史》等書，可見爲明代後期之作。此後又列入《五朝小説》之三，篇目稍減，序言則逕署桃源居士矣。再後，蓮塘居士又據之改題爲《唐人説薈》，重寫例言，申張所謂容齋之論，始敷衍之爲「洵有神遇而不自知者，與詩律可稱一代之奇」。於是容齋之語，流傳益廣，至今仍有信爲洪邁佚文者。實則年代懸殊，真僞莫辨，不盡可信。惟是唐人小説可與詩律並稱，言不可廢，此《異聞集校證》之所由作也。

唐詩有唐人選本多種，至今尚有新輯成叢書者，且研究者風起雲集，蔚爲大觀。而唐人小説之選本則僅知有陳翰《異聞集》一種，著録於《新唐書·藝文志》小説家，惜已散佚，僅存殘文，吉光片羽，寄跡他書。四十年前予試爲輯考，得四十餘條。嗣後方詩銘、李劍國諸先生繼有補正，今李小龍先生復廣校群書，拾遺補闕，精加考釋，使之還魂續命，再生於世，亦傳承古代文獻之善舉也。「異聞」之辭，爲孔門弟子所尚，尤爲左、遷史家所重。陳翰選小説而成《異聞集》，唐稗傑構，大備其間，往往爲宋人引入典籍，洵有功於唐代文史之傳播。至清人纂《四庫全書》，於小説家分爲三屬，以「異聞」爲一派，雖列「雜事」之次，然自附庸而漸成大國，至今治目録學者猶襲其稱而不能廢也。

小龍先生之校證，亦以古人治經史之法治小説，廣證博引，刮垢磨光，主張擇善而兼顧求是，力求真與美之趨同，嘉惠後學，庶幾張偏師之幟，登大雅之堂，又大有功於陳翰矣。敢借《隋書·經籍志》子部大序之語，曰：「儒、道、小説，聖人之教也，而有所偏。」則糾偏補弊，或可遵「爲往聖繼絶學」之教而成支流小道乎？小龍先生研治古體小説，與予爲同好，命爲《異聞集校證》序。同聲相應，不禁馮婦技癢，謬發狂言，願導讀者涉足一遊焉。是爲序。

己亥元月，程毅中題。

自序

吾國文脈至唐而盛，其造極者公推唐詩，千載之下，並無異辭。此外詞稱温韋，文宗韓柳，即如書法、繪畫，亦靡不挺出。然世論與唐詩並轡者，則多屬唐稗，其間或有文體升降因革之消息者在。

唐詩之輯録，明末即始，至清康熙間，百川匯海，細大不捐，竟成九百卷巨帙；李杜王孟諸集，整理尤多，無愧鄭箋；唐詩選本，更無慮千百。相形之下，唐稗則瞠目於後，明清稗編，魚龍混雜；總彙之役，晚近方始，然或疏於校讎而多生魯魚亥豕之弊，或宥於觀念而未竟網羅散佚之功。至二〇一五年李劍國先生《唐五代傳奇集》問世，一代文體彙集之業，始無愧於唐詩也。然此書雖風鈔雪纂，程功甚巨，奈如《全唐詩》之雖云全備，其功惟在文獻之保存積聚；於普及一端，則尺短寸長，盍可得兼。唐稗之普及，仍有待於選本。

唐稗之選，雖遜於詩，偶操選政者，亦不乏名家。一九二七年，即有魯迅先生輯録之《唐宋傳奇集》，非但選目精當，亦頗有據别本以校勘者，先生以大鈞巨緇之力，操此「小説」選政，其意義自不待言；四年之後，又有汪辟疆先生《唐人小説》踵武，是書所選，尤見博贍，且以類相從，既使諸作互爲援證，又令閲者一目了然，至今稱善；一九六三年，張友鶴先生《唐宋傳奇選》出，所選甚精，益之以詳注，普及之功不可没矣。

然就選本而論，雖珠玉在前，仍有二憾存焉。一者，魯、汪二選，既精且富，允稱佳著，然近數十年，二書印行極鮮，偶有付梓，則多隱於庋架，未克普及之功；張注印行實多，又惜所選頗有闕漏，注亦間有疏誤甚或强解之處：恐未能爲唐稗之「三百首」也。二者，三本雖偶有校勘，然均未究心從事，故文本仍多舛誤。殆如錢鍾書先生所云模糊、黯淡之銅鏡，其所映照，亦非唐稗真容。

余嗜唐稗，以其既富小説之筋脈，又饒詩文之風姿，實吾國文學之上乘者。近十年來，承乏三尺講壇，設「中國古代文學作品選」之課，每思諸生胸中所蓄，「舉業」而外，以詩文、章回爲多，論及稗説，或僅知名目，或輾轉耳食，即唐稗之名篇，亦多懵懂，故每假此課之名，棄詩文而擇稗説，冀可稍彌此憾。數載前，又膺「新生導師」之責，旬設一課，召諸生共温唐稗，每任以一年爲期，恰可熟誦數十名篇。故十年以來，與唐稗未嘗稍離。然讀之既久，積疑復多，所疑者略如前述：一在選目，一在文本也。

猶憶廿載前，余負笈上庠，於舊書肆偶得程毅中先生《古小説簡目》，歡忭無已，以余雖喜讀稗，然苦不得門徑而入，獲此鎖鑰，則書山雖峻，勤有路矣。書末附《〈異聞集〉考》

一文，讀之始知有陳氏之書。細繹其目，大爲贊歎。據程毅中先生所考，益之以方詩銘、李劍國二先生之補考，其書所存者計約四十篇，《新唐書·藝文志》録爲「十卷」，則所輯或與原書相埒。僅就現可考知者言，與前舉各本相較，全無愧色：魯輯所選「專在單篇」，前六卷選三十二篇，陳選僅闕《補江總白猿傳》、《三夢記》、《長恨傳》、《開元升平源》、《無雙傳》、《楊娼傳》、《飛烟傳》、《東陽夜怪録》、《靈應傳》九篇；汪輯「上卷次單篇」，共選三十篇，陳選所無者唯《補江總白猿傳》、《游仙窟》、《三夢記》、《長恨歌傳》、《馮燕傳》、《無雙傳》、《楊娼傳》、《鄭德璘》八篇；至張選單篇十五，陳選僅闕《無雙傳》一篇（然其未録《古鏡記》、《枕中記》、《周秦行紀》數篇，殊不可解）。細思陳選未録之作，除《補江總白猿傳》、《三夢記》等稍有遺珠之憾外，餘者亦在可有可無之間（《游仙窟》早佚於中土，陳翰或未之見）；而上舉三家之選均未録《后土夫人傳》、《御史姚生傳》及《櫻桃青衣傳》（此篇汪氏輯入附録）等。據此可知，此選雖成於千載之前，然其選家之眼光却燭照靡遺，今所目之佳作，幾無出其範圍者。且如程毅中先生《唐代小説史》所云，若無是書之輯存，唐稗單篇或尤多散佚之虞。當時即思，若可依程先生所考之「圖」以索原書之「驥」，則非但復活陳書，使佚籍重光，亦可爲唐稗增一佳選，不亦宜乎！

余讀稗說，覺文句頗多扞格，初以古人説部，不過信筆而録，未嘗字斟句酌，故稍欠條暢似亦常態。然積疑漸多，訪求别本以比勘之，方知前識之大謬不然。唐稗面目，多賴《太平廣記》以存，惜其書世無善本，抄刻之訛，所在多有，其文字魯魚亥豕之處甚多，舛誤相仍，遂至不可復正，不通之處，即多此例。若能集衆本以斠證之，向之積疑多可冰釋。如《李娃傳》中，鄭生與李娃交往之後，「歲餘，資財僕馬蕩然。邇來姥意漸怠，娃情彌篤。他日，娃謂生曰：『與郎相知一年，尚無孕嗣。常聞竹林神者，報應如響，將致薦酹求之，可乎？』」此處前云「娃情彌篤」，後則李娃提議尋神求子，啓金蟬脱殼之局，前矛後盾，不知所從。《虞初志》（七卷本）録李卓吾評語云：「計出自姥則可，若説李娃合計，恐能爲汧國者，未必如是。」余初與諸生共讀，至此玩索甚久；强釋之云李娃雖與鄭生之情「彌篤」，然其初心即爲設局，故依計劃而行，亦勢所必然；又覺牽强，意其或有誤字，然亦無憑據。後細校《類説》、《緑窗新話》與《醉翁談録》之文，方知元本宜作「他日，姥謂生曰：『女與郎相知一年，尚無孕嗣。常聞竹林神者，報應如響，將致薦酹求子，可乎？』」則啓此騙局者爲姥，娃不過被迫行事而已，既不致抹煞前之「彌篤」，又爲後文李娃之折節向善張本，一字之誤，幾使此傳爲「折腰」之體；一字之正，又似撥雲見日，文通義順。其例甚夥，此不贅言。

一九七三年，臺灣王夢鷗先生曾有校補考釋之作，早著先鞭，爲陳書功臣。然收録不全，編次稍紊；尤以全書取校未廣，雖校勘時見精義，亦惜其未臻盡善也。兩年前，許兄慶江詢以《古體小説叢刊》新增書目之事，余亟以此應之。許兄亦頗慫恿，遂應其請，從事校證。初允之時，意氣風發，以爲半年即可蕆事，故數度休沐，遣家人回鄉，摒絶人事，全力攻堅，以期其成。孰知校勘之役，苦無捷徑，落葉滿紙，旋掃旋生；加之身爲「青椒」，雜務猬集，未想竟遷延二載，方畢其役，頗感惶恐。聊可慰者，今而後與諸生再温唐稗，庶不必於字句多費推敲冥思之苦矣。

此書之成，最需感謝者爲程毅中先生，先生皇皇大著，爲稗説研討之軌則，啓我良多；而先生籌劃之《古體小説叢刊》，非惟稗説之「宋刊元槧」，尤要者，爲稗説争得與詩文分庭抗禮之整理程式，則受惠者非僅本書而已。此外，亦多得許兄慶江立項及督促之力；董君婧宸因許兄之故，亦常詢及，使我不敢懈怠；董君岑仕屢次不吝賜教，或訂正疏失，或惠示資料，以匡不逮。特記於此，以志不忘。

本書初版後，得屈軍生兄指正誤字十數處；井玉貴兄更甘拋心力，細爲審閱，覈校文字，玩味文意，前後是正五十餘處；姜子石兄通閲全書，亦指正十數條。至感至感。

李小龍　識於四相簃

凡例

一、本文所録篇目，以程毅中先生《〈異聞集〉考》、方詩銘先生《〈異聞集考〉補》、李劍國先生《唐五代志怪傳奇叙録·異聞集》（增訂本）爲據。順序亦從程考：即首録《類説》所收二十五篇，並依原序；次録《紺珠集》所收二篇；再次録《太平廣記》所收，略以原收卷帙次第爲序，另有《解襆人》、《漕店人》、《雍州人》三篇，程毅中先生認爲其「很可疑」，李劍國先生亦指其「不似本書」、「出處有誤」，再有《劉惟清》、《周頌》二篇，出處各本有異文，如前者沈鈔作《集異記》，後者談本作《廣異記》，李劍國先生之叙録分入此二書，故均不録；再據程、方、李三先生所考，收入《太平廣記》之《李湯》、《櫻桃青衣》及《東城老父傳》三篇；最後據李劍國先生所考，收入《虬鬚客傳》一篇。

二、因《異聞集》正文以《太平廣記》所收最詳，故録文除《太平廣記》未收及特殊説明者外，均以《太平廣記》爲準。另程、李二氏所考定之僞作亦不闌入。

三、《太平廣記》版本亦夥，今以存世最早之明嘉靖間談愷刻本（國家圖書館出版社二〇〇九年影印本）爲底本（校記中徑稱「原本」），以明沈與文鈔本（簡稱沈鈔）、清孫潛校本（簡稱孫校）、清陳鱣校本（簡稱陳校）、明許自昌刻本（簡稱許本）、清黄晟刻本（簡稱黄本）、清文淵閣《四庫全書》本（簡稱庫本）、朝鮮成任所編《太平廣記詳節》（簡稱《詳節》）與《太平通載》參校。其中孫校筆者未見，故參張國風先生《太平廣記會校》迻録，特此説明，並致謝忱。沈鈔喜用俗字；且較隨意，「何」而爲「可」、「具」而爲「其」之類極多；甚或衍脱倒誤之例屢現：凡此概不出校。

四、《異聞集》最爲珍貴者，爲《類説》所録，此亦今輯此書之綱目，故參校爲多。所用《類説》，以明人岳鍾秀天啓六年刻本爲主，校記中徑言《類説》（然與《類説》他本對言者則簡稱「岳本」）；另以明嘉靖伯玉翁抄本《類説》（爲避繁瑣，即簡稱「伯玉翁抄本」）、明有嘉堂抄本《類説》（簡稱「有嘉堂抄本」）、上海圖書館藏明抄本（簡稱「上圖藏抄本」）、文淵閣《四庫全書》本《類説》（簡稱「庫本《類説》」）參校；又有日本清家寫本《類説節要》，則稱爲《類説節要》。另有較爲重要之文獻如《醉翁談録》、《緑窗新話》等亦入校。明末稗選大行，《異聞集》所選諸篇，亦多出入各本之間，惟其本實多源於《太平廣記》諸書，則不同之處，多書坊擅改，故一般不作參校。此外，陸采編刊之《虞初志》（如隱草堂八卷本）成書在談愷刻《太平廣記》之前，程毅中先生稱其爲「比較嚴肅的晉唐小説選本，在版本上有一定的研究價值」，故亦將此本納入參校範圍，爲不致與此後翻刻之八卷本及七卷本《虞初志》混淆，此本簡稱陸本。

五、《異聞集》所收篇目，當代學者多事校勘，本書亦得參考，注明如下：汪紹楹《太平廣記》（簡稱汪校）、王夢鷗《陳翰異聞集校補考釋》（簡稱王校）、張國風《太平廣記會校》（簡稱張校）、李劍國《唐五代傳奇集》（簡稱李校）、魯迅《唐宋傳奇集》（簡稱魯輯）、汪辟疆《唐人小説》（簡稱汪輯）、張友鶴《唐宋傳奇選》（簡稱張注）、周紹良《唐傳奇箋證》（簡稱周箋）。

六、校勘之難，衆所周知，然唐稗之校尤難，以其抄、刻既繁，文人臨此亦往往輕率，則帝至於虎，虎至於虚，遂至不可究詰。加之《太平廣記》惜無宋本可依，各本又常此同彼異，燕石莫辨。故本書校勘，擇善而從。凡所校改，均出校記。若無版本依據，則一仍其舊。

七、唐稗選本甚多，然迄無集評之書。詩、詞、文均立集評之例，以助詠歎；至章回小説乃至戲曲，亦多附評以行，用益評賞；稗官之中，惟《世説新語》及《聊齋志異》有彙評之書，餘書則尚未及。本書蒐羅各家評語，列於文末，用助研讀。其評有眉批、側批及文末總評，均於迻録時標出，眉批及側批取原文數字以確定所評之指向，然偶有文字過多者，則或舉數字，或概述情節以代之，所録原文或有與勘定文本不合者，因與評語相關，故徑録不改。所録者，多出《虞初志》、《艶異編》、《續艶異編》、《青泥蓮花記》、《奇女子傳》、《太平廣記鈔》、《情史》等書。《艷異編》之眉批多空泛陳詞，故稍加別擇（他書之膚廓者亦稍删削之），又其評多爲《虞初志》（七卷本）收入，並題「湯若士評」者，則删彼存此；《虞初志》（七卷本）所收評語獨多，且標評者名氏，本書均予輯入，其有僞託，則俟他日詳考；《太平廣記鈔》與《情史》頗有重複，其同者僅録其一，以避複贅。另錢鍾書先生《管錐編》論及《太平廣記》者二百餘條，多可啓人心目，爰爲輯録，以供參考。

一　神告録〔一〕

陸藏用〔二〕

隋開皇末〔三〕，有老翁詣唐高祖神堯帝，狀貌甚異。神堯欽遲之，從容置酒。飲酣，語及時事，曰：「隋氏將絶，李氏將興，天之所命，其在君乎！願君自愛。」神堯惕然自失，拒之。翁曰：「既爲神授，寧用爾耶？隋氏無聞前代，繼周而興，事逾晉魏。雖偷安天位，平定南土，蓋爲君驅除，天將有所啓耳。」神堯陰喜〔四〕其言，因訪世故。翁曰：「公積德之門〔五〕，又負至貴之相〔六〕，若應天受命，當不勞而定。但當在〔七〕丹丘子之後。」帝曰：「丹丘爲誰？」翁曰：「與公近籍，但公不知耳。神器所屬，唯此二人。然丹丘先生凝情物外，恐不復以世網累心。儻或俯就〔八〕，公不得〔九〕相持於中原，當爲其佐〔一〇〕。」神堯曰：「先生安在？」曰：「隱居鄠、杜間〔一一〕。」帝遂袖劍詣焉。

帝之來，雖將不利於丹丘，然而道德玄遠，貌若冰壺，睹其儀而心駭神聳。至則伏謁於苫宇之下，先生隱几持頤，塊然自處。拜未及起，先生遽言曰：「吾久厭濁世，汝擅於時者，顯晦既殊，幸無見忌。」帝愕而謝之，因跪起〔一二〕曰：「隋氏將亡，已有神告。當天禄者，其在我宗。僕〔一三〕夙叶冥徵，謂鍾末運。竊知先生之道，亦將契天人之兆。夫兩不相下，必將決雄雌於鋒刃，衒智力於權詐。苟修德不競，僕懼中原久罹劉、項之患。是來也，實有心焉，欲濟斯人於塗炭耳。殊不知先生棄唐、虞之揖讓，躡巢、許之遐蹤。僕所謂醯鷄夏蟲，未足以窺大道也。」先生笑而頷之。帝復進曰：「以天下之廣，豈一心一慮所能周哉！余視前代之理亂，在輔佐得其人耳。苟非伊、周、皋、夔之徒，秦漢以還，皆瑮瑮庸材〔一四〕不足數。漢祖得蕭、張而不盡其用，可爲太息。今先生尚不屈堯、舜之位，固蔑視伊、皋矣。一言可以至昌運，得無有以誨我乎？」先生曰：「昔陶朱以會稽五千之餘衆，卒殄彊吳。後去越相齊，於齊不〔一五〕足稱者，豈智於越而愚於齊？蓋功業隨時，不可妄致。廢興既自有數，時之善否，豈人力所爲？且非吾之知也。」訖不對。帝知其不可挹也，悵望〔一六〕而還。

武德初，密遣太宗鄠、杜訪焉〔一七〕，則其室已墟〔一八〕矣。

【校證】

〔一〕本篇收入《太平廣記》卷二九七《神七》，名爲《丹丘子》，篇末注「出陸□用《神告録》」。據《太平廣記》所注，知其書原名即「神告録」，《類説》所録，尚依原名，《太平廣記》則依其以人名爲篇名之慣例改題「丹丘子」，《紺珠集》之節本亦改用「丹丘子」，《新編分門古今類事》卷二亦節引，又改爲「高神天啓」，《分類補注李太白詩》卷七《西嶽雲臺歌送丹丘子》宋楊齊賢注則引作《開皇神告録》。此處題名依《廣記》篇末注及《類説》改。
〔二〕陸藏用：《太平廣記》「藏」字闕，則已不知作者確切名字，其後黄本、庫本皆省爲「陸氏」，然《宋史·藝文志》小説類曾著録《神告録》一卷，明題作者爲「陸藏用」，故清孫潛校本補「藏」字，或從《宋史》來。作者生平無考。
〔三〕開皇末：《類説》作「開皇中」。
〔四〕喜：沈鈔作「異」。
〔五〕之門：原本作「入門」，王校云：「李白詩注引『入門』作『之門』，是也。」張校據沈鈔、孫校校改；李校再援庫本及《分類補注李太白詩》卷七《西嶽雲臺歌送丹丘子》宋楊齊賢注引《開皇神告録》改。甚是，據改。
〔六〕相：沈鈔、孫校及楊注均爲「表」。
〔七〕當在：《類説》及《紺珠集》所引爲「居」。
〔八〕儻或俯就：《類説》作「倘或屑就」。
〔九〕不得：原本作「若不」。前云「當在丹丘子之後」，暗示天命所歸之順序。故此句之意，實云丹丘子無心於此，若果有心，必符天命。此若爲「若不」二字，則似慫恿李淵與之逐鹿中原，以達天命，語意不順。故據沈鈔改。《類説》作「後」，有嘉堂抄本作「不」。
〔一〇〕其佐：《類説》作「佐矣」。

〔一一〕鄠杜間：沈鈔作「鄠社間」，《類説》作「鄠社之間」，均誤。按：「鄠」即陝西鄠縣；「杜」則指杜陵，古爲杜伯國，秦置杜縣，漢宣帝築陵於東原，因名杜陵，並改杜縣爲杜陵縣。伯玉翁抄本、有嘉堂抄本均同原本。

〔一二〕跪起：沈鈔、孫校作「跪啓」，張校據二本改。然據語意，或不妥。「跪起」者，跪拜而起也，《漢書·昌邑哀王劉髆傳》：「察故王衣服言語跪起，清狂不惠。」此前云「拜未及起」，丹丘已申明不與其争天下之意，則李淵跪示敬意，再起以申己懷，意脈貫通。

〔一三〕僕：原本作墨釘，據沈鈔補。

〔一四〕庸：張校云「孫校、沈鈔作『常』」。又「材」沈鈔作「才」。

〔一五〕不：張校云「沈鈔作『無』」。

〔一六〕悵望：《類説》作「悵然」，《紺珠集》引爲「必然自失」。

〔一七〕訪焉：《類説》作「再訪之」，《紺珠集》作「再謁之」。

〔一八〕墟：《類説》、《紺珠集》作「空」。

【集評】

《太平廣記鈔》卷一二：

「蓋功業隨時，不可妄致也」句眉：亦陶朱公一知己。

「武德中，密遣太宗鄠、杜訪焉」句側：尚不能忘。

總評：漢之嚴子陵，宋之陳圖南，皆丹丘先生之類也。

二　上清傳〔一〕

柳　珵〔二〕

貞元壬申歲春三月，丞相竇參居光福里第。月夜，閒步於中庭。有常所寵青衣上清者，乃曰：「今啓事，須到堂前〔三〕方敢言之。」竇亟上堂，上清曰：「庭樹上有人，恐驚郎，請謹避之。」竇曰：「陸贄久欲傾奪吾權位。今有人在庭樹上，即吾禍之將至矣。且此事將奏與不奏，皆受禍，必竄死於道路。汝於輩流中不可多得，吾身死家破，汝定爲宫婢。聖君〔四〕如顧問，善爲我辭焉。」上清泣曰：「誠如是，死生以之。」竇下階大呼曰：「樹上君子〔五〕應是陸贄使來，能全老夫性命，敢不厚報！」樹上人應聲而下，乃衣縗麁者也。曰：「家有大喪，貧甚，不辦葬禮。伏知相公推誠濟物，所以卜夜而來，幸相公無怪。」竇曰：「某罄所有，堂封〔六〕絹千匹而已，方擬修私廟〔七〕，今且輟〔八〕贈可矣。」縗麁者拜謝，竇答之如禮。又曰：「便辭相公。請左右齎所賜絹，擲於墻外。某先於街中俟之。」竇依其請。命僕人偵其絶蹤且久，方敢歸寢。

翌日，執金吾先奏其事，竇公得次，又奏之。德宗厲聲曰：「卿交通節將，蓄養俠刺，位崇臺鼎，更欲何求？」竇頓首曰：「臣起自刀筆小才，官已至貴，皆陛下奬拔，實不因人〔九〕。今不幸至此，抑乃仇家所爲耳。陛下忽震雷霆之怒，臣便合萬死。」中使下殿宣曰：「卿且歸私第，待候進止。」越月，貶郴州〔一〇〕别駕。會宣武節度劉士寧通好於郴州，廉使條疏上聞，德宗曰：「交通節將，信而有徵。」流竇於驩州，没入家資，一簪不遺〔一一〕身。竟未達流所，詔賜自盡。

上清果隸名掖庭，且久。後數年，以善應對，能煎茶，數得在帝左右。德宗謂曰：「宫内人數不少，汝大了事，從何得至此？」上清曰：「妾本故宰相竇參妻〔一二〕家女奴，竇參妻早亡，故妾得陪灑掃。及竇參〔一三〕家破，幸得填宫，既奉龍顔，如在天上。」德宗曰：「竇參之罪，不止養俠刺，兼亦甚有贜汙，前時納官銀器至多。」上清流涕而言曰：「竇參自御史中丞，歷度支、户部、鹽鐵三使，至宰相，首尾六年，月入數十〔一四〕萬，前後非時賞賜，當亦不知紀極。乃者郴州〔一五〕送所納官銀器，皆是恩賜。當部録日，妾在郴州，親見州縣希陸贄恩旨，盡刮去所進銀器上字〔一六〕，刻藩鎮官銜姓名，誣爲贜物〔一七〕。伏乞陛下〔一八〕驗之。」於是宣索竇參没官銀器，覆視其刮字處，皆如上清之言時貞元十二年〔一九〕。德宗又問參〔二〇〕養俠〔二一〕刺事，上清曰：「本實無此，悉是陸贄陷害，使人爲之。」德宗至是大悟，因怒陸贄曰：「老獠奴〔二二〕，我脱却伊緑衫，便與紫衫著〔二三〕，又常呼伊作『陸九』。我任使竇參，方稱意次，須教我枉殺却他〔二四〕。及至權入伊手，其爲軟弱，甚於泥團。」乃下詔雪竇參冤。時裴延齡探知陸贄恩衰，得恣行媒蘖，乘間攻之。贄竟受譴不回。

後〔二五〕上清特敕削丹書〔二六〕，度爲女道士，終嫁爲金忠義妻。世以陸贄門生名位多顯達者，世不可傳説，故此事絶無人知。

【校證】

〔一〕本篇收入《太平廣記》卷二七五《童僕（奴婢附）》，名爲《上清》，注「出《異聞集》」，《類説》亦節録，題爲《上清傳》，當即原名。又，《資治通鑑考異》卷一九及《唐語林》卷六、《詳節》卷二四全録此文，均據參校。

〔二〕柳珵：生平不詳。據《郡齋讀書志》卷三下小説類《家學要録》云：「唐柳珵採其曾祖彦昭、祖芳、父冕家集所記累朝典章因革、時政得失，著此録，小説之尤者。」知其爲柳芳之孫，柳冕之子。柳芳字仲敷，蒲州河東人，開元末，擢進士第。其二子，長子柳登長慶二年（八二二）卒，年九十餘，次子柳冕或當生於開元末、天寶初，則柳珵或生於至德前後。其著述頗多，據《新唐書》著録即有《柳氏家學要録》、《常侍言旨》及《唐禮纂要》，然均已佚。《郡齋讀書志》卷三下小説類録《常侍言旨》云：「唐柳珵記其世父登所著六章，《上清》、《劉幽求》二傳附。」知此《上清傳》實附於《常侍言旨》，柳登官終右散騎常侍，此書爲記柳登之言，故名《常侍言旨》。此傳記事殊誣，司馬光《資治通鑑考異》即云：「信如此説，則參爲人所劫，德宗豈得反云『蓄養俠刺』！況陸贄賢相，安肯爲此，就使欲陷參，其術固多，豈肯爲此兒戲。全不近人情。……及參之死，贄救解甚至，由是觀之，贄豈有殺參之意邪！」然據卞孝萱研究，柳珵之父冕與李吉甫親善，而吉甫爲竇參集團成員，故珵或奉吉甫子李德裕之命，撰此傳以污陸贄。則此亦同《周秦行紀》，爲黨争構陷之作耳。

〔三〕今啓事須到堂前：《資治通鑑考異》及《唐語林》作「今欲啓事，郎須到堂前」，語意更順，然此爲上清惶急之語，或不能如此周密，則原文或有意如此，故不改動。

〔四〕君：汪校原本作「居」，故李校云「君《廣記》作『居』」，「《詳節》作『君』」，然此實汪校之誤，汪校之底本談刻本原文即「君」字不誤，惟字形稍近於「居」，《廣記》他本亦不誤。

〔五〕君子：原本作「人」，或因下文「樹上人」而誤，據《類説》及《資治通鑑考異》、《唐語林》改。

〔六〕堂封：《唐語林》作「當封」，許慶江兄云「當」字誤，「堂封」即宰相之封邑，極是。

〔七〕此處原有「次」字，據《資治通鑑考異》删。

〔八〕且輟：原本作「日輒」，孫校「日」作「且」，沈鈔、《詳節》作「且輟」，「輟」有讓出之意，則「日輒」爲形近而訛者。據改。

〔九〕因人：《資治通鑑考異》作「由人」，亦通。

〔一〇〕郴州：原本作「柳州」，然下文云「乃者彬州送所納官銀器」，又云「妾在郴州」，知此當誤，又《資治通鑑考異》、《唐語林》均作「郴」，故據沈鈔、孫校、《詳節》、《類説》改。下句「通好於柳州」亦據改。

〔一二〕遺：《資治通鑑考異》作「著」。

〔一三〕妻：原本無，以下文云「竇參妻早亡，故妾得陪灑掃」，知其原爲竇妻之奴，竇妻亡後方隨竇參，當有此字，據《詳節》補。

〔一三〕竇參：沈鈔作「竇某」，《詳節》作「竇」。

〔一四〕十：張校云「孫校、沈鈔作『千』」。

〔一五〕郴州：原本作「彬州」，依前後文改。

〔一六〕字：原本無，據《類説》補。

〔一七〕爲贓物：原本作「物贓爲」，據沈鈔、孫校、《詳節》改。

〔一八〕乞陛下：原本作「乞下」，不通，據《詳節》、《考異》改。

〔一九〕此六字原爲正文，《資治通鑑考異》亦同，然頗割裂上下文，據沈鈔改爲小字注文。

〔二〇〕參：原本無，從《類説》補。

〔二一〕俠：《類説》作「使」，伯玉翁抄本作「俠」。

〔二二〕老獠奴：《資治通鑑考異》及《類説》皆作「這獠奴」，《唐語林》作「者獠奴」。李校云此「蓋『者』之形譌」，故定爲「這」。然宋人洪咨夔《平齋文集》卷第八《酬東風引》云：「魏鄭公，田舍翁。陸敬輿，老獠奴。斯人斯人尚如許，薄命蛾眉何足數。」則宋人所見或即「老」字，則「者」反爲「老」字之形訛。

〔二三〕衫：原本無，據《類説》補。唐官員五品以下服緑，上品爲紫衫。陸贄由緑衫而紫衫，屬超擢。

〔二四〕枉：原本無此字，沈鈔作「在」，實爲「枉」字形近之訛字，據《詳節》、《類説》校補。「却他」《類説》作「他人」。

〔二五〕後：原本無此字，據沈鈔、孫校及《詳節》補。

〔二六〕削丹書：《資治通鑑考異》無「削」字，按此「丹書」非「丹書鐵券」之意，上清以宫女之身份，自無可能得帝王賜與功臣之丹書。此處實指定罪之書，《左傳·襄公二十三年》云「著於丹書」，杜預注：「蓋犯罪没爲官奴，以丹書其罪。」《文選》陸機《謝平原内史表》云：「苟削丹書，得夷平民。」李周翰注：「丹書，定罪之書。」「削」字必不可少。故當以《太平廣記》爲正。沈鈔作「前」，爲「削」形近誤字。

【集評】

《太平廣記鈔》卷四五：

「會宣武節度劉士寧通好於柳州」句眉：寃家。

「月入數十萬」句眉：月入數十萬，唐時養廉之需何厚也！

「州縣希陸贄恩旨」句眉：州縣之不希者，少矣，何必宰相！

總評：按李晟恢復京師露布云：「鍾簴不移，廟貌如故。」上覽之流涕，蓋於公異之辭也。贄忌其才，誣以内行，賜之《孝經》一卷，公異遂坎終身。以此推之，忠宣公之遺議，未必盡爲浪傳矣。

《奇女子傳》卷三：

長卿曰：夫杜秋以女謁而能伸李錡之冤，此與上清之事何異。雖然，爲杜秋易，爲上清難。何也？李錡以宗屬蒙誅，天子思之三日，霧迷一朝涣汗，帛書之進，不啻順風之呼也。上清以破敗宰相之女奴，欲從猜疑不測之天子翻數年已結之案，一難也；宫内人數不少，欲以善應對能煎茶，從玉螭錦幕中得近龍鱗雉尾，而徐闢其説，二難也；陸贄用事，恩渥正深，且與德宗患難相結，不可以口舌動也，忽使人主如酒醒夢覺，反喜爲嗔，反德爲威，三難也；前後對證，歷歷明瞭，使疑心開，仇口塞，數年之冤，雪於一旦，四難也；且竇伸陸譴，清亦特敕削丹書，度爲女道士，終嫁爲人妻，視杜秋之雲泥升墜，不亦善乎！予故録上清之事，而並録杜秋云。（按：此評前半原録《國史補》中《李錡婢》一則，今删去不録。）

三　書異記[一]

佚名

進士包敬伯，夜夢二黄衣人以符來召，同行。道旁入蕪穢破垣中，見一老婦，語曰：「吾姓于氏，君之表姑也。生子崔宣，今爲郎中，不幸戾逆，使我三十年在殯宫[二]，骸櫬暴露。今[三]君的合放回，當使改卜。若以君言爲誣，則當上愬天帝，厚加[四]誅滅。復祈君爲我寫《金光明經》一部，使我承其福力。」

又行，至一官府。判官云：「敬伯禄命未盡，本案誤追。」敬伯因問夭壽貴賤，答曰：「冥司事秘，法不當洩。」持簿以手掩紙出兩行云：「包淑年三[五]十五，釋褐明州奉化縣尉。」敬伯云：「未嘗名淑。」判官曰：「非誤也。」

既蘇，見于氏子，具陳前事，終不之信。明年，其人受朱泚僞署，賊平，全家坐極刑。

後敬伯上封事，令金吾書吏夏淑繕寫，其後日月姓名之際，淑誤自書其名。上佳其文，宣付宰相曰：「上書人包淑，宜予一官。」遂授明州奉化縣尉。乃寫《金光明經》、飯僧，以薦于氏。

【校證】

〔一〕本篇《太平廣記》未録，僅見於《類説》，故據《類説》本校録。岳本及伯玉翁抄本名爲「神異記」，然稍覺膚泛；有嘉堂抄本及上圖藏抄本均作「書異記」，元陰時夫《韻府群玉》卷一七「誤書名淑」條節引此文，注其出處爲《異聞録》，後之《五車韻瑞》、《佩文韻府》等韻書均據《韻府群玉》轉引其名亦有「書」字，傳文以書吏誤書爲關目，故從之。又朱泚之亡，在德宗興元元年（七八四），則此記當出其後不久。作者未詳。

〔二〕在殯宫：岳本「在殯」下有一空格，王校所據之本則爲「棺」字，王校云：「一本無『棺』字，當是。」李校所據底本亦爲岳本，故亦無此字，然其「據明嘉靖伯玉翁舊鈔本補」入「棺」字，或誤，有嘉堂抄本作「宫」，《儀禮·既夕禮》云「遂適殯宫皆如啓位」，知伯玉翁抄本或將「宫」字誤爲「官」字，以其不通，遂改爲「棺」。又按：此字不補亦通，因「在殯」爲固定用法，即停靈而未下葬之意，《左傳·襄公六年》有云：「君又在殯，而可以樂乎？」杜預注云：「獻公卒未葬。」《國語·晉語二》又云：「桓公在殯，宋人伐之。」

〔三〕今：有嘉堂抄本作「知」，亦通。

〔四〕厚加：岳本作「加厚」，據有嘉堂抄本乙正。

〔五〕三：有嘉堂抄本作「二」。

四　鏡龍記〔一〕

張　説〔二〕

天寶〔三〕三載五月十五日，揚州進水心鏡一面。縱横九寸，青瑩耀日〔四〕。背有盤龍，長三尺四寸五分，勢如生動〔五〕。玄宗覽而異之。

進鏡官揚州參軍李守泰曰：「鑄鏡時，有一老人，自稱姓龍名護。鬚髮皓白，眉如絲，垂下至肩，衣白衫。有小童相隨，年十歲，衣黑衣。龍護呼爲玄冥。以五月朔忽來鑄所〔六〕，神采有異，人莫之識。謂鏡匠呂暉曰：『老人家住近，聞少年鑄鏡，暫來寓目。老人解造真鏡龍〔七〕，欲爲少年制之，頗將愜於帝意。』遂令玄冥入爐所，扃閉户牖，不令人到。經三日三夜，門左洞開。呂暉等二十人於院内搜覓，失龍護及玄冥所在。鏡爐前獲素書一紙，文字小隸，云：『鏡龍長三尺四寸五分，法三才、象四氣、禀五行也；縱横九寸〔八〕，類九州分野；鏡鼻如明月珠焉。開元皇帝聖通神靈，吾遂降祉。斯鏡可以辟邪，鑒萬物。秦始皇之鏡無以加焉。歌曰：盤龍盤龍，隱於鏡中。分野有象，變化無窮。興雲吐霧，行雨生風。上清仙子，來獻聖聰。』呂暉等遂移鏡爐置船中，以五月五日午時，乃於揚子江心〔九〕鑄之。未鑄前，天地清謐。興造之際，左右江水忽高三十餘尺，如雪山浮江；

又聞龍吟，如笙簧之聲，達於數十里。稽諸古老，自鑄鏡以來，未有如斯之異也。」帝詔有司，別掌此鏡。

至天寶七載，秦中大旱，自三月不雨至六月。帝親幸龍堂祈之，不應。問昊天觀道士葉法善曰：「朕敬事神靈，以安百姓。今亢陽如此，朕甚憂之。親臨祈禱，不雨，何也？卿嘗〔一〇〕見真龍否乎？」對曰：「臣亦曾見真龍。臣聞畫龍四肢骨節，一處得以似真龍，即便有感應。用以祈禱，則雨立降。所以未靈驗者，或不類真龍耳。」帝即詔中使孫知古，引法善於內庫遍視之。忽見此鏡，遂還奏曰：「此鏡龍，真龍也。」帝幸凝陰殿〔一一〕，並召法善祈鏡龍。頃刻間，見殿棟有白氣兩道，下近鏡龍。龍鼻亦有白氣，上近梁棟。須臾充滿殿庭，遍散城內。甘雨大澍〔一二〕，凡七日而止。秦中大熟。帝詔集賢待詔吳道子圖寫鏡龍，以賜法善。

【校證】

〔一〕本篇收入《太平廣記》卷二三一《器玩三》，名爲《李守泰》，末注「出《異聞録》」。按此云「異聞録」，當誤。宋敏求《長安志》卷六引録此事，題出處爲《異聞集》。李校將其改名《鏡龍圖記》，以《玉海》卷九一引《中興書目》録《鑑龍圖記》一卷，《宋史·藝文志》亦同，而「鑑」字多爲宋人避「鏡」字諱而改，故定此篇之名爲「鏡龍圖記」。此或不當，一者，《類説》所録即名《鏡龍記》，未聞《鏡龍圖記》之名，書目雖有載録，然無文本可據（節引文本之《白孔六帖》亦稱《鏡龍記》）；一者，此傳主體在稱鏡龍之靈異，全文之末方有「詔吳道子圖寫鏡龍以賜法善」數字，實可有可無之筆，以其爲名，或未必當。故仍以《類説》爲據。

〔二〕《太平廣記》與《類説》均未題作者。《玉海》及《宋史·藝文志》則均云張説所作，《白孔六帖》卷一三節引此文，並題「唐説《鏡龍記》」（中脱「張」字），由此可知，此記爲張説所撰。

〔三〕天寶：原本作「唐天寶」，《太平廣記》編者多補「唐」字，若有版本可依則據删，此處《類説》本作「大寶」，或手民之誤，或刊行之漶漫。日本清家寫本《類説節要》作「天」不誤，伯玉翁抄本、有嘉堂抄本亦爲「天」。按：李校引《後六帖》、《分類補注李太白詩》楊齊賢注、《類説》、《錦繡萬花谷》、《古今合璧事類備要》、《天中記》、《歲時廣記》、《古今事文類聚》、《群書類編故事》、《山堂肆考》均爲「天寶」，然葉法善卒於開元八年，作者張説卒於開元十八年，又文中云「天寶七載，秦中大旱」，《舊唐書·玄宗紀上》云開元七年「亢陽日久」，即指此次大旱，故改爲「開元」。李校甚是，尤以《舊唐書》所云「亢陽日久」，與此傳玄宗云「今亢陽如此」相合，當爲確證。然此可於校注中辨正之，正文則全無版本依據，似以不改爲當。

〔四〕日，《類説》、《類説節要》作「目」，亦通。

〔五〕生動：李校云「《歲時廣記》、《事文類聚》、《類編故事》、《山堂肆考》作『飛動』」，此四書之改動亦通，然亦可知編者之未能理解原文，「勢如生動」指其如活物而能動之狀。

〔六〕鑄所：此二字原本無，張校云「忽來　沈本作『鑄所』」，李校云「忽來　明鈔本作『鑄所』」，疑當作『忽來鑄所』」。實《類説》本有此二字，故據補。《類説節要》作「鑄鏡所」，與伯玉翁抄本同，亦通。

〔七〕解造真鏡龍：原本作「解造真龍」，《類説節要》及伯玉翁抄本同，然語義不通。李校據《歲時廣記》、《事文類聚》、《類編故事》補一「鏡」字，而爲「解造真龍鏡」，然《類説》作「解造真鏡龍」，以此文題爲「鏡龍記」，且通篇多稱「鏡龍」，而無「龍鏡」之説，故依《類説》。

〔八〕沈鈔此句下有「者」字，張校、李校均據補。然不補亦可，前云「鏡龍長三尺四寸五分，法三才、象四氣，禀五行也」，此云「縱横九寸，類九州分野」，句式正復相同，彼無「者」字，此亦不必加。

〔九〕心：原本無，而《類説》、《類説節要》有之，按全文前稱此鏡爲「水心鏡」，不爲無因；又李肇《唐國史補》卷下云「揚州舊貢江心鏡，五月五日揚子江中所鑄也」，所言與此略同。故據《類説》本補「心」字。

〔一〇〕嘗：原本無，然此句下葉法善回答云「臣亦曾見真龍」，則當有「嘗」字，據沈鈔補入。

〔一一〕凝陰殿：宋敏求《長安志》卷六云「紫雲閣之西有凝陰殿」。按：李校引元駱天驤《類編長安志》卷三云：「紫雲閣在嘉政殿之東，前有池。天寶年秦中大旱，明皇於此殿令葉法善祠鏡龍，遂得甘雨。」李劍國《唐五代志怪傳奇敘録》又云「《廣記》作凝陰殿」，可知其將紫雲閣與凝陰殿對立而觀。然此或爲誤解，駱天驤因《長安志》「紫雲閣之西有凝陰殿」之語，將鏡龍祈雨之事兩收於二處，所指實一，《類編長安志》卷二即有「凝陰殿」條，並云「紫雲閣西。《異聞集》曰：天寶七載，秦中旱，明皇於此令葉法善祠鏡龍，遂得甘雨。」可知祈雨之所在凝陰殿，並無異議。

〔三〕甘雨大澍：《類説》爲「雨大作」，有嘉堂抄本作「□雨大澍」，《類説節要》同《廣記》，知明本《類説》或誤。

五　古鏡記〔一〕

王　度〔二〕

隋汾陰侯生，天下奇士也。余〔三〕常以師禮事之。臨終，贈余以古鏡曰：「持此則百邪遠人。」余受而寶之。鏡横徑八寸，鼻作麒麟蹲伏之象；繞鼻列四方，龜龍鳳虎，依方陳布；四方外又設八卦，卦外置十二辰位而具畜焉；辰畜之外，又置二十四字，周繞輪廓，文體似隸，點畫無缺，而非字書所有也，侯生云：「二十四氣之象形。」承日照之，則背上文畫，盡〔四〕入影内，纖毫無失。舉而扣之，清音徐引，竟日方絶。嗟乎，此則非凡鏡之所〔五〕同也，宜其見賞高賢，是〔六〕稱靈物。侯生常云：「昔者吾聞黄帝鑄十五鏡。其第一横徑一尺五寸，法滿月之數也。以其相差，各校一寸。此第八鏡也。」雖歲祀攸遠，圖書寂寞，而高人所述，不可誣矣。昔楊氏納環，累代延慶；張公喪劍，其身亦終。今余遭世擾攘，居常鬱怏，王室如毁，生涯何地，寶鏡復去，哀哉哀哉〔七〕！今具其異跡，列之於後。庶〔八〕千載之下，倘有得者，知其所由耳。

大業七年五月，余自侍〔九〕御史告〔一〇〕歸河東，適遇侯生卒而得此鏡。至其年六月，余歸長安，至長樂坡，宿於主人程雄家。雄新受寄一婢，頗甚端麗，名曰鸚鵡。余既税駕，將整冠履，引鏡自照。鸚鵡遥見，即便叩首流血云「不敢住」。余因召主人，問其故，雄云：「兩月〔一二〕前，有一客携此婢從東來。時婢病甚，客便寄留，云還日當取。比不復來，不知其婢由也。」余疑其〔一三〕精魅，引鏡逼之，便云：「乞命，即變形。」余即掩鏡曰：「汝先自叙，然後變形，當捨汝命。」婢再拜，自陳云：「某是華山府君廟前長松下千歲老狸，大〔一三〕行變惑，罪合至死。遂〔一四〕爲府君捕逐，逃於河渭之間。爲下邽陳思恭義女，思恭妻鄭氏〔一五〕蒙養甚厚〔一六〕，嫁鸚鵡與同鄉人柴華。鸚鵡與華意不相愜，逃而東，出韓城縣，爲行人李無傲所執。無傲，粗暴丈夫也，遂劫〔一七〕鸚鵡遊行數歲。昨隨至此，忽爾見留。不意遭逢天鏡，隱形無路。」余又謂曰：「汝本老狸〔一八〕，變形爲人，豈不害人也？」婢曰：「變形事人，非有害也。但逃匿幻惑，神道所惡，自當至死耳。」余又謂曰：「欲捨汝可乎？」鸚鵡曰：「辱公厚賜，豈敢忘德。然天鏡一照，不可逃形。但久爲人形，羞復故體。願緘於匣，許盡醉而終。」余又謂曰：「緘鏡於匣，汝不逃乎？」鸚鵡笑曰：「公適有美言，尚許相捨。緘鏡而走，豈不終恩？但天鏡一臨，竄跡無路，惟希數刻之命，以盡一生之歡耳。」余登時爲匣鏡，又爲致酒。悉召雄家鄰里，與宴謔，婢頃大醉，奮衣起舞而歌曰：

寶鏡寶鏡，哀哉予命。自我離形，於今幾姓。生雖可樂，死不必〔一九〕傷。何爲眷戀，守此一方。

歌訖再拜，化爲老狸而死，一座驚歎。

大業八年四月一日，太陽虧。余時在臺直。晝卧廳閣，覺日漸昏，諸吏告余以日蝕甚。整衣時，引鏡出，自覺鏡亦昏昧，無復光色。余以寶鏡之作，合於陰陽光景之妙。不然，豈合以太陽失曜而寶鏡亦無光乎？歎怪未已，俄而光彩出，日亦漸明。比及日復，鏡亦精朗如故。自此之後，每日月薄蝕，鏡亦昏昧。其年八月十五日，友人薛俠者獲一銅劍，長四尺，劍連於靶，靶盤龍鳳之狀，左文如火焰，右文如水波。光彩灼爍，非常物也。俠持過余曰：「此劍俠常試之，每月十五日，天地清朗，置之暗室，自然有光，傍照數丈。俠持之有日月矣。明公好奇愛古，如飢如渴，願與君今夕一試。」余喜甚。其夜果遇天地清霽，密閉一室，無復脱隙，與俠同宿。余亦出寶鏡，置於座側。俄而鏡上吐光，明照一室，相視如晝。劍横其側，無復光彩。俠大驚曰：「請内鏡於匣。」余從其言。然後劍乃吐光，不過一二尺耳。俠撫劍歎曰：「天下神物，亦有相伏之理也。」是後每至月望，則出鏡於暗室，光長〔二〇〕照數丈。若月影〔二一〕入室，則無光也。豈太陽太陰之耀，不可敵也乎。

其年冬，兼著作郎，奉詔撰周〔二二〕史，欲爲蘇綽立傳。余家有奴曰豹生，年七十矣，本蘇氏部曲。頗涉史傳，略解屬文。見余傳草，因悲不自勝。余問其故，謂余曰：「豹生常受蘇公厚遇，今見蘇公言驗，是以悲耳。郎君所有寶鏡，是蘇公友人河南苗季子所遺蘇公者，蘇公愛之甚。蘇公臨亡之歲，戚戚不樂。常召苗生謂曰：『自度死日不久，不知此鏡當入誰手。今欲以蓍筮一斷〔二三〕，先生幸觀之也。』便顧豹生取蓍，蘇公自揲布卦。卦訖。蘇公曰：『我死十餘年，我家當失此鏡，不知所在。然天地神物，動靜有徵。今河、汾〔二四〕之間，往往有寶氣，與卦兆相合，鏡其往彼乎。』季子曰：『亦爲人所得乎？』蘇公又詳其卦云：『先入侯家，復歸王氏。過此以往，莫知所之也。』」豹生言訖涕泣。余問蘇氏，果云舊有此鏡。蘇公薨後，亦失所在，如豹生之言。故余爲蘇公《傳》，亦具言其事於末篇。論蘇公「蓍筮絶倫，默而獨用」，謂此也。

大業九年正月朔旦，有一胡僧行乞而至余家。弟勣出見之，覺其神彩不俗，便〔二五〕邀入室，而爲具食。坐語良久，胡僧謂勣曰：「檀越家似有絶世寶鏡也，可得見耶？」勣曰：「法師何以得知之？」僧曰：「貧道受明録秘術，頗識寶氣。檀越宅上，每日常有碧光連日，絳氣屬月，此寶鏡氣也。貧道見之兩年矣。今擇良日，故欲一觀。」勣出之，僧跪捧欣躍。又謂勣曰：「此鏡有數種靈相，皆當未見。但以金膏塗之，珠粉拭之，舉以照日，必影徹墻壁。」僧又歎息曰：「更作法試，應照見腑臟，所恨卒無藥耳。但以金烟薰之，玉水洗之，復以金膏珠粉，如法拭之，藏之泥中，亦不晦矣。」遂留金烟玉水等法，行之無不獲驗。而胡僧遂不復見。

其年秋，余出兼芮城令。令廳前有一棗樹，圍可數丈，不知幾百年矣。前後令至，皆祠謁此樹，否則殃禍立及也。余以爲妖由人興，淫祀宜絶。縣吏皆叩頭請余，余不得已，爲之一〔二六〕祀。然陰念此樹當有精魅所託，人不能除，養成其勢。乃密懸此鏡於樹枝〔二七〕間。其夜二鼓許，聞其廳前磊落有聲若雷霆者，遂起視之，則風雨晦瞑，纏繞此樹，電光晃耀，忽上忽下。至明，有一大蛇，紫鱗赤尾，緑頭白角，額上有「王」字，身被數創〔二八〕，死於樹下〔二九〕。余便收鏡，命吏出蛇，焚於縣門外。仍掘樹，樹心有一穴，入〔三〇〕地漸大，有巨蛇蟠泊之跡。既而填〔三一〕之，妖怪遂絶。

其年冬，余以御史帶芮城令，持節河北道，開倉糧，賑給陝東。時天下大飢，百姓疾病，蒲、陝之間，癘疫尤甚。有河北人張龍駒，爲余下小吏，其家良賤數十口，一時遇疾。余憫之，齎此鏡〔三二〕入其家，使龍駒持鏡夜照。諸病者見鏡，皆驚起云：「見龍駒持一月來相照，光景〔三三〕所及，如冰著體，冷徹腑臟。」即時熱定，至曉〔三四〕並愈。以爲無害於鏡，而所濟於衆。欲〔三五〕令密持此鏡，遍巡百姓。其夜，鏡於匣中冷然自鳴，聲甚徹遠，良久乃止。余心獨怪。明早，龍駒來謂余曰：「龍駒昨忽夢一人，龍頭蛇身，朱冠紫服。謂龍駒：『我即鏡精也，名曰紫珍。嘗〔三六〕有德於君家，故來相託。爲我謝王公：百姓有罪，天與之疾，奈何使我反天救物？且病至後月，當漸愈，無爲我苦。』」余感其靈怪，因此志之。至後月，病果漸愈，如其言也。

大業十年，余弟勣自六合丞棄官歸，又將遍遊山水，以爲長往之策。余止之曰：「今天下向亂，盜賊充斥，欲安之乎？且吾與汝同氣，未嘗遠别。此行也，似將高蹈。昔尚子平遊五嶽，不知所之。汝若追踵前賢，吾所不堪也。」便涕泣對勣。勣曰：「意已決矣，必不可留。兄今之達人，當無所不體。孔子曰：『匹夫不可〔三七〕奪其志矣。』人生百年，忽同過隙。得情則樂，失志則悲。安遂其欲，聖人之義也。」余不得已，與之決别。勣曰：「此别也，亦有所求。兄所寶鏡，非塵俗物也。勣將抗志雲路，棲蹤烟霞，欲兄以此爲贈。」余曰：「吾何惜於汝也。」即以與之。勣得鏡遂行，不言所適。

至大業十三年夏六月，始歸長安。以鏡歸。謂余曰：此鏡真寶物也。辭兄之後，先遊嵩山少室，降石梁，坐玉壇。屬日暮，遇一嵌巖。有一石堂可容三五人，勣棲息止焉。月夜二更後，有兩人，一貌胡，鬚眉皓，白〔三八〕而瘦，稱山公；一面闊，鬚眉長，黑而矮，稱毛生。謂勣曰：「何人斯居也？」勣曰：「尋幽探穴訪奇者。」二人坐，與勣談玄〔三九〕，往往有異義出於言外。勣疑其精怪，引手潛後，開匣取鏡。鏡光出而二人失聲俯伏。矮〔四〇〕者化爲龜，胡者化爲猿。懸鏡至曉，二身俱殞。龜身帶緑毛，猿身帶白毛。

即入箕山，渡潁水。歷太和，視玉井。井傍有池，水湛然綠色。問樵夫，曰：「此靈湫耳，村閭每八節祭之，以祈福佑。若一祭有闕，即池水出黑雲，大雹傷稼，白雨流澍〔四一〕，浸堤壞阜。」勣引鏡照之，池水沸湧，有如雷〔四二〕震。忽爾池水騰出，池中不遺涓滴。可行二百餘步，水落於地。有一魚，可長丈餘，麤細大於臂。首紅額白，身作青黄間色，無鱗有涎，龍形蛇角，嘴尖，狀如鱘魚，動而有光。在於泥水，困而不能遠去。勣謂鮫也，失水而無能爲耳。刃而爲炙，甚膏有味，以充數朝口腹。

遂出於宋、汴。汴主人張琦家有女子患。入夜，哀痛之聲，實不堪忍。勣問其故，病來已經年歲，白日即安，夜常如此。勣停一宿，及聞女子聲，遂開鏡照之。痛者曰：「戴冠郎被殺。」其病者床下，有大雄鷄死矣，乃是主人七八歲老鷄也。

遊江南，將渡廣陵揚子江。忽暗雲覆水，黑風波湧，舟子失容，慮有〔四三〕覆没。勣携鏡上舟，照江中數步，明朗徹底，風雲四斂，波濤遂息。須臾之間，達濟天塹。躋攝山，趨〔四四〕芳嶺。或攀絶頂，或入深洞。逢其群鳥環人而噪，數熊當路而蹲，以鏡揮之，熊鳥奔駭。是時利涉浙江，遇潮出海。濤聲振吼，數百里而聞。舟人曰：「濤既近，未可渡南。若不迴舟，吾輩必葬魚腹。」勣出鏡照，江波不進，屹如雲立。四面江水豁開五十餘步，水漸清淺，黿鼉散走。舉帆翩翩，直入南浦。然後却視，濤波洪湧，高數十丈，而至所渡之所也。

遂登天台，周覽洞壑。夜行佩之，山谷去身百步，四面光徹，纖微皆見，林間宿鳥，驚而亂飛。

還履會稽，逢異人張始鸞，授勣《周髀》、《九章》及明堂、六甲之事。與陳永同歸，更游豫章。見道士許藏秘，云是旌陽七代孫，有呪登刀履火之術，説妖怪之次，便〔四五〕言豐城縣倉督李敬〔四六〕家有三女遭魅病，人莫能識，藏秘療之無效。勣故人曰趙丹，有才器，任豐城縣尉，勣因過之。丹命衹承人指勣停處，勣謂曰：「欲得倉督李敬家居止。」丹遽命敬爲主禮。勣問其故，敬曰：「三女同居堂内閣子，每至日晚即靚妝炫服，黄昏後即歸所居閣子，人定後即〔四七〕滅燈燭。聽之，竊與人言笑聲，及至曉眠，非喚不覺。日日漸瘦，不能下食。制之不令妝梳，即欲自縊投井。無奈之何！」勣謂敬曰：「引示閣子之處。」其閣東有窗，恐其門閉，固而難啓，遂晝日先刻斷窗櫺四條，却以物支柱之如舊。至日暮，敬報勣曰：「妝梳入閣矣。」至一更，聽之，言笑自然。勣拔窗櫺子，持鏡入閣照之。三女叫云：「殺我婿也！」初不見一物，縣鏡至明，有一鼠狼，首尾長一尺三四寸，身無毛齒；有一老鼠，亦無毛齒，甚〔四八〕肥大，可重五斤；又有守宮，大如人手，身披鱗甲，煥爛五色，頭上有兩角，長可半寸，尾長五寸已上，尾頭一寸色白：並於壁孔前死矣。從此疾愈。

其後尋真至廬山，婆娑數月。或棲息長林，或露宿草莽。虎豹接尾，豺狼連跡，舉鏡視之，莫不竄伏。廬山處士蘇賓，奇識之士也。洞明《易》道，藏往知來〔四九〕。謂勣曰：「天下神物，必不久居人間。今宇宙喪亂，他鄉未必可止。吾子此鏡尚在，足以自〔五〇〕衛，幸速歸家鄉也。」勣然其言，即時北歸。便游河北，夜夢鏡謂勣曰：「我蒙卿兄厚禮，今當捨人間遠去，欲得一别，卿請早歸長安也。」勣夢中許之。及曉，獨居思之，恍恍發悸。即時西首秦路。今既見兄，勣不負諾矣，終恐此靈物亦非兄所有。

數月，勣還河東。

大業十三年七月十五日，匣中悲鳴，其聲纖遠，俄而漸大，若龍咆虎吼，良久乃定。開匣視之，即失鏡矣。

【校證】

〔一〕本篇收入《太平廣記》卷二三〇《器玩二》，名爲《王度》，末注「出《異聞集》」。《類説》節録，題《古鏡記》。《太平廣記》所用之「王度」實爲編者改題，由顧況《戴氏廣異記序》云「王度《古鏡記》」、《太平御覽》卷九一二引「隋王度《古鏡記》」、《孔帖》卷九八引「異聞集·王度《古鏡記》」均可證，此篇原名即「古鏡記」。另此篇亦收入朝鮮人成任所編《太平廣記詳節》卷一七之中，因其書底本或來自宋本，頗有可采之處，故本篇以《太平廣記詳節》參校。另《太平御覽》卷九一二亦詳録程雄家婢一節，此節即據之參校。

〔二〕《古鏡記》之作者頗有争議，段熙仲據《崇文總目》録《古鑒記》時撰人作「王勔」而以其爲勔所作，劉瑛又以爲此記爲王勔之弟王勃所作，均無確證。據前所引顧況《戴氏廣異記序》云「王度《古鏡記》」、《太平御覽》卷九一二引「隋王度《古鏡記》」、《孔帖》卷九八引「異聞集·王度《古鏡記》」等材料，核之《古鏡記》正文口吻，其爲王度所作無疑。王度其人史無記載，然據其兄弟之資料大致可知其人，《王無功文集》吕才序云：「君諱績，字無功，太原祁人也……時宋公賀若弼在座，弼早與君長兄侍御史度相善。至是起曰：『王郎是王度御史弟也，止看今日精神，足見賢兄有弟。』」又隋末大儒王通《中説》中有「芮城府君重陰陽」、「芮城府君起家爲御史」、「芮城府君讀《説苑》，子見之曰：『美哉，兄之志也。』」等，可知其爲王績、王通之長兄，則亦爲王勔、王勃之伯祖。文中之侯生亦實有其人，王通《中説·魏相篇》云「汾陰侯生善筮」。

〔三〕余：原本作「王度」，李校因《太平御覽》卷九一二引隋王度《古鏡記》程雄家婢一事用「余」字（按：共五次自稱，無一例外均用「余」字），又《太平廣記》引用原文多將第一人稱改爲作者姓名，故將本篇全文中作者之名全改爲「余」。所論亦是。《類説》節引二事，兩處用「度」，或其爲節引，稍加更動者。故當以《太平御覽》文本之例爲準，均改爲「余」。

〔四〕盡：原本作「墨」，據《詳節》改。

〔五〕之所：沈鈔、孫校、《詳節》、陸本作「所得」。

〔六〕是：原本作「自」，據沈鈔、孫校、《詳節》、陸本改。

〔七〕後之「哀哉」，原本在下句「列之於」後，張校據孫校删此二字，李校據《詳節》補至前「哀哉」之下，以前已有五處四字駢句，若此僅「哀哉」二字，語氣不暢，故李校是，從之。

〔八〕庶：原本作「數」，語氣不暢，張校及李校皆據沈鈔、孫校及《詳節》、陸本改，從之。

〔九〕侍：原本無，據前引呂才序云「君長兄侍御史度」，知其當爲「侍御史」，據沈鈔、《詳節》、陸本補。

〔一〇〕告：原本作「罷」，然自後文知其仍在御史任，據《詳節》及《太平御覽》改，沈鈔此處空闕。

〔一一〕月：《太平御覽》作「日」。

〔一二〕其：原本無，據沈鈔、孫校、《詳節》、陸本補。

〔一三〕大：《太平御覽》作「久」。

〔一四〕遂：《太平御覽》作「近」。李校據改，或未當。下文鸚鵡自陳云「無傲，粗暴丈夫也，遂劫鸚鵡遊行數歲」，則爲華山府君捕逐之時當在數歲之前。

〔一五〕原本無「思恭妻鄭氏」五字，據《太平御覽》補。

〔一六〕蒙養甚厚：《太平御覽》作「見養恩厚」。蒙養，語本《周易·蒙》云「蒙以養正，聖功也」，孔穎達疏云：「能以蒙昧隱默，自養正道，乃成至聖之功。」

〔一七〕劫：原本作「將」，《太平御覽》作「劫」，魯迅《稗邊小綴》云其「較《廣記》爲勝」，據改。

〔一八〕狸：原本作「狐」，因前後皆稱爲「狸」，故據沈鈔、孫校及《詳節》改。

〔一九〕不必：原本作「必不」，不通，沈鈔、孫校、《詳節》、陸本及《太平御覽》所引均爲「不必」，據改。

〔二〇〕長：原本作「甞」，孫校及《詳節》作「常」，張校據改，李校則以二字可通，故未改。實沈鈔作

「長」字，於義似勝，或爲音同致誤，故據沈鈔改。按沈鈔無下之「照」字。

〔二一〕月影：沈鈔作「日影」，孫校作「日彩」。

〔二二〕周：原本作「國」，沈鈔、《詳節》、陸本作「周」，李劍國有專文論此，可據。

〔二三〕斷：原本作「卦」，據沈鈔、《詳節》、陸本改。

〔二四〕汾：原本作「泒」，李校作「沠」，或無意之誤。泒爲古水名，《墨子・兼愛中》云：「北爲防原泒。」孫詒讓《墨子閒詁》引《説文・水部》云：「泒水，起雁門、葰人、戍夫山，東北入海。」則此作「泒」亦通。然據本文，此鏡落於侯生之手，而侯生爲「汾陰」人，故據《詳節》改。

〔二五〕便：原本作「更」，據沈鈔、孫校、《詳節》、陸本改。

〔二六〕一：原本作「以」，據《詳節》、陸本改。

〔二七〕枝：原本作「之」，據《詳節》改。

〔二八〕創：原本作「瘡」，據許本、黄本、庫本改。

〔二九〕「下」字原在下句「便」字下，據沈鈔、《詳節》、庫本、陸本移置此。

〔三〇〕入：原本作「於」，據《詳節》改。

〔三一〕填：原本作「墳」，沈鈔作「焚」，陸本空闕，《詳節》作「填」，當是，或先以形近而誤爲「墳」，再因音近誤爲「焚」。據《詳節》改。

〔三二〕鏡：原本無，據沈鈔、《詳節》、陸本補。

〔三三〕景：原本作「陰」，據《詳節》改。
〔三四〕曉：原本作「晚」，據沈鈔、《詳節》、陸本改。
〔三五〕欲：原本無，《詳節》作「欲」，沈鈔作「於」，陸本作「於是」。然無論原本抑陸本，其意則已令龍駒遍巡百姓，細味文意，似僅王度心中所想，尚未實施。則當先以音近誤爲「於」，後人以其不通，又改爲「於是」。故據《詳節》補。
〔三六〕嘗：原本作「常」，據沈鈔、《詳節》、陸本改。
〔三七〕可：字原本無，據沈鈔、孫校、《詳節》補。
〔三八〕「白」字原在下句「鬢眉長」之上，據《詳節》移。
〔三九〕玄：原本作「久」，據沈鈔、《詳節》改。
〔四〇〕矬：沈鈔、孫校及《詳節》均作「矬」。
〔四一〕傷稼白雨流澍：此六字原本無，孫校作「侵稼，白雨流澍」，據沈鈔、《詳節》補。
〔四二〕如雷：原本作「雷如」，據《詳節》乙正。
〔四三〕有：沈鈔作「皆」，亦通。
〔四四〕趨：原本作「麴」，據沈鈔、孫校改。
〔四五〕便：原本作「更」，據沈鈔、《詳節》、陸本改。
〔四六〕此人之名文中前後不一，此處云李慎，後云李敬慎，然簡稱時又多用「敬」字，從李校前後統一爲

「李敬」。

〔四七〕人定後即：原本無，據《詳節》補。沈鈔作「每至日」，疑因前文「每至日晚」而誤，以其間恰隔宋本一行也。

〔四八〕甚：原本作「其」，據《詳節》改。

〔四九〕藏：沈鈔作「識」，張校、李校均據改。然或有誤，《周易·繫辭上》云：「神以知來，知以藏往。」來知德注云：「凡吉凶之幾，兆端已發，將至而未至者，曰來；吉凶之理，見在於此，一定而可知者，曰往。知來者，先知也。藏往者，了然藴畜於胸中也。」文中云蘇賓「洞明《易》道」，下接「藏往知來」，前後接榫，不煩校改。

〔五〇〕以自：原本作「下」，據《詳節》改。

【集評】

《虞初志》（七卷本）卷六：

「鏡横徑八寸，鼻作麒麟蹲伏之象」句眉：袁石公評：制度劃然，恍覩軒轅法物。

「二十四氣之象形」句眉：屠赤水評：鏡古矣，制度殊新。

「引鏡自照。鸚鵡遥見，即便叩首流血」句眉：袁石公評：自照老貍後，歷叙鏡之奇處凡十二見，使人洞心豁目，是此鏡歷年譜。後勣歸長安，鏡還故處，匣中長鳴，俄失其所，越今千餘年，不知誰更爲之叙録云。

「但逃匿幻惑，神道所惡，自當至死耳」句眉：屠赤水評：鸚鵡既爲端麗美婢，且無害於人，神亦有靈，何必見惡。

鸚鵡舞歌一節眉批：湯若士評：振腕橫襟，聲聲凄噎。

「天下神物，亦有相伏之理也」句眉：屠赤水評：稟日精而吐光，對俠劍而伏彩，理有固然，無足訝也。

「光彩灼爍，非常物也」句眉：袁石公評：説得此劍之奇，纔知伏此劍者之更奇。

「今河、汾之間，往往有寶氣，與卦兆相合，鏡其往彼乎」句眉：屠赤水評：碧光絳氣，常在宅上，以有鏡在宅耳。今乃鏡尚留而河洛間寶氣先現，氣方現，而蓍筮内卦兆已彰，千古靈物，自應有此靈驗。

豹生一段眉批：袁石公評：豹生一段，來歷愈明，神物去來，數十年前已有定數，蘇公所言，一一如射覆。

胡僧識鏡一段眉批：袁石公評：胡僧大奇！寶鏡所在，碧光連日，絳氣屬月，至於金膏珠粉塗拭，其法世無知者，惟胡僧得之，天故令之一洩其秘耳。

「應照見腑臟」句眉：屠赤水評：能照肺腑，的是心鑒，至於照鸚鵡、照地王、照山公毛生、照靈湫、照戴冠郎、照鼠狼、照守宮，種種顯奇，又是哪吒太子照妖鏡矣。

「勣得鏡遂行，不言所適」句眉：袁石公評：有此段纔有轉折，度所未盡者，勣又一一券其妙矣。

王勣述異一節眉批：袁石公評：勣持此鏡，遍歷多方，叙其神奇處，若斷若續，或數語輒竟，或連章不盡，俱是隨筆鋪叙，若無意成文者。

「勣攜鏡上舟，照江中數步」句眉：湯若士評：古色青葱，剪裁入彀。

「勣出鏡照，江波不進，屹如雲立」句眉：屠赤水評：通天犀第能開水丈許，鏡乃迴波雲立，開水走鼉，照妖、照病外，更創出一奇矣。

爲李敬女驅魅一節眉批：袁石公評：吕文穆公云，吾面不過碟子大，安用照遠古鏡，然有如許靈用，公得無心動否？

「夜夢鏡謂勣」句眉：袁石公評：歷歷顯奇，叙入周悉，鏡是物外奇珍，文是箇中實録。

總評：湯若士評：荒寒峭遠，黯然古色。

《太平廣記鈔》卷六三：

「逃匿幻惑，神道所惡，自當至死耳」句眉：此鏡照真狸不死，照僞人之狸則死。然則與其爲僞人，寧真狸耳！

老狸歌一節眉批：此狸甚達。

「不可敵也乎」句眉：惟相伏，所以爲神物。

「卿請早歸長安也」句眉：鏡亦不忘故人。

錢鍾書《管錐編·太平廣記·九六》：

晉唐俗説，凡鏡皆可照妖……王勣「將遍遊山水」，而向度乞鏡，職是之由。

六　韋仙翁〔一〕

薛用弱

代宗〔二〕皇帝大曆中，因晝寢，常夢一人謂曰：「西嶽太華山中，有黄〔三〕帝壇，何不遣人求訪，封而拜之，當獲大福。」即日詔遣監察御史韋君，馳驛詣山尋訪。至山下，州縣陳設一店，具飯店中，所有行客，悉令移之。有一老翁謂店主曰：「韋侍御一餐即過，吾老病，不能遠去，但於房中坐，得否？」店主從之。

少頃，韋君到店。良久，忽聞房中嗽聲，韋問：「有何人在此〔四〕？」遣人視之，乃曰：「有一老父。」韋君訪老父何姓。答曰：「姓韋。」韋君曰：「相與宗盟，合有繼叙。」邀與同席。老父因訪韋公祖父官諱；又訪高祖爲誰。韋君曰：「曾祖諱某〔五〕，任某官。高祖奉道不仕，隋朝入此山中，不知所在。」老父喟然歎曰：「吾即爾之高祖也。吾名集，有二子，爾即吾之小子曾孫也。豈知於此與爾相遇。」韋君涕泣再〔六〕拜。老父止之，謂曰：「爾祖母見在。爾有二祖姑，亦在山中。今遇寒食，故入郭，與渠輩求少脂粉耳。有一布襆，襆内有茯苓粉片，欲貨此市買。」問韋君：「爾今何之？」韋君曰：「奉敕於此山中求真〔七〕壇。州縣及山中人莫有知者。不審翁能知此處否？」老父曰：「蓮花中峰西南上，有一古壇，彷彿餘址，此當是也，但不定耳。」遂與韋君同宿。老父絶糧不食，但飲少酒及人參茯苓湯。

明日，韋君將入山。老父曰：「吾與爾同去。」韋君乃以乘馬讓之，老父曰：「爾自騎，吾當杖策先去。」韋君乘馬奔馳，竟不能及，常在馬前三十步。至山足，道路險阻，馬不能進。韋君遂下，隨老父入谷。行不里許，到一石〔八〕室，見三嫗。老父曰：「此乃爾之祖母及爾之二祖姑也。」韋君悲涕載拜。祖母年可七八十，姑各四十餘，俱垂髮〔九〕，皆以木葉爲衣。相見甚喜。謂曰：「年代遷變，一朝遂見玄孫。」欣慰久之，遂與老父上山訪壇，登攀險峻。韋君殆不可堪，老父行步若飛，回顧韋君而笑。直至中峰西南隅，果有一壇。韋君灑掃拜謁，立標記而回。却到老父石室，辭出谷。韋君曰：「到京奏報畢，當請假却來請覲。」老父曰：「努力，好事君主。」

韋君遂下山，及〔一〇〕到闕庭，具以事奏。代宗歎異，乃遣韋君齎手詔入山，令刺史以禮邀致。韋君到山中求覓，遂失舊路，數日尋訪不獲。訪山下故老，皆云自少年已來，三二年則見此老父一到城郭，顏狀只如舊，不知其所居。韋君望山慟哭而返。代宗悵恨，具以事蹟宣付史館。

【校證】

〔一〕本篇收入《太平廣記》卷三七《神仙三十七》，末注「出《異聞集》」，名與《類説》本同。南宋羅泌

《路史・發揮》卷六《關龍逢》云：「而《集異記》韋侍御華山遇老翁，引見諸祖姑及阿婆等，乃《逸史》楊越公六代孫事。」據此可知此文爲《異聞集》輯自《集異記》者。又，李劍國認爲此文風格不類陸勳《集異記》，故當爲薛用弱所作。楊越公爲楊素，知此類故事當時流傳較多。

〔二〕代宗：原本前有「唐」字，或爲《太平廣記》編者所加，據《類説》諸本删。

〔三〕黄：原本作「皇」，有嘉堂抄本同，據《類説》改。

〔四〕在此：沈鈔、孫校作「在此房中」。

〔五〕某：沈鈔作「集」，張校據此及下文校改，然下文所云，韋集爲韋君高祖，非曾祖也。

〔六〕再：原本作「載」，沈鈔、孫校、許本、黄本、庫本均作「再」，據改。下文同。

〔七〕真：沈鈔作「玄」，孫校作「員」。

〔八〕一石：原本無，據《類説》補。

〔九〕垂髮：沈鈔作「雙髻」，孫校作「雙鬟」。

〔一〇〕及：原本作「返」，孫校作「反」，沈鈔作「及」，則當因形近而訛爲「反」，又被改爲「返」。故據沈鈔正之。

七　枕中記〔一〕

沈既濟〔二〕

開元七〔三〕年，道者呂翁〔四〕，行邯鄲道中，息邸舍〔五〕，攝帽馳帶〔六〕，隱囊〔七〕而坐。俄有邑中少年盧生〔八〕，衣短褐〔九〕，乘青駒，將適於田，亦止邸中，與翁接席，言笑殊暢。久之，盧生顧其衣裝弊褻，乃歎曰：「大丈夫生世不諧，而困如是乎？」翁曰：「觀子膚極腴，體胖無恙，談諧方適，而歎其困者，何也？」生曰：「吾此苟生耳，何適之爲？」翁曰：「此而不適，又〔一〇〕何爲適？」生曰〔一一〕：「當建功樹名，出將入相，列鼎而食，選聲而聽，使族益茂而家用肥，然後可以言其適。吾志於學而游於藝，自惟當年，朱紫可拾，今已適壯〔一二〕，猶勤田畝，非困而何？」言訖，目昏思寐。是時主人蒸黃粱〔一三〕爲饌，共待其熟〔一四〕。翁乃探囊中枕以授之，曰：「子枕此，當令子榮適如志。」其枕瓷而竅其兩端，生俛首就之。寐中，見其竅漸大，明朗可處〔一五〕，舉身而入，遂至其家。

數月〔一六〕，娶清河崔氏女，女容甚麗而產甚殷〔一七〕，生大悦〔一八〕，由是衣裘服御，日已華侈。明年，舉進士，登甲科，解褐授校書郎，應制舉，授渭南縣尉，遷監察御史、起居舍人，爲制誥。三年即真。出典同州，尋轉陝州〔一九〕。生好土功，自陝西開河八十里，以濟不通。

邦人賴之，立碑頌德。遷汴州，領河[二〇]南道採訪使，入京爲京兆尹。

是時神武皇帝方事夷狄，恢宏土宇[二一]。會吐蕃悉抹邏、燭龍莽布支[二二]攻陷瓜、沙，節度使王君㚟新被殺[二三]，河湟戰恐。帝思將帥之任，遂除生御史中丞、河西隴右節度使，大破戎虜七千級，開地九百里，築三大城以防要害，北邊賴之，勒石紀功焉[二四]。歸朝策勳，恩禮極崇。轉御史大夫、吏部侍郎。物望清重，群情翕習，大爲當時宰相所忌，以飛語中之，貶端州刺史。

三年，徵還，除户部尚書。未幾，拜中書侍郎，同中書門下平章事，與蕭令嵩、裴侍中光庭同掌大政十年，嘉謀密命，一日三接，獻替啓沃，號爲賢相。同列者害之，遂誣與邊將交結，所圖不軌，下獄，府吏引徒至其門，追之甚急，生惶駭不測。泣謂[二五]妻子曰：「吾家本山東，良田數頃，足以禦寒餒，何苦求禄！而今及此，思復衣短褐，乘青駒，行邯鄲道中，不可得也！」引刀欲自裁，其妻救之得免。共罪者皆死，生獨有中人保護[二六]，得減死論，出授驩牧。

數歲，帝知其冤，復起爲中書令，封趙國公[二七]，恩旨殊渥，備極一時。

生有五子：曰儉、曰傳、曰位、曰倜、曰倚[二八]，皆有才器[二九]。儉進士登第[三〇]，爲考功員外；傳[三一]爲侍御史；位爲太常丞；倜爲萬年尉[三二]；季子倚最賢，年二十四[三三]，爲右補闕。其姻媾皆天下望族。有孫十餘人。

凡兩竄嶺表，再登臺鉉，出入中外，回翔臺閣，三十餘年〔三四〕間，崇盛赫奕，一時無比。末節〔三五〕頗奢蕩，好逸樂，後庭聲色皆第一。前後賜良田甲第、佳人名馬，不可勝數。後年漸老，屢乞骸骨，不許。及病，中人候望，接踵於路，名醫、上藥畢至焉。將終，上疏曰：

臣本山東書生，以田圃爲娱。偶逢聖運，得列官序。過蒙榮獎，特受鴻私，出擁旄鉞，入昇鼎輔，周旋中外，綿歷歲年〔三六〕，有忝恩造，無裨聖化。負乘致寇〔三七〕，履薄戰兢〔三八〕。日極一日，不知老之將至。今年逾八十，位歷三公。鐘漏並歇，筋骸俱弊〔三九〕，彌留沉困，殆將溘盡〔四〇〕。顧無誠效，上答休明，空負深恩，永辭聖代。無任感戀之至。謹奉表稱謝以聞。

詔曰：

卿以俊德，作朕〔四一〕元輔。出雄藩垣〔四二〕，入贊緝熙〔四三〕，昇平二紀，寔卿是賴。比因疾累，日謂痊除，豈遽沉頓，良深憫默〔四四〕。今遣驃騎大將軍高力士就第候省，其勉加針石〔四五〕，爲余自愛。譏冀無妄，期丁有喜〔四六〕。

其夕卒。

盧生欠伸而寤。見方偃於邸中，顧吕翁在傍，主人蒸黄粱尚未熟，觸類如故，蹶然而興曰：「豈其夢寐耶！」翁笑謂曰：「人世之事，亦猶是矣。」生憮然〔四七〕良久，謝曰：「夫寵辱之數，窮達之運〔四八〕，得喪之理，死生〔四九〕之情，盡知之矣。此先生所以窒吾欲也，敢不受教。」再拜而去。

【校證】

〔一〕本篇收入《太平廣記》卷八二《異人二》，名爲《吕翁》，末注「出《異聞集》」。另《文苑英華》卷八三三亦録全文，與《類説》本均題《枕中記》。《太平廣記》本與《文苑英華》本差異甚多，李校「以《英華》本爲善」，故以之爲底本。然小説與文章各異，今仍以《太平廣記》爲底本，以《文苑英華》本參校。另此篇亦曾收入《太平廣記詳節》卷七，然《詳節》今殘存中恰無卷七，不過，其亦曾收入《太平通載》卷九（僅有前半），今亦據之入校。個别重要異文亦備録，以資參酌。

〔二〕此傳作者《太平廣記》雖未載，然《文苑英華》卷八三三題爲沈既濟撰，則並無疑義。沈氏爲史官，所著有《選舉志》十卷，《江淮記亂》一卷等，尤以《建中實録》十卷爲優，趙璘《因話録》卷二曾云：「既濟撰《建中實録》，體裁精簡，雖宋、韓、范、裴，亦不能過。彼此之後，無有比者。」惜均已佚。傳於今者，唯傳奇二篇（另一爲《任氏傳》，均收入《異聞集》）。程毅中稱此記「比較簡煉質樸，不太華艶，主要情節與碑傳文的寫法相近」，頗得其實，觀《任氏傳》，知沈氏非不能「著文章之美，傳要妙之情」者，蓋有意以史筆爲之耳，《文苑英華》向不録傳奇之文，唯二篇例外，即此記與陳鴻《長恨歌傳》也。

〔三〕七：原本作「十九」，據《文苑英華》改。按：此文在盧生入夢後數月，「娶清河崔氏女」，「明年，舉進士」，然後「應制舉，授渭南縣尉，遷監察御史、起居舍人，爲制誥。三年即真」，再「出典同州，尋轉陝州」，又「遷汴州，領河南道採訪使，入京爲京兆尹」，此時便「會吐蕃悉抹邏、燭龍莽布支攻陷爪、沙，節度使王君㚟新被殺」，此皆爲實事，其發生據兩《唐書》載爲開元十五年。據此，此故事之開端自非「開元十九年」。又前引之文有明確紀年者爲四年，各官職之遷轉又需數年，則其爲開元七年也宜。

〔四〕「呂翁」後《文苑英華》有「得神仙術」四字，然小説與文章不同，叙事懸念極爲重要，故呂翁之術，以不道破爲上，不據補。又，《類説》誤爲「道老呂公」，《類説節要》及伯玉翁抄本不誤，則以「者」、「老」二字形近而誤。按：此之呂翁，後世多指爲呂洞賓（如湯顯祖《邯鄲夢》等），《苕溪漁隱叢話》引《復齋漫録》云：「此之呂翁非洞賓也。蓋洞賓嘗自序以爲呂渭之孫，仕德宗朝，今云『開元』，則呂翁非洞賓無可疑者。」吴曾《能改齋漫録》又云：「或者又以爲『開元』想是『開成』字，亦非也。開成雖文宗時，然洞賓度此時未可以稱翁。」實不必如此深曲，只一證即可明之：此記作者沈既濟據李劍國考，卒年「當在貞元二年（七八六）左右」，而此時呂洞賓尚未出生（呂之生年不詳，然當在貞元末或元和間）。

〔五〕行邯鄲道中息邸舍：原本作「經邯鄲道上邸舍中」，《類説》同，據《文苑英華》改。邸舍，即客棧。

〔六〕攝帽馳帶：原本作「設榻施席」，據《文苑英華》改。「設榻施席」，不合情理，「攝帽馳帶」較當，攝帽馳帶，即脱去帽子，解開衣帶，曹植《棄婦詩》云：「搴帷更攝帶，撫絃調鳴箏。」

〔七〕隱囊：原本作「擔囊」，不可曉，沈鈔將其改爲「解囊」，張校據改，然不若《文苑英華》、《太平通載》之「隱」字有理有據也，《莊子・齊物論》云：「南郭子綦隱几而坐」，成玄英疏曰：「隱，憑也。」則其靠行囊而坐，情景如見。

〔八〕俄有邑中少年盧生：《文苑英華》作「俄見旅中少年，乃盧生也」，王校云：「《爾雅・釋宫》云：『旅，道也。』然而『旅』之訓『道』，亦非俗人盡知，而《異聞集》則又改之爲『俄有邑中少年矣。』」所言或非，據正文「將適於田」、「猶勤田畝」，則此「道中」無如「邑中」之精確也。另：此記主人公盧生，學界對其原型頗有争論，有指其以郭子儀、張説、楊炎諸説。清人汪師韓《讀書録》卷四謂此記影射蕭嵩事，錢鍾書《管錐編》雖指其「臆測姑妄聽之」，然此説自有道理，參後文之注即可知。

〔九〕褐：原本作「裘」，與後文「盧生顧其衣裝弊褻」不符，據《文苑英華》改。下文之「思復衣短褐」亦同。

〔一〇〕又：原本作「而」，据沈鈔改，陸本作「於」，亦通。

〔一一〕此下《文苑英華》有「士之生世」四字，然原文語意緊湊，似亦不必據補。

〔一二〕適壯：原本作「過壯室」，「壯室」指三十歲，本書《霍小玉傳》云：「妾年始十八，君才二十有二，迨君壯室之秋，猶有八歲。」而本文前云盧生爲「少年」，後婚崔氏，亦知其未有家室，故不當云「過壯室」，據《文苑英華》本改。適壯，接近壯年之謂。湯顯祖《邯鄲夢》所據《枕中記》爲《太平廣記》本，然其將盧生年齡設爲「二十六歲」，未「過壯室」，可謂細緻。

〔一三〕黄粱：《文苑英華》作「黍」。李校細析黍、粱之不同，論云：「黄粱即黄小米，品質遠逾於黍子。以盧生之窮困，所食宜爲黍也。」此論可商榷者四。一者，黄粱果較黍貴否？李云黄粱之品質勝於黍，然品高未必價昂，以價與供給有關，故價有沉浮，而物非因價昂而高其品質也。二者，即使黄粱果貴於黍，是否盧生窮困，便不宜食乎？黄粱果貴，亦不過一飯，如何判斷盧生之不宜食耶？吕翁前云盧生「膚極腴」，《文苑英華》本亦云「觀子形體，無苦無恙」，後文又云「良田數頃，足以御寒餒」，則其温飽當無虞，此篇之旨非令盧生守其困苦，而在窒其妄想，則其亦非一餐黄粱之不繼者，况此爲小説，何能以生活常理定其是非。三者，即使黄粱果貴，盧生亦無力致之，仍須知此文之情節中，黄粱本非爲盧生所備者，《文苑英華》本云「主人方蒸黍」，《太平廣記》本云「主人蒸黄粱爲饌」，可知僅云主人備飯，未及盧生；即據《類説》本補「共待其熟」四字，其共者亦爲主人及吕翁耳，吕翁遠行至客棧，自當於店中就食，盧生「將適於田」，何以需就食於邸舍乎？是知盧生與此黄粱全無關係，爲粱爲黍，皆不當以盧生爲據。即使此三點皆可不論，仍需慮及此處「黄粱」二字於後世之影響，無論若何，後世均以「黄粱」爲人生如夢之典，已無可更易。古人亦曾試圖更革之，錢鍾書《管錐編・太平廣記・一二四》云：「黄庭堅《欸乃歌》之二：『從師學道魚千里，蓋世成功黍一炊』；王鐸《擬山園初集》七言古卷二《邯鄲黄黍歌》、五言律卷八《辛未五月十三日再過邯［鄲］拜黄粱祠》、五言絶卷一《再過黄黍》反復據《枕中記》『主人方蒸黍』、『主人蒸黍未熟』等句，糾正流傳之『訛爲「黄粱」』。然《廣記》引《異聞集》已作『蒸黄粱爲饌』，則訛傳久矣。」故此處仍依《廣記》原文。

〔一四〕原本無「共待其熟」四字，據《類説》補。

〔一五〕漸大明朗可處：原本作「大而明朗可處」，不通，據《文苑英華》改。沈鈔作「大而明瑩因乃」，亦通。

〔一六〕原本無「數月」二字，據《文苑英華》補。

〔一七〕而産甚殷：《文苑英華》作「生資愈厚」，不通。沈鈔「産」作「財」。

〔一八〕原本無「生大悦」三字，據《文苑英華》補。

〔一九〕轉陝州：《文苑英華》本作「遷陝牧」，周箋指此爲陝州節度使，並據此推「其時代至少已在天寶之後」，或誤，「牧」指州郡長官，爲慣用之語，並不專指節度使。

〔二〇〕領河：原本作「嶺」，其「遷汴州」，則所領當爲「河南道採訪使」，絶非「嶺南道採訪使」，《太平廣記》當誤「領」爲「嶺」，又誤脱一「河」字，據《文苑英華》改。

〔二一〕恢宏土宇：原本無此四字，沈鈔作「武功之事」，知沈鈔所據之宋本此處或爲闕字，後人臆補此四字也。《太平通載》爲「恢宏土宇」，與《文苑英華》同，據補。

〔二二〕會吐蕃悉抹邏、燭龍莽布支：原本作「吐蕃新諾羅、龍莽布」，據《文苑英華》改。《舊唐書》卷九九《蕭嵩傳》載：「十五年，涼州刺史河西節度王君㚟恃衆，每歲攻擊吐蕃，吐蕃大將悉諾邏恭祿及燭龍莽布支攻陷瓜州城。」知《太平廣記》本有脱誤。

〔二三〕殺：原本作「叙投」，原「新被叙投，河隍戰恐」八字，張校據沈鈔校改爲「與之戰於河隍，敗績」八字，或誤。據《舊唐書》卷九九《蕭嵩傳》載：「無何，君㚟又爲迴紇諸部殺之於鞏筆驛，河隴震駭。」可知此記乃據此敷衍者，則《文苑英華》本不誤。

〔二四〕勒石紀功焉：原本作「以石紀功焉」，《文苑英華》作「立石於居延山以頌之」，據沈鈔改。

〔二五〕謂：原本作「其」，庫本作「語」，據沈鈔、孫校、陸本改。

〔二六〕周箋謂此事乃「影射張説事」，《舊唐書》卷九七《張説傳》載：「（宇文）融乃與御史大夫崔隱甫、中丞李林甫奏彈説引術士夜解及受贓等狀……玄宗使中官高力士視之，迴奏：『説坐於草上，於瓦器中食，蓬首垢面自罰，憂懼之甚。』玄宗憫之。力士奏曰：『説曾爲侍讀，又於國有功。』玄宗然其奏，由是停兼中書令。覩及慶則决杖而死，連坐遷貶者十餘人。」

〔二七〕趙國公：《文苑英華》爲「燕國公」。李校云：「唐制，國公封爵皆冠以地望。盧姓望出范陽，古屬燕國之地，故封燕國公；而盧生邯鄲人，邯鄲古屬趙國，故封趙國公，皆可通也。」所論甚是。

〔二八〕此處五子之名，原本爲「傳、倜、儉、位、倚」，並無「曰」字，子名本爲小説家言，版本不同，亦無對錯，然《太平廣記》本於五子後僅介紹四子之官位，不若《文苑英華》之全備，故改。

〔二九〕皆有才器：四字原本無，據《文苑英華》補。

〔三〇〕儉進士登第：原本作「倜」，據《文苑英華》改並補。

〔三一〕傳：原本作「儉」，據《文苑英華》改。

〔三二〕倜爲萬年尉：五字原本無，據《文苑英華》補。

〔三三〕二十四：《文苑英華》爲「二十八」，其年齡亦小説家言，本可不必細究，然後文云盧生「三十餘年間」，其有五子，此爲最小者，則似以「二十四」爲妥。

〔三四〕三十餘年：《文苑英華》作「五十餘年」，李校云「三」誤，然未詳論。臆者，以盧生上疏時云「今年逾八十」推算而來，其「適壯」即未至三十始登仕途，至八十確爲「五十餘年」。然此論或誤，一者，此後云「後年漸老，屢乞骸骨，不許」，有一「漸」字，可知二事之間當又過若許年，若此處爲「五十餘年」，則其年已八十，又何「老」之「漸」哉；若云此證不確，則另有一證，即帝王之詔中有「昇平二紀，寔卿是賴」，此「二紀」即二十四年當從何算起，若自盧生求禄算起，則恰與此云「三十餘年」相合；若自其爲中書令算起，則前有「三十餘年」之沉浮，後又有「二紀」「入贊緝熙」之悠遊，再益之以「適壯」之歲，恰爲八十。故知此必爲「三十餘年」也。《類説》作「五六十年」，《類説節要》作「五十年」，以其節略，徑接「年逾八十」之語耳。

〔三五〕末節：《文苑英華》作「性」，實不妥。末節，即晚年，記中所寫盧生早年未有此，晚歲「出雄藩垣，入贊緝熙」方始奢蕩，亦人之常情，理之必然。

〔三六〕歲年：沈鈔、許本作「數年」，《文苑英華》作「歲時」。

〔三七〕負乘致寇：《文苑英華》「致」作「貽」，然《周易·解》云：「六三：負且乘，致寇至，貞吝。《象》曰：『負且乘，亦可醜也。自我致戎，又誰咎也。』」孔穎達疏曰：「乘者，君子之器也。負者，小人之事也。施之於人，即在車騎之上而負於物也，故寇盜知其非己所有，於是競欲奪之。」指居非其位，才不稱職，從而招致禍患。

〔三八〕履薄戰兢：沈鈔、孫校作「履薄臨競」，陸本作「履薄臨兢」。此用《詩經》「戰戰兢兢，如臨深淵，如履薄冰」之語，故以原本爲是；臆者後人誤抄「兢」爲「競」，又以其不辭，遂將「戰」改爲「臨」，以就《千字文》「臨深履薄」、「寸陰是競」之語典。又，《文苑英華》作「履薄增憂」。

〔三九〕弊：張校據孫校改爲「衰」，李校則以《文苑英華》之「耄」爲是。實「弊」爲疲困之意，《國語·鄭語》云：「公曰：『周其弊乎？』對曰：『殆於必弊者。』」諸葛亮《出師表》云：「今天下三分，益州罷弊，此誠危急存亡之秋也。」沈鈔作「憊」。

〔四〇〕殆將溘盡：《文苑英華》作「待時益盡」，李校引文學古籍刊行社《唐宋傳奇集·校記》：「按：『益』當是『溘』寫作『盍』，又譌作『益』；今從《廣記》改。」然以「『益』亦通，未必爲譌字」而仍用《英華》本原文。然「益盡」似稍費解，仍以「溘盡」爲當。

〔四一〕朕：原本作「余」，據《文苑英華》本改。

〔四二〕藩垣：《文苑英華》本作「藩翰」，《詩經・大雅・板》云：「价人維藩，大師維垣。大邦維屏，大宗維翰。」毛傳曰：「藩，屏也，垣，墻也。」後喻衛國之重臣，韓愈《與鳳翔邢尚書書》云：「今閤下爲王爪牙，爲國藩垣。」則此二字皆通。

〔四三〕緝熙：《文苑英華》本作「雍熙」，《詩經・大雅・文王》云：「穆穆文王，於緝熙敬止。」毛傳曰：「緝熙，光明也。」即謂昇平。二者皆通，然似《英華》本更善。

〔四四〕良深憫默：沈鈔作「良深憫悼」，似亦有其因，《舊唐書》卷一百九載肅宗贈李嗣業武威郡王詔中即有「良深憫悼」之語，然李已戰死，故用「悼」字，故仍依原本。

〔四五〕石：原本作「灸」，據《文苑英華》本改。

〔四六〕讌冀無妄，期丁有喜：此八字頗難解，故張校據沈鈔、孫校將「丁」改爲「于」；李校則依《文苑英華》而爲「猶冀無妄，期于有瘳」。然若前爲「無妄」，則後必爲「有喜」，以前之「無妄」非「無妄之災」意，而爲《易》卦，《周易・無妄》云：「無妄之疾，勿藥有喜。」此二句即用《易》典，前用「無妄」，後用「有喜」，均指病愈，若後爲「有瘳」，則前無著落。至於「期丁」一詞，李劍國已釋之，即希望强壯之意，《唐大詔令集》卷二六載宋温璩《哀皇后哀册文》有「爽仁壽於偕老，遘天禍而期丁」之語。「讌」同「宴」，安樂之意，此句即云「安然地希望病愈，期望病愈後還很强壯」。另：沈鈔之「于」似爲「丁」字所改。

〔四七〕憮然：原本作「然之」，沈鈔作「默然」，據《文苑英華》改。

〔四八〕窮達之運：原本無，據《文苑英華》補。

〔四九〕死生：原本作「生死」，然讀之不協，前云「寵辱」、「窮達」，均以仄聲結，後云「得喪」、「死生」，又均以平聲結，音韻協暢，故據《文苑英華》改。

【集評】

《虞初志》（七卷本）卷三：

盧生慨歎一節眉批：袁石公評：只今未遇的措大，已遇的貴顯，個個是盧生，但無緣遇吕祖耳。然讀此《枕中記》，却不是當面指點。

盧生入夢歷官一節眉批：屠赤水評：先以盧生數語總提所適，而後一一分疏明白，復總繳一段，以揄揚其盛，周匝處不漏針芒。

「御史大夫、吏部侍郎」句眉：屠赤水評：拾朱紫之適。

盧生歷官一節眉批：袁石公評：一部仕進歷履。

「物望清重」句眉：屠赤水評：樹名之適。

「河西隴右節度使」句眉：屠赤水評：出將之適。

「以石紀功焉」句眉：屠赤水評：建功之適。

「獻替啓沃，號爲賢相。同列者害之，遂誣與邊將交結」句眉：袁石公評：略盡升沉之概，急宜回首，奚俟漏盡鐘鳴。

「思復衣短裘，乘青駒，行邯鄲道中，不可得也」句眉：袁石公評：東門黄犬，業有成案，識得破，忍不過，江心破漏，噬臍何及。

「兩竄嶺表，再登臺鉉」句眉：又評：有此一竄，愈足顯復起之榮。

「恩旨殊渥，備極一時」句眉：屠赤水評：族茂之適。

「崇盛赫奕，一時無比」句眉：袁石公評：一總滴水不漏，一篇血脈，處處靈動，而後復餘波不盡。

「良田甲第、佳人名馬，不可勝數」句眉：屠赤水評：列鼎選聲之適，家肥之適。

盧生上疏一節眉批：袁石公評：一上疏，一降詔，摹狀寵榮極其周悉。

「豈其夢寐耶」句眉：又評：舉世皆夢也，演邯鄲者以夢語夢也，天地有日盡，此夢何時醒。吾爲世下一鍼砭曰：不須太認真耳。

總評：湯若士評：舉世方熟邯鄲一夢，予故演付伶人以歌舞之。

八　僕僕先生〔一〕

佚名

僕僕先生，不知何許人也〔二〕，自云姓僕名僕，莫知其所由來。家於光州〔三〕樂安縣黃土山，凡三十餘年。精思餌杏丹，衣服飲食如常人，賣藥爲業〔四〕。

開元三年，前無棣縣令王滔寓居黃土山下，先生過之。滔命男弁爲主，善待之。先生因授以杏丹術。時弁舅吴明珪爲光州别駕，弁在珪舍。頃之，先生乘雲而度，人吏數萬皆睹之。弁乃仰告曰：「先生教弁丹術未成，奈何捨我而去。」時先生乘雲而度，已十五〔五〕過矣，人莫測，及弁與言，觀者皆愕。或以告刺史李休光。休光召明珪而詰之曰：「子之甥乃與妖者友，子當執其咎〔六〕。」因令弁往召之，弁至舍而先生至，具以狀白。先生曰：「余道者，不欲與官人相遇。」弁曰：「彼致禮，便當化之〔七〕；如妄動失節，當威之，使心伏於道。不亦可乎！」先生曰：「善。」乃詣休光府。休光踞見，且詬曰：「若〔八〕仙，當遂往矣；今去而復來，妖也。」先生曰：「麻姑、蔡經、王方平、孔申、二茅之屬，問道於余，余説之未畢，故止，非他也〔九〕。」休光愈怒，叱左右執之。龍虎見於側，先生乘之而去。去地丈餘，玄雲四合，斯須雷電大至，碎庭槐十餘株，府舍皆震壞，觀者無不奔潰。休光懼而走，失頭巾，直吏收頭巾，引妻子跣出府，因徙宅焉。

休光以狀聞。玄宗乃詔改樂安縣爲仙居縣，就先生所居舍置仙堂觀，以黄土村爲仙堂村。縣尉嚴正誨護營築焉，度王弁爲觀主，兼諫議大夫，號通真先生。弁因餌杏丹却老，至大曆十四年，凡六十六歲，而狀可四十餘，筋力稱是。

其後，果州女子謝自然白日上昇。當自然學道時，神仙頻降：有姓崔者，亦云名崔；有姓杜者，亦云名杜。其諸姓亦爾，則與僕僕先生姓名相類矣。無乃神仙降於人間，不欲以姓名行於時俗乎？

【附】

後有人於義陽郊行者，日暮不達前村，忽見道旁草舍，因往投宿。室中唯一老人，問客所以。答曰：「天陰日短，至此昏黑，欲求一宿。」老人云：「宿即不妨，但無食耳。」久之，客苦饑甚。老人與藥數丸，食之便飽。既明辭去，及其還也，忽見老人乘五色雲，去地數十丈。客便遽禮，望之漸遠。客至安陸，多爲人説之，縣官以爲惑衆，繫而詰之。客云：「實見神仙。」然無以自免，乃向空祝曰：「仙公何事見，令〔一〇〕受不測之罪。」言訖，有五色雲自北方來，老人在雲中坐，客方見釋。縣官再拜，問其姓氏，老人曰：「僕僕，野人也，有何名姓？」州司畫圖奏聞。敕令於草屋之所，立僕僕先生廟，今見在。

【校證】

〔一〕本篇收入《太平廣記》卷二二《神仙二二》，注「出《異聞集》及《廣異記》」，《類説》節録，題與《廣記》本同。王校全據《廣記》，實不妥，以其出處有二，當辨析之。程毅中云：「《類説》本文字極簡略，叙事至『明皇改欒安名仙居縣』止。《廣記》在此後還有一大段故事，可能輯自《廣異記》。」方詩銘《廣異記》校云：「第一、第二似是一個整體，至『無乃神仙降於人間，不欲以姓名行於時俗乎？』也像全篇的終結。從『後有人於義陽郊行者』起，不但文章異軍突起，破壞了整個結構……本篇似是《廣記》編者將《異聞集》和《廣異記》所述兩個不相干的僕僕先生的故事，强爲捏合在一起的。」因《廣記》所注出處有二，故兩家均指出其中有《廣異記》之内容，唯由何處分劃似稍異。然李劍國叙録據《集仙録》及韓愈《謝自然詩》注，知謝自然白日上昇在貞元十年（七九四）或十一年，而此時《廣異記》作者戴孚已卒，知其必出於《異聞集》。故將其末之故事附於本篇之後。又按：方詩銘、李劍國均以此條末云「僕僕野人也，有何名姓」句，證其「與前文之『自云姓僕名僕』不合」，證此非《異聞集》之文，似未切當，前所云「僕僕」亦非名姓，或未可相證。

〔二〕清人汪价《中州雜俎》卷二二《僕僕先生》條此下有「或云即抱樸子」六字，當爲編者所加。

〔三〕光州：《類説》作「先州」，伯玉翁抄本作「光州」。按：光州爲南朝梁置，隋廢，唐復置，治定城，即河南潢川縣，並無先州之名，《類説》誤。

〔四〕此下李校據《三洞群仙録》卷四引《廣記》補「人皆不識之」五字，《三洞群仙録》所引確標《廣記》之名，然細查其文，實有加工，如云「時人因號僕僕先生」，《廣記》並無，故非《廣記》原文，不據録。

〔五〕十五：張校云孫校、沈鈔作「五十」，並據改，然沈鈔作「十五」。

〔六〕昝：原本作「舅」，李校云：「《四庫》本作『昝』，連上讀。按：此當爲館臣妄改。」然沈鈔亦作「昝」。按：此前云「詰之」，若無「其昝」二字，則無「詰」意；又云「子當執」，亦與後文「往召之」不符；且吴氏前已稱「珪」，後忽稱「其舅」，亦似不合。故據沈鈔、庫本改。

〔七〕之：沈鈔、孫校作「去」。

〔八〕若：沈鈔作「君」，或爲「若」字之形誤，然亦通。

〔九〕李校據《三洞群仙録》卷四引《廣記》補「子以爲妖何也」六字，不據補。

〔一〇〕令，原本作「今」，不通，據孫校改。

九　柳氏傳〔一〕

許堯佐

天寶中，昌黎韓翃〔二〕有詩名，性頗落托，羈滯貧甚。有李生〔三〕者，與翃友善，家累千金，負氣愛才。其幸姬曰柳氏，艷絶一時，喜談謔，善謳詠。李生居之别第，與翃爲宴歌之地，而館翃於其側。翃素知名，其所候問，皆當時之彦。柳氏自門窺之，謂其侍者曰：「韓夫子豈長貧賤者乎？」遂屬意焉。李生素重翃，無所吝惜，後知其意，乃具饍請翃飲。酒酣，李生曰：「柳夫人容色非常，韓秀才文章特異，欲以柳薦枕於韓君，可乎？」翃驚慄避席曰：「蒙君之恩，解衣輟食久之，豈宜奪所愛乎？」李堅請之，柳氏知其意誠，乃再拜，引衣接席，李坐翃於客位，引滿極歡。李生又以資三十萬，佐翃之費。翃仰柳氏之色，柳氏慕翃之才，兩情皆獲，喜可知也。

明年，禮部侍郎陽浚〔四〕擢翃上第。屏居間歲，柳氏謂翃曰：「榮名及親，昔人所尚，豈宜以濯浣之賤，稽采蘭之美乎？且用器資物，足以待君之來也。」翃於是省家於清池。歲餘，乏食，鬻妝具以自給。

天寶末，盗覆二京，士女〔五〕奔駭。柳氏以姿〔六〕艷獨異，且懼不免，乃剪髮毁形，寄跡法雲寺〔七〕。是時侯希逸自平盧節度淄青，素藉翃名，請爲書記。洎宣皇帝以神武返正，翃乃遣使間行，求柳氏。以練囊盛麩金，題之曰：

章臺柳，章臺柳，昔日青青今在否？縱使長條似舊垂，亦應攀折他人手。

柳氏捧金嗚咽，左右淒憫。答之曰：

楊柳枝，芳菲節，所恨年年贈離別。一葉隨風忽報秋，縱使君來豈堪折。

無何，有蕃將沙吒利〔八〕者，初立功，竊知柳氏之〔九〕色，劫以歸第，寵之專房。及希逸除左僕射入覲，翃得從行，至京師，已失柳氏所止，歎想不已。偶於龍首岡見蒼頭以駮牛駕輜軿，從兩女奴。翃偶隨之，自車中問曰：「得非韓員外乎？某乃柳氏也。」使女奴竊言失身沙吒利，阻同車者，請詰旦幸相待於道政里門。及期而往，以輕素結玉合，實以香膏，自車中授之，曰：「當遂永訣，願置誠念。」乃回車，以手揮之，輕袖搖搖，香車轔轔，目斷意迷，失於驚塵。翃大不勝情。

會淄青諸將合樂酒樓，使人請翃，翃强應之，然意色皆喪，音韻淒咽。有虞候許俊者，以材力自負，撫劍言曰：「必有故，願一效用。」翃不得已，具以告之。俊曰：「請足下數字，當立致之。」乃衣縵胡，佩雙鞬，從一騎，徑造沙吒利之第。候其出行里餘，乃被衽執轡，犯關排闥，急趨而呼曰：「將軍中惡，使召夫人。」僕侍辟易，無敢仰視。遂升堂，出翃札示柳氏，挾之跨鞍馬，逸塵斷鞅，倏忽乃至，引裾而前曰：「幸不辱命。」四座驚歎。柳氏與翃，執手涕泣，相與罷酒。是時沙吒利恩寵殊等。翃、俊懼禍，乃詣希逸。希逸大驚曰：「吾平生所爲事，俊乃能爾乎〔一〇〕？」遂獻狀曰：

檢校尚書金部員外郎兼御史韓翃，久列參佐，累彰勳效。頃從鄉賦。有妾柳氏阻絶凶寇，依止名尼。今文明撫運，遐邇率化。將軍沙吒利凶恣撓法，憑恃微功，驅有志之妾，干無爲之政。臣部將兼御史中丞許俊，族本幽薊，雄心勇决，却奪柳氏，歸於韓翃。義切中抱，雖昭感激之誠；事不先聞，固乏訓齊之令。

尋有詔：「柳氏宜還韓翃，沙吒利賜錢二百萬。」柳氏歸翃。翃後累遷至中書舍人。

然即柳氏，志防閑而不克者；許俊，慕感激而不達者也。向使柳氏以色選，則當熊、辭輦之誠可繼；許俊以才舉，則曹柯、澠池之功可建。夫事由跡彰，功待事立。惜鬱堙不偶，義勇徒激，皆不入於正。斯豈變之正乎？蓋所遇然也。

【校證】

〔一〕本篇收入《太平廣記》卷四八五《雜傳記二》，名爲《柳氏傳》，篇末未注出處；《類説》卷二八《異聞集》中收録此傳節本，名《柳氏述》；另《醉翁談録》癸集卷二有《韓翃柳氏遠離再會》，爲此傳節本，無出處；《緑窗新話》卷上亦有節本《沙吒利奪韓翃妻》，注出《異志》，周楞伽注云：「《異志》未知何人所編，各家書目均無著録，殆宋時有此書而今已佚。」其實，此《異志》實即《類説》所注《異聞集》之簡稱。本篇以《太平廣記》所收爲底本，校以《類説》本。題名從《太平廣記》，《廣記》雖多擅改原本作標目，然「雜傳記」類均當爲原名者，則此篇亦當爲原名，當依《廣記》。

〔二〕翃：原本作「翊」，《類説》、《緑窗新話》、《醉翁談録》皆作「翃」，據改，下同。韓翃爲唐大曆十才子之一，《新唐書》卷二〇三、《唐詩紀事》卷三〇、《唐才子傳》卷四皆有傳，均爲「翃」。唐人選唐詩之《中興間氣集》卷上、《極玄集》卷下、《又玄集》卷上亦同，唯《才調集》卷九作「翊」，當誤。

〔三〕李生：《本事詩》作「李將」，並注「失名」。

〔四〕陽浚：原本作「楊度」，王校指出「《唐摭言》卷一四作『陽浚』」，《登科記考》卷九訂爲『楊浚』」，《唐僕尚丞郎表》考證爲『陽浚』」，李校指出「按諸書所引，楊或作陽，浚或作俊，又作涣，皆非」，確考爲「陽浚」，從之。

〔五〕士女：《類説》作「士夫」，二字頗贅，伯玉翁抄本及有嘉堂抄本均爲「士女」。《山堂肆考》卷九九作「士民」，頗類於《舊唐書》卷一九六《吐蕃傳》所云「士庶奔駭」，然所云重在官、民皆奔，然此所謂「士女」，又含女性，則仍以「士女」爲是。

〔六〕姿：原本無，然「以艷獨異」未通，據《類説》本補。

〔七〕法雲寺：原本作「法靈寺」，誤。據《類説》及《醉翁談録》改。宋敏求《長安志》卷八「南宣平坊」有「西南隅法雲尼寺」條，下注云：「隋開皇三年令周鄖國公韋孝寬所立。初名法輪寺，睿宗在儲，改法雲寺，景龍二年，韋庶人改翊聖寺，景雲元年復舊。寺本隋太保薛國公長孫覽宅。」

〔八〕沙吒利：《類説》誤作「沙叱利」。按王定保《唐摭言》卷一五載：「翃嘗家於浙西，有美姬，翃甚溺惑，洎計偕，以其母所阻，遂不携去。會中元爲鶴林之遊，浙帥窺之，遂爲其人奄有。明年，翃及第，因以一絶箴之曰：『寂寞堂前日又曛，陽臺去作不歸雲。當時聞説沙吒利，今日青娥屬使君。』浙帥不自安，遣一介歸之於翃。」趙翃時代稍後於許堯佐，其詩亦云「沙吒利」，知此爲當時實事。《資治通鑑》卷二〇一載有沙吒相如，胡三省注云：「沙吒，夷人，複姓」。則此人之名可無疑矣。

〔九〕之：《類説》及《醉翁談録》均作「姿」，亦通。

〔一〇〕此句稍難索解，故《虞初志》卷六録此文時改爲「吾平生所難事，俊乃能爾乎」，方義通文順。然校以《本事詩》可知此仍爲明人誤改，其原文云：「希逸扼腕奮髯曰，此我往日所爲也，而俊復能之。」侯希逸此時被逐，寄跡京師，實已落魄，故有此言。

【集評】

《虞初志》（如隱草堂八卷本）卷六：

柳氏之蹟，予嘗見其略於《本事詩》，晚得許堯佐斯傳，頗爲詳備，因校入集。夫俊之義烈，偉矣！翊之會覯，奇矣！予獨惜夫柳之失身不能自裁以爲翊光也！或者以柳先事李生，不當以是望之。夫士死知己，智氏之豫讓則爲之，而何恕乎柳氏！嗚呼！此緑珠、碧玉之所以不易得與！

《艷異編》卷二三：

「韓夫子豈長貧賤者」句眉：相法高。

「以柳薦枕於韓君」句眉：佳人才子，正合相配。

許俊劫柳氏一段眉批：俠士銳不可當，真目無旁人者。

《虞初志》（七卷本）卷五：

開篇總評：湯若士評：傳甚文俠，論更慷慨。

「韓夫子豈長貧賤者」句眉：袁石公評：彼柳姬者，是張拂一流人。

「欲以柳薦枕於韓君」句眉：李卓吾評：郎才女貌，原相應求，第王孫一贈，千古難遇耳！

「翊仰柳氏之色，柳氏慕翊之才，兩情皆獲，喜可知也」句眉：屠赤水評：老手段，老面皮。

「喜可知也」句眉：李卓吾評：篇中喜處、驚處、恨處，種種畫出。

「乃剪髮毁形，寄跡法雲寺」句眉：袁石公評：妙常寄跡女貞，鶯鶯寄跡普救，柳姬又寄跡法靈：佛寺中觀音其屢現矣。

「翊乃遣使間行，求柳氏」句眉：湯若士評：猿啼夜月。

「昔日青青今在否」一節眉批：袁石公評：情至之語，凄惋不勝。

「縱使君來豈堪折」句眉：屠赤水評：想此際尚未攀折，何不還珠合浦。

「乃回車，以手揮之」句眉：袁石公評：此時柳當墮車，李（應作「韓」）當攀轅，交頸長號，一慟而絶，那得揮手而去！

「乃衣縵胡，佩雙鞬，從一騎，徑造沙吒利之第」句眉：李卓吾評：許中丞義勇糾糾，唯崑崙奴、古押衙二人，千載可相伯仲。

「引裾而前曰，幸不辱命」句眉：屠赤水評：快人哉！快心哉！讀至此，可盡一斗！

「是時沙吒利恩寵殊等」句眉：袁石公評：王孫之贈非難，虞候之俠絶少。若第一顧盼，嗚咽了局，令我碎玉斗而頭觸柱矣。

「柳氏宜還韓翃，沙吒利賜錢二百萬」句眉：又評：尋常打發，尚不能不切齒於沙吒利。

「柳氏，志防閑而不克者」句眉：屠赤水評：腐絶如此，假道學何用。

總評：袁石公評：虞候一舉，便去璧復還，破鏡重合，俠烈人亦不乏風流趣味也。

一〇　李娃傳〔一〕

白行簡〔二〕

汧國夫人李娃，長安之倡女也〔三〕。節行瑰奇，有足稱者。故監察御史白行簡〔四〕爲傳述。

天寶中，有常州刺史滎〔五〕陽公者，略其名氏不書，時望甚崇，家徒甚殷。知命之年，有一子，始弱冠矣，雋朗有詞藻，迥然不群，深爲時輩推伏。其父愛而器之，曰：「此吾家千里駒也。」

應鄉賦秀才舉，將行，乃盛其服玩車馬之飾，計其京師薪儲之費。謂之曰：「吾觀爾之才，當一戰而霸。今備二載之用，且豐爾之給，將爲其志也。」生亦自負，視上第如指掌。自毗陵發，月餘抵長安，居於布政里。嘗遊東市還，自平康東門入，將訪友於西南。至鳴珂曲，見一宅，門庭不甚廣，而室宇嚴邃，闔一扉。有娃〔六〕方憑一雙鬟青衣而〔七〕立，妖姿要妙，絶代未有。生忽見之，不覺停驂久之，徘徊不能去。乃詐墜鞭〔八〕於地，候其從者，敕取之，累眄〔九〕於娃，娃回眸凝睇，情甚相慕〔一〇〕，竟不敢措辭而去。生自爾意若有失，乃密徵其友游長安之熟者以訊之。友曰：「此狹邪〔一一〕女李氏宅也。」曰：「娃可求乎？」

對曰：「李氏頗贍，前與通之者，多貴戚豪族，所得甚廣，非累百萬，不能動其志也。」生曰：「苟患其不諧，雖百萬何惜！」

他日，乃潔其衣服，盛賓從而往。扣其門，俄有侍兒啓扃。生曰：「此誰之第耶？」侍兒不答，馳走大呼曰：「前時遺策郎〔三〕也。」娃大悦，曰：「爾姑止之，吾當整妝易服而出。」生聞之私喜。乃引至蕭墻間，見一姥垂白上僂，即娃母也。生跪拜前致詞曰：「聞玆地有隙院，願税以居，信乎？」姥曰：「懼其淺陋湫隘，不足以辱長者所處，安敢言直耶？」延生於遲賓之館，館宇甚麗。與生偶坐，因曰：「某有女嬌小，技藝薄劣，欣見賓客，願將見之。」乃命娃出，明眸皓腕，舉步艷冶。生遂驚起，莫敢仰視。與之拜畢，叙寒燠，觸類妍媚，目所未睹。復坐，烹茶斟酒，器用甚潔。

久之日暮，鼓聲四動。姥訪其居遠近。生紿之曰：「在延平門外數里。」冀其遠而見留也。姥曰：「鼓已發矣，當速歸，無犯禁。」生曰：「幸接歡笑，不知日之云夕。道里遼闊，城内又無親戚，將若之何？」娃曰：「不見責僻陋，方將居之，宿何害焉。」生數目姥，姥曰：「唯唯。」生乃召其家僮，持雙縑，請以備一宵之饌。娃笑而止之曰：「賓主之儀，且不然也。今夕之費，願以貧窶之家，隨其粗糲以進之。其餘以俟他辰。」固辭，終不許。

俄徙坐西堂，帷幕簾榻，焕然奪目；妝奩衾枕，亦皆侈麗。乃張燭進饌，品味甚盛。

徹饌，姥起。生與〔一三〕娃談話方切，詼諧調笑，無所不至。生曰：「前偶過卿門，遇卿適在屏間。厥後心常勤念，雖寢與食，未嘗或捨。」娃答曰：「我心亦如之。」生曰：「今之來，非直求居而已，願償平生之志。但未知命也若何。」言未終，姥至，詢其故，具以告。姥笑曰：「男女之際，大欲存焉。情苟相得，雖父母之命，不能制也。女子固陋，曷足以薦君子之枕席！」生遂下階，拜而謝之曰：「願以己爲厮養。」姥遂目之爲郎，飲酣而散。及旦，盡徙其囊橐，因家於李之第。

自是生屏跡戢身，不復與親知相聞。日會倡優儕類，狎戲遊宴。囊中盡空，乃鬻駿乘及其家僮。歲餘，資財僕馬蕩然。邇來姥意漸怠，娃情彌篤。

他日，娃謂生曰：「女〔一四〕與郎相知一年，尚無孕嗣。常聞竹林神者，報應如響，將致薦酹求子〔一五〕，可乎？」生不知其計，大喜。乃質衣於肆，以備牢醴，與娃同謁祠宇而禱祝焉。信宿而返，策驢而後，路出宣陽里〔一六〕，至里北門，娃謂生曰：「此東轉小曲中，某之姨宅也，將憩而覲之，可乎？」生如其言，前行不逾百步，果見一車門。窺其際，甚弘敞。其青衣自車後止之曰：「至矣。」生下驢〔一七〕，適有一人出訪曰：「誰？」曰：「李娃也。」乃入告。俄有一嫗至，年可四十餘，與生相迎，曰：「吾甥來否？」娃下車，嫗逆訪之曰：「何久疏絶？」相視而笑。娃引生拜之，既見，遂偕入西戟門偏院。中有山亭，竹樹葱蒨，池榭幽絶。生謂娃曰：「此姨之私第耶？」笑而不答，以他語對。俄獻茶果，甚珍奇。食頃，有一人控大宛馬〔一八〕，汗流馳至曰：「姥遇暴疾，頗甚，殆不識人，宜速歸。」娃謂姨曰：「方寸亂矣，某騎而前去，當令返乘，便與郎偕來。」生擬隨之，其姨與侍兒偶語，以手揮之，令生止於户外，曰：「姥且歿矣，當與某議喪事，以濟其急，奈何遽相隨而去？」乃止，共計其凶儀齋祭之用。日晚，乘不至。姨言曰：「無復命，何也？郎驟往覘之，某當繼至。」生遂往，至舊宅，門扃鑰甚密，以泥緘之。生大駭，詰其鄰人。鄰人曰：「李本稅此而居，約已周矣。第主自收，姥徙居而且再宿矣。」徵徙何處，曰：「不詳其所。」生將馳赴宣陽，以詰其姨，日已晚矣，計程不能達。乃弛其裝服，質饌而食，賃榻而寢，生恚怒方甚，自昏達旦，目不交睫。質明，乃策蹇而去。既至，連扣其扉，食頃無人應。生大呼數四，有宦〔一九〕者徐出。生遽訪之：「姨氏在乎？」曰：「無之。」生曰：「昨暮在此，何故匿之？」訪其誰氏之第，曰：「此崔高書宅。昨者有一婦〔二〇〕人稅此院，云遲〔二一〕中表之遠至者，未暮去矣。」

生惶惑發狂，罔知所措，因返，訪布政舊邸。邸主哀而進膳。生怨懣，絶食三日，遘疾甚篤，旬餘愈甚。邸主懼其不起，徙之於凶肆之中。綿綴移時，合肆之人，共傷歎而互飼之。後稍愈，杖而能起。由是凶肆日假之，令執繐帷，獲其直以自給。累月，漸復壯。每聽其哀歌，自歎不及逝者，輒嗚咽流涕，不能自止。歸則效之。生聰敏者也，無何，曲盡其妙，雖長安無有倫比。

初，二肆之傭凶器者，互爭勝負。其東肆車輿皆奇麗，殆不敵，唯哀挽劣焉。其東肆長知生妙絶，乃醵錢二萬索顧焉。其黨耆舊，共較其所能者，陰教生新聲，而相讚和。累旬，人莫知之。其二肆長相謂曰：「我欲各閱所備〔一二〕之器於天門街，以較優劣。不勝者，罰直五萬，以備酒饌之用，可乎？」二肆許諾，乃邀立符契，署以保證，然後閱之。

士女大和會，聚至數萬。於是里胥告於賊曹，賊曹聞於京尹。四方之士，盡赴趨焉，巷無居人。自旦閱之，及亭午，歷舉輦輿威儀之具，西肆皆不勝，師有慚色。乃置層榻於南隅，有長髯者，擁鐸而進，翊衛數人，於是奮髯揚眉，扼腕頓顙而登，乃歌《白馬》之詞。恃其夙勝，顧眄左右，旁若無人。齊聲讚揚之，自以爲獨步一時，不可得而屈也。有頃，東肆長於北隅上設連榻，有烏巾少年，左右五六人，秉翣而至，即生也。整衣服，俯仰甚徐，申喉發調，容若不勝。乃歌《薤露》之章，舉聲清越，響振林木。曲度未終，聞者歔欷掩泣〔一三〕。西肆長爲衆所誚，益慚耻，密置所輸之直於前，乃潛遁焉。四座愕眙，莫之測也。

先是天子方下詔，俾外方之牧，歲一至闕下，謂之入計。時也，適遇生之父在京師，與同列者易服章，竊往觀焉。有老豎，即生乳母婿也，見生之舉措辭氣，將認之而未敢，乃泫然流涕。生父驚而詰之，因告曰：「歌者之貌，酷似官人之子〔二四〕。」父曰：「吾子以多財〔二五〕爲盜所害，奚至是耶？」言訖，亦泣。及歸，豎間馳往，訪於同黨曰：「向歌者誰，若斯之妙歟？」皆曰：「某氏之子。」徵其名，且易之矣。豎凜然大驚，徐往，迫而察之。生見豎，色動回翔，將匿於衆中。豎遽〔二六〕持其袂曰：「豈非某郎〔二七〕乎？」相持而泣，遂載以歸。至其室，父責曰：「志行若此，污辱吾門，何施面目，復相見也？」乃徒行出，至曲江西杏園東〔二八〕，去其衣服。以馬鞭鞭之數百。生不勝其苦而斃，父棄之而去。

其師〔二九〕命相狎暱者陰隨之，歸告同黨，共加傷歎。令二人齎葦席瘞焉。至，則心下微温，舉之，良久，氣稍通。因共荷而歸，以葦筒灌勺飲，經宿乃活。月餘，手足不能自舉，其楚撻之處皆潰爛，穢甚。同輩患之，一夕棄於道周。行路咸傷之，往往投其餘食，得以充腸。十旬，方杖策而起。被布裘，裘有百結，襤褸如懸鶉。持一破甌，巡於閭里，以乞食爲事。自秋徂冬，夜入於糞壤窟室，晝則周遊廛肆。

一旦大雪，生爲凍餒所驅，冒雪而出，乞食之聲甚苦，聞見者莫不淒惻。時雪方甚，人家外户多不發。至安邑東門，循里〔三〇〕垣北轉第七八，有一門獨啓左扉，即娃之第也。生不知之，遂連聲疾呼：「饑凍之甚。」音響淒切，所不忍聽。娃自閤中聞之，謂侍兒曰：「此必生也，我辨其音矣。」連步而出。見生枯瘠疥癘，殆非人狀。娃意感焉，乃謂曰：「豈非某郎耶〔三一〕？」生憤懣絶倒，口不能言，頷頤而已。娃前抱其頸，以繡襦擁而歸於西廂，失聲長慟曰：「令子一朝及此，我之罪也。」絶而復蘇。姥大駭奔至，曰：「何也？」娃曰：「某郎。」姥遽〔三二〕曰：「當逐之，奈何令至此。」娃斂容却涕〔三三〕曰：「不然。此良家子也，當昔驅高車，持金裝，至某之室，不踰期而蕩盡。且母子〔三四〕互設詭計，捨而逐之，殆非人行。令其失志，不得齒於人倫。父子之道，天性也。使其情絶，殺而棄之，又困躓若此。天下之人，盡知爲某也。生親戚滿朝，一旦當權者熟察其本末，禍將及矣。况欺天負人，鬼神不祐，無自貽其殃也。某爲姥子，迨今有二十歲矣。計其貲，不啻直千金。今姥年六十餘，願計二十年衣食之用以贖身，當與此子別卜所詣。所詣非遥，晨昏得以温凊，某願足矣。」姥度其志不可奪，因許之。

給姥之餘有數〔三五〕百金，北隅四五家，税一隙院。乃與生沐浴，易其衣服，先〔三六〕爲湯粥通其腸，次以酥乳潤其臟。旬餘，方薦水陸之饌。頭巾履襪，皆取珍異者衣之。未數月，肌膚稍腴。卒歲，平愈如初。

異時，娃謂生曰：「體已康矣，志已壯矣。淵思寂慮，默想曩昔之藝業，可温習乎？」生思之，曰：「十得二三耳。」娃命車出遊，生騎而從。至旗亭南偏門鬻墳典之肆，令生揀而市之，計費百金，盡載以歸。因令生斥棄百慮以志學，俾夜作晝，孜孜矻矻。娃常偶坐，宵分乃寐。伺其疲倦，即諭之綴詩賦。二歲而業大就，海內文籍，莫不該覽。生謂娃曰：「可策名試藝矣。」娃曰：「未也，且令精熟，以俟百戰。」更一年，曰：「可行矣。」於是遂一上登甲科，聲振禮闈。雖前輩見其文，罔不斂衽敬羨，願友〔三七〕之而不可得。娃曰：「未也。今秀士苟獲擢一科第，則自謂可以取中朝之顯職，擅天下之美名。子行穢跡鄙，不侔於他士。當礱淬利器，以求再捷，方可以連衡多士，爭霸群英。」生由是益自勤苦，聲價彌甚。其年遇大比，詔徵四方之雋。生應直言極諫科，策〔三八〕名第一，授成都府參軍。三事以降，皆其友也。

將之官，娃謂生曰：「今之〔三九〕復子本軀，某不相負也。願以殘年，歸養老姥。君當結援〔四〇〕鼎族，以奉蒸嘗。中外婚媾，無自黷也。勉思自愛，某從此去矣。」生泣曰：「子若棄我，當自剄以就死。」娃固辭不從，生勤請彌懇。娃曰：「送子涉江，至於劍門，當令我回。」生許諾。月餘，至劍門。未及發而除書至，生父由常州詔入，拜成都府〔四一〕尹兼劍南採訪使〔四二〕。

浹辰，父到。生因投刺，謁於郵亭。父不敢認，見其祖父官諱，方大驚，命登階，撫背慟哭移時。曰：「吾與爾父子如初。」因詰其由，具陳其本末。大奇之，詰娃安在。曰：「送某至此，當令復還。」父曰：「不可。」翌日，命駕與生先之成都，留娃於劍門，築別館以處之。明日，命媒氏通二姓之好，備六禮以迎之，遂如秦晉之偶。

娃既備禮，歲時伏臘，婦道甚修，治家嚴整，極爲親所眷尚〔四三〕。後數歲，生父母偕殁，持孝甚至。有靈芝産於倚廬，一歲〔四四〕三秀，本道上聞。又有白燕數十，巢其層甍〔四五〕。天子異之，寵錫加等。終制，累遷清顯之任。十年間，至數郡。娃封汧國夫人〔四六〕，有四子，皆爲大官，其卑者猶爲太原尹。弟兄姻媾皆甲門，内外隆盛，莫之與京。

嗟乎！倡蕩之姬，節行如是，雖古先烈女，不能踰也，焉得不爲之歎息哉！予伯祖嘗牧晉州，轉户部，爲水陸運使，三任皆與生爲代，故諳詳其事。貞元中，予與隴西李〔四七〕公佐話婦人操烈之品格，因遂述汧國之事。公佐拊掌竦聽，命予爲傳。乃握管濡翰，疏而存之。時乙亥〔四八〕歲秋八月，太原白行簡云。

【校證】

〔一〕本篇收入《太平廣記》卷四八四《雜傳記一》，即名《李娃傳》，末注其出處爲《異聞集》。《類説》本則題爲《汧國夫人傳》，卞孝萱《校訂〈李娃傳〉的標題和寫作年代》一文指出此篇應從《類説》本之名，理由有二：一即傳末提及「汧國」，二即「《太平廣記》多改易唐代小説篇名」，然前者僅爲推測，後者亦非鐵律。此後程毅中、周紹良亦多據《類説》本改名。李劍國《唐五代志怪傳奇敘録》指出「《類説》本《異聞集》所題疑爲曾慥所改」，又據李匡文《資暇集》所引指出「匡文晚唐人，去中唐未遠，其題《節行倡李娃傳》必有據，但題中似脱或省去李字，當作《節行倡李娃傳》」，又在《唐五代志怪傳奇叙録》增訂本中回改爲《李娃傳》，以「《廣記》雜傳記所收傳奇皆用原題」，故此當爲原名。

〔二〕《太平廣記》未署作者，然前云「故監察御史白行簡爲傳述」，末云「太原白行簡云」，則文内已著作者，題下不另注。劉克莊《後村詩話》前集卷一云：「鄭畋名相，父亞亦名卿，或爲《李娃傳》誣亞爲元和，畋爲元和之子。小説因謂畋與盧攜並相不咸，攜詬畋身出倡妓。按畋與攜皆李翱甥，畋母，攜姨母也，安得如《娃傳》及小説所云乎？唐人挾私忿、騰虚謗，良可發千載一笑。亞爲李德裕客，白敏中素怨德裕，及亞父子。《娃傳》必白氏子弟爲之，托名行簡，又嫁言天寶間事。且《傳》作於德宗之貞元，追述前事可也；亞登第於憲宗之元和，畋相於僖宗之乾符，豈得預載未然之事乎？其謬妄如此。如《周秦行紀》，世以爲德裕客韋絢所作，二黨真可爲戒！」指此爲白居易從弟白敏中之子弟僞托白行簡所撰，以攻擊鄭亞及鄭畋。然元稹《酬翰林白學士代書一百韻》詩「翰墨題名盡，光陰聽話移」句下自注「嘗與新昌宅説《一枝花話》，自寅至巳，猶未畢詞也」，此詩寫於元和五年（八一〇），時已有《一枝花話》，而此年鄭畋尚未生，則此傳與鄭畋及白敏中均無關係。

〔三〕此下《醉翁談録》有「字亞仙，舊名一枝花」八字。一般以此爲宋人所加，李校認爲「《一枝花》與李娃了不相涉」。然《類説》此文之末即注云「舊名一枝花」，且其後空二行，知爲編者曾慥未得善本而闕疑之處，則前著其名，或爲原文。

〔四〕故監察御史白行簡：此句各本皆同。然有問題：其一，白行簡從未任監察御史之職；其二，此句置於傳文之首，既顯突兀，又頗複贅。究其實，此句或與元稹有關：元稹非但於元和五年作《酬翰林白學士代書一百韻》詩中提及《一枝花話》；且當爲李娃事作《李娃行》（詩雖佚，現亦有殘句可輯）；尤爲巧合者，其於元和四年曾寫《使東川》組詩，序云：「元和四年三月七日，予以監察御史使東川，往來鞍馬間，賦詩凡三十二章，秘書省校書郎白行簡爲予手寫爲《東川卷》。」可知此時任監察御史者爲元稹，且與白行簡交往甚密；另據白行簡《三夢記》，知此年三月元稹奉使劍外時，「予與仲兄樂天、隴西李杓直同遊曲江」，本傳之末云「予與隴西公佐話婦人操烈之品格」，雖尚不知李建（杓直）與李公佐是否相熟，然二人年歲相近，又同爲隴西李氏（李建排行十一，李公佐則爲二十三），則或亦有交遊。合此數端，則此處或當作「故監察御史河南元微之爲作李娃行予」，因需標出元稹之詩，傳首有此一句，亦文勢之必然；後人鈔録，中或誤脱一行，至入《太平廣記》，編者依例將「予」字改爲作者之外，張冠李戴，遂至於此。然此僅爲推測，並無版本可依，僅列於此，以供參酌。

〔五〕滎：此字幾乎所有重要版本如《太平廣記》之談本、沈鈔、許本、黄本、《類説》諸本及明清説部之陸本《虞初志》、《艷異編》、《删補文苑楂橘》等皆作「滎」，唯《太平廣記》之庫本改爲「滎」，後世各本皆徑改，如魯輯、汪輯、汪校、張校、李校等，且均未出校記，即就文獻校勘而言，自屬臆改。

作者之用此字，實爲對主人公姓鄭之虛掩，則不可徑用「滎」字，以違作者原意，故據原本。

〔六〕娃：《類説》作「姬」。

〔七〕而：原本無，據沈鈔、孫校、《類説》補。

〔八〕鞭：《類説》作「策」，以下文有「遺策郎」，或原即爲「策」字。

〔九〕眄：《類説》作「盼」。

〔一〇〕慕：《類説》作「顧」，庫本《類説》又作「洽」。

〔一一〕狹邪：原本作「俠邪」，沈鈔、孫校作「狎邪」，《類説》作「狹斜」，均通，據《類説》改「狹」字。

〔一二〕「遺策郎」後《類説》多一「來」字，李校據補。然揆諸情態，若補「來」字，則侍兒僅爲傳達，前加「遺策郎」三字則過於輕率；若不補此字，則似回答主人之問，知其對鄭生之至早有準備。故以不補爲佳。

〔一三〕原本無「與」字，據沈鈔補。

〔一四〕姥謂生曰女：原本作「娃謂生曰」，然與前「姥意漸怠，娃情彌篤」枘鑿，故據《類説》、《緑窗新話》及《醉翁談録》改「娃」爲「姥」，補「女」字。

〔一五〕子：原本作「之」，據《類説》、《緑窗新話》及《醉翁談録》改。

〔一六〕路出宣陽里：五字原缺，據《類説》、《醉翁談録》補。按：若無此五字，則下文徑云「至里北門」，當指李娃所住之鳴珂曲之「里北門」，若如是，下文之騙局無法實施。據《唐兩京城坊考》

知宣陽里在平康里之南，與鳴珂曲尚有一段距離，方有行騙之機。另，下文亦云被騙至鳴珂曲之鄭生「將馳赴宣陽」，亦可知此即在宣陽里，且知此五字當爲原文。

〔一七〕驢：原本無此字，李校據庫本補，從之。

〔一八〕馬：原本無此字，據《醉翁談録》及伯玉翁抄本補。

〔一九〕宦者：《類説》作「官者」，伯玉翁抄本作「守者」，《醉翁談録》作「官人」。

〔二〇〕婦：原本無此字，據《類説》、《醉翁談録》補。

〔二一〕遲：伯玉翁抄本作「延」。

〔二二〕備：原本作「傭」，前可云「二肆之傭凶器者」，然此云「各閲所傭之器」則不當，據沈鈔改。

〔二三〕泣：《類説》作「耳」，亦通。

〔二四〕官人之子：原本作「郎之亡子」，《類説》作「郎子」，據《醉翁談録》改。李校云「唐代奴僕稱主人曰郎」，故依原本。然或不妥，奴僕可稱主人爲「郎」，然此僅爲常例，若主人爲官，則奴僕或更當以「官人」稱之，趙翼《陔餘叢考》卷三七云「奴僕稱主，及尊長呼卑幼，皆曰某官人」，且「唐以前必有官者方稱官人」。則以「官人」稱官常州刺史之滎陽公，亦得其宜。另，下文此僕當稱鄭生爲「郎」（李校亦據校補），則益證此處當稱其父爲「官人」也。

〔二五〕財：《類説》爲「藏」，李校釋其「音葬」，指財物，恐未妥，此或因與「財」字音近而誤，《醉翁談録》異文多與《類説》同，然此處亦作「財」。

〔二六〕遽：原本作「遂」，鄭生欲藏匿之，則「遂」字過於順理成章，且下文相認之後方可平叙其「遂載以歸」。陸本作「遽」，揆諸當時情態，當以陸本爲是，且各本「遽」、「遂」二字多有互訛者，此或亦形近而誤，據陸本改。
〔二七〕郎：此字原本無，據《類説》及《醉翁談録》補。
〔二八〕東：《類説》及《醉翁談録》作「中」。
〔二九〕師：《類説》及《醉翁談録》作「凶師」。
〔三〇〕里：原本作「理」，汪校據沈鈔改，從之。張校未改。
〔三一〕耶：原本作「也」，據沈鈔改。
〔三二〕遽：《類説》及《醉翁談録》作「怒」，以前後文觀之，前云其「大駭奔至」，後云其「度其志不可奪，因許之」，則未必即怒。此「遽」字適以形容其「大駭奔至」之情態耳。
〔三三〕涕：原本作「睇」，李校釋云「謂回頭斜看」，然似不辭，且前云「失聲長慟」，則此之「斂容」宜配以「却涕」，故據《青泥蓮花記》及《佩文韻府》「却涕」條引文改。
〔三四〕母子：原文無，語義不順，故據《類説》、《緑窗新話》、《醉翁談録》補「母子」二字。
〔三五〕數：此字原本無，李校云「下文云購書已用百金，娃所餘不得只百金也」，甚是。據《類説》、《醉翁談録》補。
〔三六〕先：此字原本無，據《類説》及《醉翁談録》補。

〔三七〕友：此字汪校云「友原作女，據明鈔本改」。張注云：「滎陽生雖登甲科，究屬新進，何至前輩願友之而不可得？如作『女』，指前輩願以女許之爲妻，即招之爲婿，似較合理。」故其又據談愷刻本回改。李校云「談愷刻本作『女』」，按語云：「作『友』誤，及一第何至前輩『願友之而不可得』？女，去聲，嫁也。《左傳》莊公二十八年：『晉伐驪戎，驪戎男女以驪姬。』杜預注：『納女於人曰女。』」然此或未盡當。一者，張、李均以鄭生不過一甲科，前輩何至咸與爲友？此或未察古人政治生態之言。此前輩願友者，非僅重其甲科，實重其後之宦途耳，古人一朝登第、攀附盈門之例甚多；況若前輩不至争相爲友，則何至於争相嫁女乎？豈較「友之」尤重。二者，後文云其「應直言極諫科，策名第一」後，「三事以降，皆其友也」，正呼應前文；若依前論，其「再捷」之後，則三事以降，又當争以女妻之矣。非僅如上，就此字而言，現存各本實均爲「友」，談刻本亦不例外，其字形如「友」，知諸家多因字形相近而誤認爲「女」也。

〔三八〕科策：原本作「策科」，當互乙，據庫本乙正。《類説》、《醉翁談録》本均作「居」，亦通。

〔三九〕今之：《類説》本、《醉翁談録》本均作「今日之事」，李校據補，均通，然亦頗有微異，「今之」重在時間，「今日之事」則重在爲官之事，揆之李娃心意，似當以原文爲是。

〔四〇〕結援：原本作「結媛」，然文獻鮮有用例；《類説》作「結縭」，亦似難通；有嘉堂抄本作「結援」，則用例甚多，如《世説新語·方正》云「王丞相初在江左，欲結援吴人請婚」等，故據改。

〔四一〕府：此字原本無，然前文鄭生「授成都府參軍」，其父之來，乃與子爲同僚，故據《類説》、《醉翁談録》補。

〔四二〕使：原本作「役」，據沈鈔、孫校改。

〔四三〕尚：原爲「向」，汪校據沈鈔改，從之。

〔四四〕歲：原本作「穗」，「穗」與「秀」皆指穀物之實，則「一穗三秀」之語不通。李校據《類説》改爲「一莖三秀」，云其「指靈芝一柄長三朵菌蓋，古以爲祥瑞之物」，似可通。然孫校及《醉翁談録》皆作「歲」。按：小麥、稻穀一莖僅有一穗，一莖多穗極爲罕見，故古人視爲祥瑞，如《宋史·樂志十三》云「時和物阜粟滋茂，嘉生騈穗來呈祥」，周密《齊東野語》云「世所謂祥瑞者，麟鳳龜龍……連理之木，合穎之禾皆是也」，此騈穗、合穎皆指一莖二穗；《文選》録司馬相如《封禪文》云「導一莖六穗於庖，犧雙觡共柢之獸」，李善注云「一莖六穗，謂嘉禾之米」，而顔延之《三月三日曲水詩序》云「赬莖素毳，並柯共穗之瑞，史不絶書」，李善注云「共穗，嘉禾也」。知古人自一莖二穗至六穗及多穗，均視其瑞兆。然靈芝不同於穀物，其本即叢生，若依李注，則「三秀」實爲常態耳，《抱朴子·仙藥》尚有「九莖一叢」之語，况此「三秀」非指如穀物之一莖三穗，實爲一年三花：《楚辭·山鬼》云「採三秀兮於山間」，王逸注「三秀，謂芝草也」，《爾雅翼》云「芝，瑞草，一歲三華，故《楚辭》謂之三秀」，嵇康《幽憤詩》亦有「煌煌靈芝，一年三秀」之句，由此亦可知，一年三花爲靈芝常態。然則本文所稱，非以「三秀」爲瑞，而以「靈芝産於倚廬」爲瑞也。以前引「一歲三華」、「一年三秀」之語校之，知此處原文當爲「一歲三秀」，知原本作「穗」實爲

「歲」字同音而誤者，故據孫校、《醉翁談録》及陸本改。

〔四五〕甍：伯玉翁抄本作「墓」。

〔四六〕此下《類説》又有「舊名一枝花本説一枝花自演」十二字，張政烺《一枝花話》一文據所見明抄本《類説》，謂此條注文爲「舊名《一枝花》。元稹《酬白居易代書一百韻》云：『□墨題名盡，光陰聽話移。』柱云：『樂天從遊常題名於柱，復本説《一枝花》，自寅及巳。』則其所見，當爲有嘉堂抄本。按：元稹集中此詩尚存，自注亦全，其文云：「樂天每與予遊從，無不書名屋壁，又嘗於新昌宅説《一枝花話》，自寅至巳，猶未畢詞也。」

〔四七〕李：原本無，據陸本補。

〔四八〕此之「乙亥」因前云貞元，則當爲貞元十一年（七九五），此時之白行簡年方二十，十年後方考中進士，則此時間必有誤。李校云此「乙亥」當爲「己亥」之訛，此類訛誤於古籍中所在多有，頗可采信。則此當爲元和十四年（八一九），而前之「貞元中」亦當爲後人誤爲「乙亥」時，知元和無「乙亥」歲，故改貞元牽就「乙亥」而已。

【集評】

《艷異編》卷二九：

「賓主之儀，且不然也」句眉：肯作主人，便奇。

「姥意漸怠，娃情彌篤」句眉：一篇情節在八個字中。

「生如其言」句眉：墮其術中矣。

李娃與姥争論一段眉批：一番正論，即鐵石人也動心。

「伺其疲倦即諭之」句眉：好個女先生。

《虞初志》（七卷本）卷四：

「前時遺策郎也」句眉：袁石公評：遺策郎三字，風流閒雅，令人欣然有附驥之思。

「明眸皓腕，舉步艷異」句眉：湯若士評：畫出動人模樣。

「前偶過其門」句眉：屠赤水評：歷叙前事，如波與雲委，儼在畫圖。

「賓主之儀，且不然也」句眉：又評：娃數語大是得體。

「情苟相得」句眉：李卓吾評：姥湊趣數語，雖或面是心非，然「情苟相得」句，是徹骨語，固非姥不能言也。

「姥意漸怠，娃情彌篤」句眉：李卓吾評：計出自姥則可，若説李娃合計，恐能爲洴國者，未必如是。

「嫗逆訪之曰，何久疏絶，相視而笑」句眉：袁石公評：逆訪視笑，闔目宛宛欲真。又評：圈套已定，生不及預料，娃不能自主，從來老姥如是，吾按之，當服上刑。

「連扣其扉」句眉：李卓吾評：描畫出窮途真景。

「未暮去矣」句眉：袁石公評：果是脱殼金蟬，莫可蹤跡。

「生聰敏者也」句眉：屠赤水評：聰敏人無所不臻其妙，即一乞子，自是擅絶。

「乃邀立符契，署以保證」句眉：李卓吾評：東肆長先得希世奇珍，故敢於天門街作鬬寶會耳。

鄭生比唱一節眉批：湯若士評：描畫淋漓，有史遷之遺意。

「顧盼左右，旁若無人」句眉：袁石公評：稍搦寸管，栩栩自得，與此何異。又評：風流人物，諒不以小節自拘，如三家村中，便爲之吐舌矣。

「以馬鞭鞭之數百」句眉：屠赤水評：始目爲千里駒，乃稍不當意，便箠楚决絶，忍哉父也，亦大不知子矣。

「父棄之而去」句眉：李卓吾評：鄭太守固不如李娃，且不如肆長多矣。

「持一破甌，巡於閭里」句眉：李卓吾評：此等事業，也從風流中得來。

「有一門獨啓左扉」句眉：袁石公評：前闔一扉，今啓一扉，固是狎邪本色。。

「娃前抱其頸，以繡襦擁而歸於西廂」句眉：屠赤水評：人情吐棄，娃獨收之，狼藉之餘，擁抱護持，長慟欲絶，誰謂烟花中無貞女烈婦！

李娃説姥一節眉批：湯若士評：老姥須以勢望壓之，固是常法。又評：一番正論，又有一番婉辭。

李娃督鄭生讀書一節眉批：李卓吾評：人家内子，下者恣淫荒之習，上者操鹽米之微，有勸郎讀書者幾人？但聞有勸不讀書者耳。

「子行穢跡鄙，不侔於他士」句眉：袁石公評：若李娃者，却不是個催官星！

「當礱淬利器，以求再捷」句眉：屠赤水評：一女人志量斷不肯作第二流人物，洵是女丈夫。

「結緣鼎族」句眉：李卓吾評：想頭極好，却似拿班。

「子若棄我，當自剄以就死」句眉：李卓吾評：乞丐伎倆固如此。

「備六禮」句眉：袁石公評：固當如是，娃真千載人，若律以報施常套，豈不昧殺李娃一片赤心。

總評：鍾瑞先評：此傳摹情甚酷。

李卓吾總評：觀鄭生墜鞭税院、托遠借宿、謀匿尋匆種種，所云世俗小聰明、小伎倆耳，却成乞丐本錢。安得如汧國夫人，説母卜居，買書勸讀，倍業辭婚，若大經濟，若大主張，逼真女中俠烈也！誰謂没鬚眉中，便無男子乎！其四子皆爲大官，弟兄婚媾皆甲門，内外隆盛，莫之與京，悉所以報汧國也。如鄭生者，不失乞兒本色，安得有此！

《情史》卷一六：

「今豐爾之給，將遂其志也」句眉：厚與之資，欲使以賄取雋乎？滎陽公固已陋矣。

「方將居之宿，何害焉」句眉：留出娃意，不得不消魂矣。

「生數目姥」句側：絶好關目。

「情苟相得，雖父母不能制也」句側：説得著，皮貼肉。

「笑而不答，以他語對」句側：節節見娃同局。

「計其凶儀齋祭之用」句側：說鬼話，有趣。
「以泥緘之」句側：妙。
「訪布政里舊邸」句側：葉落歸根。
「其黨陰教生新聲」句眉：古人一挽歌，必欲窮極性命，季世雖經邦大典，悉爲套數故事，不亦異乎！

鄭生比唱一節眉批：形容如畫，不減太史公筆力。
李娃説姥一節眉批：説得八面通透，不容姥不聽。
「子行穢跡鄙」句眉：誰有此高識。

總評：弇州山人曰：叛臣辱婦，每出於名門世族。而伶工賤女，乃有潔白堅貞之行。豈非秉彝之良，有不同邪！觀夫項王悲歌，虞姬刎；石崇赤族，緑珠墜；建封卒官，盼盼死；禄山作逆，雷清慟；昭宗被賊，宫姬蔽；少游謫死，楚伎經。若是者，誠出天性之所安，固非激以干名也。至於娃之守志不亂，卒相其夫，以抵於榮美，則尤人所難。嗚呼，娼也猶然，士乎可以知所勉矣。（按：《青泥蓮花記》及《虞初志》均録此條，然《青泥蓮花記》注出《虞初志》，《虞初志》云「湯若士評」，此則云「弇州山人曰」。）

《義伎傳》評曰：史稱設形容，揳鳴琴，揄長袂，躡利屣，固庸態也。娃之濯淖泥滓，仁心爲質，豈非所謂蟬蜕者乎？士不困辱，不激；不激，事不成。假令鄭子能自竪建顯當世，則娃幾與蘄王夫人媿美矣。

子猶氏曰：世覽《李娃傳》者，無不多娃之義。夫娃何義乎？方其墜鞭流盼，唯恐生之不來；及夫下榻延歡，唯恐生之不固；乃至金盡局設，與姥朋奸，反唯恐生之不去：天下有義焉如此者哉！幸生忍羞耐苦，或一旦而死於邸，死於凶肆，死於棰楚之下，死於風雪之中，娃意中已無鄭生矣。肯爲下一滴淚耶？繻襦之裹，蓋由平康滋味，嘗之已久，計所與往還，情更無如昔年鄭生者，一旦慘於目而怵於心，遂有此豪舉事耳。生之遇李厚，雖得此報，猶恨其晚。乃李一收拾生，而生遂以洴國花封報之。生不幸而遇李，李何幸而復遇生耶？

錢鍾書《管錐編·太平廣記·二〇六》：

按《清異録》卷一《人事門》：「司馬安仁謂不肖子傾産破業爲『鄭世尊』，曰：『鄭子以李娃故，行乞安邑，幾爲餒鬼，佛世尊於舍衛次第而乞，合二義以名之。』」即指此篇滎陽公子「持一破甌，巡於閭里」事。

一一　洞庭靈姻傳〔一〕

李朝威〔二〕

儀鳳〔三〕中，有儒生柳毅者，應舉下〔四〕第，將還〔五〕湘〔六〕濱。念鄉人有客於涇陽者，遂往告別〔七〕。

至六七里，鳥起馬驚，疾逸道左，又六七里，乃止。見有婦人，牧羊於道畔。毅怪而〔八〕視之，乃殊色也。然而蛾臉不舒，巾袖無光，凝聽翔立，若有所伺。毅詰之曰：「子何苦而自辱如是？」婦始楚〔九〕而謝，終泣而對曰：「賤妾不幸，今日見辱於長者。然而恨貫肌骨，亦何能愧避？幸一聞焉：妾，洞庭龍君小女也，父母配嫁涇川次子，而夫婿樂逸，爲婢僕所惑，日以厭薄。既而將訴於舅姑，舅姑愛其子，不能禦；迨訴頻，妾〔一〇〕又得罪舅姑，舅姑毁黜以至此。」言訖，歔欷流涕，悲不自勝。又曰：「洞庭於兹，相遠不知其幾多也。長天茫茫，信耗莫通，心目斷盡，無所知哀〔一一〕。聞君將還吴〔一二〕，密通〔一三〕洞庭，或以尺書寄託侍〔一四〕者，未卜〔一五〕將以爲可乎？」毅曰：「吾，義夫也。聞子之説，氣血俱動，恨無毛羽，不能奮飛，是何可否之謂乎！然而，洞庭，深水也，吾行塵間，寧可致意耶？唯恐道途顯晦，不相通達，致負誠托，又乖懇願。子有何術，可導我邪？」女悲泣且謝曰：「負載〔一六〕珍重，不復言矣。脱獲回耗，雖死必謝。君不許，何敢言？既許而問，則洞庭之與京邑，不足爲異也。」毅請聞之。女曰：「洞庭之陰，有大橘樹焉，鄉人謂之社橘。君當解去織〔一七〕帶，束以他物，然後叩〔一八〕樹三發，當有應者。因而隨之，無有礙矣。幸君子書叙之外，悉以心誠之話倚託，千萬無渝。」毅曰：「敬聞命矣。」女遂於襦間解書，再拜以進。東望愁泣，若不自勝。

毅深爲之戚，乃置書囊中。因復問曰：「吾不知子之牧羊，何所用哉？神祇豈宰殺乎？」女曰：「非羊也，雨工也。」「何爲雨工？」曰：「雷霆之類也。」毅復〔一九〕視之，則皆矯顧翠〔二〇〕步，飲齕甚異，而大小毛角，則無别羊焉。毅又曰：「吾爲使者，他日歸洞庭，幸勿相避。」女曰〔二一〕：「寧止不避，當如親戚耳。」語竟，引别東去。不數十步，回望女與羊，俱亡所見矣。

其夕，至邑而别其友。月餘〔二二〕，到鄉還家，乃訪於洞庭。洞庭之陰，果有橘社。遂易帶向樹，以物〔二三〕三擊而止。俄有武夫出於波間，再拜請曰：「貴客將自何所至也？」毅不告其事〔二四〕，曰：「徒謁〔二五〕大王耳。」武夫揭水指路，引毅以進。謂毅曰：「當閉目，數息可達矣。」毅如其言，遂至其宫。始見臺閣相向，門户千萬，奇草珍木，無所不有。夫乃止毅停〔二六〕於大室之隅，曰：「客當居此以伺焉。」毅曰：「此何所也？」夫曰：「此靈虚殿也。」

諦〔二七〕視之，則人間珍寶，畢〔二八〕盡於此。柱以白璧，砌以青玉，床以珊瑚，簾以水精。雕琉璃於翠楣，飾琥珀於虹棟。奇秀深杳〔二九〕，不可殫言。然而王久不至。毅謂夫曰：「洞庭君安在哉？」曰：「吾君方幸玄珠閣，與太陽道士講論〔三〇〕《火經》〔三一〕。少選當畢。」毅曰：「何謂《火經》？」夫曰：「吾君龍也，龍以水爲神，舉一滴〔三二〕可包陵谷；道士乃人也，人以火爲聖〔三三〕，發一燈〔三四〕可燎阿房。然而靈用不同〔三五〕，玄化各異，太陽道士精於人理，吾君邀以聽焉。」

言粗〔三六〕畢，俄〔三七〕而宮門闢〔三八〕，景從雲合，而見一人披紫衣，執青玉〔三九〕。夫躍曰：「此吾君也。」乃至前以告之。君望毅而問曰：「豈非人間之人乎？」毅對曰：「然。」既而設拜〔四〇〕，君亦拜。復〔四一〕坐於靈虛之下。謂毅曰：「水府幽深，寡人暗昧。夫子〔四二〕不遠千里，將有爲乎？」毅曰：「毅，大王之鄉人也。長於楚，遊學於秦。昨下第，閑驅〔四三〕涇水右涘，見大王愛女牧羊於野。風鬟雨鬢〔四四〕，所不忍視。毅因詰之，謂毅曰，爲夫婿所薄，舅姑不念，以至於此。悲泗淋漓，誠怛人心。遂托書於毅。毅許之。今以至此。」因取書進之。

洞庭君覽畢，以袖掩面而泣曰：「老夫〔四五〕之罪，不謹鑒〔四六〕聽，坐貽聾瞽，使閨窗孺弱，遠罹構害〔四七〕。公乃陌上人也，而能急之。幸被齒髮，何敢負德！」詞畢，又哀吒良久。左右皆流涕。

時有宦人密侍〔四八〕君者，君自〔四九〕以書授之，令達宮中。須臾，宮中皆慟哭。君驚，謂左右曰：「疾告宮中，無使有聲。恐錢塘所知。」毅曰：「錢塘何人也？」曰：「寡人之愛弟。昔爲錢塘長，今則致政矣。」毅曰：「何故不使知？」曰：「以其勇過人耳。昔堯遭洪水九年者，乃此子一怒也。近與天將失意，塞〔五〇〕其五山。上帝以寡人有薄德於古今，遂寬其同氣之罪。然猶縻繫於此。故錢塘之人，日日候焉。」語未畢，而大聲忽發，天拆地裂，宮殿擺簸，雲烟沸湧。俄有赤龍長千〔五一〕餘尺，電目血舌，朱鱗火鬣，項掣金鎖，鎖牽玉柱，千雷萬霆，激繞其身，霰雪雨雹，一時〔五二〕皆下。乃擘〔五三〕青天而飛去。毅恐蹶仆地，君親起持之曰：「無懼，固無害。」毅良久稍安，乃獲自定。因告辭曰：「願得生歸，以避〔五四〕復來。」君曰：「必不〔五五〕如此，其去則然，其來則不然。幸爲少盡繾綣。」因命酌互舉，以款人事。

俄而祥風慶雲，融融怡怡，幢節玲瓏，簫韶以隨。紅妝千萬，笑語熙熙。中〔五六〕有一人，自然蛾眉，明璫滿身，綃縠參差。迫而視之，乃前寄辭者〔五七〕。然若喜若悲，零淚如絲〔五八〕。須臾，紅烟蔽其左，紫氣舒其右，香氣環旋，入於宮中。君笑謂毅曰：「涇水之囚人至矣。」君乃辭歸宮中。須臾，又聞怨苦，久而不已。

有頃，君復出，與毅飲食。又有一人，披紫裳，執青玉，貌聳神溢，立於君左，君〔五九〕謂毅曰：「此錢塘也。」毅起，趨拜之。錢塘亦盡禮相接，謂毅曰：「女侄不幸，爲頑童所辱。賴明君子信義昭彰，致達遠冤。不然者，是爲涇陵之土矣〔六〇〕。饗德〔六一〕懷恩，詞不諭〔六二〕心。」毅撝退辭謝，俯仰唯唯。然後錢塘乃〔六三〕告兄曰：「向者辰發靈虚，巳至涇陽，午戰於彼，未還於此。中間馳至九天，以告上帝。帝知其冤而宥其失，前所遣責〔六四〕，因而獲免。然而剛腸激發，不遑辭候，驚擾宮中，復忤賓客。愧惕慚懼，不知所述〔六五〕。」因退而再拜。君曰：「所殺幾何？」曰：「六十萬。」「傷稼乎？」曰：「八百里。」「無情郎安在〔六六〕？」曰：「食之矣。」君撫然曰：「頑童之爲，是心也，誠不可忍。然汝亦太草草。賴上帝靈〔六七〕聖，諒其至冤。不然者，吾何辭焉？從此已去，勿復如是。」錢塘復再拜。坐定〔六八〕，遂宿毅於凝光殿。

明日，又宴毅於碧雲宮〔六九〕。會九戚〔七〇〕，張廣樂，具以醪醴，羅以甘潔。初笳角鼙鼓，旌旗劍戟，舞萬夫於其右。中有一夫前曰：「此《錢塘破陣樂》。」旌鋩〔七一〕傑氣，顧驟悍慄。坐客視之，毛髮皆豎。復有金石絲竹，羅綺珠翠，舞千女於其左。中有一女前進曰：「此《貴主還宮樂》。」清音宛轉，如訴如慕。坐客聽之，不覺淚下。二舞既畢，龍君大悦，錫以絝綺，頒於舞人。然後密席貫坐，縱酒極娱。

酒酣，洞庭君乃擊席而歌曰：

大天蒼蒼兮大地茫茫，人各有志兮何可思量。狐神鼠聖兮薄社依墻，雷霆一發兮其孰敢當。荷貞〔七二〕人兮信義長，令骨肉兮還故鄉。永言〔七三〕慚愧兮何時忘？

洞庭君歌罷，錢塘君再拜而歌曰：

上天配合兮生死有途，此不當婦兮彼不當夫。腹心辛苦兮涇水之隅，風霜滿鬢兮雨雪羅襦。賴明公兮引素書，令骨肉兮家如初。永言珍重兮無時無。

錢塘君歌闋，洞庭君俱起奉觴於毅。毅踧踖而受爵。飲訖，復以二觴奉二君。乃歌曰：

碧雲悠悠兮涇水東流，傷美人兮雨泣花愁。尺書遠達兮以解君憂，哀冤果雪兮還處其休。荷和雅兮感甘羞，山家寂寞兮難久留。欲將辭去兮悲綢繆。

歌罷，皆呼萬歲。洞庭君因出碧玉箱，貯以開水犀。錢塘君復出紅珀盤，貯以照夜璣，皆起進毅，毅辭謝而受。然後宮中之人，咸以綃彩珠璧，投於毅側，重疊煥赫。須臾，埋没前後。毅笑語四顧，愧揖不暇。洎酒闌歡極，毅辭起，復宿於凝光殿。

翌日，又宴毅於清光閣。錢塘因酒作色，踞謂毅曰：「不聞猛石〔七四〕可裂不可捲，義士可殺不可羞耶？愚有衷曲，欲一陳於公。如可，則俱逸〔七五〕雲霄；如不可，則皆夷糞壤。足下以爲何如哉？」毅曰：「請聞之。」錢塘曰：「涇陽之〔七六〕妻，則洞庭君之愛女也。淑性茂質，爲九姻所重。不幸見辱於匪人，今則絶矣。將欲求託高義，世爲親戚，使受恩者知其所歸，懷愛者知其所付。豈不爲君子始終之道者〔七七〕？」毅肅然而作，欻然而笑曰：「誠不知錢塘君孱困如是！毅始聞跨九州，懷〔七八〕五嶽，泄其憤怒。復見斷金鎖〔七九〕，掣玉柱，赴其急難。毅以爲剛決明直，無如君者。蓋犯之者不避其死，感之者不愛其生，此真丈夫之志。奈何簫管方洽，親賓正和，不顧其道，以威加人？豈僕之素望哉？若遇公於洪波之中，玄山之間，鼓以鱗鬚，被以雲雨，將迫毅以死，毅則以禽獸視之，亦何恨哉！今體被衣冠，坐談禮義，盡五常之志性，窮〔八〇〕百行之微旨。雖人世賢傑，有不如者，况江河靈類乎？而欲以蠢然之軀，悍然之性，乘酒假氣，將迫於人，豈近直哉！且毅之質，不足以藏王一甲之間〔八一〕，然而敢以不伏之心，勝王不道之氣。則毅之死，猶不死也〔八二〕。惟王籌之！」錢塘乃逡巡致謝曰：「寡人生長宫房，不聞正論。向者詞涉〔八三〕狂妄〔八四〕，唐〔八五〕突高明。退自循顧，戾不容責。幸君子不爲此乖間〔八六〕可也。」

其夕，復歡宴，其樂如舊。毅與錢塘遂爲知心友。明日，毅辭歸。洞庭君夫人别宴毅於潛景殿，男女僕妾等悉出預會。夫人泣謂毅曰：「骨肉受君子深恩，恨不得展愧戴，遂至睽别。」使前涇陽女當席拜毅以致謝。夫人又曰：「此别豈有復相遇之日乎？」毅其始雖不諾錢塘之請，然當此席，殊有歎恨之色。宴罷辭别，滿宫淒然，贈遺珍寶，怪不可述。

毅於是復循途出江岸。見從者十餘人，擔囊以隨，至其家而辭去。

毅因適廣陵寶肆，鬻其所得，百〔八七〕未發一，財已〔八八〕盈兆。故淮右富族咸以爲莫如。遂娶於張氏，歲餘，張氏亡〔八九〕；而又娶韓氏，數月，韓氏又亡。徙家金陵，常以鰥曠多感，或謀〔九〇〕新匹，有媒氏告之曰：「有盧氏女，范陽人也。父名曰浩，嘗爲清流宰，晚歲好道，獨遊雲泉，今則不知所在矣；母曰鄭氏。前年〔九一〕適清河張氏，不幸而張夫早亡。母憐其少艾〔九二〕，惜其慧〔九三〕美，欲擇德以配焉。不識何如？」毅乃卜日就禮。既而男女二姓，俱爲豪族。法用禮物，盡其豐盛。金陵之士，莫不健仰。毅因晚〔九四〕入户，視其妻，深覺類於龍女，而逸艷豐姿〔九五〕，則又過之。因與話昔事。妻謂毅曰：「人世豈有如是之理乎？」

經歲餘〔九六〕，生一〔九七〕子，毅益重之。既産逾月，乃濃飾煥〔九八〕服，召毅於簾室〔九九〕之間，笑謂毅曰：「君不憶余之於昔也？」毅曰：「夙非姻好，何以爲憶〔一〇〇〕。」妻曰：「余即洞庭君之女也。涇川之冤，君使得白。銜君之恩，誓心求報〔一〇一〕。洎錢塘季父論親不從〔一〇二〕，遂至睽違，天各一方，不能相問。乖負宿心，悵望成疾。中間父母欲配嫁於濯錦小兒，某遂閉户剪髮，以明無意。雖君子棄絶，分無見期，而當初之心，死不自替。他日父母憐其志〔一〇三〕，復欲馳白於君子〔一〇四〕。值君子累娶，當娶於張，已而又娶於韓〔一〇五〕。迨張、韓繼謝〔一〇六〕，君卜居於兹，故余之父母乃喜余得遂報君之意〔一〇七〕。今日獲奉君子〔一〇八〕，感喜〔一〇九〕

終世，死無恨矣。」因嗚咽，泣涕交下〔一一〇〕。復謂〔一一一〕毅曰：「始不言者，知君無重色之心；今乃言者，知君有愛子〔一一二〕之意。婦人菲〔一一三〕薄，不足以確〔一一四〕厚永心，故因君愛子，以托賤質〔一一五〕。未知君意如何，愁懼兼心，不能自解。君附書之日，笑謂妾曰：『他日歸洞庭，慎無相避。』誠不知當此之際，君豈有意於今日之事乎？其後季父請於君，君固不許。君乃誠將不可邪？抑忿然邪？君其話之。」

毅曰：「似有命者。僕始見君于〔一一六〕長涇之隅，枉抑憔悴，誠有不平之志。然自約其心者，達君之冤，餘無及也。初〔一一七〕言『慎勿相避』者，偶然耳，豈有意〔一一八〕哉？洎錢塘逼迫之際，唯理有不可直，乃激人之怒耳。夫始以義行爲之志，寧有殺其婿而納其妻者邪？一不可也。吾〔一一九〕素以操貞〔一二〇〕爲志尚，寧有屈於己而伏於心者乎？二不可也。且以率肆胸臆，酬酢紛綸，唯直是圖，不遑避害。然而將別之日，見君有依然之容，心甚恨之。終以人事扼束，無由報謝。吁！今日，君，盧氏也，又家於人間。則吾始心未爲惑矣。從此以往，永奉歡好，幸〔一二一〕無纖慮也。」妻因深感嬌泣，良久不已。有頃，謂毅曰：「勿以他類，遂爲無心。固當知報耳。夫龍壽萬歲，今與君同之。水陸無往不適，君不以爲妄也？」毅嘉之曰：「吾不知國容〔一二二〕，乃復爲神仙之餌。」乃相與覲洞庭。既至而賓主盛禮，不可具紀。

後徙〔一二三〕居南海，僅四十年，其邸第輿馬，珍鮮服玩，雖侯伯之室，無以加也。毅之族咸遂濡澤。以其春秋積序，容狀不衰，南海之人，靡不驚異。洎開元中，上方屬意於神仙之事，精索道術，毅不得安，遂相與歸洞庭。凡十餘歲，代〔一二四〕莫知其跡。至開元末，毅之表弟薛嘏爲京畿令，謫官東南，經洞庭，晴晝長望，俄見碧山出於遠波。舟人皆側立曰：「此本無山，恐水怪耳。」指顧之際，山與舟稍〔一二五〕相逼。乃有彩船自山馳來，迎問於嘏。其中有一人呼之曰：「柳公來候耳。」嘏省然記之，乃促至山下，攝衣疾上。山有宮闕如人世，見毅立於宮室之中，前列絲竹，後羅珠翠，物翫之盛，殊倍人間。毅詞理益玄，容顔益少。初迎嘏於砌，持嘏手曰：「別來瞬息，而髮毛已黃。」嘏笑曰：「兄爲神仙，弟爲枯骨，命也。」毅因出藥五十丸遺嘏曰：「此藥一丸，可增一歲耳。歲滿復來，無久居人世以自苦也。」歡宴畢，嘏乃辭行。自是已後，遂絶影響。嘏常以是事告於人世。殆四紀，嘏亦不知所在。

隴西李朝威叙而歎曰：「五蟲之長，必以靈者，別斯見矣。人，裸也，移信鱗蟲。洞庭含納大直，錢塘迅疾磊落，宜有承焉。嘏詠而不載，獨可鄰其境〔一二六〕。愚義之，爲斯文。」

【校證】

〔一〕本篇收入《太平廣記》卷四一九《龍二》，又見於《類説》、《緑窗新話》及《醉翁談録》，後者尤詳。

又收録於朝鮮所刊《太平廣記詳節》卷三六。《廣記》此篇後注出處爲《異聞集》，名爲《柳毅》，後世據此，多稱此傳爲《柳毅傳》，然《類説》本則名之曰《洞庭靈姻傳》，《太平廣記》除《雜傳記》類外，録文多以主人公之名易原名，故並不可信，當以《類説》本題名爲是。可以二端證之。一者，唐宋文獻引及此傳多用「靈姻」之名，如施元之注蘇詩云「《異聞集·洞庭靈姻傳》」云云，《王荆公詩注》卷三六《舒州七月十七日雨》詩有「只疑天賜雨工閑」句下注「《洞庭靈姻傳》」云云，北宋之《宣和畫譜》卷四録「顔德謙」條，云其有「洞庭靈姻圖二」；二者，《太平廣記》雜傳記類有《靈應傳》一篇，其名當未被改動，而其文爲仿擬此文者，命名亦近似，相類者尚有本書所收之《華嶽靈姻傳》（同樣收入《類説》），其亦受本篇之影響，而更名與《洞庭靈姻傳》更爲接近。王校定此名爲《洞庭靈姻》，删去「傳」字，未知何據。

〔二〕《太平廣記》未署作者，然此傳正文末有「隴西李朝威叙而嘆曰」之語，則其作者確當爲李朝威，其人生平不詳。

〔三〕儀鳳：原本前有「唐」字，當爲《太平廣記》編者所加，據《類説》、《醉翁談録》、陸本删。

〔四〕下：陳校作「不」，應爲形近而誤，然亦通。

〔五〕還：《類説》、《醉翁談録》作「歸」。

〔六〕湘：此字與下之「聞君將還吴」參差，《聊齋志異·織成》吕湛恩注引此文作「湖」，頗當，然吕氏頗後，不可爲據，故仍原文。

〔七〕别：沈鈔、陳校作「去」。

〔八〕而：原本無此字，據《醉翁談録》補。

〔九〕始楚：《醉翁談録》及《詳節》均作「始笑」，王校云「當是也」，不妥；李校未從改字。意者「楚」字形體與「笑」近似以致誤。沈鈔又作「怡悦」，則又誤「始」爲「怡」，以「怡笑」不辭，再改「笑」爲「悦」。

〔一〇〕迨訴頻妾：「迨」字陳校作「逮」，沈鈔作「制」，或爲「至」字音誤，均通。「妾」原本作「切」，訴之頻，指訴於舅姑數量之多，然訴之切，則指所訴切責之深，似不合於龍女自述之語，故據沈鈔、陳校改。

〔一一〕哀：《詳節》作「達」，亦通。沈鈔作「盡」，或涉上而誤。

〔一二〕吴：各本皆同。張注云：「吴，通常是指現在江蘇一帶地方，這裏却指湖南。三國時吴國的疆界包括湖南在内，所以湖南也可以稱作『吴』。」周箋亦作是解。然此論頗牽强。《類説》無此字，《醉翁談録》作「鄉」，李校據改，然仍不能通，還當以原本爲是。

〔一三〕通：李校云：「古人以爲太湖與洞庭湖有穴道相通，而《廣記》誤以柳毅還吴，故又誤『邇』爲『通』。」故據庫本改。實不當，仍從原本。

〔一四〕侍：陳校作「亦通」。沈鈔作「附」，或以「託附」爲詞。

〔一五〕卜：許本誤爲「十」，陳校以其不通，據其音校改爲「識」，沈鈔亦同，張校據改，實皆誤。原本、黄本、庫本皆作「卜」不誤。

〔一六〕載：沈鈔、陳校、《醉翁談録》本均作「戴」，當非是，「負戴」爲勞作之意，而「負載」則有携帶盟書之意。《左傳·哀公八年》云：「景伯負載，造於萊門。」杜預注云：「負載書將欲出盟。」孔穎達疏云：「杜知負載是負載書者，以《周禮》司盟掌盟載之事，故傳云『士莊子爲載書』。此上有將盟之文，下即云負載之事，故知是載書也。」

〔一七〕織：原本作「兹」，沈鈔、庫本作「鎡」，《詳節》作「鐵」，均不通，據《醉翁談録》改。

〔一八〕叩：沈鈔、陳校作「舉」，或爲「擊」字之譌。

〔一九〕毅復：原本作「數顧」，沈鈔、陳校作「數覆」，庫本作「毅顧」，《類説》作「毅」，《醉翁談録》作「毅因」，據此數種異文，則當有「毅」字，而「數」字即有「復」意，沈鈔、陳校誤爲「覆」字。《詳節》作「毅復」，《王荆公詩注》卷三十六《舒州七月十七日雨》詩下注引此節亦同《詳節》，故從《詳節》及李壁注改。

〔二〇〕拏：原本作「怒」，《詳節》及《王荆公詩注》所引作「拏」，據改。按：《漢語大詞典》收有「怒步」一詞，釋云「健步」，所舉語例即此句，或誤。此處並未突出所牧之雨工與别羊之異以至於有「怒步」之形容，其「矯顧」者，昂首四望之狀；而「拏步」者，從容舉步之狀也。

〔二一〕女曰：《醉翁談録》作「女笑曰」，李校據補，似未妥。此段所述，即柳毅所云「達君之寃，餘無及也」，可以「笑」答之乎？此前龍女「始楚而謝，終泣而對」時，《醉翁談録》亦作「始笑而謝」，意者此書通俗，故有意彰二人通情之跡者。

〔二二〕月餘：原本作「曰余」，則當誤爲柳毅之語，據沈鈔、陳校、庫本、《醉翁談録》改。

〔二三〕以物：原本無，以前文龍女所云「君當解去織帶，束以他物，然後叩樹三發」，故據《醉翁談録》補。

〔二四〕事：原本作「實」，沈鈔、陳校、《詳節》作「事」。「不告其實」，有故意隱瞞之意，然傳文並無此意，僅爲叙述之便利耳，故改。

〔二五〕徒謁：原文作「走謁」，《醉翁談録》作「求見」，據沈鈔、陳校、《詳節》改。

〔二六〕停：沈鈔、《詳節》作「指」。

〔二七〕諦：沈鈔作「請」，《詳節》作「精」。

〔二八〕畢：沈鈔、《詳節》作「必」。

〔二九〕奇秀深杳：「奇」沈鈔作「麗」，《詳節》作「清」。「深杳」陳校以字形相近而誤爲「清香」。

〔三〇〕論：原本無，據《類説》補。

〔三一〕火經：原文作「大經」，錢鍾書《管錐編·太平廣記·一七八》云：「觀下文『龍以水爲神，舉一滴可包陵谷，……人以火爲神聖，發一燈可燎阿房』云云，《大經》當爲《火經》之訛，如《參同契》上篇言『《火記》六百篇』之類。」甚是，據庫本、《紺珠集》、《類説》、《詳節》改。下同。又，下文「朱鱗火鬣」之「火」字，沈鈔即誤爲「大」字，可作參證。

〔三二〕滴：沈鈔、《詳節》作「杯」，陳校因「杯」而訛爲「水」。

〔三三〕聖：各本均作「神聖」，錢鍾書《管錐編·太平廣記·一七八》云：「『聖』字必衍」，《太平廣記鈔》亦删「聖」字。然此句行文有意錯綜其文，如對讀「舉一滴可包陵谷」與「發一燈可燎阿房」即可知，故疑原文當爲「聖」字，後人不解，依上句增「神」字，遂至衍爲「神聖」二字，故依錢氏之意，然删「神」字。

〔三四〕燈：沈鈔作「焰」，《詳節》作「炬」。

〔三五〕同：《詳節》作「侔」。

〔三六〕焉言粗：各本原作「言語」，沈鈔作「言粗」，或先奪「焉」，繼更「粗」爲「語」。據《詳節》改。

〔三七〕俄：原本無，據孫校、陳校、陸本補。

〔三八〕闢：《詳節》作「開」。沈鈔、陳校均作「間」，不點斷亦通。

〔三九〕青玉：《類説》、《詳節》、《緑窗新話》、《醉翁談録》皆作「青圭」，李校據改。恐未當，圭者古帝王諸侯朝聘、祭祀、喪葬之禮器，段成式《酉陽雜俎·禮異》云「古者安平用璧，興事用圭，成功用璋，邊戎用珩」，《荀子·大略》云「聘人以珪，問士以璧」，則此時洞庭君與後之錢塘君出現時執圭，未明所以。實當以青玉爲是，古之「青玉」常指緑竹與翠柏，然此二物亦常被喻爲龍，如唐施肩吾《遇李山人》詩有『莫交青竹化爲龍』之句，其餘如羅隱有「尚餘青竹在，試爲剪成龍」句，駱賓王有「竹杖成龍去不難」句，令狐楚有「行常乘青竹」句。故此之執青玉不過隱喻其爲龍而已，不煩改字。

〔四〇〕既而設拜：原本作「毅而設拜」，許本作「毅遂設拜」，魯輯、汪輯同，李校亦據改。然似不妥，《四庫全書》之編者或注目及此，故改爲「毅趨而拜」，然與前同有「毅」字，實頗贅。陳校作「既而設拜」，孫校作「既而復拜」，沈鈔作「既而對後拜」，《詳節》作「既而後拜」，均無「毅」字，而以「既」字連接，則自上文「毅對」而下，語氣較順，故據陳校改。

〔四一〕復：原本作「命」，沈鈔、陳校、《詳節》均作「復」，較合情理，據改。

〔四二〕「夫子」之前《醉翁談録》有「重荷」二字，李校據補，然《醉翁談録》原文云「重荷夫子遠來」，尚可通，此處校爲「重荷夫子不遠千里」，則頗雜糅，故不據補。

〔四三〕閑驅：原本作「間驅」，《醉翁談録》作「閑遊」，「閒」、「間」二字，原易相混，故此原當爲「閑」，據沈鈔、陸本改。

〔四四〕風鬟雨鬢：「鬟」原本作「環」，據沈鈔、陳校、庫本、《類説》、《詳節》改。另，《紺珠集》作「風鬟霧鬢」，此異文影響於詩文爲尤著，蘇軾《題毛女真》云「霧鬢風鬟木葉衣」、陸游《採蓮》「風鬟霧鬢歸來晚」、周邦彦《減字木蘭花》云「風鬟霧鬢，便覺蓬萊三島」、李清照《永遇樂》云「如今憔悴，風鬟霧鬢，怕見夜間出去」等，皆是也。

〔四五〕夫：原本作「父」，據《類説》、《詳節》、《緑窗新話》、《醉翁談録》改。

〔四六〕謹鑒：原本作「診堅」，沈鈔、陳校作「能鑒」，汪校據改，王校亦以此爲是，張、李二校亦同。周箋云「不診堅聽」「殊不可解」，又云「不能鑒聽」「用意也不甚明白」。《詳節》作「慎鑒」，陸本作「診鑒」，仍不通，唯《醉翁談録》作「謹鑒」，則原本之「診堅」或爲此音近之誤，且文通義順，故據改。

〔四七〕構害：《類説》作「横書」，伯玉翁抄本、有嘉堂抄本作「横害」，《詳節》同，李校據改。「遠罹構害」，指居於遠方遭遇構陷與傷害，語義通順，若校爲「横」，反不可解。

〔四八〕侍：原本作「視」，據沈鈔、陳校、《詳節》改。

〔四九〕自：原本無，陳校作「曰」，陸本作「目」，均當爲形近致誤，據沈鈔、《詳節》補。

〔五〇〕塞：沈鈔作「意」，當涉上字而衍。陳校作「褫」，張校據改，《類説》及《詳節》作「震」，恐均未爲當。錢塘君爲龍，其與天將不合，當以水攻，則「褫」、「震」均不合其理。陸本作「⿱穴衣」，此字《四聲篇海》引《搜真玉鏡》云「羊計切」，《字彙補》云「羊計切，遺去聲，義闕」，其後《漢語大字典》、《中華字海》均據之收入，未釋義。然上引字書所標之音恐均爲望字生音者。沿襲陸本之《艷異編》、《唐人百家小説》、《情史類略》、《重編説郛》等書均作「穿」，「穿」字異體甚多，《詩經·召南·行露》有「誰謂鼠無牙，何以穿我墉」句，陸德明《釋文》云「本亦作⿱穴身」；《字彙補·穴部》據《漢羊竇道碑》收「窒」字，乃與「⿱穴衣」頗近；「穿」之本義爲鑿孔，故從「牙」，然後世據其通過孔隙之意而引申爲穿衣，疑「⿱穴衣」字乃俗體之「穿」字，故從「衣」。《説文解字》云「穿，通也，從牙在穴中」，即鑿通、穿孔之意，則傳文云「穿其五山」，即以水鑿通五山也，亦合原文。然聯繫下文「跨九州，懷五嶽」之語，仍當以原本之「塞」字爲正（參下文之校）。

〔五一〕千：沈鈔、《類説》、《緑窗新話》、《醉翁談録》、《詳節》均作「萬」。

〔五二〕時：沈鈔、陳校、《詳節》作「瞬」。

〔五三〕擘：原本作「臂」，據沈鈔、陳校、庫本、《類説》、《緑窗新話》、《醉翁談録》、《詳節》改。有嘉堂抄本作「劈」，亦通。

〔五四〕避：沈鈔作「冀」，可知沈鈔改動者未讀懂此句之意，柳毅爲錢塘所驚，意欲告辭，以避再歷錢塘迴歸之時，故洞庭君之回答是「其去則然，其來則不然」。

〔五五〕必不：沈鈔、《詳節》作「不必」。

〔五六〕中：原本作「後」，據沈鈔、孫校、陳校、《類説》、《詳節》、《醉翁談録》改。

〔五七〕乃前寄辭者：沈鈔、《詳節》作「乃前寄辭」，「辭」，《類説》、《醉翁談録》作「書」。

〔五八〕絲：原本作「系」，當爲訛字，據沈鈔、孫校、陳校、庫本、《類説》、《詳節》、《醉翁談録》改。

〔五九〕左君：原本作「左右」，一者，錢塘一人而云立於「左右」，不可通；二者，下句無「君」字，則「此錢塘也」便爲錢塘之自陳，與理不合（王校亦云「『謂』上似脱『君』字」）。實則「君」與「右」字形相近而致誤。據《詳節》改。《醉翁談録》作「側君」，亦通。

〔六〇〕是爲涇陵之土矣：《醉翁談録》作「終抱恨於涇陵而不聞焉」。周篋云：「『涇陵』唐代無此地名，『陵』疑是誤字？或是『陽』字？待考。」

〔六一〕饗德：《醉翁談録》及《詳節》均作「嚮」。《禮記・禮器》云：「故君子有禮，則外諧而内無怨。故物無不懷仁，鬼神饗德。」故以原文爲是。

〔六二〕諭：原本作「悉」，據沈鈔、《醉翁談録》、《詳節》、陸本改。

〔六三〕錢塘乃：原本作「回」，則前云「毅撝退辭謝，俯仰唯唯」，徑接「然後回告兄曰」，當有闕漏。王校云「『俯仰唯唯』無主格，依文『俯仰』上宜有『錢塘』二字」，然「俯仰唯唯」所指爲柳毅，則所補非是。然王校又云「『回』龍威本作『廼』，蓋廼字誤爲迴，又誤省爲回也」，則甚確，唯無版本依據耳，實未細校《醉翁談録》，其原文正爲「錢塘乃告君曰」（唯此書刊刻多用俗字，此亦徑用「乃」字），兩相比證，若合符契，故據校改。

〔六四〕遣責：王校云：「明抄本並作『譴責』，《類説》同。」實《類説》無此二字，或誤校。張校據陳校、許本改爲「譴責」。《詳節》作「譴縶」，沈鈔、陸本作「遣執」，其餘説部多作「譴執」，可見此處異文紛紜。然之所以各本此同彼異，各家之校亦莫衷一是者，在未明原文之語義耳，原本「遣責」之「遣」實指洞庭君所云「縻繫於此」，若改爲「譴」，則與「責」意同，後人以「譴責」爲詞，故多有臆改。

〔六五〕述：原本作「失」，沈鈔、陳校均作「還」，《詳節》作「述」，則談本或以音近而誤爲「失」，沈鈔及陳校又因形近而誤爲「還」耳，二字皆不通。據《詳節》改。

〔六六〕此句之前《醉翁談録》有「君曰」二字，李校據補，然增此二字，頗亂洞庭君與錢塘君對話之節奏，以不補爲是。

〔六七〕靈：原本作「顯」，不妥，據沈鈔、陳校、《詳節》、陸本改。

〔六八〕坐定：原本作「是夕」，據沈鈔、陳校、《詳節》、陸本改。

〔六九〕碧雲宫：原本作「凝碧宫」，《類説》、《緑窗新話》、《醉翁談録》均作「碧雲宫」。據前有「凝光殿」，則似當爲「凝碧宫」，然此名實唐代真實宫殿名，且因安禄山攻入長安後在此賞樂，故在唐代頗有政治含義，則或非是。後文柳毅之歌開端即爲「碧雲悠悠兮」，則或借此宫名起興，故據諸本改。

〔七〇〕九戚：原本作「友戚」，傳文叙洞庭龍族均爲一家，似未及其友，故不妥。《類説》作「賓筵」，《緑窗新話》作「戚」，參以下文所及之「九姻」，當據有嘉堂抄本（其二字间衍一「歲」字）、《醉翁談録》及《詳節》改爲「九戚」。另，沈鈔作「久盛」，顯爲「九戚」之譌。

〔七一〕旌銈：「銈」原本作「鉎」，王校云《龍威秘書》作「銚」，又《太平廣記鈔》作「旗」。李校據《詳節》校爲「雄銈」。知此處當有誤，故諸本異文頗多，然《詳節》「雄銈」二字亦似罕用，故僅據其改一字。

〔七二〕貞：原本作「真」，此當爲宋人避仁宗趙禎之諱而改者，據沈鈔、陳校、陸本回改。

〔七三〕永言：原本作「齊言」，沈鈔、《詳節》作「永言」，下文錢塘君之歌結句亦以此起，據改。

〔七四〕猛石：王校云：「『猛石』不辭，疑有誤，然諸本皆同。」實《類説》與《醉翁談録》均作「猛君」，

「君」與「石」或因字形相近而致誤，然「君」可「猛」却不可「裂」，則仍非是。《箋註簡齋詩集》卷十八引此句，亦作「猛石」，則或原文即如此。另，伯玉翁抄本、有嘉堂抄本則作「石」不誤。

〔七五〕逸：原本作「在」。《類説》及《醉翁談録》均作「逸」，與下文之「夷」恰爲工對，且沈鈔作「免」，原不可解，據此知爲「逸」之壞字，故據改。

〔七六〕之：《類説》及《醉翁談録》作「嫠」，伯玉翁抄本作「之」。

〔七七〕者：王校云：「『者』明抄本作『耶』，疑其本作『哉』。哉誤爲者，明人又改爲『耶』字以就文氣。」所言甚是，惜無本可據，「者」字亦通，姑依原本。

〔七八〕懷：沈鈔、陸本作「壤」，《醉翁談録》作「摧」，僅從字義看，「摧」字當是，然未明此處所用之典。模仿此傳之《靈應傳》曾述及此傳云：「涇陽君與洞庭外祖世爲姻戚，後以琴瑟不調，棄擲少歸，遭錢塘之一怒，傷生害稼，懷山襄陵。」知其實用《尚書·堯典》載堯時洪水所用「懷山襄陵」之語，可知當以原本爲是。即沈鈔、陸本所用之「壤」字，或即「襄」字之譌，亦可通。

〔七九〕金鎖：原本作「鎖金」，據沈鈔、《類説》、《醉翁談録》及前文所述乙正。

〔八〇〕窮：原本作「負」，沈鈔、陳校、《詳節》作「窮」，與上句「盡」字對舉，則「窮」字當是，據改。

〔八一〕藏王一甲之間：《類説》作「乘王一甲之力」，有嘉堂抄本「力」作「兵」。

〔八二〕則殺之死，猶不死也：此八字原本無，據《醉翁談録》補。

〔八三〕涉：原本作「述」，稍覺不通，庫本作「涉」，據改。

〔八四〕妄：《詳節》、《醉翁談録》、陸本作「狷」。

〔八五〕唐：原本無此字，沈鈔、陳校作「搪」，汪校據補；孫校作「唐」，張校據孫校補。另，《醉翁談録》作「搪」，知當有此一字，據孫校補。

〔八六〕爲此乖間：《醉翁談録》作「以此爲嫌」，亦可通。《漢語大詞典》收「乖間」一詞，語例即此句，釋義爲「隔閡，疏遠」，大約同時之賈島《寄丘儒》亦有「風雨豈乖間」之句。

〔八七〕百：《醉翁談録》作「萬」。

〔八八〕已：原本作「以」，據沈鈔、陳校、庫本、《醉翁談録》改。

〔八九〕歲餘張氏亡：原本無，據《醉翁談録》補。庫本及《詳節》均有一「亡」字，張校未校《醉翁談録》，僅據此補入此字。

〔九〇〕或謀：王校云「龍威本作『欲求』」，《詳節》作「屢求」，均通。沈鈔作「或未」，「未」當爲「求」之譌字。

〔九一〕前年：王校云：「此處『前年』句上，似脱『女』字。前年適清河張氏者是女，非其母鄭氏也。」所言亦通，然此僅標點即可通順者，不煩校改。

〔九二〕少艾：原本作「少」，義不暢，故沈鈔、陳校、陸本均改爲「小」，雖可通，語氣仍滯。王校云：「龍威本《虞初志》『少』下皆有『艾』。『少艾』與『慧美』對文，當是。」李校亦據後世説部校補。原文「憐其少艾，惜其慧美」，確爲工對，故從補。

〔九三〕慧：沈鈔、陳校作「惠」。

〔九四〕晚：《醉翁談録》作「曉晴」。「柳毅」二字前原有「居月餘」三字。王校云：「『居月餘』疑係下文錯出於此。依理：柳毅不能與張氏同居月餘，始見妻之貌有類龍女也。」按：其校稱「張氏」者誤，龍女此時爲盧氏，下方柳毅即云「君，盧氏也」；且柳毅與龍女同居月餘方察其貌之相類未必不合情理，既有當年「枉抑憔悴」而今「逸艷豐姿」之故，亦有不期然之心理因素；然其校仍甚有見地，以原文實述婚禮之後柳毅晚入洞房，覺其類於龍女，唯有錯簡，遂增「居月餘」三字，以至《醉翁談録》本之修訂者覺得其不當，又改爲「曉晴」，意者此前均爲昏晚，未能細辨耳。

〔九五〕姿：原本作「厚」，與後句「則又過之」意複，故沈鈔改爲「狀」，然亦不通，《醉翁談録》爲「姿」，從改。

〔九六〕經歲餘：原本作「然君與余」，汪校據明抄本（即沈鈔）改，張校則據《説郛》所引校改。實《類説》及《緑窗新話》均作「歲餘」，《醉翁談録》作「經歲餘」，可據此三書校補。王校云：「『然君與余』，《醉翁談録》及明諸本皆作『經月餘』。疑此三字與上文互相錯誤。『然君與余』即上文『然居月餘』之訛字。」諸本實爲「經歲餘」，王校誤爲「月」，然其推測則甚確，原文當有錯簡，上文至此共四十四字，或在宋本恰爲二行，抄者遂誤（此非爲臆測，亦可證實，談愷刻本當依其所見之宋本刊行，行款或與宋本一致，而談刻本恰爲每行二十二字者；非但如此，沈鈔行款亦同，且據張國風云，其卷一六五漏抄一行恰二十二字，知其所據宋本亦然），然將「經歲餘」錯至前處，又覺歲餘方識，無乃太晚，故又臆改爲「月」。

〔九七〕生一：原本作「有一」，《醉翁談録》作「二」，據《類説》、《緑窗新話》改。

〔九八〕焕：原本作「换」，據《醉翁談録》改。

〔九九〕毅於簾室：原本作「親戚相會」，據沈鈔、陳校、《醉翁談録》、陸本改。

〔一〇〇〕「非姻好何以爲憶」七字原本作「爲洞庭君女傳書至今爲憶」十一字，據沈鈔、陳校、《詳節》（此頁版面漶漫，然細辨可識）及《醉翁談録》、陸本改，唯《醉翁談録》後四字作「何爲記憶」。

〔一〇一〕「涇川之冤，君使得白。銜君之恩，誓心求報」十六字，《類説》、《醉翁談録》作「涇上之辱，君能救之，此時誓心，永以爲好」，唯《類説》末字作「報」。沈鈔、陳校作「涇川之辱，君能救之，自此誓心求報」。

〔一〇二〕論親不從：《類説》作「論講之後」，《醉翁談録》作「論請不從」。

〔一〇三〕自「乖負宿心」以下原本作「父母欲配嫁於濯錦小兒。某惟以心誓難移。親命難背。既爲君子棄絶，分無見期，而當初之冤，雖得以告諸父母，而誓報不得其志」，然叙事頗亂。且《類説》作「悵望成疾，父母欲嫁於濯錦小兒，某遂閉户剪髮，以明無意」，《醉翁談録》作「乖負宿心，悵怏成疾。父母欲嫁於濯錦小兒，妾閉户剪髮，以明無意」，則知沈鈔、陳校、陸本爲是，據以校改。

〔一〇四〕君子：沈鈔、陳校、陸本作「吾人」，下同。

〔一〇五〕「當娶於張已而又娶於韓」十字，沈鈔、陳校作「張韓二氏，理不可遣」，王校疑「已而又娶於韓」

爲「妄改之文」，並以龍威本之文（同於沈鈔、陳校）爲是，實不妥，張、韓二人，相繼謝世，並不存在可不可遺之理。又「當」字疑或爲「嘗」，惜無據可依。

〔一〇六〕繼謝：原本作「繼卒」，口吻似頗生硬，《類説》作「繼謝」，《醉翁談録》作「縱謝」，則「謝」字當是，據改。

〔一〇七〕乃喜余得遂報君之意：沈鈔、陳校、《詳節》、陸本作「得以爲心矣誠不意」。

〔一〇八〕君子：《類説》、《醉翁談録》作「閨房」。

〔一〇九〕感喜：原本作「咸善」，不通，諸家均未校改。沈鈔、陳校及《詳節》均作「感喜」，王安石《上韓太尉狀》云：「深慚固陋，有玷奬成。將次郊關，即趨墻屏，其爲感喜，豈易談言。」後世書信多用字詞。故據改。

〔一一〇〕嗚咽泣涕交下：沈鈔、陳校、《詳節》作「咽泣良久」。

〔一一一〕復謂：原本作「對」，據沈鈔、陳校、《詳節》改。

〔一一二〕愛子：原本作「感余」，據下文「婦人匪薄，不足以確厚永心。故因君愛子，以托賤質」知此不當，據沈鈔、陳校、《醉翁談録》、陸本校改。另，《醉翁談録》「知」作「察」，更爲鑿實。

〔一一三〕菲：原本作「匪」，王校云「『匪薄』當爲『菲薄』」，是。《漢語大詞典》有「匪薄」一詞，釋同菲薄，語例即出此傳。或誤。《全唐文》卷三九五陶舉《花萼樓賦》云「奢必去泰，儉而匪薄」，《梁溪集》卷三十《初見牡丹與諸季申伯小酌》云「把酒共對之，寄意良匪薄」，《止齋文集》卷四六《祭劉子澄》云「知君意之匪薄」，《南澗甲乙稿》卷十《措置武臣關陞札子》云「恩例匪薄」，均可知此即「匪」即「非」，未有通「菲」者。《漢語大辭典》强爲之解，平添淆亂，則此處當依理校之法據文義改。

〔一四〕確：孫校、《詳節》、陸本作「懽」。

〔一五〕賤質：原本作「相生」，據沈鈔、陳校、《詳節》改。

〔一六〕于：原本作「子」，不當，或爲「於」字而寫爲「于」，以至誤爲「子」，據沈鈔、陳校、庫本改。另，《詳節》似爲「於」字。

〔一七〕初：原本作「以」，據陳校、陸本改。

〔一八〕有意：原本作「思」，語意不暢，李校據陸本改爲「有意」，又前文龍女問曰：「君豈有意於今日之事乎」，柳毅回答爲「豈有意哉」，正相吻合。

〔一九〕吾：原本作「善」，不通，王校據《龍威秘書》校爲「某」字，然通觀全文，柳毅從未以「某」自稱，而以「吾」稱者六次，李校據《詳節》改爲「吾」，知「善」爲「吾」形近之語字也，從之。

〔二〇〕貞：原本作「真」，則爲宋人避仁宗諱而改，據庫本、陸本回改。

〔二一〕幸：原本作「心」，李校據《詳節》改，從之。

〔二二〕容：原本作「客」，據沈鈔、陳校、《詳節》改。

〔二三〕後徙：原本作「後」，《類説》作「復徙」，伯玉翁抄本、有嘉堂抄本作「後徙」，沈鈔、陳校、《詳節》

同，據補。

〔二四〕代：原本無，沈鈔、《詳節》、陸本有「代」字，即「世」字也，據補。

〔二五〕稍：原本無，據沈鈔、陳校、《詳節》、陸本補。

〔二六〕鄰其境：沈鈔作「鄰其竟」，陳校、《詳節》、陸本皆作「憐其意」，可知傳鈔之時先誤「境」爲「竟」，又誤爲「意」，後之鈔、刻者以「鄰其意」不通，遂臆改爲「憐其意」。

【集評】

《艷異編》卷三：

「恨無毛羽，不能奮飛」句眉：造語尖新韶雅。

「大橘樹」句眉：一篇生發，都在一株樹裏。

「吾君龍也」句眉：議論生風。

錢塘君「擘青天飛去」節上眉批：部伍肅風雲，指揮回天地。

龍宫贈寶節上眉批：錯落如意，自是萬寶畢陳。

洞庭君歌上眉批：此軼才也，何以更爾蒼勁。（按：此評原本位於柳毅歌上，彼則位於此，然與二歌風格不侔，依《虞初志》乙正。）

錢塘君歌上眉批：仙人掌上行。

柳毅歌上眉批：有幽巖深壑之致，杳然忘却人間。

「皆夷糞壤」句眉：激烈之語，凜慄可畏。

柳毅答錢塘節眉批：看它佈陣遣辭，如叩洪鐘，音響鏗然，如入武庫，戈戟森然。

柳毅答辭之末眉批：旁若無人。

「豈有意哉」句眉：難道！難道！如果無意，何當席有嘆恨之色耶！

《虞初志》（七卷本）卷二：

「凝聽翔立，若有所伺」句眉：袁石公評：不第摹愁慘之形，真抉愁慘之神。

「心目斷盡，無所知哀」句眉：袁石公評：其詞旨怨哀，其音韻纖媚。

「洞庭之陰有大橘樹焉」句眉：湯若士評：奇致。

「寧止不避」句眉：袁石公評：情根便種。「寧止不避」句，則又深於情者也。

「臺閣相向，門户千萬」句眉：湯若士評：選詞工麗。

「雕琉璃於翠楣」句眉：袁石公評：恍見宫殿巍峨。

「玄化各異」句眉：袁石公評：龍從火出，虎向水生，靈用必同，玄化何異！武夫或未解此。

「誠怛人心」句眉：袁石公評：只此四字，的是書叙之外，悉以心誠。臨行之囑，庶不負却。

洞庭君覽書一節眉批：屠赤水評：抑揚頓挫，曲盡其妙。

「擘青天而飛去」句眉：袁石公評：文如項羽戰鉅鹿，勇猛絶倫。

「簫韶以隨」句眉：屠赤水評：按度合節，如和鸞之鳴。

「銷戮參差」句眉：袁石公評：李公麟繪《西園雅集圖》，僅團扇尺許，而眉目笑語，歷歷出其上。

「詞不諭心」句眉：屠赤水評：致詞大文。

「向者辰發靈虛，巳至涇陽，午戰於彼，未還於此」句眉：袁石公評：晷影耶？何至稱量均平乃爾！

「食之矣」句眉：字字是錢塘君口中吐出，只此數字，雄氣百倍。

「密席貫坐」句眉：袁石公評：無數殷勤，只此四字寫盡。

「須臾埋没前後」句眉：袁石公評：如石君飾伎，刻玉倒龍，縈金釵鳳，觀者不得不目眩意傾。

「世爲親賓」句眉：袁石公評：「他日歸洞庭，慎勿相避」，柳毅早已鍾情，何須威力相迫。

柳毅答錢塘一節眉批：袁石公評：句句發狠，句句肉麻。湯若士評：酬答暢達。袁石公評：干霄聳壑，氣已凌錢塘之上。

「此别豈有復相遇之日乎」句眉：湯若士評：故作此近情語。

「財已盈兆」句眉：袁石公評：窮措大得此，雖已滿志，然争此番虚氣，倘無盧氏之偶回首，洞庭可勝凄憶。

「欲求新匹」句眉：屠赤水評：小小點綴，絶佳。

「深覺類於龍女」句眉：袁石公評：覺其類於龍女，則龍女之思曾不去念。

「死不自替」句眉：屠赤水評：一片貞心，百端情語。

「死無恨矣」句眉：袁石公評：致詞宛轉，靡靡可人憐。

「言慎勿相避者」句眉：袁石公評：惟有此意，故説此話。相避等語，到底只不忘却，龍女固是多情。

「二不可也」句眉：袁石公評：兩「不可」，殊有腐氣。

「夫龍壽萬歲，今與君同之」句眉：袁石公評：予嘗謂，願得巫山一夜，更須緱嶺千年。不意柳生兩擅之也。

「賓主盛禮」句眉：又評：錢塘在坐否？寧不笑且訝也。

「俄見碧山出於遠波」句眉：湯若士評：烟雲縹緲，疑是世外觀。

「無久居人世」句眉：屠赤水評：柳公覓得長生藥，快矣！幸矣！可憐涇陽六十萬性命，霎時間耳！

總評：湯若士評：風華悲壯，此傳兩有之。

《太平廣記鈔》卷六九：

「是何可否之謂乎」句眉：真有心人語。

「幸勿相避」句眉：未能無情。

「日日候焉」句眉：然則錢塘潮非子足用乎。

「食之矣」句眉：比之人，則《水滸傳》之李大哥也，快絶！快絶！然以一女子故，多殺不辜，何得無罪。

「愧揖不暇」句眉：可想爾時意氣甚壯。

「惟王籌之」句眉：正人可以理屈。

「殊有嘆恨之色」句眉：雖轉念，實真情。

《情史》卷一九：

「是何可否之謂乎」句側：俠語。

「以水爲神」句眉：語有至理，非汗漫也。

「昔堯遭洪水九年者，乃此子一怒也」句眉：荒唐。

柳毅答錢塘一節眉批：詞氣俱壯，正人可以理屈。

「殊有嘆恨之色」句眉：轉念實真，他日姻緣根於此。

錢鍾書《管錐編·太平廣記·一七八》：

納蘭性德《淥水亭雜識》卷三：「釋典言：龍能變人形，唯生時、死時、睡時、淫時、嗔時不能變本形……龍於淫時，不能變本形，則非人所能匹；《柳毅傳》亦不讀釋典者所作。」斯人蓋讀《柳毅傳》而亦「讀釋典」矣，惜於二者均「盡信書」，慧心才士遂無異乎固哉高叟。

一二　霍小玉傳〔一〕

蔣　防〔二〕

大曆中，隴西李生名益，年二十，以進士擢〔三〕第。其明年，拔萃，俟試於天官。夏六月，至長安，舍於新昌里。

生門族清華，少有才思，麗詞嘉句，時謂無雙，先達丈人，翕然推伏。每自矜風調，思得佳偶，博求名妓，久而未諧。長安有媒鮑十一娘者，故薛駙馬家青衣也，折券從良十餘年矣。性便僻，巧言語，豪家戚里，無不經過，追風挾策，推爲渠帥。常受生誠托厚賂，意頗德之。

經數月，李方閒居舍之南亭。申未間，忽聞扣門甚急，云是鮑十一娘至。攝衣從之，迎問曰：「鮑卿，今日何故忽然〔四〕而來？」鮑笑曰：「蘇姑子作好夢也未？有一仙人，謫在下界，不邀財貨，但慕風流。如此色目，共十郎相當矣。」生聞之驚躍，神飛體輕，引鮑手且拜且謝曰：「一生作奴，死亦不憚。」因問其名居，鮑具説曰：「故霍王小女，字小玉，王甚愛之。母曰浄持，浄持即王之寵婢也。王之初薨，諸弟兄以其出自賤庶，不甚收録，因分與資財，遣居於外，易姓爲鄭氏，人亦不知其王女。資質穠艷，一生未見，高情逸態，事事過人，音樂詩書，無不通解。昨遣某求一好兒郎格調相稱者。某具說十郎，他亦知有李十郎名字，非常歡愜。住在勝業坊古寺曲，甫上東閑宅〔五〕是也。已與他作期約，明日午時，但至曲頭覓桂子，即得矣。」

鮑既去，生便備行計。遂令家僮秋鴻，於從兄京兆參軍尚公處，假青驪駒，黃金勒。其夕，生澣衣沐浴，修飾容儀，喜躍交並，通夕不寐。遲明，巾幘，引鏡自照，惟懼不諧也。徘徊之間，至於亭午。遂命駕疾驅，直抵勝業。至約之所，果見青衣立候，迎問曰：「莫是李十郎否？」即下馬，令牽入屋底，急急鎖門。見鮑果從內出〔六〕，遙笑曰：「何等兒郎造次入此？」生〔七〕調誚未畢，引入中門。庭間有四櫻桃樹，西北懸一鸚鵡籠，見生入來，即語曰：「有人入來，急下簾者。」生本性雅淡，心猶疑懼，忽見鳥語，愕然不敢進。逡巡，鮑引浄持下階相迎，延入對坐，年可四十餘，綽約多姿，談笑甚媚。因謂生曰：「素聞十郎才調風流，今又見容儀雅秀，名下固無虛士。某有一女子，雖拙教訓，顏色不至醜陋，得配君子，頗爲相宜。頻見鮑十一娘說意旨，今亦便令永奉箕帚。」生謝曰：「鄙拙庸愚，不意顧盼，倘垂採録，生死爲榮。」

遂命酒饌，即令小玉自堂東閤子中而出。生即拜迎，但覺一室之中，若瓊林玉樹，互相照曜，轉盼精彩射人。既而遂坐母側，母謂曰：「汝嘗愛念『開簾風〔八〕動竹，疑是故人來』，即此十郎詩也。爾終日吟想，何如一見？」玉乃低鬟微笑，細語曰：「見面不如聞名，才子豈能無貌？」生遽起連拜〔九〕曰：「小娘子愛才，鄙夫重色，兩好相映，才貌相兼。」母女相顧而笑。遂舉酒，數巡，生起，請玉唱歌，初不肯，母固强之，發聲清亮，曲度精奇。酒闌及暝，鮑引生就西院憩息。閒庭邃宇，簾幕甚華。鮑令侍兒桂子、浣沙，與生脱靴解帶。須臾玉至，言叙温和，辭氣宛媚。解羅衣之際，態有餘妍，低幃昵枕，極其歡愛，生自以爲巫山、洛浦不過也。

中宵之夜，玉忽流涕顧〔一〇〕生曰：「妾本倡家，自知非匹。今以色愛，托其仁賢。但慮一旦色衰，恩移情替，使女蘿無托，秋扇見捐。極歡之際，不覺悲至。」生聞之，不勝感歎，乃引臂替枕，徐謂玉曰：「平生志願，今日獲從。粉骨碎身，誓不相捨。夫人何發此言？請以素縑，著之盟約。」玉因收淚，命侍兒櫻桃，褰幄執燭，授生筆硯〔一一〕。玉管弦之暇，雅好詩書，筐箱筆硯，皆王家之舊物。遂取朱絲縫〔一二〕繡囊，出越姬烏絲欄素縑三尺以授生。生素多才思，援筆成章，引諭山河，指誠日月，句句懇切，聞之動人。染〔一三〕畢，命藏於寶篋之内。自爾婉孌相得，若翡翠之在雲路也。

如此二歲，日夜相從。其後年春，生以書判拔萃登科，授鄭縣主簿。至四月，將之官，便拜慶於東洛。長安親戚，多就筵餞。時春物尚餘，夏景初麗，酒闌賓散，離思〔一四〕縈懷。

玉謂生曰:「以君才地名聲,人多景慕,願結婚媾,固亦衆矣。況堂有嚴親,室無冢婦,君之此去,必就佳姻,盟約之言,徒虚語耳。然妾有短願,欲輒指陳,永委君心,復能聽否?」生驚怪曰:「有何罪過,忽發此辭。試説所言,必當敬奉。」玉曰:「妾年始十八,君纔二十有二。迨君壯室之秋,猶有八歲。一生歡愛,願畢此期。然後妙選高門,以諧秦晉,亦未爲晚。妾便捨棄人事,剪髮披緇,夙昔之願,於此足矣。」生且愧且感,不覺涕流,因謂玉曰:「皎日之誓,死生以之。與卿偕老,猶恐未愜素志,豈敢輒有二三!固請不疑,但端居相待。至八月,必當却到華州,尋使奉迎,相見非遠。」更數日,生遂訣别東去。

到任旬日,求假往東都覲親。未至家日,太夫人已與商量表妹盧氏,言約已定。太夫人素嚴毅,生逡巡不敢辭讓,遂就禮謝,便有近期。盧亦甲族也,嫁女於他門,聘財必以百萬爲約,不滿此數,義在不行。生家素貧,事須求貸,便托假故,遠投親知,涉歷江淮,自秋及夏。生自以孤負盟約,大愆回期,寂不知聞,欲斷其望。遥託親故,不遺漏言。

玉自生逾期,數訪音信。虚詞詭説,日日不同。博求師巫,徧詢卜筮,懷憂抱恨,周歲有餘,羸卧空閨,遂成沉疾。雖生之書題竟絶,而玉之想望不移。賂遺親知,使通消息。尋求既切,資用屢空。往往私令侍婢潛賣篋中服玩之物,多託於西市寄附鋪侯景先家貨賣。曾令侍婢浣沙,將紫玉釵一隻,詣景先家貨之。路逢内作老玉工,見浣沙所執,前來認之，曰：「此釵吾所作也。昔歲霍王小女將欲上鬟，令我作此，酧我萬錢，我嘗不忘。汝是何人？從何而得？」浣沙曰：「我小娘子即霍王女也。家事破散，失身於人，夫婿昨向東都，更無消息。悒怏成疾，今欲二年。令我賣此，賂遺於人，使求音信。」玉工淒然下泣曰：「貴人男女，失機落節，一至於此。我殘年向盡，見此盛衰，不勝傷感。」遂引至延光公主〔一五〕宅，具言前事。公主亦爲之悲歎良久，給錢十二萬焉。

時生所定盧氏女在長安，生既畢於聘財，還歸鄭縣。其年臘月，又請假入城就親，潛卜靜居，不令人知。有明經崔允明者，生之中表弟也，性甚長厚。昔歲常與生同歡於鄭氏之室，杯盤笑語，曾不相間，每得生信，必誠告於玉。玉常以薪芻衣服，資給於崔，崔頗感之。生既至，崔具以誠告玉。玉恨歎曰：「天下豈有是事乎？」遍請親朋，多方召致。生自以愆期負約，又知玉疾候沉綿，慚耻忍割，終不肯往。晨出暮歸，欲以回避。玉日夜涕泣，都忘寢食，期一相見，竟無因由。冤憤益深，委頓床枕。自是長安中稍有知者。風流之士，共感玉之多情；豪俠之倫，皆怒生之薄行。

時已三月，人多春遊，生與同輩五六人詣崇敬寺翫牡丹花，步於西廊，遞吟詩句。有京兆韋夏卿者，生之密友，時亦同行，謂生曰：「風光甚麗，草木榮華。傷哉鄭卿，銜冤空室。足下終能棄置，實是忍人。丈夫之心，不宜如此，足下宜爲思之。」歎讓之際，忽有一豪士，衣輕黃紵衫，挾朱〔一六〕彈，豐神雋美，衣服輕華，唯有一剪頭胡雛從後，潛行而聽之。俄而前揖生曰：「公非李十郎者乎？某族本山東，姻連外戚，雖乏文藻，心嘗樂賢。仰公聲華，常思覯止，今日幸會，得睹清揚。某之敝居，去此不遠，亦有聲樂，足以娛情。妖姬八九人，駿馬十數匹，唯公所欲。但願一過。」生之儕輩，共聆斯語，更相歎美。因與豪士策馬同行，疾轉數坊，遂至勝業。生以近鄭之所止，意不欲過，便托事故，欲回馬首。豪士曰：「敝居咫尺，忍相棄乎？」乃挽挾其馬，牽引而行。遷延之間，已及鄭曲。生神情恍惚，鞭馬欲回，豪士遽命奴僕數人，抱持而進，疾走推入車門，便令鎖却。報云：「李十郎至也。」一家驚喜，聲聞於外。

先此一夕，玉夢黃衫丈夫抱生來，至席，使玉脱鞋。驚寤而告母，因自解曰：「鞋者，諧也，夫婦再合。脱者，解也，既合而解，亦當永訣。由此徵之，必遂相見，相見之後，當死矣。」凌晨，請母妝梳。母以其久病，心意惑亂，不甚信之。僶勉之間，强爲妝梳。妝梳纔畢，而生果至。玉沉綿日久，轉側須人，忽聞生來，欻然自起，更衣而出，恍若有神。遂與生相見，含怒凝視，不復有言。羸質嬌姿，如不勝致，時復掩袂，返顧李生。感物傷人，坐皆欷歔。

頃之，有酒饌數十盤，自外而來，一座驚視。遽問其故，悉是豪士之所致也。因遂陳設，相就而坐。玉乃側身轉面，斜視生良久，遂舉杯酒酹〔一七〕地曰：「我爲女子，薄命如斯；君是丈夫，負心若此。韶顔稚齒，飲恨而終。慈母在堂，不能供養。綺羅弦管，從此永休。徵痛黄泉〔一八〕，皆君所致。李君李君，今當永訣。我死之後，必爲厲鬼，使君妻妾，終日不安。」乃引左手握生臂，擲杯於地，長慟號哭數聲而絶。母乃舉尸置於生懷，令喚之，遂不復蘇矣。

生爲之縞素，旦夕哭泣甚哀。將葬之夕，生忽見玉繐帷之中，容貌妍麗，宛若平生。著石榴裙，紫榼襠，紅緑帔子，斜身倚帷，手引繡帶，顧謂生曰：「愧君相送，尚有餘情。幽冥之中，能〔一九〕不感歎。願君努力，善保煇光〔二〇〕。」言畢，遂不復見。明日，葬於長安御宿原，生至墓所，盡哀而返。

後月餘，就禮於盧氏。傷情感物，鬱鬱不樂。夏五月，與盧氏偕行，歸於鄭縣。至縣旬日，生方與盧氏寢，忽帳外叱叱作聲〔二一〕，生驚視之，則見一男子〔二二〕，年可二十餘，姿狀温美，藏身映幔，連招盧氏。生惶遽走起，繞幔數匝，倏然不見。生自此心懷疑惡，猜忌萬端，夫妻之間，無聊生矣。或有親情，曲相勸喻，生意稍解。後旬日，生復自外歸，盧氏方鼓琴於床，忽見自門抛一斑犀〔二三〕鈿花合子，方圓一寸餘，中有輕絹〔二四〕，作同心結，墜於盧氏懷中。生開而視之，見相思子二，叩頭蟲一，發殺觜一，驢駒媚少許。生當時憤怒叫吼，聲如豺虎，引琴撞擊其妻，詰令實告。盧氏亦終不自明。爾後往往暴加捶楚，備諸毒虐，竟訟於公庭而遣之。

盧氏既出，生或侍婢媵妾之屬，暫同枕席，便加妒忌，或有因而殺之者。生嘗遊廣陵，得名姬曰營十一娘者，容態潤媚，生甚悦之。每相對坐，嘗謂營曰：「我嘗於某處得某姬，犯某事，我以某法殺之。」日日陳説，欲令懼己，以肅清閨門。出則以浴斛覆營於床，周回封署，歸必詳視，然後乃開。又畜一短劍，甚利，顧謂侍婢曰：「此信州葛溪鐵，唯斷作罪過頭。」大凡生所見婦人，輒加猜忌，至於三娶，率皆如初。如鄭所誓也〔二五〕。

【校證】

〔一〕本篇收入《太平廣記》卷四八七《雜傳記四》，末未注出處，《類説》收於《異聞集》中，知《太平廣記》取自《異聞集》。然《類説》本此條當有闕葉，岳刊本看似不闕，實第二行即有闕字，筆者曾觀上海圖書館所藏《類説》抄本，其抄録原文有半葉空白，即此可知。其所叙爲李益娶鄭氏（實即霍小玉），再繼娶盧氏，未及霍小玉之名，庫本《類説》或以其文題不符，故改題爲「李益再娶」。然伯玉翁抄本詳於岳刊文字。

〔二〕此傳作者，《太平廣記》明確標註，故無疑義。據明鈔《説郛》所引《能改齋漫録》之文有云「唐《異聞集》薛防作《霍小玉傳》」，當有誤字，不可爲據。

〔三〕擢：原本作「推」，汪校、張校均據沈鈔改，黄本、庫本、《類説》亦作「擢」。

〔四〕忽然：李校據《小名録》改作「惠然」，雖有《詩經·終風》「既風且霾，惠然肯來」之典，然原本亦可通，且無版本依據，恐不當改。

〔五〕東閑宅：原本作「車門宅」，句意不通，陸本作「車閑宅」，《唐人百家小説》作「東閑宅」，知「東閑」二字漸次訛爲「車門」也，故據陸本、《唐人百家小説》校改。又，「甫上」，周箋引《集韻》「種菜曰圃，或省作甫」，則「『甫』即菜園」，則此句意謂小玉住在勝業坊古寺曲菜園東之閑宅也。

〔六〕出：原本作「出來」，王校云：「『來』字似涉下而衍。」極是。據前《洞庭靈姻傳》錯簡之例，計此之「來」字與下文之「來」亦恰隔四十四字，恰談刻本之兩行，則宋本當即涉下而誤衍。删之。

〔七〕生：王校云：「『生調誚未畢』字上似脱一『與』字。」李校亦云「疑前脱『與』字」。其實原文或無誤：一者，鮑氏所云「何等兒郎造次入此」即爲調誚，則其調誚已畢，不當云「未畢」；二者，據前李益稱鮑氏爲「鮑卿」之語，可知其與鮑亦常調笑，則此處鮑以調笑迎李，李亦當以調笑應答，若李默無一語而任鮑調笑，則不合於事理。另：據前所言，上下「來」字之間計四十四字，恰爲兩行，故似亦可證此處不當加一「與」字。

〔八〕簾風：《全唐詩》卷二八三李益《竹窗聞風寄苗發司空曙》作「門復」。

〔九〕遽起連拜：原本作「遂連起拜」，沈鈔作「遂起連拜」；庫本、陸本作「遽起連拜」，「遽」、「遂」二字多互誤，故據庫本、陸本改。

〔一〇〕顧：原本作「觀」，不通，庫本改作「謂」，《唐人百家小説》作「顧」，則此或「顧」字形近而訛者，據後者改。

〔一二〕硯：原本作「研」，據沈鈔、陸本改。

〔一三〕朱絲縋：原本無此三字，任淵《山谷詩集註》卷七《戲以前韻寄王定國》詩注引此傳，有「朱絡囊」三字，《錦繡萬花谷》前集卷三二及《古今合璧事類備要》前集卷四六均引作「朱絲囊」，據後者補。

〔一三〕染：庫本、陸本作「誓」。

〔一四〕王校云：「『惡』諸本並同，蓋爲『思』字之訛。」此校誤，《世説新語·言語》：「謝太傅語王右軍曰：『中年傷於哀樂，與親友別，輒作數日惡。』」此之「離惡」，蓋典出於此。

〔一五〕延光公主：原本作「延先公主」，《舊唐書》卷五一載「裴徽尚肅宗女延光公主」，據改。

〔一六〕朱：原本作「未」，許本或覺談本「未彈」不通，即刊落「未」字，而庫本則又改爲「弓彈」，汪校、張校據沈鈔改爲「朱彈」，從之。又姚寬《西溪叢語》卷下引爲「朱筋彈」，亦可相證。

〔一七〕酹：原本作「酧」，此字不合，故《青泥蓮花記》及《虞初志》（如隱草堂八卷本）均改作「於」，《奩史》又改爲「舉酒而言」。王校云：「『酧』，依文義當爲『酹』字，形近而誤。」《玉篇·酉部》云「酹，餟祭也，以酒祭地也」，則此校甚是，從之。《漢語大詞典》收「酧地」一詞，語例爲段成式《酉陽雜俎·尸穸》：「比出，門已塞矣，一人復爲沙埋死，乃同酧地謝之，誓不發冢。」實此亦爲「酹」字之誤，不可爲據。

〔一八〕徵痛黃泉：張注云「造成死亡的痛苦」，實甚勉强。王校云「『徵』疑當作『徹』」，所疑甚是，然無本可據，僅列於此。

〔一九〕能：《類説》作「寧」。

〔二〇〕願君努力善保煇光：此八字原本無，據《類説》補。

〔二一〕忽帳外叱叱作聲：《類説》作「忽聞鄭有叱咤之聲」。

〔二二〕男子：《類説》作「美丈夫」。

〔二三〕斑犀：原本作「斑屏」，《類説》作「斑犀」，有嘉堂抄本作「斑群」，庫本作「斑犀」，據後者改。

〔二四〕絹：沈鈔作「綃」。

〔二五〕如鄭所誓也：原本作「焉」，據《類説》校補。伯玉翁抄本作「以負所誓也」。

【集評】

《艷異編》卷二九：

「見生入來，鳥語曰」句眉：閒話頗趣，不然便無簸弄矣。

「如瓊林玉樹，互相照耀」句眉：少不得妝點景語。

「閑庭邃宇，簾幕甚華」句眉：到處點景。

「極歡之際，不覺悲生」句眉：思前算後，不覺悲喜交集。

「豪俠之倫，皆怒益之薄行」句眉：自有旁人説短長。

《虞初志》（七卷本）卷五：

「追風挾策」句眉：袁石公評：「追風挾策」四字靈氣襲人。

「蘇姑子作好夢也未」句眉：屠赤水評：鮑娘便僻巧言，只數語，已見大略。

「昨遣某求一好兒郎格調相稱者」句眉：袁石公評：先論格調，是善覓佳婿者。

「引鏡自照，惟懼不諧」句眉：屠赤水評：風流如許，殊不似薄倖虧心。

「何等兒郎造次入此」句眉：湯若士評：謔語倩媚。

「有人入來，急下簾者」句眉：袁石公評：至此插入鳥語，點染有色，是忙裏（偷）閒。

「見面不如聞名，才子豈能無貌」句眉：湯若士評：逐處點綴，簸弄生姿。

「須臾玉至，言叙温和，辭氣宛媚」句眉：袁石公評：烟花聚合，自少一種珍重莊嚴之趣，惟其合之易，所以離之亦易。又評：嬌滴滴千古媚姿，宛然眉睫。

「解羅衣之際，態有餘妍，低幃昵枕，極其歡愛」句眉：屠赤水評：素羅床畔解，粉汗枕前滋。此景此情，負心時亦應念及。

「玉忽流涕謂生曰」一節眉批：袁石公評：致泣前魚，雖青樓常態，小玉固是情種，斷非是流。又評：業已盟心，何必復爲盟約，褰幄執燭，亦太着忙矣。

「酒闌賓散，離惡縈懷」句眉：屠赤水評：「忽見陌頭楊柳色，悔教夫婿覓封侯」，撫景傷情，益增離索。

「妾便捨棄人事，剪髮披緇，夙昔之願，於此足矣」句眉：袁石公評：猿啼鶴淚，一字九迴，真不堪再讀。

「太夫人已與商量表妹盧氏」句眉：屠赤水評：盧氏姿態不知於玉若何，一以負心冤死，一以庭訟遣歸，李郎尚得有人道否！

「寂不知聞，欲斷其望」句眉：袁石公評：爲李郎計，禀白其母，延置側室，定亦小玉所甘，欲斷其望，真薄倖郎矣。

「昔歲霍王小女將欲上鬟」句眉：屠赤水評：上鬟去此幾何，世事翻覆如許。

「我殘年向盡，見此盛衰，不勝傷感」句眉：袁石公評：語語嗚咽，李生有媿玉工矣。

「崔具以誠告玉」句眉：屠赤水評：盟誓無憑，情緣無便，崔之告，其寬心劑耶？抑刳腸刀耶？

「慚耻忍割，終不肯往」句眉：袁石公評：時阻勢隔，亦情之常，不令人通，慚耻忍割，則負心之極矣。又評：豈特忍人，還是俗漢。想李郎當日亦偶擅才名，霍故錯認爲風流婿耳。青眼負心，白頭致恨，風流安在哉！

「衣輕黄紵衫，挾朱彈，豐神雋美，衣服輕華」句眉：屠赤水評：寫出豪士一個生像。

「豪士遽命奴僕數人，抱持而進」句眉：臧晋叔評：小玉能作有情癡，黄衫客能作有情豪。

「報云，李十郎至也」句眉：袁石公評：到此際，小玉未死，十郎先欲死矣。

「更衣而出，恍若有神」句眉：屠赤水評：不特崔生見憐，鬼神亦以誠告矣，小玉信之不疑，晨起妝束，只此一片熱腸，李郎亦應折死。

「遂與生相見，含怒凝視，不復有言」句眉：袁石公評：寫出這段光景，令人心髓墮地，李郎李郎，何以爲情！

「時復掩袂，返顧李生」句眉：屠赤水評：恐道子、長康，描畫此景不出。十郎對此，活活剮出肝腸。

「長慟號哭數聲而絕」句眉：袁石公評：生爲怨婦，死爲怨鬼，嗟嗟小玉，枉却一死矣。

「愧君相送，尚有餘情」句眉：湯若士評：恍惚一見，凄然數語，使人銷魂極矣。

「竟訟於公庭而遣之」句眉：袁石公評：冤哉盧氏，何遷怒至此，而李郎竟無恙，豈愛緣猶未盡耶！

「相思子二，叩頭蟲一，發殺觜一，驢駒媚少許」句眉：湯若士評：數物艷異甚。又評：風流薄倖，古稱馬卿，較十郎薄乎云爾矣！

總評：袁石公評：高樓懷怨，結眉表色，長門下泣，破粉成痕，此阿黑暮年詠也。

《奇女子傳》卷三：

長卿曰：予固悲小玉之爲人，而深恨李娃也。玉之以憐才死、以鍾情死、以結恨死，死而猶不忘李郎也。三娶之後，小玉在焉，其恨之極、妒之極，正其愛之極也。彼李娃何爲者，方娃之禱竹林而棄鄭生以他徙也，非娃計不行矣，相視而笑，以他語對，相與爲詐，推之溝中，安在其情彌篤也？及生之絶食旅店且死，遘癘凶肆且死，遭撻曲江西杏園且死，持破甌巡閭里、入糞窟、周游鄽肆且死，而娃乃以生死恩堅生心，生亦怡氣屏息，而終其身也。娃何爲者哉！夫生之爲歌郎，爲丐人子，則誠第一人也，直言極諫非第一人也，李十郎更不足道矣（鄭生自勝李十郎，李生自不如小玉）。

《太平廣記鈔》卷八〇：

「徒虚語耳」句眉：小玉識度，亦勝李十倍。

「於此足矣」句眉：可憐。

「欲以回避」句眉：補過猶晚，況□□□□。

「潛行而聽之」句眉：有心人。

「李十郎至也」句眉：千古快心事。

「今當永訣」句眉：十郎能答語乎。

《風竹簾前讀》：

「少有才思」句側：才思亦可憎，結做許多冤業。

「每自矜風調」句側：浮薄。

小説開篇眉批：益之矜張浮薄、玉之慧性多情，及鮑娘之便僻、浄持之老媚，筆下悉開生面。

「蘇姑子作好夢也」句側：巧言語。

「神飛體輕」句側：浮薄。

「不邀財貨，但慕風流」句眉：不邀財貨，但慕風流，鬚眉猶爲難得，況裙釵耶！季蘭句云「易求元人寶，難得有心郎」，同一感慨。

「一生作奴，死亦不憚」句眉：李生言死如此容易。

鮑氏介紹小玉一節眉批：鮑因肉眼凡身，安足知見小玉乎，而猶品藻侈口如此。

「喜躍交並」句側：浮薄。

「引鏡自照」句眉：至引鏡自照，益之浮薄既極。

「何等兒郎，造次入此」句側：巧言語。

「李郎入來，急下簾者」句側：絶好風種。

净持一節眉批：余在京日菊澗堂席間，數見故妓重松者，所謂雖老而猶風情者。今讀斯文，的見其人。

「生死爲榮」句眉：言死亦復如此容易。

「汝嘗愛念」句側：「愛念」二字，極是風情。

「開簾風動竹，疑是故人來」句眉：玉非爲益所誤，惟爲此句所誤。蓋玉之所以致誤，實因知詩矣。近有一女子作詩云「少陵猶謂文憎命，何況詩詞屬婦人」。噫！有才無貌，謂之璞玉；無才有貌，謂之泥塑；才貌並兼，千古難事。非小玉則吐出斯語不得也，吐出亦唯虚大。

「小娘子愛才，鄙夫重貌」句側：好回語。

「忽流涕曰」句眉：漢武一代英主，迺云「歡樂極兮哀情多」，符玉斯語。余嘗謂非豪傑男子，與聰明女兒，則歡亦不歡，悲亦不悲。

李益援筆成章一節眉批：古人云文人浮華無實，又云文人筆端可畏。嗚呼！作此語者，是誰之過與！

小玉陳辭一節眉批：玉既熟益之爲人，故謀後日，極是明晰。可謂情事兩盡者也。雖然，閨閣内兼以情愛因循，一日不遂其謀，卒飲終天不滅之遺恨，悲哉！

「一生歡愛」句側：「一生」二字下得極悲！

「夙昔之願，於此足矣」句側：「足」字亦悲。

「死生以之」句眉：益復説出「死生」二字。

「寂不知聞，欲斷其望」句側：浮薄，更加强忍。

「欲斷其望」句眉：益數言死字，皆此虛話。至「欲斷其望」一句，即悉白露。

小玉售玉釵一節眉批：插入此一節，摹寫小玉别後思望益深，且致零落狀甚盡。

「我殘年向盡，見此盛衰，不勝傷感」句眉：老人家真實語。

「自以愆期負約」句眉：慙耻忍割，實是可憎。雖然益之本性固不甚惡，但因無所止定，一愆其期，再負其約，於是遂生大隙，而至此極。古人慎幾於微戒哉！

豪士向李益語一節眉批：斯語悉投益之所好，惜哉，豪士脱其姓名！

小玉做夢解夢一節眉批：其夢固真，其解亦真。蓋小玉情真，故致之耳。

「掩袂還顧」句側：狀得極悲。

「坐皆歔欷」句側：今日余亦歔欷。

「乃側身轉面斜視」句側：念益悲。

小玉絶命之語一節眉批：語語切實，語語悲憤，語語涕淚，語語多情。且及此顛沛之際，猶言綺羅管弦，從此永休，這個風流，透骨涵髓。

「幽冥之中，能不感歎」句側：□竟多情。

李益爲厲所擾一節眉批：人果爲鬼歟？鬼果爲厲歟？至冤如玉者，便始知之。

總評：阿戎曰：「聖人忘情，最下無情，情之所鍾，正在我輩。」所謂我輩者，中人也。夫中人之處世，最可爲難：風花雪月，誘引乎前；笑啼離合，跟隨乎後，實是愁之澤，恨之叢，而是非得失之所湊合也。益固中人，故以才思受此罪過；玉亦中人，故以多情飲此遺恨。當時儻使益與玉爲個愚夫愚婦，便當笑笑嘻嘻，没齒無怨也。噫！今也，吾曹亦復中人，欲啓手啓足，快瞑我目，不知何方則可。孔子曰「中人以上，可以語上也」，上者，聖人忘情之道也，設成四子六經，幾多文字，丁寧開説，教誨至矣，備矣。庶幾豁了慧眼，明認此道，無陷旁徑。或一失足，速復前轍，以走過一生也。世之讀斯傳者，其謹思諾。南豐竹田生撰評併題。文化庚午之冬書於右静軒之西窗，時竹上風行，枝枝微動，寂乎想見其人矣。同鄉松只詩。

錢鍾書《管錐編·太平廣記·二〇九》：

《霍小玉傳》（蔣防撰）李益於妻「心懷疑惡，猜忌萬端，竟訟於公庭而遣之，三娶率皆如初。」按《全唐文》卷六三四李翺《論故度支李尚書狀》：「朝廷公議皆云，李尚書性猜忌，甚於李益，而出其妻」；是李十郎事並上達帝聰。諺曰：「疑心自生鬼」，此則「疑心自認龜」也。《國史補》卷中舉時士患「心疾」者，有云：「李益少有疑病，亦心疾也。」

一三　華嶽靈姻傳〔一〕

佚　名

韋子卿舉孝廉，至華陰廟。飲酣，遊諸院。至三女院，見其姝麗，曰：「我擢第回，當娶三娘子爲妻。」

其春登第，歸次渭北，見二〔二〕黄衣人，曰：「大王遣迎〔三〕韋郎。」子卿愕然，又曰：「華嶽金天大王也。」俄見車馬憧憧，廊宇嚴麗。見一丈夫，金章紫綬，酬對既畢，擇日就禮。女子絶艷，雲髻垂耳〔四〕，真神仙也。後七日，神曰：「可遣〔五〕矣。」妻曰：「我乃神女，固非君匹。使君終身無嗣，不可也。君到宋州，刺史必嫁女與君，但娶之，我亦與君絶。勿洩吾事，事露即兩不相益。」

子卿至宋州，刺史果與論親，遂娶之。神女嘗訪子卿曰：「君新獲佳麗，相應稱心？」子卿躊躇不自安。女曰：「戲耳！已約任君婚娶，豈敢反相恨耶！然不可得新忘故〔六〕。」

後刺史女抱疾二年，治療罔效。有道士妙解符禁，曰：「韋郎身有妖氣，使君〔七〕愛女所患，自韋而得。」以符攝子卿鞫之，具述本末。道士飛黑符追神女，女曰：「某女子之身，深處深閨，婚嫁之事，父母屬配。」道士又飛赤符召嶽神，責曰：「君以嶽鎮之尊，何事將女嫁與生人，仍遣使君女病？」神曰：「子卿願娶吾女，吾不能違其志耳。使君女自有疾，非女致害。吾女〔八〕自知非人之匹，令其別娶，尊師詳此一節，豈有圖害之意耶？」拂衣而去。道士告神女曰：「罪雖非汝，然爲神鬼，敢通生人〔九〕，略示〔一〇〕懲責。」乃杖三下而斥之去。

後踰月，刺史女病卒。子卿忽見神女曰：「囑君勿洩，懼禍相及。今果〔一一〕如言。」袒而示曰：「何負汝，使至是乎？」子卿視之，三痕隱然。神女叱左右曰：「不與死乎，更待何時！」從者拽子卿捶朴〔一二〕之，其夜遂卒。

【校證】

〔一〕本篇《太平廣記》未收，僅見於《類説》卷二八所録《異聞集》，《類説》本名爲《華嶽靈姻》，李劍國《唐五代志怪傳奇叙録》據「《東坡先生詩集注》卷二七《章質夫寄惠崔徽真》趙次公注」，「《華岳雲烟傳》：『雲髮垂耳。』」稱「雲烟當爲靈姻之訛」。然其所據爲明刊《東坡先生詩集注》，其本經茅維「芟閱」，「凡删芟宋元舊注十餘萬言」，「大爲後人所詬病。其失主要在芟夷羼改，舛謬紛然，盡失類注本來面目，故非善本」，故所論未精。查《四部叢刊》景宋本《集注分類東坡先生詩》卷一一録前詩之注確爲「雲烟」二字，然其卷一《將至筠先寄遲適遠三猶子》詩「猶是髧髦垂兩耳」句下亦注云「《華岳靈姻傳》『雲髻垂耳』」，並無訛誤，而明本則删却此條。

其所引四字現存《類説》本無，可知此兩處注解所據當爲原傳，其原名亦當如此注所引有「傳」字。

〔二〕二：《緑窗新話》作「一」。

〔三〕迎：岳本作「命」，據庫本《類説》改。

〔四〕據前注一，知趙次公《東坡先生詩集注》兩次引此傳文注之，所引之句《類説》本無，或當補於此，唯其注卷二七者，所引書名有誤，則或卷一所録文字更爲近真，故據卷一注文補。

〔五〕遣：岳本作「歸」，據《緑窗新話》改。

〔六〕故：《緑窗新話》作「舊」。李校云以「不可得新忘舊」校「相應稱心」句，誤。

〔七〕韋郎身有妖氣使君：「使君」二字原在「韋郎」之前，或因前神女云「使君終身無嗣，不可也」之句，以「使君」二字爲稱韋子卿者，實誤；神女所謂「使君」即令你如何之意，而道士之語爲刺史之尊稱，故當稱子卿之岳父方妥；何况下文「愛女」之二字無所歸屬；故據庫本《類説》移置「愛女」之前。

〔八〕以上十九字，岳本因二「吾女」而漏抄，據有嘉堂抄本補。

〔九〕生人：《緑窗新話》作「生□之路」，惜中有闕字，《異聞總録》卷二所載與《緑窗新話》幾同，然此處則爲「生路」，知其所據者亦有闕文。

〔一〇〕示：岳本作「無」，李校未校改，則爲末句加問號以示詰問之語氣，此或不當，古人並無此種標點用法，語氣多由語氣詞承擔，此處若爲詰問，則當云「略無懲責耶」。然則此處或因形近而誤「示」爲「无」，再改爲「無」者。故據庫本《類説》改。

〔二〕果：岳本作「未」，李校未校改，則重在韋子卿未聽其「勿洩吾事」之言，然此時神女尋韋，非論言語之從否，而在「事露即兩不相益」之結果，故下文先袒示己傷，再捶擊韋氏，正合所云之「兩不相益」，故此處所指，在其「兩不相益」之言，當以「果」爲是。「果」字或因字形相近而誤爲「未」也。據有嘉堂抄本、《緑窗新話》及庫本《類説》改。

〔三〕朴：《類説》各本皆同，唯庫本《類説》改爲「扑」，然「朴」字本通，《史記·刺客列傳》云「高漸離乃以鉛置筑中，復進得近，舉筑朴秦皇帝」，司馬貞索隱云「朴，擊也」，故不校改。

一四　感異記[一]

沈亞之[二]

沈警，字玄機，吴興武康人也。美風調，善吟詠，爲梁東宫常侍，名著當時。每公卿宴集，必致騎邀之。語曰：「玄機在席，顛倒賓客。」其推重如此。後荆楚陷没，入周爲上柱國。

奉使秦隴，途過張女郎廟。旅行多以酒肴祈禱，警獨酌水獻花[三]，具祝詞曰：

酌彼寒泉水，紅芳掇巖[四]谷。雖致之非遥[五]，而薦之隨俗。丹誠在此，神其感録。

既暮，宿傳舍。憑軒望月，彈琴[六]，作《鳳將雛含嬌曲》。其詞曰：

命嘯無人嘯，含嬌何處嬌。徘徊花上月，空度可憐宵。

又續爲歌曰：

靡靡春風至，微微春露輕。可惜關山月，還成無用明[七]。

吟畢，聞簾外歎賞之聲，復云：「閑宵豈虚擲，朗月豈無明。」音旨清婉，頗異於常。忽見一女子褰簾而入，拜云：「張女郎仲妹〔八〕見使致意。」警異之，乃具衣冠，未離坐而二女已入，謂警曰：「跋涉山川，因勞動止。」警曰：「行役在途，春宵多感，聊因吟詠，稍遣旅愁。豈意女郎，猥降仙駕。願知伯仲。」二女郎相顧而微笑，大女郎謂警曰：「妾是女郎妹，適廬山夫人長男。」指小女郎云：「適衡山府君小子。並以生日，同覲大姊。屬大姊今朝層城未旋，山中幽寂，良夜多懷，輒欲奉屈。無憚勞也。」遂携手出門，共登一輜軿車，駕六馬，馳空而行。

俄至一處，朱樓飛閣，備極煥麗。令警止一水閣，香氣自外入内，簾幌多金縷翠羽，間以珠璣，光照滿室。須臾，二女郎自閣後冉冉而至。揖警就坐，又具酒肴。於是大女郎彈箜篌，小女郎援琴，爲數弄，皆非人世所聞。警嗟賞良久，願請琴寫之。小女郎笑而謂警曰：「此是秦穆公、周靈王太子、神仙所制，不可傳於人間。」警粗記數弄，不復敢訪。及酒酣，大女郎歌曰：

人神相合兮後會難，邂逅相遇兮暫爲歡。星漢移兮夜將闌，心未極兮且盤桓。

小女郎歌曰：

洞簫響兮風生流，清夜闌兮管弦遒。長相思兮衡山曲，心斷絶兮秦隴頭。

又歌〔九〕曰：

隴上雲車不復居，湘川斑竹淚沾餘。誰念衡山烟霧裏，空看雁足不傳書。

警歌曰：

義起〔一〇〕曾歷許多年，張碩凡得幾時憐。何意今人不及昔，暫來相見更無緣。

二女郎相顧流涕，警亦下淚。小女郎謂警曰：「蘭香姨、智瓊姊，亦常懷此恨矣。」警見二女〔一一〕郎歌詠極歡，而未知密契所在。大女郎顧警謂〔一二〕小女郎曰：「潤玉，此人可念也。」

良久，大女郎命履，與小女郎同出。及門，謂小女郎曰：「潤玉可使伴沈郎寢。」警欣喜如不自得，遂携手入門，已見小婢前施卧具。小女郎執警手曰：「昔從二妃遊湘川，見君於舜帝廟讀相王碑，彼〔一三〕時想念頗切，不意今宵得諧宿願。」警亦備記此事，執手款叙，不能自已。小婢麗質，前致詞曰：「人神路隔，别促會賒。況姮娥妬人，不肯留照；織女無賴，已復斜河。寸陰幾時，何勞煩瑣。」遂掩户就寢，備極歡昵。

將曉，小女郎起，謂警曰：「人神事異，無宜卜晝，大姊已在門首。」警於是抱持置於膝，共叙衷款。須臾，大女郎即復至前，相對流涕，不能自勝。復置酒，警又歌曰：

直恁行人心不平，那宜萬里阻關〔一四〕情。只今隴上分流水，更泛從來嗚咽聲。

警乃贈小女郎指環，小女郎贈警金縷〔一五〕合歡結。歌曰：

結心纏萬縷，結縷幾千回。結怨無窮極，結心終不開。

大女郎贈警瑶鏡子，歌曰：

憶昔窺瑶鏡，相望看明月。彼此俱照人，莫令光影〔一六〕滅。

贈答極多，不能備記，粗憶數首而已。遂相與出門，復駕輜軿車，送至下廟，乃執手嗚咽而别。

及至館，懷中探得瑶鏡、金縷結。良久，乃言於主人。夜而失所在。時同侣咸怪警夜有異香。警後使回，至廟中，於神座後得一碧箋，乃是小女郎與警書，備叙離恨，書末有篇云：

飛書報沈郎，尋已到衡陽。若存金石契，風月兩相望〔一七〕。

從此遂絶矣。

【校證】

〔一〕本篇收入《太平廣記》卷三二六《鬼十一》，名《沈警》，注「出《異聞録》」。據《類説》所録，知此所謂《異聞録》實即《異聞集》，况宋人多有引「織女斜河」之典者，如《紺珠集》、《海録碎事》等，均引爲《異聞集》，當不誤。又此傳之名，《太平廣記》曰「沈警」，不過以傳主爲名之慣例，《類説》所載當爲原名，宋人詩注多以此名引用之，如胡穉《增廣箋註簡齋詩集》卷一〇《中秋不見月》注、陳元龍《片玉集》卷五《霜葉飛》注等。

〔二〕《太平廣記》未署作者。程毅中疑其「爲沈亞之作」，李劍國臚列六證，考其當爲沈作，最確者，爲葛立方《韻語陽秋》卷二有「沈亞之詩云『徘徊花上月，虚度可憐宵』」之記述，此正爲本傳中詩。

〔三〕獻花：原本無，據《類説》補。李校將「獻花」視爲「具祝」之異文，故未校改。然《類説》删削過多，「酌水獻花」後直接「是夕望月」，則此二字或爲原文；且其祝詞中有「酌彼寒泉水，紅芳掇巖谷」之句，上句云「酌水」，下句正言「獻花」，故此二字必不可少。

〔四〕巖：此字各本皆用異體之「喦」，唯許本用「巖」，據改。

〔五〕遥：孫校、陳校作「遠」，此數句祝詞皆以仄聲結句，則或原當作「遠」。

〔六〕彈琴：原本無，據《類説》補。李校云：「既曰『憑軒』，似不得復有彈琴之舉。」所論似未當，憑軒與彈琴並非一時並起者。

〔七〕還成無用明：沈鈔作「還城無月明」，據下文女郎詩云「朗月豈無明」可知沈鈔誤。

〔八〕仲妹：原本作「姊妹」，孫校、《永樂大典》卷七三二八所引皆作「仲」，據文義，知此張女郎共三姊妹，然大姊並未出現，故此稱「姊妹」並不妥當，且其一人先入，自稱「張女郎仲妹」較合，故據改。

〔九〕歌：原本作「題」，據沈鈔、孫校改。

〔一〇〕義起：原本作「義熙」，宋洪邁所編《萬首唐人絶句》卷五九收《送張神女詩》二首，即用「義起」，又李劍國新輯《搜神記》卷七有《成公智瓊》條，云有弦超者，字義起，夢有神女智瓊來從之，而下文小女郎正云「蘭香姨（即嫁張碩者）、智瓊姊，亦常懷此恨矣」。故據改。

〔一一〕女：原本無此字，李校據後世諸説部補，從之。

〔一二〕大女郎顧謦謂：原本作「謦顧」，然沈謦不當即知小女郎之名而呼之，且「此人可念」亦無着落。故據《龍威秘書》等改。

〔一三〕彼：原本作「此」，據陳校改。

〔一四〕關：《萬首唐人絶句》作「閨」。

〔一五〕縷：此字原本無，李校據《永樂大典》七三二八所引補。此字當爲原文：一者小女郎之詩有「萬縷」、「結縷」等語，下文沈警又「懷中探得瑶鏡、金縷結」，可爲内證；《萬首唐人絶句》卷二一所引詩題爲《贈沈警金縷合歡結歌》，可爲外證。故從改。

〔一六〕影：原本作「彩」，據孫校、陳校、《萬首唐人絶句》改。

〔一七〕望：原本作「忘」，前句云「若存金石契」，則此不當作「忘」，據孫校、陳校、《萬首唐人絶句》改。

【集評】

《艷異編》卷一：

大女郎歌眉批：細玩幾歌，俱眼前意、眼前語，一經點綴，便覺淋漓動人。

《情史》卷一九：

「風生流」句側：三字奇。

「嘗懷此恨」句眉：神仙固多幽恨耶！

「警亦下淚」句側：淚何容易。

「昔從二妃游湘」句側：説夢。

「備極歡昵」句眉：小女郎獨不爲衡山府君地乎！

一五　離魂記〔一〕

陳玄祐〔二〕

天授三年，清河張鎰因官家於衡州〔三〕。性簡靜，寡知友。無子，有女二人，其長早亡，幼女倩娘，端妍〔四〕絶倫。鎰外甥〔五〕太原王宙，幼聰悟，美容範，鎰常器重，每曰：「他時當以倩娘妻之。」後各長成，宙與倩娘，常私感想於寤寐，家人莫知其狀。後有賓僚之選者，欲求適之〔六〕，鎰許焉。女聞而鬱抑〔七〕，宙亦深恚恨。託以當調，請赴上國〔八〕。止之不可，遂厚遣之。宙陰恨悲慟，訣〔九〕別上船。日暮，至山郭數里。夜方半，宙不寐，忽聞岸上有一人行聲甚速〔一〇〕，須臾至船。問之，乃倩娘也〔一一〕，徒行跣足而至。宙驚喜發狂，執手問其從來，泣曰：「君厚意如此，寢夢〔一二〕相感。今將奪我此志，又知君深情〔一三〕不易，思將殺身奉報。是以亡命來奔。」宙非意所望，欣躍特甚。遂匿倩娘於船，連夜遁去。倍道兼行，數月至蜀。

居數〔一四〕年，生兩子。與鎰絶信。其妻常思父母，涕泣言曰：「吾曩日不能相負，棄大義而來奔君。向今五年，恩慈間阻。覆載之下，胡顔獨存也？」宙哀之曰：「將歸，無苦。」

遂命舟楫〔一五〕，俱歸衡州。

既至州郭〔一六〕，宙獨身先至鎰家，首謝女負恩義而奔〔一七〕，鎰愕然曰：「何女也？」宙曰：「倩娘也。」〔一八〕鎰〔一九〕曰：「倩〔二〇〕娘病在閨中數年，何其詭説也！」宙曰：「見在舟中。」鎰大驚，促使人驗之。果見倩娘在船中，顔色怡暢，訊使者曰：「大人安否？」家人異之，疾走報鎰。家人以狀告室中女，女〔二一〕喜而起，飾妝更衣，笑而不語。倩娘下車，室中女〔二二〕出與相迎，翕然二形合爲一體〔二三〕，其衣裳皆重。鎰曰：「自宙行，汝〔二四〕不言，常如醉狀，信知神魂去耳。」女曰：「實不知身在家，初見宙抱恨而去，某以睡中愴惶走，及宙舡，亦不知去者爲身耶？住者爲身耶？」〔二五〕

其家以事不正〔二六〕，秘之，惟親戚間有潛知之者。後四十年間，夫妻皆喪，二男並孝廉擢第，至丞、尉〔二七〕。

玄祐少〔二八〕常聞此説，而多異同，或謂其虚。大曆末，遇萊蕪縣令張仲規〔二九〕，因備述其本末。鎰則仲規堂叔祖〔三〇〕，而説極備悉，故記之。

【校證】

〔一〕本篇收入《太平廣記》卷三五八《神魂》，題名《王宙》，末注「出《離魂記》」，據《類説》卷二八所引，其原名即《離魂記》，且《崇文總目》卷六及《通志》卷六五皆録爲此名，可知篇時曾單行，爲

《廣記》收入，故有此注。又《緑窗新話》引此傳，注出處爲《異聞録》，據《類説》，知此爲《異聞集》之誤。

〔二〕《太平廣記》未署作者，然篇末云「事出陳玄祐《離魂記》云」，又有「玄祐少常聞此説」等語，又《通志》卷六五録其作者爲「陳元祐」，知作者爲陳玄祐無誤。

〔三〕衡州：《類説》作「衡陽郡」，《緑窗新話》作「衡陽」。

〔四〕妍：《類説》作「麗」，有嘉堂抄本、《緑窗新話》作「妙」。

〔五〕甥：沈鈔、孫校、陳校均作「生」。

〔六〕欲求適之：原本作「求之」，據《類説》改。

〔七〕鬱抑：伯玉翁抄本及《緑窗新話》皆作「不樂」。

〔八〕上國：原本作「京」，據《類説》、《緑窗新話》改。按：《資治通鑑》卷二二六云：「今海内無事，自上國來者，皆言天子聰明英武。」胡三省注云：「時藩鎮竊據，自比古諸侯，謂京師爲上國。」則此爲唐時習語，至宋初或頗干時忌，故改爲「京」。

〔九〕訣：原本作「決」，據沈鈔改。

〔一〇〕行聲甚速：《類説》作「冉冉而來」，《緑窗新話》作「呼舟而來」。

〔一一〕也：此字原本無，若然，則當連讀爲「乃倩娘徒行跣足而至」，否則語氣不暢，故據沈鈔補此字。

〔一二〕寢夢：原本作「寝」，汪校云：「『寝』原本作『浸』，『食』字原闕，據明抄本改補。」所校或誤，細察談刻本，原字稍有漶漫，然仍可看出似「寖」或「寑」，當不誤，唯闕字耳，其據沈鈔補「食」字，張校亦據沈鈔、孫校補。庫本作「寐」，《太平廣記鈔》及魯輯、汪輯均作「夢」，李校以「作『夢』義勝」，故從《太平廣記鈔》改。然在「食」、「寐」二字可通之時，此校改似少版本依據，實許本正作「夢」，可據之校改。

〔一三〕倩：原本作「倩」，或涉倩娘之名而誤，張、李二校皆據沈鈔、孫校改，實許本亦作「情」。

〔一四〕居數：原本作「凡五」，叙述稍澀，或因下文「向今五年」句而臆改。據《類説》、《緑窗新話》改。

〔一五〕命舟楫：此三字原本無，據《類説》改，《緑窗新話》作「命舟」。

〔一六〕州郭：此二字原本無，則文意未安，據《類説》補，《緑窗新話》作「州」。

〔一七〕女負恩義而奔：原本作「其事」，據《類説》校改。

〔一八〕鎰愕然曰何女也宙曰倩娘也：此十二字原本無，《緑窗新話》亦有「愕然」二字，故據《類説》校補。

〔一九〕「鎰」後張校、李校均據沈鈔、孫校、陳校補「大驚」二字，或不當補。據文理而言，宙謝罪時，「鎰愕然」，不解其所指爲誰；至宙云「倩娘也」，則因「倩娘病在閨中數年」，甚覺可笑，當不至「大驚」（《緑窗新話》此處作「愕然」，爲節略所致，亦可見並不作「大驚」）；至宙云「見在舟中」時，方始「大驚」。此二「鎰」字間相隔二十一字，幾於宋刊之一行，故抄、刊者誤將下文之「大驚」錯録於此也。

〔二〇〕曰倩：原本無，汪校據沈鈔補，張校又據孫校、陳校補，實許本、庫本亦補此二字。

〔二一〕家人以狀告室中女女：原本作「室中女聞」，據《類説》校改。李校保留原本中「聞」字，或不妥，原本删「家人以狀告室中女」，則必補一「聞」字方可，今據《類説》補前數字，則「聞」字可删，以免辭費也。

〔二二〕倩娘下車室中女：此七字原本無，據《類説》、《緑窗新話》補，唯《類説》作「家中女」，以前文稱「室中女」，故此字從《緑窗新話》。

〔二三〕二形：李校云「此二字原本無，據《類説》補」，如此，則後之「而」字頗贅，實或因「二形」連寫，甚類於「而」，故爾致誤，則此二字非補字，當爲「而」字之改文。

〔二四〕汝：此字《類説》原爲「女」，然不易辨識，王校録文時括注「汝」字，則此段增補文字一朝豁然，故據王校改字。

〔二五〕自「鎰曰」至此五十六字原本無，據《類説》補。

〔二六〕正：沈鈔作「經」，亦通，張校據改。

〔二七〕此下原有「事出陳玄祐離魂記云」九字，當爲《太平廣記》編者所加，删去。

〔二八〕少：沈鈔、孫校、陳校作「少日」，張校據補。

〔二九〕規：原本作「䙆」。張注云「字書無『䙆』字，據虞本改」，其實《隸辨》、《干禄字書》等均收此字，同「規」，然因其字之使用极罕，故據沈鈔改。

〔三〇〕堂叔祖：原本作「堂叔」，天授三年（六九二）至大曆末年（七七九），已八十餘年，若大致以張仲規官萊蕪縣令與張鎰官衡州同齡，則二人即有八十餘歲差距，自以「堂叔祖」爲當，據沈鈔、陳校補。

【集評】

《虞初志》（七卷本）卷一：

「幼聰悟，美容範」句眉：袁石公評：如此快婿，合配倩娘。

「乃倩娘徒行跣足而至」句眉：袁石公評：情之所至，重門不能扃，逸足不能追。大奇！大奇！

「凡五年，生兩子」句眉：屠赤水評：配合奇，生子更奇。如崔之幽婚，贈兒金碗，良亦不妄。

「翕然而合爲一體」句眉：袁石公評：是一是二？想如燈之與火，水之與冰。

總評：鍾瑞先曰：詞無奇麗，而事則微茫有神。至翕然合爲一體處，萬斛相思，味之無盡。

《太平廣記鈔》卷六〇：

「生兩子」句眉：魂生子，大奇。

「衣裳皆重」句眉：衣不可化，故重。然此衣又從何來？

一六　鶯鶯傳〔一〕

元　稹

唐貞元中，有張生者，性温茂，美風容〔二〕，内秉堅孤，非禮不可入。或朋從遊宴，擾雜其間，他人皆洶洶拳拳，若將不及；張生容順而已，終不能亂。以是年二十二〔三〕，未嘗近女色。知者詰之，謝而言曰：「登徒子非好色者，是有淫〔四〕行。余真好色者，而適不我值。何以言之？大凡物之尤者，未嘗不留連於心，是知其非忘情者也。」詰者哂〔五〕之。無幾何，張生游於蒲。蒲之東十餘里，有僧舍曰普救寺，張生寓焉。適有崔氏孀婦將歸長安，路出於蒲，亦止兹寺。崔氏婦，鄭女也，張出於鄭，緒其親，乃異派之從母。先是，太師〔六〕渾瑊薨於蒲。是歲〔七〕，有中人丁文雅，不善於軍，軍人因喪而擾，大掠蒲人。崔氏之家，財産甚厚，多奴僕，旅寓惶駭，不知所托。先是張與蒲將之黨有舊〔八〕，請吏護之，遂不及於難。十餘日，廉使杜確將天子命以總戎節，令於軍，軍由是戢。

鄭厚張之德甚，因飾饌以命張，中堂宴之。復謂張曰：「姨之孤嫠未亡，提携幼稚，不幸屬師徒大潰，寔不保其身，弱子幼女，猶君之生，豈可比常恩哉！今俾以仁兄禮奉見，冀所以報恩也。」命其子，曰歡郎，可十餘歲，容甚温美。次命女：「出拜爾兄，爾兄活爾。」

久之，辭疾。鄭怒曰：「張兄保爾之命，不然，爾且擄矣，能復遠嫌乎？」久之，乃至。常服睟容〔九〕，不加新飾。垂鬟淺〔一〇〕黛，雙臉銷紅而已。顔色艷異，光輝動人。張驚，爲之禮。因坐鄭旁。以鄭之抑而見也，凝睇怨絶，若不勝其體者。問其年紀，鄭曰：「今天子甲子歲之七月，終於貞元庚辰，生年十七矣。」張生稍以詞導之，不對。終席而罷。

張自是惑之，願致其情，無由得也。崔之婢曰紅娘，生私爲之禮者數四，乘間遂道其衷。婢果驚沮，腆然而奔，張生悔之。翌〔一一〕日，婢復至，張生乃羞而謝之，不復云所求矣。婢因謂張曰：「郎之言，所不敢言，亦不敢泄。然而崔之姻族，君所詳也，何不因其德〔一二〕而求娶焉？」張曰：「余始自孩提，性不苟合。或時紈綺閒〔一三〕居，曾莫流盼。不爲當年，終有所蔽。昨日一席間，幾不自持。數日來，行忘止，食忘飽，恐不能逾旦暮。若因媒氏而娶，納采問名，則三數月間，索我於枯魚之肆矣。爾其謂我何？」婢曰：「崔之貞慎自保，雖所尊不可以非語犯之，下人之謀，固難入矣。然而善屬文，往往沉吟章句，怨慕者久之。君試爲喻情詩以亂之，不然則無由也。」張大喜，立綴春詞二首以授之。

是夕，紅娘復至，持彩箋以授張，曰：「崔所命也。」題其篇曰《明月三五夜》，其詞曰：「待月西厢下，迎風户半開。拂〔一四〕墻花影動，疑是玉人來。」張亦微喻其旨。是夕，歲二月旬有四日矣。崔之東園有〔一五〕杏花一株，攀援可踰。既〔一六〕望之夕，張因梯其樹而踰焉。達於西廂，則户果〔一七〕半開矣。紅娘寢於床上〔一八〕，因驚之。紅娘駭曰：「郎何以至？」張因紿之曰：「崔氏之箋召我也，爾爲我告之。」無幾，紅娘復來，連曰：「至矣！至矣！」張生且喜且駭，必謂獲濟。及崔至，則端服嚴容，大數張曰：「兄之恩，活我之家，厚矣。是以慈母以弱子幼女見託。奈何因不令之婢，致淫逸之詞！始以怙人之亂爲惠〔一九〕，而終掠亂以求之，是以亂易亂，其去幾何？試欲寢其詞，則保人之奸，不義；明之於母，則背人之惠，不祥；將寄與婢僕，又懼不得發其真誠；是用託短章，願自陳啓，猶懼兄之見難；是用鄙靡之詞，以求其必至。非禮之動，能不愧心。特願以禮自持，無及於亂。」言畢，翻然而逝。張自失者久之，復踰而出，於是絶望。

數夕，張生臨軒獨寢。忽有人覺之，驚駭而起，則紅娘斂衾携枕而至。撫張曰：「至矣！至矣！睡何爲哉！」並枕重衾而去。張生拭目危坐，久之，猶疑夢寐，然而修謹以俟。俄而紅娘捧崔氏而至，至則嬌羞融冶，力不能運支體，曩時端莊，不復同矣。是夕，旬有八日也，斜月晶瑩，幽輝半床。張生飄飄然，且疑神仙之徒，不謂從人間至矣。有頃，寺鐘鳴，天將曉，紅娘促去。崔氏嬌啼宛轉，紅娘又捧之而去。終夕無一言。張生辨色而興，自疑曰：「豈其夢邪？」及明，睹〔二〇〕妝在臂，香在衣，淚光熒熒然，猶瑩於茵席而已。是後又十餘日，杳不復知。

張生賦《會真詩》三十韻，未畢，而紅娘適至。因授之，以貽崔氏。自是復容之，朝隱而出，暮隱而入，同安於曩所謂西廂者，幾一月矣。張生常詰鄭氏之情，則曰：「知〔二〕不可奈何矣，因欲就成之。」

無何，張生將之長安，先以情諭之。崔氏宛無難詞，然而愁怨之容動人矣。將行之再夕，不可復見，而張生遂西下。數月，復游於蒲，會於崔氏者又累月。

崔氏甚工刀札，善屬文，求索再三，終不可見。往往張生自以文挑，亦不甚睹覽。大略崔之出人者，藝必窮極，而貌若不知；言則敏辯，而寡於酬對。待張之意甚厚，然未嘗以詞繼之。時愁艷幽邃，恒若不識；喜慍之容，亦罕形見。異時獨夜操琴，愁弄淒惻，張竊聽之，求之，則終不復鼓矣。以是愈惑之。

張生俄以文調及期，又當西去。當去之夕，不復自言其情，愁歎於崔氏之側。崔已陰知將訣矣，恭貌怡聲，徐謂張曰：「始亂之，終棄之，固其宜矣，愚不敢恨，必也；君亂之，君終之，亦〔三〕君之惠也，則殁身之誓，其有終矣，又何必深感於此行。然而君既不懌，無以奉寧。君常謂我善鼓琴，向時羞顔，所不能及。今且往矣，既君此誠。」因命拂琴，鼓《霓裳羽衣序》〔三〕，不數聲，哀音怨亂，不復知其是曲也。左右皆噓唏，崔亦遽止之，投琴，泣下流連，趨歸鄭所，遂不復至。明旦而張行。

明年，文戰不勝，張遂止於京。因貽書於崔，以廣其意。崔氏緘報之詞，粗載於此。曰：

捧覽來問，撫愛過深，兒女之情，悲喜交集。兼惠花勝一合，口脂五寸，致耀首膏脣之飾。雖荷殊恩，誰復爲容？睹物增懷，但積悲歎耳。

伏承使於京中就業，進修之道，固在便安。但恨僻陋之人，永以遐棄。命也如此，知復何言？

自去秋已來，常忽忽如有所失。於諠譁之下，或勉爲語笑，閑宵自處，無不淚零。乃至夢寐之間，亦多感咽，離憂之思，綢繆繾綣，暫若尋常。幽會未終，驚魂已斷。雖半衾如暖，而思之甚遥。一昨拜辭，倏逾舊歲。長安行樂之地，觸緒牽情，何幸不忘幽微，眷念無斁。鄙薄之志，無以奉酬。至於終始之盟，則固不忒。鄙昔中表相因，或同宴處，婢僕見誘，遂致私誠，兒女之心，不能自固，君子有援琴之挑，鄙人無投梭之拒。及薦寢席，義盛意深，愚陋之情，永謂終託。豈期既見君子，不能以禮〔二四〕定情；松柏留心〔二五〕，致有自獻之羞。不復明侍巾幘，没身永恨，含歎何言！倘仁人用心，俯遂幽眇；雖死之日，猶生之年。如或達士略情，捨小從大，以先配爲醜行，謂〔二六〕要盟爲可欺。則當骨化形銷，丹誠不泯；因風委露，猶托清塵。存没之誠，言盡於此；臨紙嗚咽，情不能申。千萬珍重！珍重千萬！

玉環一枚，是兒嬰年所弄，寄充君子下體所佩。玉取其堅潤不渝，環取其終始不絶；兼亂絲一絇〔二七〕，文竹茶碾子一枚。此數物不足見珍，意者欲君子如玉之貞〔二八〕，弊〔二九〕志如環不解，愁懷如絲，淚痕在竹〔三〇〕，因物達情〔三一〕，永以爲好耳。心邇身遐，拜會無期，幽憤所鍾，千里神合。千萬珍重！春風多厲，强飯爲嘉。慎言自保，無以鄙爲深念。

張生發其書於所知，由是時人多聞之。所善楊巨源好屬詞，因爲賦《崔娘〔三二〕詩》一絶云：

清潤潘郎玉不如，中庭蕙草雪銷初。風流才子多春思，腸斷蕭娘一紙書。

余〔三三〕亦續生《會真詩》三十韻。詩曰：

微月透簾櫳，螢光度碧空。遥天初縹緲，低樹漸蔥朧。龍吹過庭竹，鸞歌拂井桐。羅綃垂薄霧，環珮響輕風。絳節隨金母，雲心捧玉童。更深人悄悄，晨會雨濛濛。珠瑩光文履，花明隱繡櫳〔三四〕。瑶〔三五〕釵行彩鳳，羅帔掩丹虹。言自〔三六〕瑶華浦，將朝碧玉宮〔三七〕。因遊李〔三八〕城北，偶向宋家東。戲調初微拒，柔情已暗通。低鬟蟬影動，回步玉塵蒙。轉面流花雪，登床抱綺叢。鴛鴦交頸舞，翡翠合歡籠。眉黛羞偏聚，唇朱暖更融。氣清蘭蕊馥，膚潤玉肌豐。無力慵移腕，多嬌愛斂躬。汗流珠點點，髮亂緑葱葱。方喜千年會，俄聞五夜窮。留連時有恨，繾綣意難終。慢臉含愁態，芳詞誓素衷。贈環明運〔三九〕合，留結表心同。啼粉流宵鏡，殘燈遠暗蟲。華光猶苒苒，旭日漸曈曈。乘鶩〔四〇〕還歸洛，吹簫亦上嵩。衣香猶染麝，枕膩尚殘紅。羃羃臨塘草，飄飄思渚蓬。素琴鳴怨鶴〔四一〕，清漢望歸鴻〔四二〕。海闊誠難渡，天高不易沖。行雲無處所，蕭史在樓中。

張之友聞之者，莫不聳異之，然而張志亦絶矣。稹特與張厚，因徵其詞。張曰：「大凡天之所命尤物也，不妖其身，必妖於人。使崔氏子遇合富貴，乘寵嬌隆〔四三〕，不爲雲爲雨，則爲蛟爲螭〔四四〕，吾不知其所變化矣。昔殷之辛，周之幽，據百萬之國，其勢甚厚。然而一女子敗之，潰其衆，屠其身，至今爲天下僇笑。予之德不足以勝妖孽，是用忍情。」於時坐者皆爲深歎。

後歲餘，崔已委身於人，張亦有所娶。適經所居，乃因其夫言於崔，求以外兄見。夫語之，而崔終不爲出。張怨念之誠，動於顔色。崔知之，潛賦一章，詞曰：

自從消瘦減容光，萬轉千回懶下床。不爲旁人羞不起，爲郎憔悴却羞郎。

竟不之見。後數日，張生將行，又賦一章以謝絶云：

棄置今何道，當時且自親。還將舊時意，憐取眼前人。

自是絶不復知矣。時人多許張爲善補過者。予常與朋會之中，往往及此意者，夫使知者不爲，爲之者不惑。

貞元歲〔四五〕九月，執事李公垂宿於予靖安里第，語及於是。公垂卓然稱異，遂爲《鶯鶯歌》以傳之。崔氏小名鶯鶯，公垂以命篇。

【校證】

〔一〕本篇收入《太平廣記》卷四八八《雜傳記五》，名爲《鶯鶯傳》，並注作者爲元稹。《類説》所録名爲《傳奇》，卞孝萱、周紹良、方詩銘諸先生均以此爲其原名，趙令畤《侯鯖録》卷五録王銍《傳奇辨正》，又有趙氏《元微之崔鶯鶯商調蝶戀花詞》，均以「傳奇」相稱，亦似合理。然一者，《太平廣記》雜傳記類所録皆爲原名；二者，宋人詩注如任淵《山谷詩集注》卷九、胡穉《箋註簡齋詩集》卷二〇均以「鶯鶯傳」稱之；且以《傳奇》爲原名者均因《類説》可信，然伯玉翁抄本則爲《會真記》：可知無論《傳奇》或《會真記》，均爲明人所改之名。又，此傳亦存於《永樂大典》卷二七四二，亦可據校。

〔二〕風容：王校據《侯鯖録》卷五所録《商調蝶戀花》校爲「丰儀」，二者皆可通。然作者之名文《唐故工部員外郎杜君墓係銘序》云：「士以簡慢、歙習、舒徐相尚，文章以風容、色澤、放曠、精清爲高。」其别集無用「丰儀」一詞者，似當以「風容」爲是。

〔三〕二十二：原本作「二十三」。趙令畤《侯鯖録》卷五録王銍《傳奇辨正》云：「鶯鶯事在貞元十六年春……樂天作微之墓誌，以大和五年薨，年五十三，則當以大曆十四年己未生，至貞元十六年庚辰，正二十二歲矣。」又加注云：「《傳奇》言『生年二十二歲，未知女色』。」則王銍所見之本爲「二十二」，且傳文明言「貞元庚辰」即貞元十六年，則此張生與元稹若合符契。故據《元稹集》改。又，此後《西厢記》諸宫調及雜劇均依二十三歲之説，然或爲牽就元稹生年，又移其事於貞元十七年。

〔四〕淫：原爲「兇」，按：自宋玉《登徒子好色賦》出，人皆以登徒子爲好色之共名，然後人亦有辨析，謝良佐《上蔡語録》卷一云：「登徒子不好色，而有淫行。色出於心，去不得；淫出於氣。」知此亦秉好色者有愛美之心，好淫者不過皮膚濫淫者耳。故據《永樂大典》、庫本、《元稹集》改。

〔五〕哂：原本作「識」，然理有不通，頗疑原當爲「譏」，與「識」形近而誤，然無版本可據，唯依庫本、《元稹集》改爲「哂」。

〔六〕先是太師：四字原本無，《類説》作「先是渾大師」，伯玉翁抄本作「先是大帥」，因渾瑊卒後詔贈太師，故據《類説》校改。據李校，渾瑊卒於貞元十五年十二月二日，故文必有「先是」二字方妥。

〔七〕是歲：二字原在「渾瑊薨於蒲」之前，依李校移於此。

〔八〕有舊：原本作「有善」，不通，《元稹集》改爲「友善」，仍稍扞格，疑原當作「有舊」，「舊」字因形近而誤爲「善」，此後《元稹集》又臆改「有」爲「友」耳。此疑並無版本可據，然《董解元西廂記》中有「杜將軍誠一時名將，威令人伏。與君有舊，書至則必起雄師」之語，可爲參證，據之校改。

〔九〕睟容：庫本、陸本、《元稹集》、《董西廂》均作「悴」，或因後人以鶯鶯甫經大亂，必致憔悴，以致誤改原文。《孟子·盡心上》云：「其生色也，睟然見於面。」趙岐注云「睟然，潤澤之貌也」。

〔一〇〕淺：原本作「接」，「垂鬟」何能「接黛」，據《類説》、《侯鯖録》改。

〔一一〕翌：原本作「翼」，據沈鈔、《永樂大典》改。

〔一二〕德：《侯鯖録》作「媒」，王校云：「『德』字，《侯録》作『媒』字，比照下文，當是。」此實臆解，原文意爲因張生救護之德而求婚，此或誤以「德」屬鶯鶯，覺其不當，又欲呼應下文，故改爲「媒」。

〔一三〕閒：原本作「間」，此亦可通，然易生誤解，故改字。李校云庫本「閒」，實仍爲「間」字。

〔一四〕拂：《類説》作「隔」，與《唐詩品彙》所録同。

〔一五〕園有：原本作「有」，《類説》作「園」，伯玉翁抄本作「園有」，據改。

〔一六〕懸：原本作「既」，有嘉堂抄本、伯玉翁抄本及《緑窗新話》亦作「既」，岳本《類説》則作「懸」，諸家均未校改。然均思慮未周。鶯鶯之詩何以取「明月三五夜」之名，傳文又何以特特表出「二月旬有四日矣」，此意唯有張生「微喻其旨」，實爲約張生望日之會者。試思以一「恐不能逾旦暮」

之張生，既知鶯鶯此意，何可窒已欲、徑崔期而忍至既望之夕方始赴會哉。況前文云「是夕，紅娘復至」，授張以詩，繼之又云「是夕，歲二月旬有四日矣」，則仍爲二月十四日之夕，張生既當遵約，亦已無餘裕，唯有忍至次日，故曰「懸望之夕」，此「之」爲到達之意，即懸望一詞，影響及此傳之《遊仙窟》已有「積愁腸已斷，懸望眼應穿」之句，恰符張生此時心境；而後文又云「數夕」，再云「是夕，旬有八日也」，則知張生望日被拒，十六、十七日獨眠，至十八日晚得遂所願；若其逾墻爲既望之夕，則僅十七日獨寢，次日即得擁美，何來「數夕」乎！故知當以「懸」字爲是，據《類說》改。

〔一七〕果：原本無此字，據《永樂大典》、《類説》、《緑窗新話》補。

〔一八〕上：原本作「生」，屬下讀，李校云：「上下文未嘗有單稱張爲『生』者」，是矣，據陸本、《永樂大典》改。

〔一九〕怙人之亂爲惠：原本作「護人之亂爲義」，伯玉翁抄本作「怙人之亂爲惠」。按：原文不通，安可護，亂亦可護乎？護人之家，可得而稱「義」乎？且下文明言「明之於母，則背人之惠」，亦指其恩爲「惠」。故依伯玉翁抄本之文校改。

〔二〇〕及明睹：李校據《侯鯖録》等改爲「所可明者」，或有未當，此句中之「明」，實指天明，非證明也。伯玉翁抄本作「至晚但見餘香在臂」，其「晚」字當爲「曉」字之訛，亦可知此「明」之意。周篋云：「『張生辨色而興』，則已是天明，雖下文『及明』可領會爲天大亮，但終覺重復……『所可明者』似較『及明』含意更深密些，可見『及』字乃『所可』之誤，『睹』字乃『者』字之誤所致。」所釋或未當，先是「天將曉」，實則未曉，此時視物最費目力，故張生「辨色而興」，並自思「豈其夢耶」，再「及明」，則可「睹妝在臂，香在衣」以證明非在夢中也，非但不覺其復，反可深味其急於證明之情態。然「所可明者」數字將欲證之意平白托出，究失於淺俗，頗合《侯鯖録》、《董西厢》之氣味。

〔二一〕知：原本作「我」，據沈鈔、庫本、《永樂大典》改。

〔二二〕亦：原本無，語氣不暢，從《類説》補（庫本《類説》同，而伯玉翁抄本無）。

〔二三〕霓裳羽衣序：伯玉翁抄本作「廣陵散」。

〔二四〕不能以禮：原本作「而不能」，據《類説》校改。之所以據二本删「而」字，爲與下句對仗耳。

〔二五〕松柏留心：原本無，據《類説》補。

〔二六〕謂：原本作「以」，據《類説》改。

〔二七〕兼亂絲一絇：《類説》作「綵絲一絇」，伯玉翁抄本作「亂絲一絇」，同原本。李校據《侯鯖録》校改爲「兼致綵絲一絇」。之所以將「亂」校爲「綵」，或以爲崔氏送禮，不至送「亂絲」之故，其實不然，崔氏已明言其「因物達情」之意，且其所送之物均有寓意存焉：送玉環者，「玉取其堅潤不渝，環取其終始不絶」，並明言「寄充君子下體所佩」，實望張生能「堅潤不渝」、「終始不絶」；後二物則表己之情，且一一對應，送絲爲表「愁緒縈絲」或「愁懷如絲」，送文竹茶碾子則因「淚痕在竹」。知其寓意，則可知其所送必爲亂絲。故當從原文。

〔二八〕貞：原本作「真」，爲宋人避仁宗諱者，據《永樂大典》改。

〔二九〕以弊：《侯鯖録》作「鄙」，庫本作「俾」。

〔三〇〕愁懷如絲淚痕在竹：原本作「淚痕在竹，愁緒縈絲」，此二句與前所送之亂絲與文竹茶碾子相對應，前之玉、環即順序而下，則此或亦當互乙方妥，據伯玉翁抄本改。

〔三一〕情：沈鈔、伯玉翁抄本作「誠」。

〔三二〕娘：《類説》作「張」。

〔三三〕余：原本作「河南元稹」，若此傳原文即「河南元稹」，則《類説》絶無改「余」之必要，則陳翰及曾慥所編，此字固當爲原文，《太平廣記》收録時自需整齊叙事視角，故將「余」字泯去，一如前述《古鏡記》中以「王度」代「余」同，其實，庫本《類説》此處亦改爲「時元微之」四字，則其整齊之意與《太平廣記》頗同，更可證其非原文。故據《類説》回改。

〔三四〕襛：原本作「龍」，當出韻。伯玉翁抄本、《全唐詩》作「櫳」，《類説》及庫本《類説》作「籠」，但句意不通。李校改爲「襛」，惜無版本依據。按：元稹詩中兩次用及此字，一爲《早春尋李校書》「柳枝低作翠襛裙」句，一爲《紫躑躅》「滅紫襛裙倚山腹」句，二處雖然不同版本亦各有異文，然當知其原本用「襛」字。

〔三五〕瑶：《類説》作「玉」，伯玉翁抄本作「寶」。

〔三六〕言自：《類説》作「目照」。

〔三七〕將朝碧玉宫：《類説》作「眉持璇碧空」，伯玉翁抄本作「將朝碧落宫」，《全唐詩》作「碧帝宫」。

〔三八〕李：原本作「洛」，《類説》、《全唐詩》作「李」，陸本作「里」。據李校，原當作「李」，指檇李城，《春秋》定公十四年「於越敗吴於檇李」，《越絶書》稱其爲「語兒鄉」，唐陸廣微《吴地記》云：「勾踐令范蠡取西施以獻吴王夫差，西施於路與范蠡潛通，三年始達於吴，遂生一子。至此亭，其子一歲，能言，因名語兒亭。」故此「李城北」即指西施，與下句「宋家東」指宋玉東鄰之美女同。

〔三九〕明運：《類説》作「雙運」，庫本《類説》作「遇合」，伯玉翁抄本作「連合」。

〔四〇〕乘鶩：《類説》作「警策」，《全唐詩》作「警乘」。

〔四一〕素琴鳴怨鶴：《類説》作「素弦鳴怨鵲」，伯玉翁抄本作「怨鵠」。

〔四二〕清漢望歸鴻：《類説》作「逝漢望驚鴻」，伯玉翁抄本作「清漢望驚鴻」。

〔四三〕乘寵嬌隆：原本作「乘寵嬌」，黄本、庫本作「秉寵嬌」，陸本、《元稹集》作「乘嬌寵」，《永樂大典》作「乘寵嬌隆」，則「隆」字佚去，後人以「乘寵嬌」不辭，遂或改「秉寵嬌」，或改「乘嬌寵」，均不合。據《永樂大典》補。

〔四四〕不爲雲爲雨則爲蛟爲螭：原本作「不爲雲，不爲雨，爲蛟爲螭」，據庫本、《永樂大典》、《元稹集》改。

〔四五〕貞元歲：此處疑有脱訛。因此傳寫貞元十六年事，又云「張亦有所娶」，當指貞元十八年元稹别娶韋叢事，貞元僅有二十一年，末年無九月，則學界多以此爲貞元二十年。周箋則疑其原當作「永貞元歲九月」，「永」字佚去而得此，極是。惜無版本依據，暫列於此。

【集評】

《虞初志》（如隱草堂八卷本）卷六：

總評：元微之通其從母之女，假張生以自表，宋王銍性之辨之詳矣。至元王實甫氏易之以詞，而愈失其真。近世妄人，則又改而爲南曲，淺陋可笑。士顧有樂觀者，吾不知其何取也。海上逐臭之夫、劉邕嗜痂之癖，其此類夫！

《艷異編》卷一七：

「常服悴容，不加新飾」句眉：天姿何用人飾耶，信然。

「索我於枯魚之肆」句眉：太濁。

「喻情詩」句眉：三字着人。

「端服嚴容」句眉：不得不如此。

鶯鶯責張生段眉批：滋味正在此翻不允，若容易上手，便是家常茶飯矣。

「嬌羞融冶」句眉：嬌態如畫。

「君亂之君終之」句眉：舌如笙簧。

「必妖於人」句眉：説至此，冰消凍釋。

《虞初志》（七卷本）卷五：

「内秉堅孤」句眉：袁石公評：只「堅孤」二字，見非鶯鶯不足以動生。

「余真好色者，而適不我值」句眉：屠赤水評：微之云「曾經滄海難爲水，除却巫山不是雲。取次花叢懶回顧，半緣修道半緣君」，生固是一片有心人也。

「以仁兄禮奉見，冀所以報恩也」句眉：李卓吾評：難道一見便是報恩。

紅娘對張生語一節眉批：湯若士評：情甚淋漓，語甚文秀。

「往往沉吟章句，怨慕者久之」句眉：袁石公評：屬句傳情，原是偷香妙訣。

鶯鶯斥責張生一節眉批：李卓吾評：常言大奸似忠，大詐似信，今又知大妖似貞。

「然而修謹以俟」句眉：李卓吾評：鶯之嬌態，張之怯狀，千古欲生。

「紅娘捧崔氏而至」句眉：袁石公評：前招之而拒，此拒之而就，那人倒會顛倒風流。

「言則敏辯，而寡於酬對」句眉：袁石公評：鶯之動人處，只是個假莊嚴。

「崔氏宛無難詞，然而愁怨之容動人矣」句眉：袁石公評：不言之痛，勝於悲啼。

「待張之意甚厚，然未嘗以詞繼之」句眉：屠赤水評：正是「别淚傾江海，行雲蔽華嵩」。

「時愁艷幽邃，恒若不識；喜愠之容，亦罕形見」句眉：李卓吾評：媚殺，妖殺，自應心醉神迷。

又評：胡然而天也，胡然而帝也。

「不數聲，哀音怨亂，不復知其是曲也」句眉：袁石公評：妙在曲方始而輒亂，曲未終而輒止。寡鵠耶？孤鴻耶？泣鸞悲鳳耶？是當年離恨譜。

「雖荷殊恩，誰復爲容」句眉：袁石公評：清詞亮節，玉壺春冰，未足喻此。

「無不淚零」句眉：湯若士評：寫情筆筆堪淚。

鶯鶯之信一節眉批：李卓吾評：世上有如是女子乎！世上有如是文章乎！

「因風委露，猶托清塵。存没之誠，言盡於此」句眉：屠赤水評：永歌之哀，甚於慟哭，如長沙汨羅，指陳情事，聽者肌骨陡然。

「張生發其書於所知」句眉：袁石公評：崔氏一緘，是荆山璧，是豐城劍，希世珍寶，斷然不可埋没。張發其書，非暴其醜，有神焉以行乎其間矣。

《會真詩》一節眉批：屠赤水評：《會真》一詩，其姿韻翩翩，如落花、飛絮；其哀情楚楚，如叩角、吹笳。

《會真詩》一節眉批：李卓吾評：詩如文，文如人，人又如詩、如文，大奇！大奇！

「昔殷之辛，周之幽，據百萬之國，其勢甚厚。然而一女子敗之」句眉：袁石公評：張亦腐甚，殷之辛，周之幽，縱無妲己、哀姒，寧不亡乎？等亡耳，則妲己、褒姒得死所矣。東坡云「足以易一死」，是也。

「予之德不足以勝妖孽，是用忍情」句眉：屠赤水評：風華中却道出蒲團上話。

「而崔終不爲出」句眉：袁石公評：張負崔，非崔負張，至求見不出，亦應悔甚矣。
「不爲旁人羞不起，爲郎憔悴却羞郎」句眉：湯若士評：到此愈見深悲極怨。
「予常與朋會之中，往往及此意者」句眉：李卓吾評：一夥俗人。
「時人多許張爲善補過者」句眉：袁石公評：生平恨無此過，此過如何可補？
鍾瑞先總評：此傳得漢卿演爲北劇，風流絶艷，遂作千古相思史。
總評：或謂元微之通其從母之女，假張生以自表耳。余按樂天作微之母《鄭夫人誌》言鄭濟女，而唐崔氏譜未寧尉鵬亦娶鄭濟女，此爲微之自表無疑。考宋王銍性之辨，昭昭信矣。
李卓吾總評：嘗言吴道子、顧虎頭只畫得有形象的，至如相思情狀，無形無象，微之畫來，的的欲真，躍躍欲有，吴道子、顧虎頭又退數十舍矣。

《太平廣記鈔》卷八〇：
「何不因其德而求娶焉」句眉：紅娘見識，過張、鶯十倍。
「於是絶望。數夕」句眉：絶望數夕，不可謀媒妁乎？
「是用忍情」句眉：此論卓矣！恨其在既亂之後耳。
「求以外兄見」句眉：求見不又多乎！
「爲郎憔悴却羞郎」句眉：鶯勝張又十倍。

《情史》卷一四：

「張生容順而已，終不及亂」句眉：惟假老成者，其中竟不可測。
「喻情詩」句眉：「喻情」二字，非紅娘不能言。
「張生將之長安」句眉：此時尚不可遣媒乎？
「至於終始之盟」句眉：明使求昏，生胡置之度外邪！
「長安行樂之地」句側：微諷。
「張生發其書於所知」句側：便不忠厚。句眉：發書於所知，知無始終之念。
「求以外兄見」句眉：既自云忍情，又欲求見，何爲乎！

總評：右《會真記》，出於元微之（稹）手。楊阜公嘗見微之所作姨母墓志，云其「既喪夫，遭軍亂，微之爲保護其家備至。」則鶯鶯乃崔鵬女，於微之爲中表。再考微之墓志，其年甲相合，其爲微之無疑。因元與張姓同所出，而借言之耳。傳云「時人以張爲善補過者」，夫此何過也，而如是補乎？如是而爲善補過，則天下負心薄幸、食言背盟之徒，皆可云善補過矣！女子鍾情之深，無如崔者。亂而終之，猶可救過之半。妖不自我，何畏乎尤物？微之與李十郎一也，特崔不能爲小玉耳。白樂天作微之之母鄭氏志，云是鄭濟女。而唐《崔氏譜》：「永寧尉鵬娶鄭濟女。」

錢鍾書《管錐編·太平廣記·二一〇》：

《鶯鶯傳》（元稹撰）崔氏報張生書曰：「兼惠花勝一合、口脂五寸，致耀首膏唇之飾。雖荷殊恩，誰復爲容！……玉環一枚，是兒嬰年所弄，寄充君子下體所佩，玉取其堅潤不渝，環取其終始不絕。兼亂絲一絇、文竹茶碾子一枚。此數物不足見珍，意者欲君子如玉之貞，弊志如環不解，淚痕在竹，愁緒縈絲，因物達情。」按贈玉環而以玉望人、以環喻己，一物分屬彼此，寓意酷似盧仝《自君之出矣》：「妾有雙玉環，寄君表相憶。環是妾之心，玉是君之德。」此一節文前半如《全後漢文》卷九六徐淑《答夫秦嘉書》：「素琴之作，當須君歸；明鏡之鑒，當待君還。未奉光儀，則寶釵不設也；未侍帷帳，則芳香不發也。」後半如《全漢文》卷二〇鄒長倩《遺公孫弘書》：「勿以小善不足修而不爲也，故贈君素絲一繸。……士有聚斂而不能散者，將有撲滿之敗，可不誡歟！故贈君撲滿一器」；《全三國文》卷七五孫仲奇妹《臨亡書》：「鏡與粉盒與郎，香奩與若，欲其行身如明鏡，純如粉，譬如香」；《玉臺新詠》卷四鮑令輝《代葛沙門妻郭小玉詩》：「君子將遥役，遺我雙題錦；臨當欲去時，復留相思枕。題用常著心，枕以憶同寢。」賈至《寓言》之二：「聞有關河信，欲寄雙玉盤，玉以委貞心，盤以薦嘉餐」；一物兼寓兩意，而非兩意分指兩人。韓愈《寄崔二十六立之》：「我有雙飲醆，其銀得朱提，黄金塗物象，雕鐫妙工倕；乃令千里鯨，么麽微螽斯，猶能争明月，擺掉出渺瀰；野草花葉細，不辨薋菉葹，……四隅芙蓉樹，擢艷皆猗猗。鯨以興君身，失所逢百罹；月以喻天道，僶勉勵莫虧；草木明覆載，妍醜齊榮萎」；更就一物生發，不假殊品。黄庭堅《送王郎》：「酌君以蒲城桑落之酒」云云，歷來談藝者皆謂其仿鮑照《擬行路難》：「奉君金卮之美酒」云云；然黄詩申説：「酒澆胸中之磊塊」云云，補出崔鶯鶯所謂「因物達情」，則兼師鮑令暉詩，鎔鑄兄妹之作於一爐焉。

一七　相如琴挑〔一〕

佚　名

司馬相如游臨邛，卓王孫有女文君新寡，相如以琴心挑之，其操〔二〕曰：

鳳兮鳳兮歸故鄉，遨遊四海求其凰。時未遇兮〔三〕無所將，何悟今夕登斯堂〔四〕。有艷淑女在此方〔五〕，室邇人遐獨我傷〔六〕。何緣交頸爲鴛鴦。

文君聞之，夜奔相如〔七〕。

【校證】

〔一〕此篇未見於《太平廣記》，故事亦極簡略，程毅中云：「這篇不是唐人傳奇，却收入了《異聞集》，很令人奇怪。可能唐代已有關於司馬相如和卓文君故事的小説，《類説》所收這一條只是節略。」所論極中肯，一者，此篇確與他篇不同，然亦不可徑删，以其或爲唐代某篇傳奇之略本，故雖可據《史記》或至少就《情史》録出十倍於此之原文，然爲存原貌，仍僅據《類説》七十餘字録文。另：《緑窗新話》卷下之《文君窺長卿撫琴》約爲此傳之三倍，然其出處爲《司馬相如傳》，知出《史記》，與此或非同源，故亦不以此爲底本，僅據以參校。其題岳本原爲「相如挑琴」，此據有嘉堂抄本改。

〔二〕以琴心挑之其操：此七字岳本作「鼓琴」，據伯玉翁抄本改。
〔三〕未遇兮：有嘉堂抄本作「未通過」，《緑窗新話》作「未遇兮」，據改。
〔四〕悟：岳本無，據《緑窗新話》補。又，《史記索隱》無此二句，《玉臺新詠》有，作「何悟今日」。
〔五〕方：岳本作「室」，當涉下而衍，據伯玉翁抄本、有嘉堂抄本改。
〔六〕獨我傷：《史記索隱》作「素我腸」，《玉臺新詠》作「愁我腸」。
〔七〕文君聞之夜奔相如：此八字岳本無，據伯玉翁抄本補。

一八　南柯太守傳〔一〕

李公佐

東平淳于棼，吳楚遊俠之士。嗜酒使氣，不守細行，累巨產，養豪客。曾以武藝補淮南軍裨將，因使酒忤帥，斥逐落魄，縱誕飲酒爲事。家住廣陵郡東十里，所居宅南有大古槐一株，枝幹修密〔二〕，清陰數畝。淳于生日與群豪大飲其下。

唐貞元十〔三〕年九月，因沉醉致疾，時二友人於坐，扶生歸家，卧於堂東廡之下〔四〕。二友謂生曰：「子其寢矣，余將秣馬濯足，俟子小愈而去。」生解巾就枕，昏然忽忽，仿佛若夢。

見二紫衣使者，跪拜生曰：「槐安國王遣小臣致命奉邀。」生不覺下榻整衣，隨二使至門。見青油小車，駕以四牡，左右從者七八人〔五〕，扶生上車，出大户，指古槐穴而去。使者即驅入穴中，生意頗甚異之，不敢致問。

忽〔六〕見山川風候，草木道路，與人世甚〔七〕殊。前行數十里，有郛郭城堞，車輿人物，不絶於路。生左右傳車者傳呼甚嚴，行者亦争辟於左右。又入大城，朱門重樓，樓上有金書題曰「大槐安國」。守〔八〕門者趨拜奔走，旋有一騎傳呼曰：「王以駙馬遠降，令且息東華館。」因前導而去。俄見一門洞開，生降車而入。彩檻雕楹，華木珍果，列植於庭下；几案茵褥，簾幃肴膳，陳設於庭上。生心甚自悅。復有呼曰：「右相且至。」生降階祇奉。有一人紫衣象簡前趨，賓主之儀敬盡焉。右相曰：「寡君不以弊國遠僻，奉迎君子，託以姻親。」生曰：「某以賤劣之軀，豈敢是望。」右相因請生同詣其所。行可百步，入朱門，矛戟斧鉞，布列左右，軍吏數百，辟易道側。生有平生酒徒周弁者，亦趨其中，生私心悅之，不敢前問。右相引生升廣殿，御衛嚴肅，若至尊之所。見一人長大端嚴，居正位，衣素練服，簪朱華冠。生戰慄，不敢仰視。左右侍者令生拜，王曰：「前奉賢尊命，不棄小國，許令次女瑶芳奉事君子。」生但俯伏而已，不敢致詞。王曰：「且就賓宇，續造儀式。」有頃〔九〕，右相亦與生偕還館舍。生思念之，意以爲父佐〔一〇〕邊將，因没〔一一〕虜中，不知存亡。將謂父北蕃交通〔一二〕而致兹事，心甚迷惑，不知其由。

是夕，羔雁〔一三〕幣帛、威容儀度、妓樂絲竹、肴膳燈燭、車騎禮物之用，無不咸備。有群女，或稱華陽姑，或稱青溪姑，或稱上仙子，或稱下仙子，若是者數輩，皆侍從數千〔一四〕，冠翠鳳冠，衣金霞帔，綵碧金鈿，目不可視。遨遊戲樂，往來其間〔一五〕，争以淳于郎爲戲弄。風態妖麗，言詞巧艷，生莫能對。復有一女謂生曰：「昨上巳日，吾從靈芝夫人過禪智寺，於天竹院觀石延〔一六〕舞《婆羅門》，吾與諸女坐北牖石榻上。時君少年，亦解騎來看，君獨强來親洽，言調笑謔。吾與瓊〔一七〕英妹結絳巾，掛於竹枝上，君獨不憶念之乎？又七月十六日，吾於孝感寺侍〔一八〕上真子，聽契玄法師講《觀音經》。吾於講下捨金鳳釵兩隻，上真子捨水犀合子一枚，時君亦在〔一九〕講筵中，於師處請釵合視之，賞歎再三，嗟異良久。顧余輩曰：『人之與物，皆非世間所有。』或問吾氏〔二〇〕，或訪吾里，吾亦不答。情意戀戀，矚盼不捨，君豈不思念之乎？」生乃應〔二一〕曰：「中心藏之，何日忘之。」群女曰：「不意今日與君爲眷屬。」

復有三人，冠帶甚偉，前拜生曰：「奉命爲駙馬相者。」中一人，與生且故，生指曰：「子非馮翊田子華乎？」田曰：「然。」生前，執手叙舊久之。生謂曰：「子何以居此？」子華曰：「吾放遊，獲受知於右相武成侯段公，因以棲託。」生復問曰：「周弁在此，知之乎？」子華曰：「周生貴人也，職爲司隸，權勢甚盛，吾數蒙庇護。」言笑甚歡。俄傳聲曰：「駙馬可進矣。」三子取劍佩冕服更衣之。子華曰：「不意今日獲睹盛禮，無以相忘也。」

有仙姬數十，奏諸異樂，婉轉清亮，曲調淒悲，非人間之所聞聽。有執燭引導者亦數十，左右見金翠步障，彩碧玲瓏，不斷數里。生端坐車中，心意恍惚，甚不自安，田子華數言笑以解之。向者群女姑姊〔二二〕，各乘鳳翼輦，亦往來其間。至一門，號修儀宮，群仙姑姊，亦紛然在側。令生降車輦拜，揖讓升降，一如人間。撤障去扇，見一女子，云號金枝公主，年可十四五，儼若神仙。交歡之禮，頗亦明顯。

生自爾情義日洽，榮曜日盛，出入車服，遊宴賓御，次於王者。王命生與群寮備武衛，大獵於國西靈龜山。山阜峻秀，川澤廣遠，林樹豐茂，飛禽走獸，無不蓄之。師徒大獲，竟夕而還。

生因他日啓王曰：「臣頃結好之日，大王云奉臣父之命。臣父頃佐邊將，用兵失利，陷没胡中，爾來絶書信十七八歲矣。王既知所在，臣請一往拜覲〔二三〕。」王遽謂曰：「親家翁職守北土，信問不絶，卿但具書狀知聞，未用便去。」遂命妻致饋賀之禮，一以遣之〔二四〕。數夕還答，生驗書本意，皆父平生之跡。書中憶念教誨，情意委曲，皆如昔年。復問生親戚存亡，閭里興廢。復言路道乖遠，風烟阻絶，詞意悲苦，言語哀傷，又不令生來覲。但〔二五〕云「歲在丁丑，當與女相見」。生捧書悲咽，情不自堪。

他日，妻謂生曰：「子豈不思爲政乎？」生曰：「我放蕩，不習政事。」妻曰：「卿但爲之，余當奉贊。」妻遂白於王，王〔二六〕謂生曰：「吾南柯郡〔二七〕政事不理，太守黜廢，欲藉卿才，屈卿爲守〔二八〕，便與小女同行。」生敦受〔二九〕教命。王遂敕有司備太守行李，因出金玉、錦繡、箱奩、僕妾、車馬，列於廣衢，以餞公主之行。生少遊俠，曾不敢有望至是，甚悦，因上表曰：

臣將門餘子，素無藝術。猥當大任，必敗朝章。自慚〔三〇〕負乘，坐致覆餗〔三一〕。今欲廣求賢哲，以贊不逮。伏見司隸潁川周弁，忠亮剛直，守法不回，有毗佐之器；處士馮翊田子華，清慎通變，達政化之源。二人與臣有十年之舊，備知才用，可託政事。周請署南柯司憲，田請署司農，庶使臣政績有聞，憲章不紊也。

王並依表以遣之。其夕，王與夫人餞於國南。王謂生曰：「南柯，國之大郡，土地豐壤，人物豪盛，非惠政不能以治之，況有周、田二賢〔三二〕，卿其勉之，以副國念。」夫人戒公主曰：「淳于郎性剛好酒，加之少年，爲婦之道，貴乎柔順，爾善事之，吾無憂矣。南柯雖封境不遥，晨昏有間，今日睽别，寧不沾巾。」生與妻拜首南去，登車擁騎，言笑甚歡。累日〔三三〕達郡。郡有官吏、僧道、耆老，音樂、車輿、武衛、鑾鈴，争來迎奉。人物闐咽，鐘鼓喧嘩不絶。十數里，見雉堞臺觀，佳氣鬱鬱，入大城門，門亦有大榜，題以金字，曰「南柯郡城」。見朱軒棨户，森然深邃。生下車，省風俗，察疾〔三四〕苦，政事委以周、田，郡中大理。

自守郡二十載，風化廣被，百姓歌謡，建功德碑，立生祠宇。王甚重之，賜食邑錫爵，位居台輔。周、田皆以政治著聞，遞遷大位。生有五男二女，男以門蔭授官，女亦娉於王族，榮耀顯赫，一時之盛，代〔三五〕莫比之。

是歲，有檀蘿國者，來伐是郡。王命生練將訓師以征之。乃表周弁將兵三萬，以拒賊之衆於瑶臺城。弁剛勇輕敵〔三六〕，師徒敗績，弁單騎裸身潛遁，夜歸城。賊亦收輜重鎧甲而還。生因囚弁以請罪，王並捨之。是月，司憲周弁疽發背，卒。生妻公主遘疾，旬日又薨。生因請罷郡，護喪赴國，王許之。便以司農田子華行南柯太守事。生哀慟發引，威儀在途，男女叫號，人吏奠饌，攀轅遮道者，不可勝數。遂達於國。王與夫人素衣慟〔三七〕哭於郊，候靈輿之至。謚公主曰「順儀公主」，備儀仗、羽葆、鼓吹，葬於國東十里盤龍岡。是月，故司憲子榮信亦護喪赴國。

生久鎮外藩，結好中國，貴門豪族，靡不是洽。自罷郡還國，出入無恒，交遊賓從，威福日盛，王意疑憚之。時有國人上表云：「玄象謫見，國有大恐，都邑遷徙，宗廟崩壞。釁起他族，事在蕭墻。」時議以生僭侈〔三八〕之應也，遂奪生侍衛，禁生遊從，處之私第。生自恃守郡多年，曾無敗政，流言怨悖，鬱鬱不樂。王亦知之，因命生曰：「姻親二十餘年，不幸小女夭枉，不得與君子偕老，良用痛傷。夫人因留孫自鞠育之。」又謂生曰：「卿離家多時，可暫歸本里，一見親族，諸孫留此，無以爲念。後三年，當令迎卿〔三九〕。」生曰：「此乃家矣，何更歸焉？」王笑曰：「卿本人間，家非在此。」生忽若惛睡，瞢然久之，方乃發悟前事，遂流涕請還。王顧左右以送生，生再拜而去。

復見前二紫衣使者從焉，至大户外，見所乘車甚劣，左右親使御僕，遂無一人，心甚歎異。生上牛〔四〇〕車行可數里，復出大城，宛是昔年東來之途，山川原〔四一〕野，依然如舊。所送二使者，甚無威勢，生逾怏怏。生問使者曰：「廣陵郡何時可到？」二使謳歌自若，久〔四二〕乃答曰：「少頃即至。」

俄出一穴，見本里閭巷，不改往日。潸然自悲，不覺流涕。二使者引生下車，入其門，升自階，己身卧於堂東廡之下。生甚驚畏，不敢前近。二使因大呼生之姓名數聲，生遂發寤如初。見家之僮僕擁篲於庭，二客濯足於榻，斜日未隱於西垣，餘樽尚湛於〔四三〕東牖。夢中倏忽，若度一世矣。

生感念嗟歎，遂呼二客而語之，驚駭，因與生出外，尋槐下穴。生指曰：「此即夢中所經〔四四〕入處。」二客將謂狐狸、木媚之所爲祟，遂命僕夫荷斤斧，斷擁腫，折查枿，尋穴究源，旁可袤丈，有大穴，洞然明朗〔四五〕，可容一榻。上有積土，環〔四六〕爲城郭臺殿之狀，有蟻數斛，隱聚其中。中有小臺，其色若丹，二大蟻處之，素翼朱首〔四七〕，長可三寸，左右大蟻數十輔之，諸蟻不敢近，此其王矣：即槐安國都也。又窮一穴，直上南枝可四丈，宛轉方平〔四八〕，亦有土城小樓，群蟻亦處其中，即生所領南柯郡也。又一穴，西去二丈，磅礴空圬〔四九〕，嵌窞異狀，中有一腐龜殼，大如斗，積雨浸潤，小草叢生，繁茂翳薈，掩映振殼，即生所獵靈龜山也。又窮一穴，東去丈餘，古根盤屈，若龍虺之狀，中有小土壤〔五〇〕，高尺餘，即生所葬妻盤龍岡之墓也。追想前事，感歎於懷。披穴〔五一〕窮跡，皆符所夢。不欲二客壞之，遽令掩塞如舊。

是夕，風雨暴發。旦視其穴，遂失群蟻，莫知所之〔五二〕。故先言「國有大恐，都邑遷徙」，此其驗矣。復念檀蘿征伐之事，又請二客訪跡於外。宅東一里，有古涸澗，側有大檀樹一株，藤蘿擁織，上不見日，旁有小穴，亦有群蟻隱聚其間。檀蘿之國，豈非此耶！

嗟乎！蟻之靈異，猶不可窮，况山藏木伏之大者所變化乎？時生酒徒周弁、田子華，並居六合縣，不與生過從旬日矣。生遽遣家僮疾往候之：周生暴疾已逝，田子華亦寢疾於床。生感南柯之浮虛，悟人世之倏忽，遂棲心道門，絶棄酒色。後三年，歲在丁丑，亦終於家，時年四十七，將符宿契之限矣。

公佐貞元十八年秋八月，自吴之洛，暫泊淮浦。偶覿淳于生兒楚〔五三〕，詢訪遺跡。翻覆再三，事皆摭實，輒編録成傳，以資好事。雖稽神語怪，事涉非經，而竊位著生，冀將爲戒。後之君子，幸以南柯爲偶然，無以名位驕於天壤間云。

前華州參軍李肇贊曰：「貴極禄位，權傾國都。達人視此，蟻聚何殊。」

【校證】

〔一〕本篇收入《太平廣記》卷四七五《昆蟲三》，名爲《淳于棼》，《類説》引爲《南柯太守傳》。李肇《唐國史補》云：「近代有造謗而著書，《鷄眼》、《苗登》二文。有傳蟻穴而稱者，李公佐《南柯太守》……皆文之妖也。」此語《唐語林》亦引，唯將書名置於注文，且徑注云「李公佐《南柯太守傳》」，則知此傳單行之名與《類説》所引同。

〔二〕密：沈鈔、陸本作「永」，亦通。

〔三〕十：原本作「七」，王校云：「『貞元七年』其『七』字當爲『十』字之誤。」並指出後文「後三年，歲在丁丑」，「丁丑爲貞元十三年，據此可知前文『七年』乃『十年』之訛。」極是，從改。又，此前之「唐」，沈鈔作「其後以」。

〔四〕卧於堂東廡之下：王校附記云：「《後村大全集》卷一七六載張巨山讚《太平廣記》云：『夢裏空驚日月長，覺時追憶始堪傷。十年烜赫南柯守，竟日歡娱審雨堂。』注云：『有人夢入蟻穴，榜曰番函堂。』按『番函』二字當爲『審雨』之訛。但今所傳《南柯太守傳》，竟無此堂名，是其有脱佚，不如宋人所見之全矣。」此有二誤：一者，審雨堂非出《南柯太守傳》，而出自《窮神秘苑》之《審雨堂》篇；二者，所引之詩亦不能説明宋人所見《南柯太守傳》即有此堂名，因其末二句不過各用蟻典而已，況其爲選《太平廣記》之作，《南柯太守傳》位於《審雨堂》之次卷，二者同詠，不亦宜乎。然事亦有未易知者，公佐之撰此傳，雖或有《枕中記》之影響，然其情節，則當源於

《審雨堂》，以其亦述一人與數友入槐樹中之蟻國，與絶世女子歡宴，後大風至，數人夢醒，見古槐傾覆，兩相對照，如出一轍，且《審雨堂》之主人公名曰「盧汾」，公佐所傳，其人亦名「棼」，或非偶然。則作者此篇兩及「堂」字，却語勢頗窘，或原爲「審雨堂」而後爲所删乎？

〔五〕人：原本無，據沈鈔補。

〔六〕忽：沈鈔、孫校、陳校作「豁」，張校據改。

〔七〕甚：《太平廣記鈔》作「不甚」，知此種入夢異事，以寫夢中與人間無别爲多，公佐此傳，特述其「殊」，如後文吉禮之中所奏之樂竟「曲調淒悲」，則可知矣。

〔八〕守：原本作「執」，據沈鈔改。

〔九〕頃：原本作「旨」，據沈鈔、陳校、陸本改。

〔一〇〕佐：原本作「在」。周箋云：「『在』字誤，應是『任』字或『爲』字。」按：所言甚是，「在」與「任」字形較近，或因致訛耳，然無版本依據。後文淳于生上書時云：「臣父頃佐邊將，用兵失利，陷没胡中。」與此處可以互證，「佐」字亦與「在」字形近。故以本校之法，據後文改。

〔一一〕没：原本作「殁」，據沈鈔改。另，下文亦做「用兵失利，陷没胡中」。

〔一二〕交通：原本作「交遜」，據沈鈔改。周箋云：「『交遜』，意似指唐邊守與北蕃相互讓步。」其語亦似遊移，並云「『交通』，意稍長」，是矣。

〔一三〕羔雁：沈鈔、陳校作「奠雁」，張校據改。按：此句云「羔雁幣帛、威容儀度、妓樂絲竹、肴膳燈燭、車騎禮物之用」，明其均爲禮物，「羔雁」正合，「奠雁」指婚禮之儀式，似與此句不侔。

〔一四〕數千：沈鈔作「數十」，李校據改。校改理據則或謂一人侍從未能如是之多，然一者此爲夢幻之説部，自有誇大之可能，則或不可全以常理拘之；二者此中之人皆蟻也，故其侍從之多當如蟻聚，則作者寫此，一如云王「長大端嚴」同寓其爲蟻者，或不必改。

〔一五〕間：原本作「門」，亦可通，沈鈔作「間」，於義較勝，據改。

〔一六〕石延：原本作「右延」。李校云「唐代西域有石國」，「國人擅長舞蹈」，「並以石爲姓」，故據改，然仍未愜。周箋引唐段安節《樂府雜録》云：「弄婆羅門：太和初，有康乃米禾稼、米萬搥，近年有李百魁、石瑶山也。」則「頗疑『右延』二字乃『康乃』之訛」，此疑似無據，然所引材料頗重要。此傳云「觀石延舞婆羅門」，而《樂府雜録》則云舞婆羅門之表表者有「石瑶山」，疑傳文「右」爲「石」字之誤。然則其所云，當指西域康國姓石之舞者，據《新唐書》卷二二一下云：「康者……枝庶分王曰安，曰曹，曰石，曰米，曰何，曰火尋，曰戊地，曰史，世謂九姓。」知此「石」爲康國九姓之一。故據沈鈔、陸本改。另，《樂府雜録》所載之「石瑶山」或爲「石延」音譯之異名：前者雖云「近年」，然所舉有「太和初」者，則此石瑶山或亦較前；此傳據傳文寫於貞元末，然亦未可輕信，其《謝小娥傳》晚至元和十三年，則與太和初較近。二人或有關係。

〔一七〕瓊：原本作「窮」，此爲人名，原無不可，然此傳中公主名瑶芳，又有華陽姑、青溪姑、上仙子、下仙子、靈芝夫人等名，則恐原本非是，據庫本改。

〔一八〕侍：原本作「悟」，據沈鈔、孫校、陳校改。

〔一九〕亦在：原本作「亦」，似有闕訛。李校據明清稗編改「講」爲「謁」，語意雖暢，然「講筵」特指講經、講學之事，即如《櫻桃青衣傳》云「盧子方詣講筵」者，若改作「謁」字，恐失原意。故據沈鈔補「在」字。

〔二〇〕氏：原本作「民」，當爲形近致誤，據沈鈔、陸本改。

〔二一〕乃應：原本無，據沈鈔補。

〔二二〕姊：原本作「娣」，據沈鈔、陳校、庫本改。

〔二三〕覲：原本作「觀」，當爲形近而誤，後文亦作「又不令生來覲」，故據汪校及下文改。

〔二四〕一以遣之：沈鈔作「遣人遣之」，陳校作「一以遣之」。

〔二五〕但：原本無，據沈鈔補。

〔二六〕王：原本作「累日」，亦通，然作「王」语義稍暢，據沈鈔及《類説》改。

〔二七〕郡：原本無，據沈鈔及《類説》補。

〔二八〕屈卿爲守：原本作「可曲屈之」，語義不暢，故沈鈔改爲「撫之」，庫本改爲「可曲就之」，《太平廣記鈔》改爲「可屈就之」，《艷異編》又改爲「可屈往之」，均可通。《類説》作「屈卿爲守」，據改。

〔二九〕敦受：原本作「敦授」，沈鈔作「敬受」，陳校作「敬授」，以「授」爲「受」，自然不妥，故張校據沈鈔改；然亦連及「敦」字，則似無謂，當據庫本改爲「敦受」。

〔三〇〕慚：原本作「悲」，此字不當，故據沈鈔改。

〔三一〕覆餗：原本作「覆棘」，《周易》云：「鼎折足，覆公餗。」知此爲形近而訛。據沈鈔、孫校、陳校改。

〔三二〕賢：原本作「贊」，當涉前「廣求賢哲，以贊不逮」且以字形相近而訛，故據沈鈔改。

〔三三〕日：原本作「夕」，不當事以夕行，故據《類説》改。

〔三四〕察疾：原本作「療病」，然「省風俗、察疾苦」可施於初至，而「療病苦」則非朝夕之功，故據《類説》改。

〔三五〕代：沈校或覺有誤，故改爲同音之「殆」，張校據改，此似爲誤校。「代莫比之」，即「世莫比之」，唐人避太宗之諱，故以「世」爲「代」耳。此傳文亦可證之，前云「郡中大理」，實「郡中大治」也，因避高宗李治諱，故以「治」爲「理」耳。

〔三六〕敵：原本作「適」，沈鈔以「適」字不可解，故臆改爲「進」，汪校、張校、李校皆從之，疑誤。許本、黄本、庫本均作「敵」，是知「敵」實因字形相近誤爲「適」耳。據後者校改。

〔三七〕慟：原本無，據《類説》補。

〔三八〕僭侈：原本作「侈僭」，後者之用例極少，前者則甚常用，如《貞觀政要》卷六云「譏僭侈者非愛其厚費」，《資治通鑑》卷八五云「太弟穎僭侈日甚，嬖倖用事，大失衆望」等，則以僭侈爲是。據《類説》改。

〔三九〕卿：原本作「生」，據沈鈔改。

〔四〇〕牛：原本無，據孫校、陸本補。

〔四一〕原：原本作「源」，據沈鈔、陳校、陸本改。

〔四二〕久：原本作一墨釘，知其本有一字，然無以據補。此後各家均試補之，沈鈔爲一墨釘補「久之」二字，實已增字，汪校從之；孫校又補「强之」二字，爲淳于棼及二使者憑增曲折，張校從之；李校則從汪校。諸家所校均似未當，許本、黄本、庫本均補一「久」字，文從字順，無煩别校也。

〔四三〕樽尚湛於：《類説》作「照」，伯玉翁抄本作「光尚映」，當爲節文。湛，沈鈔作「留」，張校據改，李校云：「按：湛，清澄。謂喝剩的酒還是清亮如新，未變得混濁，言時間之極短也。作『留』唯言尚在而已。」則不當爲「留」。然李校之釋亦似可商：若「湛」爲「清澄」之意，則酒放置時間愈長愈有澄清之效，何能「言時間之極短」？此句實暗用陶淵明《停雲》詩序「罇湛新醪」之句意，「湛」爲盈滿之意，謂酒尚未飲，以形時間之短耳。

〔四四〕經：原本作「驚」，據沈鈔、孫校、陳校、陸本改。

〔四五〕洞然明朗：此四字前原本有「根」字，據沈鈔、孫校、陸本删。

〔四六〕環：原本作「壞以」，分屬上下二句，然下文稱其妻之墓爲「小土壤」，此再用之，似不妥，且「積土壤」，似亦不辭，故據《類説》校改，以「環」字屬下讀，似更切當。

〔四七〕首：《類説》作「冠」，伯玉翁抄本作「首」。原文當作「首」，以前入夢時，國王「衣素練服，簪朱華冠」，此揭謎底，言「素翼朱首」，即其「素練服」實爲翼，而「朱華冠」則自爲「首」而非「冠」。

〔四八〕平：原本作「中」，據沈鈔、孫校、陳校改。

〔四九〕圬：此字從談本至許本及庫本，均作「圬」字，然汪校録爲「朽」字，後之張校、李校均以其爲談本原文，並以「朽」爲正，疑誤。然此亦非始自汪校，《太平廣記鈔》即用「朽」字，實以「圬」常寫爲「杇」，與「朽」極類，故易誤認耳。「圬」通「圩」，即中凹之狀。

〔五〇〕小土壤：《類説》作「小墳」，前云此示謎底，當有掩映，故不當徑言「墳」字，仍以原本爲是。

〔五一〕穴：原本作「閲」，當爲「穴」字音近之誤，據沈鈔改。

〔五二〕之：原本作「去」，沈鈔作「在」，據《類説》改。

〔五三〕兄楚：原本作「棼」，不可解，故王校云：「淳于棼既卒於貞元（十）三年，至此十八年，李公佐何由『偶睹淳于生棼』，『八』字疑爲『一』字之訛。」沈鈔作「貌」，或欲避此之矛盾，亦未通達。七卷本《虞初志》作「貌楚」，程毅中《〈虞初志〉的編者和版本》一文認爲應作「棼貌」，亦不能通。陸本《虞初志》作「兒楚」，張注云：「作『兒楚，指其子淳于楚，則完全可解矣。據虞本改。」然亦有二疑：一者，此爲叙述之語，不用「子」而用「兒」，頗不自然；二者，淳于生名「棼」，其子若以「楚」爲名，則與其名之用字同類，恐亦不合情理。孫校作「兄楚」，則積疑冰釋：知此「兄」字曾訛爲「兒」，又爲人校改爲「貌」，後人仍覺其不通，遂删其字，並改「楚」爲「棼」，遂至不通，亦没其兄之名。

【集評】

《艷異編》卷二二：

「豁見山川風候」句眉：敘法全學太史。

「彩檻雕楹」句眉：對仗森嚴，燦若雲錦。

「生戰慄不敢仰視」句眉：到此地位，不容不戰慄。

「禪智觀舞」一節眉批：那裏説起。

「孝感寺聽講」一節眉批：真是夢中説夢。

「國人上表」一節眉批：俗諺有云「催死鬼」，此却是催活鬼矣！何者？死猶夢也，死猶覺也，故云。

淳于棼出夢一節眉批：富貴榮華，一朝冷落，真是一場夢矣！亟醒之，亟醒之！

醒後尋夢一節眉批：樣樣有證驗。

《虞初志》（七卷本）卷三：

「大古槐一株」句眉：袁石公評：無穴可入，差堪一遊。

「彷彿若夢」句眉：屠赤水評：亦是黄粱一頃。

「指古槐穴而去」句眉：袁石公評：閻浮世界，禪者禪，繼者繼，征誅者征誅，俱於古槐穴中作生涯耳。

「有平生酒徒周弁者，亦趨其中」句眉：袁石公評：忽入一周弁，便生已後許多波瀾，卷石小卉，儘多生趣。

「續造儀式」句眉：又評：儀度閑整，不知此孽蟲何處得來，續造儀式，蟻穴中別有一周公矣。

「無不咸備」句眉：湯若士評：淳于生何處著眼，山陰道中，自當應接不暇。

一女對淳于棼二問眉批：袁石公評：二發問最奇，此事果有？果無？淳于生記得，却記不得。

「中心藏之，何日忘之」句眉：屠赤水評：一時含糊答應，不然是悟夙因，是思夢裏。

遇田子華一節眉批：袁石公評：不點綴周、田敘舊一番，此夢有何憑據，故後以周生之卒，田生之疾實之。

「田子華數言笑以解之」句眉：屠赤水評：一夢中不可少此幫閒。

「號金枝公主」句眉：袁石公評：如此一夢，不必邯鄲枕，亦不亞邯鄲枕。

「歲在丁丑，當與汝相見」句眉：袁石公評：父子深情，存殁如一。蟻穴、大地，亦非兩世界，固知芥子須彌，太倉稊粟，慧者自解。

「曾不敢有望至是」句眉：屠赤水評：窮措大稍得進步，輒栩栩自矜，大都類此。

淳于棼上章薦周、田二人一節眉批：袁石公評：表章薦數知己，可謂一時知遇，究竟是蟻穴功名。王陽、禹貢，知者可當深省。

「言笑甚歡」句眉：袁石公評：種種離悰，人物無異，敬戒之義，流貫至此，孟夫子可謂有功。

「朱軒棨户，森然深邃」句眉：無一處景致不佳。

「郡中大理」句眉：袁石公評：蟻穴用人得當，便稱治理，何况朝廷，可無循良！

「弁剛勇輕敵」句眉：屠赤水評：剛勇如弁，與蟻陣對壘，而且北走，蟻穴中別有一孫吴矣。

「公主遘疾，旬日又薨」句眉：袁石公評：周弁之卒，奇甚！而與之同厄者，公主也，豈大冶爲爐，金銕無辨歟！

「國東十里盤龍岡」句眉：屠赤水評：陽盡之所，謂陽橋者，至矣。

「王意疑忌」句眉：袁石公評：貴戚近侍，所當結納，處處用得着。而竟以國人一表，遂至失寵，秉樞要者甚無謂，民口可防也。

「瞢然久之，方乃發悟前事」句眉：袁石公評：夢熟矣，到此却亦當省，不然只一南柯夢，便可了却恒河沙世界。

淳于棼出夢一節眉批：臧晉叔評：遣淳于歸，與前迎時大異，此段情景淒惻動人。

「餘樽尚湛於東牖」句眉：袁石公評：枕上片時春夢中，行盡江南數千里。秣馬濯足，已歷盡多少升沉，西垣斜日，東牖餘樽，儘堪提省。

淳于棼出夢一節眉批：屠赤水評：淳于際此，不復究其洞穴，則穴中與枕中何異。

淳于棼與友尋槐穴一節眉批：袁石公評：歷歷指點故處，如尋夢中，正是如此。

「追想前事，感歎於懷」句眉：袁石公評：音容笑語安在，金枝公主竟至是耶！正是「翠被委香塵，玉骨化瑤草」矣。

「周生暴疾已逝，田子華亦寢疾於床」句眉：屠赤水評：逝者真逝，疾者真疾，雖人世之倏忽，勿謂南柯之幻妄。

「歲在丁丑，亦終於家」句眉：袁石公評：夢了爲覺，情了爲佛，恍如百年幽室，一炬破之。

李華之贊眉批：湯若士評：結法全是太史。

總評：假物立論，其原出於莊生蠻觸之説，若《搜神記》之審雨堂、《酉陽雜俎》之蟄江城、《異苑》之鼠婦，皆由是出。公佐殆亦附會而爲此者，然其意則達矣。

《太平廣記鈔》卷五一：

「君獨不憶念之乎」句眉：因此調謔，遂結冥眷。

「田曰然」句眉：二酒徒相聚夢中，庶不寂寞。

「立生祠宇」句眉：蟲蟻也知人好設碑祠，一祠立南柯。

「護喪赴國」句眉：天下無不散筵席。

「葬於國東十里盤龍岡」句眉：周密。

「何更歸也」句眉：富貴迷宗。

「少頃即至」句眉：描寫炎涼世態極工。

一九　御史姚生傳〔一〕

鄭　權〔二〕

總章中〔三〕，御史姚生，失其名〔四〕，罷官，居於蒲之左邑。有子一人、外甥二人，各一姓，年皆及壯，而頑駑不肖。姚之子稍長於二甥〔五〕。姚惜其不學，日以誨責，而怠遊不悛。遂於中〔六〕條山之陽，結茅以居之，冀〔七〕絶外事，得專藝學。林壑重深，囂塵不到。將遣之日，姚誡之曰：「每季一試汝之所能，學有不進，必檟楚及汝！汝其〔八〕勉焉。」

及到山中，二子曾不開卷。但樸斲塗墍爲務。居數月，其長謂二人曰：「試期至矣，汝曹都不省書，吾爲汝懼。」二子曾不介意。其長攻書甚勤。忽一夕，子夜臨燭，憑几披書之次，覺所衣之裘後裾爲物所牽，襟領漸下。亦不之異，徐引而襲焉。俄而復爾，如是數四。遂回視之，見一小豚，籍裘而伏，色甚潔白，光潤如玉。因以壓書界方擊之，豚聲駭而走。遽呼二子秉燭，索於堂中。牖户甚密，周視無隙，而莫知豚所往。

明日，有蒼頭騎扣門，搢箠〔九〕而入，謂三人曰：「夫人問訊，昨夜小兒無知，誤入君衣裾，殊以爲慚。然君擊之過傷，今則平矣，君勿爲慮。」三人俱遜詞謝之，相視莫測其故。少頃，向來騎僮復至，兼抱持所傷之兒，並乳褓數人，衣襦皆綺紈，製造〔一〇〕精麗，非尋常所見。復傳夫人語云：「小兒無恙，故以相示。」逼而觀之，自眉至鼻端，如丹縷焉，則界方稜所擊之跡也。三子愈恐。使者及乳褓皆甘言慰安之，又云：「少頃夫人自來。」言訖而去。

三子悉欲潛去避之，惶惑未决。有蒼頭及紫衣宫監數十人〔一二〕，奔波而至。前施屏幃，茵席炳焕，香氣殊異。旋見一油壁車，青牛丹轂，其疾如風，寶馬數百，前後導從。及門下車，則夫人也。三子趨出再〔一三〕拜，夫人微笑曰：「不意小兒至此，君昨所傷，亦不至甚。恐爲君憂，故來相慰耳。」

夫人年可三十餘，風姿閑整，俯仰如神，亦不知何人也。問三子曰：「有家室未〔一三〕？」三子皆以未對。曰：「吾有三女，殊姿淑德，可以配三君子。」三子拜謝。夫人因留不去，爲三子各創一院，指顧之間，畫堂延閣，造次而具。

翌日，有輜軿車至焉，賓從粲麗，逾於戚里。車服炫晃，流光照地，香滿山谷。三女自車而下，皆年十七八，玉顏紺髮，態度非常〔一四〕。夫人引三女昇堂，又延三子就座。酒肴珍備，果實豐衍，非常世所有，多未之識。三子殊不自意。夫人指三女曰：「各以配君。」三子避席拜謝。復有送女數十，若神仙焉。是夕合巹。

夫人謂三子曰：「人之所重者生也，所欲者貴也。但百日不泄於人，令君長生度世，位極人臣。」三子復拜謝。三子曰：「某等愚蒙，扞格難成，何以致貴〔一五〕？」夫人曰：「君勿憂，斯易耳。」乃敕地上主者〔一六〕，令召孔宣父。須臾，宣父〔一七〕具冠劍而至。夫人臨階，宣父拜謁〔一八〕甚恭。夫人端立，微勞問之，謂曰：「吾三婿欲學，君其導〔一九〕之。」宣父乃命三子，指六籍篇目以示之，莫不了然解悟，大義悉通，咸若素習。既而宣父謝去。夫人又命周尚父示以玄女兵〔二〇〕符、玉璜秘訣，三子又得之無遺。復坐與言，則皆文武全才，學究天人之際矣。三子相視，自〔二一〕覺風度夷曠，神用開爽，悉將相之具矣。

其後，姚使家僮饋糧至，則大駭而走。姚問其故，具對以屋宇帷帳之盛、人物艷麗之多。姚驚，謂所親曰：「是必山鬼所魅也。」促召三子。三子將行，夫人戒之曰：「慎勿洩露，縱加楚撻，亦勿言之。」三子至，姚亦訝其神氣秀發，占對閑雅。姚曰：「三子驟爾，皆有鬼物憑焉。」苦問其故，不言，遂鞭之數十。不勝其痛，具道本末，姚乃幽之別所。

姚素館一碩儒，因召而與語。儒者驚曰：「大異！大異！君何用責三子乎？向使三子不泄其事，則必爲公相，貴極人臣。今泄之，其命也夫！」姚問其故，而云：「比〔二二〕見織女、婺女、須女星皆無光，是三女星〔二三〕降下人間，將福三子。今泄天機，三子免禍，幸矣。」其夜，儒者引姚視三星，果〔二四〕無光。

姚乃釋三子，遣之歸山。至則三女邈然如不相識。夫人讓之曰：「子不用吾言，既泄天機，當與子〔二五〕訣。」因〔二六〕以湯飲三子。既飲，則昏頑如舊，一無所知。

儒謂姚曰：「三女星猶在人間，亦不遠此地分。」密謂所親言其處，或云河東張嘉貞〔二七〕家。其後將相三代矣。

【校證】

〔一〕本篇收入《太平廣記》卷六五《女仙十》，名《姚氏三子》，注「出《神仙感遇傳》」。然據《神仙感遇傳》卷三所録，則名爲《御史姚生》，至《類説》又名爲《三女星精》，《紺珠集》名爲《三女降星》。李劍國云：「《類説》本《異聞集》各篇標目多同原作，故疑《三女星精》乃原題，其餘皆自立題目。」云《類説》本《異聞集》標目多同原作則是，然亦有可以確證其非原名者，則僅據此定名，仍或未當。《太平廣記》録自《神仙感遇傳》，二者篇名又頗近似，反與《類説》大相徑庭，可知《類説》或爲改名。至於《廣記》之名，顯爲編者臆改，一者此三人非均爲姚生之子，且傳文明言其三人「各一姓」，故此名前後均舛。故其名仍當以《神仙感遇傳》之名爲正。然此篇叙三女星爲多，以姚生爲名是否偏離？《情史》評云：「人間擇配，尚必才望相當。三子福分既淺，又蠢然無學，三星何取而降之？疑小説家有托而云爾。」所言極是，則此雖云三星，其所托則或在姚生，一如《補江總白猿傳》雖以歐陽紇爲主，却不以入題，至《太平廣記》，編者則以《歐陽紇》易之。又及，《神仙感遇傳》所收多删名末之「傳」字，《虬髯客傳》之易名《虬鬚客》即其例，則其原名或爲《御史姚生傳》。按：此傳仍以《太平廣記》談本爲底本，《神仙感遇傳》殘存其半，以之參校。

〔二〕《太平廣記》未署作者，篇中亦無，因其注「出《神仙感遇傳》」，依慣例則當如《虬髯客傳》署爲杜光庭，然杜氏之書不過輯録，自非作者。此篇《神仙感遇傳》本之開篇有「鄭州刺史鄭權敘云」八字，可知此傳作者當爲鄭權。

〔三〕總章中：原本作「唐」，李校據《紺珠集》改，甚是。

〔四〕失其名：三字原本無，《神仙感遇傳》作「失其名鄭州刺史鄭權敘云姚」，據之補前三字，後文爲作者信息闌入，删之。

〔五〕甥：原本作「生」，據《神仙感遇傳》改。

〔六〕中：原本及《神仙感遇傳》均無此字，據伯玉翁抄本、有嘉堂抄本、《紺珠集》及《緑窗新話》補。

〔七〕冀：《神仙感遇傳》作「兼」，李校云「兼，盡也」，恐未爲當，仍以「冀」字爲是。

〔八〕其：《神仙感遇傳》作「各宜」。

〔九〕搢箠：原本作「搢笏」，沈鈔作「搢箠」，孫校作「指箠」，知孫校以形近而誤「搢」爲「指」，「搢箠」即插馬鞭之狀，故沈鈔當是，後人不解此意，臆改「箠」爲「笏」也。又，《神仙感遇傳》作「搢策」，亦通。

〔一〇〕製造：原本無，據《神仙感遇傳》補。

〔一一〕人：原本無，據《神仙感遇傳》補。

〔一二〕再：原本無，據沈鈔、《神仙感遇傳》補。

〔一三〕未：原本作「來」，汪校據黄本改，張校又補沈鈔、庫本，而許本、《神仙感遇傳》亦作「未」。

〔一四〕玉顔紺髮態度非常：八字原本無，據《類説》補。《緑窗新話》作「貌異常」。

〔一五〕某等愚蒙扞格難成何以致貴：此十二字原本爲「但以愚昧扞格爲憂」八字，據《類説》改。《緑窗新話》同《類説》，唯「蒙」作「懵」，「扞格難成」作「性格難成」。

〔一六〕地上主者：伯玉翁抄本作「左右」，《緑窗新話》作「地藏王者」，當爲誤解原文而致。

〔一七〕宣父：原本作「孔子」，因上下文之例，據《神仙感遇傳》改。

〔一八〕謁：《類説》作「起」，伯玉翁抄本作「參」，《緑窗新話》作「跪」。

〔一九〕其導：原本作「其引」，《類説》作「傳導」，據沈鈔、《神仙感遇傳》及《緑窗新話》改。

〔二〇〕兵：原本無，據沈鈔、《神仙感遇傳》、《類説》、《緑窗新話》補。

〔二一〕自：沈鈔作「頓」，亦通。

〔二二〕比：原本作「吾」，《紺珠集》作「比」，於義爲勝，據改。

〔二三〕三女星：《類説》作「三女星精」，以應其題。

〔二四〕果：原本作「星」，當爲形近致誤，李校據《説海》等書改，按沈鈔即作「果」，據改。

〔二五〕與子：原本作「於此」，亦通。有嘉堂抄本、《緑窗新話》作「與子」，於義較勝，二者音近，或因而致誤，據改。另，沈鈔作「以子」，或爲「與子」之訛。

〔二六〕因：《類説》作「固」，《緑窗新話》作「乃」，有嘉堂抄本與原本同。

〔二七〕貞：原本「真」，此宋人避仁宗所改，據沈鈔、庫本回改。

【集評】

《太平廣記鈔》卷八：

「及門下車，則夫人也」句眉：夫人及此兒又何名號？

「吾有三女，殊姿淑德，可配三君子」句眉：天上無懵懂仙人，何取於三子？吾怪之。

「令君長生度世，位極人臣」句眉：何修而得此。

「儒者引姚視三星，星無光」句眉：有此碩儒，何□今與三子。

總評：《傳奇》載：封陟孝廉，讀書秉正，三拒仙姝之降，後爲太山所追，路遇上元夫人來游，即昔日求偶仙姝也。夫人索筆判延一紀。陟既蘇，追悔悲慟。此皆小説家有託而云。《廣記》又載郭翰遇織女事，今删之。牛女相配，已屬浪傳，况誣以他遇，不畏天孫有知乎！

《情史》卷一九：

「莫不了然解悟」句眉：柴愚參魯，孔子不過因材而篤之，三蠢子偏能速化，何也！

「宣父拜謁甚恭」句側：胡説，可笑。

「又命周尚父」句側：又胡説。

「不勝其痛，具道本末」句側：方知杜子春亦不易得。

總評：三女星降世是矣。夫人豈三星之母，小兒豈三星之弟耶？夫人是何名號，夫人之偶又是何人？能令宣尼、尚父傴僂奉命，真可怪也。況人間擇配，尚必才望相當。三子福分既淺，又蠢然無學，三星何取而降之？疑小説家有託而云爾。

錢鍾書《管錐編·太平廣記·二一六》：

「乃敕地上主者，令召孔宣父，須臾，孔子具冠劍而至，夫人臨階，宣父拜謁甚恭」，按此道士之明抑儒家也。

二〇　謝小娥傳〔一〕

李公佐

小娥姓謝氏，豫章人，估客女也。生八歲喪母，嫁歷陽俠士段居貞。居貞負氣重義，交遊豪俊。小娥父畜巨產，隱名商賈間，常與段婿同舟貨易〔二〕，往來江湖。時〔三〕小娥年十四，始及笄，父與夫俱爲盜所殺，盡掠金帛。段之弟兄，謝之子〔四〕侄，與僮僕輩數十，悉沉於江。小娥亦傷胸〔五〕折足，漂流水中，爲他船所獲。經夕而活，因流轉乞食。至上元縣，依妙果寺尼净悟之室。

初父之死也，小娥夢父謂曰：「殺我者，車中猴，門東草。」又數日，復夢其夫謂曰：「殺我者，禾中走，一日夫。」小娥不自解悟，常書此語，廣求智者辨之，歷年不能得。

至元和八年春，余罷江西從事，扁舟東下，淹泊建業。登瓦官寺閣。有僧齊物者，重賢好學，與余善，因告余曰：「有孀婦名小娥者，每來寺中，示我十二字謎語，某不能辨。」余遂請齊公書於紙，乃憑檻書空，凝思默慮，坐客未倦，了悟其文。令寺童疾召小娥前至，詢訪其由。小娥嗚咽良久，乃曰：「我父及夫，皆爲賊所殺。邇後嘗夢父告曰『殺我者，車中猴，門東草』，又夢夫告曰『殺我者，禾中走，一日夫』。歲久無人悟之。」余曰：「若然者，吾審詳矣。殺汝父是申蘭，殺汝夫是申春。且『車中猴』，『車』字去上下各一畫，是『申』字，又申屬猴，故曰『車中猴』；『草』下有『門』，『門』中有『東』，乃『蘭』字也；又『禾中走』，是穿田過，亦是『申』字也；『一日夫』者，『夫』上更一畫，下有日，是『春』字也。殺汝父是申蘭，殺汝夫是申春，足可明矣。」小娥慟哭再拜，書「申蘭、申春」四字於衣中，誓將訪殺二賊，以復其冤。娥因問余姓氏官族，垂涕而去。

爾後小娥便爲男子服，傭保於江湖間。歲餘，至潯陽郡，見竹户上有紙牓子，云召傭者。小娥乃應召詣門，問其主，乃申蘭也。蘭引歸，娥心憤貌順，在蘭左右，甚見親愛。金帛出入之數，無不委娥。已二歲餘，竟不知娥之女人也。先是謝氏之金寶錦繡，衣物器具，悉掠在蘭家。小娥每執舊物，未嘗不暗泣移時。蘭與春，宗昆弟也，時春一家住大江北獨樹浦，與蘭往來密洽。蘭與春每出〔六〕經月，多獲財帛而歸。每留娥與蘭妻梁〔七〕氏同守家室，酒肉衣服，給娥甚豐。

或一日，春携文鯉兼酒詣蘭，娥私歎曰：「李君精悟玄鑒，皆符夢言。此乃天啓其心，志將就矣。」是夕，蘭與春會，群賊畢至，酣飲。暨諸凶既去，春沉醉，卧於内室，蘭亦露寢於庭。小娥潛鎖春於内，抽佩刀，先斷蘭首，呼號鄰人並至。春擒於内，蘭死於外，獲贓收貨，數至千萬。初，蘭、春有黨數十，暗記其名，悉擒就戮。時潯陽太守張公，喜其志行，列聞廉使上〔八〕旌表，乃得免死〔九〕，時元和十二年夏歲。

娥〔一〇〕復父夫之仇畢，歸本里，見親屬。里中豪族争求聘，娥誓心不嫁，遂剪髮披褐，訪道於牛頭山，師事大士尼蔣〔一一〕律師。娥志堅行苦，霜舂〔一二〕雨薪，不倦筋力。十三年四月，始受具戒於泗州開元寺，竟以小娥爲法號，不忘本也。

其年夏五月〔一三〕，余始歸長安，途經泗濱，過善義寺，謁大德尼令操。見新戒〔一四〕者數十，浄髮鮮帔，威儀雍容，列侍師之左右。中有一尼問師曰：「此郎〔一五〕豈非洪州李判官二十三郎者乎？」師曰：「然。」曰：「使我獲報家仇，得雪冤耻，是判官恩德也。」顧余悲泣。余不之識，詢訪其由，娥對曰：「某名小娥，頃乞食孀婦也。判官時爲〔一六〕辨申蘭、申春二賊名字，豈不憶念乎？」余曰：「初不相記，今即悟也。」娥因泣。具寫記申蘭、申春，復父夫之仇，志願粗〔一七〕畢，經營終始艱苦之狀。小娥又謂余曰：「報判官恩，當有日矣，豈徒然哉。」

嗟乎！余能辨二盗之姓名，小娥又能竟復父夫之仇冤，神道不昧，昭然可知。小娥厚貌深辭，聰敏端持〔一八〕，煉指跛足，誓求真如。爰自入道，衣無絮帛，齋無鹽酪；非律儀禪理，口無所言。後數日，告我歸牛頭山。扁舟泛淮，雲遊南國，不復再遇。

君子曰：誓志不捨，復父夫之仇，節也；傭保雜處，不知女人，貞也。女子之行，唯貞與節，能終始全之而已〔一九〕。如小娥，足以儆天下逆道亂常之心，足以勸〔二〇〕天下貞夫孝婦之節。余備詳前事，發明隱文，暗與冥會，符於人心。知善不録，非《春秋》之義也，故作傳以旌美之〔二一〕。

【校證】

〔一〕本篇收入《太平廣記》卷四九一《雜傳記八》，題名即《謝小娥傳》，又署撰人爲李公佐。《類説》所録題同。

〔二〕易：原本無，句意不通，據《類説》補。

〔三〕時：陳校作「間」，屬上讀。

〔四〕子：原本作「生」，據陳校改。

〔五〕胸：沈鈔作「腦」。

〔六〕每出：原本作「同去」，據《類説》改。

〔七〕妻梁：原本作「宴蘭」，許本作「妻蘭」，陳校作「宴梁」。「宴」字不通，當爲「妻」字形近而誤者。第二字當爲申妻姓氏，姓「蘭」本無不可，然其夫名「蘭」，妻復姓「蘭」，似過於巧合，則或因前之「蘭」字而誤者。李校據《重編説郛》等書校改爲「藺」，實仍依此「蘭」字爲據，或未允當。陳校作「梁」，知其所據宋本必如是，故從陳校。

〔八〕喜娥節行列聞廉使上：原本作「善□□行□□□□□」，許本前四字補爲「善其志行」，後五字仍未補」，至黃本、庫本，則繼補後五字爲「爲具其事上」。汪校據陳校「娥節」二字，又據黃本補後五字。又《全唐文》作「喜娥節行，列聞廉使」。實陳校作「喜娥節行列聞廉使上」（其末字不清晰），文通意順，據補。唯陳校凡遇娥名，均書爲「俄」字，徑改。又，陸本作「喜□而行□□□簾吏」，可知其本亦多存舊貌。

〔九〕陳校此下有「而已」二字。

〔一〇〕娥：原本作「也」，屬上讀，據陳校改。

〔一一〕尼蔣：原本作「尼將」，《類説》作「泥漿」，據陳校及伯玉翁抄本改。

〔一二〕春：原本作「春」，據沈鈔、庫本改。

〔一三〕五月：原無「五」，然前云「四月」，此亦當明言；且「馮媪傳」亦用「夏五月」，故據陳校補。

〔一四〕見新戒：原本作「戒新見」，據陳校乙正。

〔一五〕郎：原本作「官」，前云「元和八年春，余罷江西從事」，至此云「歸長安」，未言其仕歷，此徑以「官」呼之似無禮，故據陳校改。

〔一六〕此下陳校有一「我」字。

〔一七〕粗：原本作「相」，據陳校改。又，王校原文作「既」，未知所據。

〔一八〕持：原本作「特」，據沈鈔改。

〔一九〕而已：陳校作「者」，張校據改。

〔三〇〕勸：原本作「觀」，當爲形近致誤，據陳校、《全唐文》改。

〔三一〕《類説》於此文末尚有「《幽怪録》所載小異，故兩存之」十一字，周箋以此爲陳翰所加，實非是，以《類説》所載《異聞集》並無今《玄怪録》之《尼妙寂》篇，反在其所收《幽怪録》中有《申蘭申春》，即此兩存之者。故删此編者之按語。

【集評】

《虞初志》（七卷本）卷四：

「父與夫俱爲盜所殺」句眉：袁石公評：是極痛極慘事，得一小娥，翻出一段極奇極快事。如此女郎，抹殺古今多少鬚眉丈夫。

「娥夢父謂曰」句眉：屠赤水評：伊父與夫夢語何不直告其名，設此謎語？曰：不如此不奇。李公佐解夢一節眉批：袁石公評：李公固善解，善解者寧一李公！想蘭、春等數合授首，故此明白抉出。

「娥心憤貌順」句眉：湯若士評：一番堅忍沉毅力量，的是偉男子。

「每執舊物，未嘗不暗泣移時」句眉：袁石公評：至此觸物增悲，自應求報。獨娥一柔脆女流，乃纔被殺劫，便能鋭志竭謀，必欲宛轉求濟而後已。固是大奇。

「潛鎖春於内，抽佩刀先斷蘭首」句眉：湯若士評：寫得痛烈。屠赤水評：一手刃，一生擒，其黨數十悉就擒戮，如此快心事，千古未許有二。

「霜春雨薪」句眉：屠赤水評：「『霜春雨薪』四字，妍翠欲滴，的是苦行頭陀。

「净髮鮮帔，威儀雍容」句眉：袁石公評：有一付殺人手段，有一付戒律操持，從來成佛作祖，斷非模稜人做得。

小娥認李公佐一節眉批：又評：不忘李公，不止是知恩感激也，只是義夫念篤，所以着處經心。

「非律儀禪理，口無所言」句眉：屠赤水評：放下屠刀，立地成佛。

結尾處眉批：鍾瑞先評：此係當時實事，故文不甚雋永。

總評：鄒虎臣評：夫鬼神既已示之夢中，即示之耳，故作隱語，豈前知有射覆者顯其奇耶！娥之爲女、爲孀、爲傭、爲尼，殆不可方物而究也。於父孝，於夫貞，古所稱有道仁人也。雖曰女子，我不信之。

《太平廣記鈔》卷四四：

「殺我者，禾中走，一日夫」句眉：强魂能見夢而不題言，何也？殆凶人數不絶耶！

「已二歲餘」句眉：比木蘭諸人更難數倍。

「獲贜收貨，數至千萬」句眉：指置從容，大有兵機。

總評：小娥一女子，而誓報父夫之讎，精誠所至，天泄其機，人效其智，豈偶然哉！方服傭之始，視蘭已如兀上肉，所以需遲不發，必欲兼報蘭、春，且殲其黨耳。相機憤發，卒酬血恨，而復不惑鉛華，竟枯心禪律以死，節孝智勇，無一不備。字曰「女中丈夫」，無愧乎！

《奇女子傳》卷三：

長卿曰：謝小娥可謂探珠鮫宫、取子虎穴者矣！結念千古，死生以之。以此入道，何道不入！以此立功，何功不立！嗚呼！古來聖賢豪傑，成佛作祖，不過如是而已。

二一　冥音録〔一〕

佚　名

廬江尉李侃者，隴西人，家於洛之河南。太和初，卒於官。有外婦崔氏，本廣陵倡家，生二女，既孤且幼，孀母撫之，以道遠，子未〔二〕成人，因寓家廬江。侃既死，雖侃之宗親居顯要者，絶不相聞。廬江之人，咸哀其孤藐而能自强。

崔氏性酷嗜音，雖貧苦求活，常以弦歌自娱。有女弟菃〔三〕奴，風容不下，善鼓箏，爲古今絶妙，知名於時。年十七，未嫁而卒，人多傷焉。二女幼傳其藝。長女適邑人丁玄夫，性識不甚聰慧。幼時，每教其藝，小有所未至，其母輒加鞭箠，終莫究其妙。每心念其姨曰：「我，姨之甥也。今乃死生殊途，恩愛久絶。姨之生乃聰明，死何蔑然，而不能以力祐助，使我心開目明，粗及流輩哉！」每至節朔，輒舉觴酹地，哀咽流涕，如此者八歲。母亦〔四〕哀而憫焉。

開成五年四月三日，因夜寐，驚起號泣，謂其母曰：「向者夢姨執手泣曰：『我自辭人世，在陰司簿〔五〕屬教坊，授曲於博士李元憑。元憑屢薦我於憲宗皇帝，帝召居宫一年。以我更直穆宗皇帝宫中，以箏導諸妃，出入一年。上帝誅鄭注，天下大酺。唐氏諸帝宫中互選妓樂，以進神堯、太宗二宮，我復得侍憲宗。每一月之中，五日一直長秋殿，餘日得肆遊觀，但不得出宮禁耳。汝之情懇，我乃知也，但無由得來。近日襄陽公主以我爲女，思念頗至，得出入主第。私許我歸，成汝之願，汝早圖之。陰中法嚴，帝或聞之，當獲大譴，亦上累於主。』」復與其母相持而泣。

翼日，乃灑掃一室，列虛筵，設酒果，仿佛如有所見。因執箏就坐，閉目彈之，隨指有得。初授人間之曲，十日不得一曲，此一日獲十曲。曲之名品，殆非生人之意。聲調哀怨，幽幽然鴞啼鬼嘯，聞之者莫不噓唏。曲有《迎君樂》、正商調，二十八疊。《槲林歎》、分絲調，四十四疊。《秦王賞金歌》、小石調，二十八疊。《廣陵散》、正商調，二十八疊。《行路難》、正商調，二十八疊。《上江虹》、正商調，二十八疊。《晉城仙》、小石調，二十八疊。《絲竹賞金歌》、小玉調，二十八疊。《紅窗影》、雙柱調，四十疊。十曲畢，慘然謂女曰：「此皆宮闈中新翻曲，帝尤所愛重。《槲林歎》、《紅窗影》等，每宴飲，即飛球舞盞，爲佐酒長夜之歡。穆宗敕修文舍人元稹撰其詞數十首，甚美，宴酣，令宮人遞歌之。帝親執玉如意，擊節而和之。帝秘其調極切，恐爲諸國所得，故不敢泄。歲攝提，地府當有大變，得以流傳人世。幽明路異，人鬼道殊，今者人事相接，亦萬代一時，非偶然也。會以吾之十曲，獻陽地天子，不可使無聞於明代。」於是縣白州，州白府，刺史崔璹親召試之，則絲桐之音，鎗鏦可聽，其差琴調不類秦聲。乃以衆樂

合之，則宫商調殊不同矣。

母令小女再拜，求傳十曲，亦備得之，至暮訣去。數日復來曰：「聞揚州連帥欲取汝，恐有謬誤，汝可一一彈之。」又留一曲曰《思歸樂》。無何，州府果令送至揚州，一無差錯。廉使故相李德裕議表其事，小女〔六〕尋卒。

【校證】

〔一〕本篇收入《太平廣記》卷四八九《雜傳記六》，未題作者，未署出處。

〔二〕以道遠子未：原本作「以道近於」，汪校、張校均將「以道」二字屬上，然其孀母「撫之以道」之表述傳文並無呼應；沈鈔作「以道生近于」，仍不能通，然知此或當爲五字。陸本作「以道遠子」，庫本改爲「以道遠，子未」，文義通順，則沈鈔或誤「未」爲「于」，誤「子」爲「生」，誤「遠」爲「近」，且誤倒（沈鈔此例甚多），故據庫本改。

〔三〕茞：原本作「[illegible]」，字書無此字，據陸本改。

〔四〕亦：原本作「玄」，據沈鈔改。

〔五〕簿：《類説》作「籍」，均可通。

〔六〕小女：原本作「女」，然據前後文，知此處當指其小女，故據沈鈔、陸本改。

【集評】

《虞初志》（七卷本）卷六：

「年十七，未嫁而卒」句眉：袁石公評：有絶世之技而中道殀絶，造化惜之，即幽明異道而屈曲流傳，夫豈偶然也哉。

「每心念其姨曰」句眉：屠赤水評：女之一念，便是葅奴靈魄變現。

女叙夢境一節眉批：湯若士評：叙次確然，恍如實事。

「近日襄陽公主以我爲女，思念頗至」句眉：袁石公評：天下事，大抵只憑一番願力，只一女郎私念，何以便感通襄陽公主。

十曲曲名一節眉批：屠赤水評：樂奏鈞天，歔欷欲絶，只是「此曲祇應天上有，人間能得幾回聞」。

「會以吾之十曲，獻陽地天子」句眉：袁石公評：吾不知其曲，即此十曲名定非塵世所有。又評：已薦鈞天，復登彝鼎，女郎藉葅奴，葅奴亦藉女郎矣。

總評：湯若士評：妍異清峭。《絲竹賞金歌》、《紅窗影》：曲名更佳。

《太平廣記鈔》卷四七：

「帝召居宫一年」句眉：據此，則陰府宫殿不啻千門萬户矣。意昭代之靈，必易姓而後歇耶！

「穆宗敕修文舍人元稹撰其詞數十首」句眉：冥中依舊君臣，異哉！

一二 李章武傳〔一〕

李景亮

李章武，字飛卿〔二〕，其先中山人。生而敏博，遇事便了。工文，學〔三〕皆得極至。雖弘道自高，惡爲潔飾，而容貌閑美，即之温然。與〔四〕清河崔信友善，信亦雅士，多聚古物，以章武精敏，每延訪〔五〕辨論，皆洞達玄微，研究原本。時人比晉〔六〕之張華。

貞元三年，崔信任華州别駕，章武自長安詣之。數日，出行，於市北街見一婦人，甚美，因紿信云：「須州外與親故知聞。」遂賃舍於美人之家。主人姓王，此則其子婦也，乃悦而私焉。居月餘日，所計用直三萬餘，子婦所供費倍之。即而兩心克諧，情好彌切。無何，章武繫事，先歸長安，殷勤叙别。章武留交頸鴛鴦綺一端，仍〔七〕贈詩曰：

贈子〔八〕鴛鴦綺，知結幾千絲。别後尋交頸，應傷未别時。

子婦答白玉指環一隻〔九〕，贈詩曰：

捻指還〔一〇〕相思，見環重相憶。願君永持翫，循環無終極。

章有僕楊果者，子婦齎錢一千，以奬其敬事之勤。

既别，積八九年。章武家長安，亦無從與之相聞。至貞元十一年，因友人張元〔一一〕宗爲華陰縣令〔一二〕，章武又自京師與元宗〔一三〕會。忽思曩好，乃回車涉渭曲〔一四〕訪之。日暝，達華州，將舍於王氏之室。至其門，則闃無行跡，但外有賓〔一五〕榻而已。章武以爲下里〔一六〕，或廢業即農，暫居郊野；或親賓邀集，未始歸復。但休止其門，將别適他舍。見東鄰之婦，就而訪之，乃云：「王氏之長老，皆捨業而出遊，其子婦殁已再周矣。」又詳與之談，即云：「某姓楊，第六，爲東鄰妻。」復訪：「郎何姓？」章武具語之。又云：「曩曾有僕〔一七〕姓楊名果乎？」曰：「有之。」因泣告曰：「某爲里中婦五年，與王氏相善。嘗云：『我夫室猶如傳舍，閲人多矣。其於往來見調者，皆殫財窮産，甘辭厚誓，未嘗動心。頃歲有李十八郎曾舍於我家。我初見之，不覺自失，後遂私侍枕席，實蒙歡愛。今與之别累年矣。思慕之心，或竟日不食，終夜無寢，總我家人，亦未之知。今彼夫〔一八〕東西，不時會遇。脱有至者，願以物色名氏求之。如不參差，相託祗奉，並語深意。但有僕夫楊果即是。』不二三年，子婦寢疾。臨死，復見託曰：『我本寒微，曾辱君子厚顧。心常感念，久以成疾，自料不治。曩所奉託，萬一到此，願申九泉啣恨、千古睽離之歎。仍乞留止此，冀神會於仿佛之中。』」

章武乃求鄰婦爲開門，命從者市薪芻食物。方將具絪席，忽有一婦人持帚出房掃地，鄰婦亦不之識。章武因訪所從來〔一九〕，云是舍中人。又逼而詰之，即徐曰：「王家亡婦，感郎恩情，深[二〇]將見會。恐生怪怖，致使相聞。」章武許諾，云：「章武所由來者，正爲此也。雖顯晦殊途，人皆忌憚，而思念情至，實所不疑。」言畢，執帚人欣然而去。逡巡映門，即不復見。乃具飲饌，呼酒自飲，食[二一]畢安寢。

至二更許，燈在床之東南，忽爾稍暗，如此再三。章武心知有變，因命移燭背墻，置室東南[二二]隅。旋聞西[二三]北角悉窣有聲，如有人形，冉冉而至。五六步，即可辨其狀貌[二四]衣服，乃主人子婦也，與昔見不異，但舉止浮急，音調輕清[二五]耳。章武下床，迎擁携手，款若平生之歡。自云：「在冥録以來[二六]，都忘親戚，但思君子之心，如平昔耳。」章武倍與狎匿，亦[二七]無他異，但數請令人視明星，若出，當須還，不可久住。每交歡之暇，即懇託在鄰婦楊氏，云：「非此人，誰達幽恨。」

至五更，有人告可還，子婦泣下床，與章武連臂出門。仰望天漢，遂嗚咽悲怨。却入室，自於裙帶上解錦囊，囊中取一物以贈之。其色紺碧，質又堅密，似玉而冷，狀如小葉，章武不之識也。子婦曰：「此所謂靺鞨寶，出昆侖玄圃中，彼亦不可得。妾近於西嶽與玉京夫人戲，見此物在衆寶璫上，愛而訪之，夫人遂假以相授，云：『洞天群仙每得此一寶，皆爲光榮。』以郎奉玄道，有精識，故以投獻。常願寶之，此非人間所[二八]有。」遂贈詩曰：

河漢已傾斜，神魂欲超越。願郎更徘徊[二九]，終天從此訣。

章武取白玉寶簪一以酬之，並答詩曰：

分從幽顯隔，豈〔三〇〕謂有佳期。寧辭重重別，所歎去何之。

因相持泣。良久，子婦又贈詩曰：

昔辭懷後會，今別便終天。新悲與舊恨，千古閉窮〔三一〕泉。

章武答曰：

後期杳無約，前恨已相尋。別路無行信，何因得寄心？

款曲叙别訖，遂却赴西北隅。行數步，猶回顧拭淚，云：「李郎無捨，念此泉下人。」復哽咽佇立。視天欲明，急趨至角，即不復見。但空室窅然，寒燈半滅而已。

章武乃促裝，却自下邽歸長安武定堡，下邽郡官與張元宗携酒宴飲〔三二〕。既酣，章武懷念，因即事賦詩曰：

水不西歸月暫圓，令人惆悵古城邊。蕭條明早分岐路，知更相逢何歲年？

吟畢，與郡官别。獨行數里，又自諷誦。忽聞空中有歎賞，音調淒惻，更審聽〔三三〕之，乃王氏子婦也。自云：「冥中各有地分，今於此别，無日交會。知郎思眷，故冒陰司之責，遠來奉送。千萬自愛。」章武愈感〔三四〕之。及至長安，與道友隴西李助〔三五〕話之〔三六〕，亦感其誠而賦曰：

石沉遼海闊，劍別楚天長。會合知無日，離心滿夕陽。

章武既事東平丞相府，因閑召玉工視所得靺鞨寶。工亦不知〔三七〕，不敢雕刻。後奉使大梁，又召玉工，粗能辨。乃因其形，雕作槲〔三八〕葉象。奉使上京，每以此物貯懷中。至市東街，偶見一胡僧，忽近馬叩頭云：「君有寶玉在懷，乞一見耳。」乃引於静處開視。僧捧翫移時，云：「此天上之物，非人間有也。」

章武後往來華州，訪遺楊六娘，至今不絶。

【校證】

〔一〕本篇收入《太平廣記》卷三四〇《鬼二十五》，題爲《李章武》，未署著者，亦未明出處。然其文末云：「出李景亮爲作傳」，則既可知作者爲李景亮，又可知其原名當爲《李章武傳》。《類説》將其録入《異聞集》，知曾爲陳翰選録，然其題則爲《碧玉槲葉》，當爲編者所加。

〔二〕卿：原本無此字，許本空一格，據沈鈔補。

〔三〕學：此字多屬上讀，李校或以爲不妥，故據後世説部於「學」下補「業」字，或不必補，以「學」字屬下讀即通。另，沈鈔此字下闕一字，然所闕者爲「皆」字。

〔四〕與：沈鈔作「素與」，孫校作「少與」，張校據孫校改。

〔五〕延訪：原本作「訪」，孫校作「咨」，張校據改；李校則據孫校補此字於「訪」字之前，然「咨訪辨論」四字義近頗複。沈鈔作「延訪」，即延請求教之意，韓愈《禘祫議》云「凡在擬議，不敢自專，聿求厥中，延訪群下」。故據沈鈔校改。

〔六〕晉：原本無，按：談刻本原於「研究」二字前有一空格，或即闕此字而誤置於彼處，據庫本《廣記》補。

〔七〕仍：王校云：「『仍』疑當作『乃』。」極是，惜無本可據。

〔八〕贈子：原本及《太平廣記》諸本均無此二字，《全唐詩》所收亦同。然據王氏子婦回贈之詩知其亦當爲五言，李校據沈鈔補二空格。《青泥蓮花記》卷九録此傳，文末附記云：「『鴛鴦綺』一作『贈子鴛鴦綺』，『捻指環』一作『念子還相思』。」其正文載前詩爲「鴛鴦綺，知結幾千絲」，與之對應，後詩亦改爲「捻指環，相思重相憶」，故其所記當有依據，如將「捻指」以諧音所關之意爲之拈出（王校云「『捻指』《説海》作『念子』，或由聲誤所致」，已看出其諧音之關係，却以其爲誤），暫據之補前詩之二字。

〔九〕隻：原本作「又」，故諸家均屬下句，然若云「又贈詩曰」，則其前並未贈詩，何得而言「又」，故《情史》等書將此字改爲「雙」並屬上讀，然環贈一雙，似亦難解者。實此當爲「隻」字，因形近或抄、刻漶漫而訛爲「又」。

〔一〇〕還：原本作「環」，不通，據沈鈔改。
〔一一〕元：孫校作「玄」，則此字或爲宋人避趙氏始祖玄朗諱而改爲「元」字者，然此人生於唐玄宗之後，似不當以「玄宗」爲名。《全唐詩》卷五四二録此人，注「一作亢」，則知此人固作「元宗」，先以形近一誤爲「亢宗」，再誤爲「玄宗」也。
〔一二〕爲華陰縣令：原本作「寓居下邽縣」，李章武此前因友爲華州别駕而得會王氏子婦，此處《艷異編》、《青泥蓮花記》等書又皆有「令下邽縣」之異文，則傳文所叙，當因張氏之任而至其地。所會王氏子婦在「市北街」，知在當時華州州治，即鄭縣。據《舊唐書·地理志》，「義寧元年，割京兆之鄭縣、華陰二縣置華山郡」，後「改爲華州」，「垂拱元年，割同州之下邽來屬」，二縣皆屬華州；此傳下文有云「回車涉渭曲訪之」，下邽位於鄭縣西北，據嚴耕望《唐代交通圖考》，返回長安可不必再回鄭縣；華陰則恰在鄭縣正東，《讀史方輿紀要》云其在「州東七十里」，欲西歸長安，必過鄭縣。故據沈鈔改。
〔一三〕宗：原本無，據庫本補。
〔一四〕曲：原本作「而」。自華陰返華州，可稱「回車」，然無需「涉渭」，以二地皆位於渭水南岸也。渭水流經華州之處多有曲折，此當以「渭曲」指華州之地，後人或以形近誤爲「而」字，據沈鈔改。
〔一五〕賓：孫校作「殯」，此爲誤解下文「下里」之臆改。
〔一六〕下里：李校據《艷異編》、《青泥蓮花記》等補「之民」二字，或因誤解原意而致誤；張注云：

「『里』，指蒿里。古人以死人歸宿的地方爲『蒿里』。『下里』，到地下蒿里去，就是死亡。」則誤解更甚，若如此，則下文之「暫居郊野」、「未始歸復」無法理解。此下里，即鄉里之意，劉向《説苑·至公》云：「臣竊選國俊下里之士曰孫叔敖。」則此云李未見王氏，以爲其回鄉里，棄商而務農，故住鄉下；或有人邀玩，尚未回來。

〔一七〕僕：原本作「傔」。然此傳前云「章有僕楊果者」，後云「但有僕夫楊果即是」，均用「僕」字，此似不當獨用「傔」，且「傔」字多指公役，於此亦似不妥。沈鈔作「僕」，知此當爲形近而誤者，據沈鈔改。

〔一八〕總我家人亦未之知今彼夫：原本作「我家人故不可託復被彼夫」，語義不順，「復被彼夫」亦不知所云，故據沈鈔改，末字沈鈔誤爲「天」，再據諸本改正。

〔一九〕來：原本作「者」，據孫校改。

〔二〇〕深：諸家均屬上讀，似不通，故張校據沈鈔、孫校删此字。實此或當從下讀，則此舍中人之語均爲四字之句，語氣較順。唯此字或有訛誤，當爲「欲」、「冀」等字，惜無版本可依。

〔二一〕呼酒自飲食：原本作「呼祭自食飲」，然「呼祭」不辭，古無用例（可查知之用例多爲節縮此傳者，如《全唐詩》卷八六六録此數詩之題注），且與下之「自」不協。故據沈鈔改。

〔二二〕東南：原本作「東西」，或涉上「復被彼夫東西」而誤，據傳文可知，王氏之魂不欲見光，若置燭於東西之隅，則光亮倍前，與文意不合；故據沈鈔改爲「東南」，而後文則云其始由西北角出，終由西北角没，知其爲避東南角之燭光也。

〔二三〕西：原本作「室」，據沈鈔、孫校及下文「赴西北隅」改。

〔二四〕狀貌：原本作「狀視」，「視」字屬下，沈鈔作「形狀」，張校據改，然「視衣服，乃主人子婦也」句似不通。李校據《情史》等改爲「狀貌」，則或「貌」因形似而訛爲「視」，文通義順，故從改。

〔二五〕輕清：沈鈔作「悽悵」，張校據改，實不妥，此言「輕清」，與上言「浮急」相應，均在摹其爲魂之異，改爲「悽悵」則全失原意。

〔二六〕以來：沈鈔作「之中」。

〔二七〕亦：沈鈔作「略」。

〔二八〕所：原本作「之」，據《類説》改。

〔二九〕徘徊：原本作「回抱」。按：此詩押仄韻，王氏前一詩亦同，則其奇數句當以平聲結，故原本當有訛字，據沈鈔改。

〔三〇〕從上文「顧申九泉喞恨」至此，黄本漏五百二十八字，此處黄本葉序由五至六，並無闕失，知非裝訂之過，而爲漏刊完整之一葉。庫本襲自黄本，此處則亦漏此段文字，惟徑接「謂有佳期」過於扞格，故館臣據《全唐詩》之類典籍，補「詩曰分從幽顯隔豈」八字，故不得已此卷第八葉末二行各多四字。

〔三一〕窮：沈鈔作「重」，亦通。

〔三二〕周箋云：「按此三句殊難索解，既云『却自下邽歸長安武定堡』，如何又云『下邽郡守與張元宗携酒宴飲』，既已離下邽，焉得更與下邽郡守宴飲？句中恐有衍誤。」實此處或無誤，其云「却自下邽歸長安武定堡」，意爲取道下邽而已，並非已至甚或已離下邽，若非此意，則其已「歸長安武定堡」，更與下邽無涉矣。故其此時尚在華州也。後人誤解其需回下邽，再歸長安，遂誤改前張元宗任職之地也。李校又云「郡官即州官，下邽乃縣」，故據《説海》等改爲「群官」（實沈鈔亦作「群官」），或亦未當，蓋此「郡官」之前，原或當爲「華州」二字，故張元宗亦得同與餞别，然後人不察，以前既云「下邽」，此云「華州」者誤，遂改易其文，然擅改者未察「郡」字與其改文不合，遂留此痕跡。然此爲推測，無版本可據，故暫仍原文。另：章武自華州至下邽應爲當時常有之路線，《舊唐書》卷二〇載唐乾寧三年李茂貞犯闕，唐昭宗出逃，「癸巳，次渭北」，華州節度使韓建請幸華州，於是「乙未次下邽，丙申駐蹕華州」，一日之内即由下邽至華州，可爲參證。

〔三三〕更審聽：沈鈔作「章武問」。

〔三四〕感：原本作「惑」，當爲形近致誤，據沈鈔、孫校改。

〔三五〕李助：孫校作「李訪」，《説海》等作「李昉」。

〔三六〕之：原本無，據沈鈔補。

〔三七〕工亦不知：原本作「工亦知」，然據下文「又召玉工，粗能辨」知此玉工實不知，或涉下「不」而誤删一字，據沈鈔補。

〔三八〕槲：原本作「檞」，《類説》、《紺珠集》均作「槲」，當是。

【集評】

《艷異編》卷三七：

鄰婦傳話一節眉批：借鄰婦代傳情，勝如面訴，又出之不意中，真是冷處着力。

《青泥蓮花記》卷九：

總評：「鴛鴦綺」一作「贈子鴛鴦綺」，「捻指環」一作「念子還相思」。

《太平廣記鈔》卷五八：

「千古暌離之嘆」句眉：情至語。

「夫人遂以相授」句眉：此淫婦人耳，何得與上真仙姝遊戲？理不可解。意重其才情乎？

一二三　周秦行紀〔一〕

韋瓘〔二〕

余〔三〕貞〔四〕元中，舉進士落第，歸宛葉間。至伊闕南道鳴皋山下，將宿大安邸〔五〕舍。會暮，失道不至。更十餘里，行一道甚易，夜月始出。

忽聞有異氣如貴香，因趨進行，不知近〔六〕遠。見火明，意謂〔七〕莊家，更前驅。至一大〔八〕宅，門庭若富家。有黄衣閽人曰：「郎君何至？」余答曰：「僧孺姓牛，應進士落第歸家〔九〕，本往大安邸舍，誤道來此，直乞宿，無他。」中有小髻青衣出，責黄衣曰：「門外謂誰？」黄衣曰：「有客有客。」黄衣入告，少時出曰：「請郎君入。」余問誰氏〔一〇〕宅，黄衣曰：「但進，無須問。」

入十餘門，至大殿，蔽以珠簾，有朱衣黄衣閽人數百，立階陛間〔一一〕，左右曰：「拜。」遂拜於殿下〔一二〕。簾中語曰：「妾漢文帝母薄太后。此是妾〔一三〕廟，郎君不當來，何辱至此？」余曰：「臣家宛葉，將歸失道，恐死豺虎，敢託命乞宿，太后幸聽受〔一四〕。」太后命使軸簾避席曰：「妾故漢室老母，君子〔一五〕唐朝名士，不相君臣，幸希簡敬，便上殿來見。」太后着練衣，狀貌瑰瑋，不甚年高。勞〔一六〕余曰：「行役無苦乎？」召坐。

食頃，聞殿内有笑聲。太后曰：「今夜風月甚佳，偶有二女伴相尋，況又遇嘉賓，不可不成一會。」呼左右屈二娘子出見秀才。良久，有女子二人從中至，從者數百。前立者一人，狹腰長面，多髮不妝，衣青衣，僅可二十餘。太后曰：「此〔一七〕高祖戚夫人。」余下拜，夫人亦拜。更一人，柔肌穩身，貌舒態逸，光彩射遠近〔一八〕，多服花繡，年低太后。后曰：「此元帝王嬙。」余拜如戚夫人，王嬙復拜。

各就坐，坐定，太后使紫衣中貴人曰：「迎楊家、潘家來。」久之，空中見五色雲下，聞笑語聲寖近。太后曰：「楊、潘〔一九〕至矣。」忽車音馬跡相雜，羅綺焕耀，旁視不給〔二〇〕。有二女子從云中下，余起立於側，見前一人，纖腰修眸〔二一〕，儀容甚麗，衣黄衣，冠玉〔二二〕冠，年三十許。太后曰：「此是〔二三〕唐朝太真妃子〔二四〕。」余〔二五〕即伏謁，肅〔二六〕拜如臣禮。太真曰：「妾得罪先帝，先帝謂肅宗也。皇朝不置妾在后妃數中，設此禮，豈不虚乎？不敢受。」却答拜。更一人，厚肌敏視，小質潔白，齒極卑，被寬博衣。太后曰：「此齊廢帝〔二七〕潘淑妃。」余拜如王昭君，妃復拜〔二八〕。

既而太后命進饌。少時饌至，芳潔萬端，皆不得名。余但欲充腹，不能足〔二九〕。食已，更具酒，其器用盡如王者〔三〇〕。太后語太真曰：「何久不來相看？」太真謹容對曰：「三郎天寶中，宮人呼玄宗多曰三郎。數幸華清宮，扈從不得至〔三一〕。」太后又謂潘妃曰：「子亦不來，何也？」潘妃匿笑不禁，不成對。太真乃視潘妃而對曰：「潘妃向玉奴太真名也。說，懊惱東昏侯疏狂，終日出獵，故不得時謁耳。」太后問余：「今天子爲誰？」余對曰：「今皇帝名适，代宗皇帝長子〔三二〕。」太真笑曰：「沈婆兒作天子也，大奇〔三三〕！」太后曰：「何如主？」余對曰：「小臣不足以知君德。」太后曰：「然無嫌，但〔三四〕言之。」余曰：「民間傳聖武〔三五〕。」太后首肯三四。

太后命進酒加樂，樂妓皆年少女子。酒環行數周，樂亦隨輟。太后請戚夫人鼓瑟〔三六〕，夫人約指以〔三七〕玉環，光照手骨〔三八〕，《西京雜記》云：「高祖與夫人百鍊金〔三九〕環，照見指骨也。」引瑟而鼓，其聲甚怨。太后曰：「牛秀才邂逅逆旅〔四〇〕到此，諸娘子又偶相訪，今無以盡平生歡。牛秀才固才士，盍各賦詩言志，不亦善乎？」遂各授與箋筆，逡巡詩成。太后詩曰：

月寢花宮得奉君，至今猶愧管夫人。漢家舊是笙歌處，烟草幾經秋復春。

王嬙詩曰：

雪里穹廬不記〔四一〕春，漢衣雖舊淚長〔四二〕新。如今最〔四三〕恨毛延壽，愛把丹青錯畫人。

戚夫人詩曰：

自別漢宮休楚舞，不能妝粉恨君王。無金豈得迎商叟，吕氏何曾畏木〔四四〕强。

太真詩曰：

金釵墮地别君王，紅淚流珠滿御床。雲雨馬嵬分散後，驪宫不復舞《霓裳》。

潘妃詩曰：

秋月春風幾度歸，江山猶是鄴〔四五〕宫非。東昏舊作蓮花地，空想曾披金縷衣。

再三邀余作詩，余不得辭，遂應命作詩曰：

香風引到大羅天，月地雲階拜洞仙。共道人間惆悵事，不知今夕是何年。

别有善笛女子，短鬟，衫且帶，貌甚都，善笑多媚，與〔四六〕潘妃偕來。太后以接〔四七〕座居之，時令吹笛，往往亦及酒。太后顧而謂余〔四八〕曰：「識此否？石家緑珠也。潘妃養作妹，故潘妃與俱來。」太后因曰：「緑珠豈能無詩乎？」緑珠乃謝而作詩曰：

此日人非昔日人，笛聲空怨趙王倫。紅殘翠〔四九〕碎花樓下，金谷千年更不春。

詩畢，酒既撤〔五〇〕。太后曰：「牛秀才遠來，今夕誰人爲伴？」戚夫人先起辭曰：「如意成長，固不可，且不宜使知此，況實爲非〔五一〕。」潘妃辭曰：「東昏以玉兒妃名〔五二〕。身死國除，玉兒終不擬負他〔五三〕。」緑珠辭曰：「石衛尉性嚴忌〔五四〕，今有死，不可及亂。」太后曰：「太真今朝先帝貴妃，固勿言他〔五五〕。」乃顧謂王嬙曰：「昭君始嫁呼韓單于，復爲復株絫若鞮〔五六〕單于婦，固宜〔五七〕。且苦寒地胡鬼何能爲？昭君幸無辭。」昭君不對，低眉羞恨。俄各歸休。余爲左右送入昭君院。

會將旦，侍人告：「起得也〔五八〕！」昭君垂泣持别。忽聞外有太后命〔五九〕，余遂出見太后。太后曰：「此非郎君久留地，宜亟還，便别矣，幸無忘向來歡。」更索酒，酒再行，已。戚夫人、潘妃、緑珠皆泣下，竟辭去。太后使朱衣人〔六〇〕送往大安邸〔六一〕西道，旋失使人所在。時〔六二〕始明矣，余就大安里，問其里人。里人云：「去〔六三〕此十餘里，有薄后廟。」余却回，望廟宇，荒毁不可入，非向者所見矣。余衣上香經十餘年〔六四〕不歇，竟不知其何如〔六五〕。

【校證】

〔一〕本篇收入《太平廣記》卷四八九《雜傳記六》，名爲《周秦行記》，署「牛僧孺撰」。按《李德裕文集》所收《周秦行紀論》及附《周秦行紀》、皇甫松《續牛羊日曆》、張洎《賈氏談録》及《郡齋讀書志》所録均以「紀」爲名，然《太平廣記》及《類説》則題爲「記」，當以前者爲是。李劍國云：「篇題《周秦行紀》，乃標明牛僧孺行程，以紀其行。牛僧孺應舉在長安，此古秦之地。落第歸宛、葉，行至伊闕南道鳴皋山下，將宿大安邸舍，而入薄后廟。按伊闕在洛陽西南，此屬東周都城之地。由秦至周，故曰『周秦』也。」所釋甚是，惟未及「紀」字，此或爲李黨攻擊牛黨之作，故此以「紀」爲名，實有「欲證其非人臣相」、「懷異志於圖讖」（李德裕《周秦行紀論》語），因歷代正史之體例，唯帝王可入「紀」體也。此作後以小説入《太平廣記》及《類説》，則其政治意圖已經消泯，故以「記」爲名，亦得其宜。又，此傳亦收入《顧氏文房小説》之中，且其後注云「長洲顧氏家藏宋本校行」，知其當源於宋本；另敦煌文獻中亦存殘卷（伯三七四一號），末有「清泰二年（九三五）十月十一日丁□」之題記，雖闕前約三分之一，亦甚珍貴。故亦據二本參校。

〔二〕此傳之作者，爲唐稗之舊案。前引文獻均作牛僧孺。然據張洎《賈氏談録》載：「牛奇章初與李衛公相善，嘗因飲會，僧孺戲曰：『綺紈子何預斯坐。』衛公銜之。後衛公再居相位，僧孺卒遭讉逐。世傳《周秦行紀》非僧孺所作，是德裕門人韋瓘所撰。開成中曾爲憲司所覈，文宗覽之，笑曰：『此必假名，僧孺是貞元中進士，豈敢呼德宗爲沈婆兒也。』事遂寢。」賈黄中去唐未遠，且所云有理有據。暫從之。

〔三〕余：《類説》作「牛僧孺」，當爲編者所改。依《太平廣記》慣例，文中作者自稱亦多改爲作者名，然此篇未改，或因其前已署作者之故。

〔四〕貞：原本作「真」，傅校云「按『真』字誤」，實當爲宋人避仁宗諱所改，據《類説》及庫本回改。

〔五〕邸：原本作「民」，然其將宿民舍，似無其理。王夢鷗云：「『民』字疑是『邸』之壞字」，所云甚是，再證以下文「太后使朱衣送往大安邸西道」（參此句之校記），則以本校之法據以改字。下亦同。

〔六〕近：原本作「厭」，李集作「狀」，李校以「狀」爲「厭」之譌字，然此二字均不通，據《顧氏文房小説》（以下稱顧本）改。

〔七〕謂：原本無，據顧本、李集補。

〔八〕大：原本無，據顧本、李集補。

〔九〕歸家：原本無，顧本、李集作「往家」，傅璇琮等《李德裕集校箋》（以下稱傅箋）據陸氏校勘及傅增湘校本改爲「歸家」，據補。

〔一〇〕氏：原本作「大」，當因形近致誤，據沈鈔、顧本、李集改。張校云原本作「爲」，或誤。

〔一一〕陛間：原本無，李集作「下間」，傅箋據陸氏校勘改，據顧本、陸本校補。

〔一二〕遂拜於殿下：原本無，顧本、李集有「殿下」二字，李集嘉靖本原注「一有『遂拜於』字」，據補。

〔一三〕妾：原本無，沈鈔作「薄后」，李校據《唐詩紀事》補，甚是，從之補。

〔一四〕乞宿太后幸聽受：此七字原本作「語訖」，《類説》作「乞宿」，據李集改。

〔一五〕子：原本無，據李集補。

〔一六〕年高勞：李集作「妝飾慰」。

〔一七〕此：原本無，下文介紹王昭君時有「此」字，故據李集補。

〔一八〕此後李集有「時時好矉」四字。

〔一九〕潘：原本作「家」，據沈鈔、李集改。

〔二〇〕羅綺焕耀旁視不給：竇懷永、張涌泉所校《敦煌小説合集》所録敦煌本作「羅錦旁午，視不能給」。

〔二一〕纖腰修眸：敦煌本作「纖身修眸」，李集作「纖腰身修」。

〔二二〕玉：敦煌本、李集均作「黄冠」，傅箋據陸氏校勘及傅增湘校本改爲「玉」字，顧本亦同。

〔二三〕此下敦煌本有「秀才」二字，李校據補，然太后何以前後數次均未介紹牛氏，此處何異，故不補。

〔二四〕沈鈔闕此「子」字而下二十二字（沈鈔原當無「肅」字），漏鈔一行也。

〔二五〕余：原本作「予」，此傳通篇自稱皆曰「余」，故據顧本、敦煌本、李集改。

〔二六〕肅：原本無，據敦煌本、李集補。

〔二七〕此齊廢帝：原本作「齊」，據敦煌本、李集改。

〔二八〕余拜如王昭君妃復拜：此九字原本作「余拜之如妃子」，意似不通，《虞初志》（七卷本）眉批云「『妃子』一作『妃禮』爲妥」，意通而情理未協，以其與潘不相君臣，不當以君臣之禮見，故據敦煌本、李集改。

〔二九〕余但欲充腹不能足：李集作「粗欲之，腹不能足」，誤；李校據敦煌本改作「但欲之，復不能足」；然竇懷永、張涌泉所校《敦煌小説合集》却依《太平廣記》校改爲「但欲充腹，不能足食」。然敦煌本及李集「之」字乃「充」之訛字，仍以《廣記》本文字爲是。另：李集之所以用「粗」，亦可論其當非原文，此傳通篇三用「但」字，李集本皆换之，前之「但進」，後之「但言之」均更爲「第」，而此則更爲「粗」。

〔三〇〕用盡如王者：敦煌本、李集均作「盡寶玉」，《類説》亦爲「寶玉」。

〔三一〕得至：李集作「暇至」，《類説》作「暇」。

〔三二〕今皇帝名适代宗皇帝長子：此十一字原本作「今皇帝先帝長子」，《類説》作「代宗長子」，據敦煌本、李集改。

〔三三〕大奇：李集作「太奇」，敦煌本作「太奇太奇」。

〔三四〕但：敦煌本、李集作「第」。

〔三五〕聖武：此前李集有「英明」二字。

〔三六〕瑟：原本作「琴」，據敦煌本改。此處以戚夫人鼓瑟，典出《西京雜記》，其原文云：「高帝戚夫人善鼓瑟擊筑，帝常擁夫人，倚瑟而弦歌。」下同。

〔三七〕以：原本無，據敦煌本、李集補。

〔三八〕手骨：原本作「於座」，據敦煌本、李集改。

〔三九〕百鍊金：三字原本無，敦煌本作「玉」，李集作「石鍊金」，「石」當爲「百」字之訛，李校據《西京雜記》改，從之。

〔四〇〕逆旅：原本無，敦煌本作「迷旅」，據顧本、李集校補。顧本闕前之「逅」字。
〔四一〕記：原本作「見」，據敦煌本、李集改。
〔四二〕長：原本作「痕」，顧本作「垂」，據敦煌本、李集改。
〔四三〕最：李集、《類説》作「猶」，亦有風味。
〔四四〕「木」上二十二字沈鈔漏鈔。
〔四五〕鄰：原本作「業」，據顧本、敦煌本、李集改。
〔四六〕短鬟衫且帶貌甚都善笑多媚與：此十三字原本作「短髮麗服貌甚美而且多媚」，用詞頗贅，據敦煌本、李集校改。
〔四七〕接：敦煌本、李集作「特」。
〔四八〕謂余：原本作「問」，據敦煌本、李集改。
〔四九〕翠：敦煌本、李集作「鈿」，仍以「翠」字爲當。
〔五〇〕撤：原本作「至」，此當至散場之時，故據敦煌本、李集改。
〔五一〕宜使知此况實爲非：此八字原本作「不可如此」，與前意複，據敦煌本、李集改。
〔五二〕妃名：原本無，據李集知爲小字注，據補。敦煌本爲正文大字，作「如名」，《敦煌小説合集》云「『如』疑爲『妃』字之誤」，當未參校李集。
〔五三〕終不擬負他：原本作「不宜負也」，沈鈔「也」作「他」，顧本作「不擬負他」，據敦煌本、李集改。

〔五四〕嚴忌：原本作「嚴急」，然此多爲嚴厲急躁甚至嚴酷之意，與此不合，據顧本、敦煌本、李集改。

〔五五〕固勿言他：原本作「不可言其他」，意似不暢；敦煌本作「重言其他」，李校據改，釋之云「再提其他」，亦似可通，然與上下文亦稍扞格；《類説》「固勿言他」，於義較勝，據改。

〔五六〕復株絫若鞮：原本作「株絫弟」，李集作「姝絫效追」，《類説》作「姝參」，伯玉翁抄本則作「株絫」，敦煌本作「珠絫々（道）」，皆有傳抄之訛。然亦可據見原文之跡：第一字之姝、珠皆當爲株字之誤，敦煌本第三字爲重文符號，當爲誤衍；李集及敦煌本之第四字，則或爲小字注音之字，據《敦煌小説合集》云：「『道』下當脱反切下字，所切應爲『鞮』字。」則知李集之「追」或由「道」字訛變而成。顧本、陸本作「殊絫若」，「若」爲小字，則其左尚有空格，故依顧本，並據《漢書》卷九四《匈奴傳》之記載校補。又沈鈔「絫」字下有小字注「音累」。

〔五七〕固宜：原本作「固自困」，汪校據沈鈔改爲「固自用」，敦煌本同沈鈔，然《敦煌小説合集》校云：「《廣記》作『自困』，義長。」王校云：「唯《類説》作『固宜』。《類説》好删略，疑其原文作『固自宜』，《類説》删其『自』字；《廣記》『宜』字誤作『困』而明鈔本又訛爲『用』字。」李校又引王夢鷗意見云「固自用宜」當是，云「謂昭君復嫁，既已用宜於彼，亦可用宜於此也」，故李校從之。然諸家之校均似未安，恐仍以《類説》二字最爲妥帖，據改。

〔五八〕起得也：原本作「起」，《類説》作「退起得也」，據敦煌本、李集並參《類説》補。

〔五九〕此「命」字下李校據敦煌本補「却還」二字，文義稍冗。此字實爲贅字，《敦煌小説合集》云：

「『命』下底卷有『却還』二字，似皆已點去，故不録。」此校語尚以「似」字作遊移之語，實敦煌本此下相隔十五字又有「却還」二字（《廣記》作「亟還」），敦煌本所抄每行十七字，知抄録者至此誤入下行，發現後又將此二字點去，故不據補。

〔六〇〕人：原本無，此傳多以黄衣人、紫衣人稱之，故此處亦當爲朱衣人，據敦煌本、李集補。

〔六一〕邸：原本作「抵」，若依原本，則「西道」爲專有之名，自無其理；敦煌本作「邪」，字雖誤，然可知非「抵」字；《類説》徑作「送往大安西道」，據以上可知，此段原意爲送往大安邸西之路上。故從李集改。

〔六二〕時：敦煌本作「夜月」，《類説》作「天」。

〔六三〕去：原本無，據敦煌本、李集、《類説》補。

〔六四〕經十餘年：原本作「經十餘日」，李集作「經年」，敦煌本作「經十餘年」，可知原本於此香誇張甚至，此與傳文亦可參證，初叙主人公來此處即由香氣所引，故其賦詩時亦云「香風引到大羅天」，若只停留十餘日，則普通之香似亦可至。然此傳入《太平廣記》諸書之時，編者反以此爲虚誕，即縮爲十餘日矣。

〔六五〕何如：沈鈔、敦煌本、李集作「何」，顧本作「如何」。

【集評】

《艷異編》卷一：

開端眉批：敘得古拙。

「君唐朝名士」句眉：處分明白。

「柔肌穩身」句眉：變文法，有趣。

「沈婆兒作天子也」句眉：淡話自是詼諧。

各詩上眉批：后詩淒慘中帶風流；王詩忼慷中帶懊恨；戚詩似戲似真，有無窮含意；太真詩如山陽之笛，悽惻動人；潘詩如清江細柳，縠紋自生；僧孺詩則骨清態逸，而其寫情酸楚處如子夜聞商弦，令人肅然而起；緑詩字字俱涕，比諸作更覺苦楚。

議論侍寢處眉批：辭者應辭，無辭者應無辭，極是極是。

《虞初志》（七卷本）卷三：

「忽聞有異香氣」句眉：袁石公評：只此一段光影，便要勾引將去。

「第進，無須問」句眉：屠赤水評：對得渾成，纔肯步入碧雲深處。

「狹腰長面」句眉：湯若士評：恍如玉樹臨風。

互拜一節眉批：袁石公評：年低薄太后，拜如戚夫人，主客參錯，言意簡悉。

「拜如臣禮」句眉：袁石公評：如臣禮是斟酌處。

「余拜之如妃子」句眉：「妃子」一作「妃禮」爲妥。

「匿笑不禁，不成對」句眉：湯若士評：摹神至此。

「民間傳聖武」句眉：袁石公評：大得臣體，語復從容有度。

議論侍寢一節眉批：袁石公評：似醒似夢，是仙居是鬼窟？僧孺際此，不知作何想。

「昭君不對，低眉羞恨」句眉：袁石公評：問客添飯，羞嗒嗒怎生承認。

「胡鬼何能爲」句眉：屠赤水評：生前不棄胡兒，死後何嫌犢子。無奈爲太后一篙撑出耳。

「余爲左右送入昭君院」句眉：袁石公評：東坡云牛僧孺父子犯罪，大畜小畜。只是昭君命薄，到底犬羊作伴。

「會將旦」句眉：屠赤水評：僧孺失道乞宿，會讌賦詩，又復逡巡擇配，想已夜半，而侍人告起餞別，約又更許，則入昭君院特俄頃耳！真是一刻千金！

總評：鍾瑞先評：「共道人間惆悵事，不知今夕是何年」，風流調笑，假此無傷。

《情史》卷二〇：

「潘妃匿笑」句側：輕薄。

「石尉性嚴忌」句眉：緑珠自節烈，豈爲石尉嚴耶！

總評：相傳是書本李贊皇門人韋瓘所撰，而嫁其名於牛相。贊皇又著論一篇，極詞醜詆。曰：「太牢以身與帝王后妃冥遇，欲證其身非人臣相也。」又曰：「太牢以姓應讖文，屢有異志。」又曰：「太牢貶而復用，豈王者不死乎？」其意欲置之族滅。吁！朋黨之偏，一至是乎？文宗覽之，笑曰：「此必假名僧孺者。僧孺貞元中進士，豈敢呼德宗爲沈婆兒！」其事遂寢。文宗之明，何減漢昭也！

二四　湘中怨解〔一〕

沈亞之

湘中怨者，事本怪媚，爲學者不當有述，然而淫溺之人，往往不悟。今欲概〔二〕其所論，以著誡〔三〕而已。從生韋〔四〕敖喜譔樂府，故牽而廣之，以應其詠。

垂拱年中，駕在上陽宫。太學進士鄭生晨發銅駝里，乘曉月，度洛橋。聞橋下有哭聲〔五〕甚哀。生下馬，循聲察之，見艷女，翳然蒙袖曰：「我孤，養於兄，嫂惡，常苦我。今欲赴水，故留哀須臾。」生曰：「能遂〔六〕我歸之乎？」應曰：「婢御無悔。」遂載與居，號曰汜人。能〔七〕誦楚人《九歌》、《招魂》、《九辯〔八〕》之書。亦嘗擬其調賦爲怨詞，其詞麗絶。世莫有屬者。因譔《風光詞》曰：

隆佳秀兮昭盛時，播薰緑兮淑華歸。顧室〔九〕荑與處蕚兮，潛重房以飾姿。見稚態〔一〇〕之韶羞兮，蒙長靄〔一一〕以爲幃。醉融光兮渺渺瀰瀰，迷千里兮涵湮媚。晨陶陶兮暮熙熙，舞姚娜之穠條兮，騁〔一二〕盈盈以披遲。酡遊顔兮倡蔓冉，縠流蒨電兮石髮髓施。

生居貧，汜人嘗解篋，出輕繒一端與賣，胡人酬之千金。居數歲，生將〔一三〕遊長安。是夕，謂生曰：「我湘中蛟宫之娣也，謫而從君。今歲滿，無以久留君所，欲爲訣耳。」相持[一四]啼泣。生留之不能，竟去。

後十餘年，生之兄爲岳州刺史。會上巳日，與家徒登岳陽樓，望鄂渚，張宴。樂酣，生愁思吟之曰：

情無垠兮蕩[一五]洋洋，懷佳期兮屬三湘。

聲未終，有畫艫浮漾而來。中爲綵樓，高百餘尺，其上施幃帳，欄籠畫飾，帷褰，有彈絃鼓吹者，皆神仙娥眉，被服烟霓[一六]，裙袖皆廣長。其中一人起舞，含嚬淒怨，形類汜人，舞而歌曰：

泝青山[一七]兮江之隅，拖湘波兮褭緑裾[一八]。荷拳拳兮情未舒，匪同歸兮將焉如。

舞畢，斂袖，翔然凝望，樓中縱觀方怡[一九]，須臾，風濤崩怒，遂迷所往。

元和十三年，余聞之於朋中[二〇]，因悉補其詞，題之曰《湘中怨》，蓋欲使南昭嗣《烟中》之述，爲偶唱也。

【校證】

〔一〕本篇收入《太平廣記》卷二九八《神八》，題爲《太學鄭生》，注出《異聞集》，未署作者，《類説》所收名爲《湘中怨》。然此文收於《文苑英華》卷三五八（其文以《麗情集》校），題名爲《湘中怨解》，並注作者爲沈亞之；另亦收入《沈下賢文集》卷二，題名亦同。此爲其題名之外證；就内證而言，其前云「《湘中怨》者，事本怪媚」，末云「元和十三年，余聞之於朋中，因悉補其詞，題之曰《湘中怨》，蓋欲使南昭嗣《烟中》之述，爲偶唱也」，據此可知，其名既非《太學鄭生》，亦非《湘中怨》。此以《文苑英華》爲底本，其所附校勘甚爲精細，讀者可參原書，此處不再保留，僅以《太平廣記》及《沈下賢文集》參校。

〔二〕概：原作「慨」，據沈集改。
〔三〕誠：原作「誠」，據沈集改。
〔四〕韋敖：原作「常敖」，據沈集改。
〔五〕聲：原本無，據《廣記》、《類説》、沈集補。
〔六〕原校：集作「逐」。按：《廣記》亦作「逐」，沈鈔作「隨」，張校據沈鈔改。
〔七〕能：原作「所」，據《廣記》、沈集改。
〔八〕辯：原作「辨」，據《廣記》、沈集改。
〔九〕顧室：原作「故里」，據沈集改。
〔一〇〕稚態：原作「雅能」，又校雅字「集作推」。實均爲字形相近而誤者，據沈集改。
〔一一〕靄：原作「藹」，據原校、沈集、《廣記》改。

〔一二〕騁：原作「嫂」，《廣記》作「娉」，據原校及沈集改。

〔一三〕將：原無，據《廣記》、沈集補。

〔一四〕相持：原作「相倚」，據沈集改。

〔一五〕蕩：原作「蕩蕩」，據沈集改。

〔一六〕霓：原作「電」，原校：《麗情集》作「霞」。據沈集改。

〔一七〕青山：原作「清風」，原校：集作「青山」，《麗情集》作「青春」。據沈集改。

〔一八〕裾：原作「裙」，據《廣記》、沈集改。

〔一九〕方怡：原作「悟眙」，原校：二字《麗情集》作「臨檻」。據沈集改。

〔二〇〕朋中：原作「朝」，原校：集作「朋中」，據沈集改。

【集評】

《艷異編》卷二：

《風光詞》眉批：凄凄楚楚，貫愁腸於巧筆，寫離思於哀弦，恐非摹仿所逮。

「荷拳拳兮」句眉：天際真人想。

《情史》卷十九：

《風光詞》眉批：詞甚古，類漢語。

二五　任氏傳〔一〕

沈既濟〔二〕

任氏，女妖也。有韋使君者，名崟，第九，信安王禕之外孫。少落拓，好飲酒。其從父妹婿曰鄭六，不記其名。早習武事〔三〕，亦好酒色，貧無家，託身於妻族。與崟相得，遊處不間。

天寶〔四〕九年夏六月，崟與鄭子偕行於長安陌中，將會飲於新昌里。至宣平之南，鄭子辭有故，請間去，繼至飲所。崟乘白馬而東，鄭子乘驢而南，入昇平之北門。偶值三婦人行於道中，中有白衣者，容色姝〔五〕麗。鄭子見之驚悦，策其驢，忽先之，忽後之，將挑而未敢。白衣時時盼睞，意有所授〔六〕。鄭子戲之曰：「美艷若此而徒行，何也？」白衣笑曰：「有乘不解相假，不徒行何爲？」鄭子曰：「劣乘不足以代佳人之步，今輒〔七〕以相奉。某〔八〕得步從，足矣。」相視大笑。

同行者更相眩誘，稍已狎暱。鄭子隨之，東至樂遊園，已昏黑矣。見一宅，土垣車門，室宇甚嚴〔九〕。白衣將入，顧曰「願少踟躕」而入。女奴從者一人，留於門屏間，問其姓第。鄭子既告，亦問之，對曰：「姓任氏，第二十。」少頃，延入。

鄭子〔一〇〕繫驢於門，置帽於鞍。始見婦人年三十餘，與之承迎，即任氏姊也。列燭置膳，舉酒數觴。任氏更衣理妝〔一一〕而出，酣飲極歡。夜久而寢，其妍姿美質，歌笑態度，舉措皆艷，殆非人世所有。將曉，任氏曰：「可去矣。某兄弟名係教坊，職屬南衙，晨興將出，不可淹留。」乃約後期而去。

既行，及里門，門扃未發。門旁有胡人鬻餅之舍，方張燈熾爐。鄭子憩其廡〔一二〕下，坐以候鼓，因與主人言。鄭子指宿所以問之曰：「自此東轉有門者，誰氏之宅？」主人曰：「此隤墉棄地，無第宅也。」鄭子曰：「適過之，曷以云無？」與之固爭。主人遽〔一三〕悟，乃曰：「吁！我知之矣。此中有一狐，多誘男子寓宿〔一四〕，嘗三見矣。今子亦遇乎？」鄭子赧而隱曰：「無。」質明，復視其所，見土垣車門如故。窺其中，皆蓁荒及廢圃耳。

既歸，見崟。崟責以失期，鄭子不泄，以他事對。然想其艷冶，願復一見之心，常〔一五〕存之不忘。

經十許日，鄭子遊，入西市衣肆，瞥然見之，曩女奴從。鄭子遽呼之，任氏側身周旋於稠人中以避焉。鄭子連呼前迫，方背立，以扇障其後曰：「公知之，何相近〔一六〕焉？」鄭子曰：「雖知之，何患？」對曰：「事可愧恥，難施面目。」鄭子曰：「勤想如是，忍相棄乎？」對曰：「安敢棄也，懼公之見惡耳。」鄭子發誓，詞旨益切。任氏乃回眸去扇，光彩艷麗如初。謂鄭子曰：「人間如某之比者非一，公自不識耳，無獨怪也。」鄭子請之與叙歡。對曰：「凡某之流，爲人患〔一七〕忌者非他，爲其傷人耳。某則不然。若公未見惡，願終己以奉巾櫛〔一八〕。意有少怠，自當屏退，不待逐也〔一九〕。今舊居僻陋，不可復往。」鄭子許與謀棲止，任氏曰：「從此而東，安邑坊之内曲有小宅，宅中有小樓，樓前有〔二〇〕大樹出於棟間者，門巷幽静，可稅以居。前時自宣平之南，乘白馬而東者，非君妻之昆弟乎？其家多什器，可以假用。」

是時，崟伯叔從役於四方，三院什器，皆貯藏之。鄭子如言訪其舍，而詣崟假什器。問其所用，鄭子曰：「新獲一麗人，已稅得其舍，假具〔二一〕以備用。」崟笑曰：「觀子之貌，必獲詭〔二二〕陋，何麗之絶也。」崟乃悉假帷帳榻席之具，使家僮之慧〔二三〕黠者隨以覘之。俄而奔走返命，氣吁汗洽。崟迎問：「有之〔二四〕乎？」曰：「有。」〔二五〕又問〔二六〕：「容若何？」曰：「奇怪也，天下未嘗見之矣！」崟姻族廣茂，且夙從〔二七〕逸遊，多識美麗。乃問曰：「孰若某美？」僮曰：「非其倫也！」崟遍比其佳者四五人，皆曰：「非其倫。」是時吴王之女有第六者，則崟之内妹，穠艷如神仙，中表素推第一。崟問曰：「孰與吴王家第六女美？」又曰：「非其倫也。」崟撫手大駭曰：「天下豈有斯人乎？」遽命汲水澡頸，巾首膏唇而往。

既至，鄭子適出。崟入門，見小僮擁篲方掃，有一女奴在其門，他無所見。徵於小僮，小僮笑曰：「無之。」崟周視室内，見紅裳出於户下。迫而察焉，見任氏戢身匿於扇間。崟引〔二八〕出，就明而觀之，殆過於所傳矣。崟愛之發狂，乃擁而凌之，不服，崟以力制之。方急，則曰：「服矣。請少迴旋。」既縱〔二九〕，則捍禦如初。如是者數四。崟乃悉力急持之，任氏力竭，汗若濡雨，自度不免，乃縱體不復拒抗，而神色慘變。崟問曰：「何色之不悦？」任氏長歎息曰：「嗟乎〔三〇〕！鄭六之可哀也！」崟曰：「何謂？」對曰：「鄭生有六尺之軀，而不能庇一婦人，豈丈夫哉！且公少豪侈，多獲佳麗，遇〔三一〕某之比者衆矣。而鄭生窮賤，其〔三二〕所稱愜者，唯某而已。忍以有餘之心，而奪人之不足乎？哀其窮餒不能自立，衣公之衣，食公之食，故爲公所褻〔三三〕耳。若糠糗可給，不當至是。」崟豪俊，有義烈，聞其言，遽置之。斂衽而謝曰：「不敢。」俄而鄭子至，與崟相視咍樂。

自是，凡任氏之薪粒牲餼，皆崟給焉。任氏時有經過，出入或車馬輿步，不常所止。崟日與之遊，甚歡。每相狎暱，無所不致，唯不及亂而已。是以崟愛之重之，無所恡〔三四〕惜，一食一飲，未嘗忘焉。任氏知其愛己，因言以謝曰：「愧公之見愛甚矣。顧以陋質，不足以答厚意；且不能負鄭生，故不得遂公歡。某，秦人也，生長秦城，家本伶倫，中表姻族，多爲人寵媵，以是長安狹斜，悉與之通。或有姝麗，悦而不得者，爲公致之可矣。願持此以報德。」崟曰：「幸甚！」鄽中有鬻衣之婦曰張十五娘者，肌體凝潔，崟常悦之。因問任氏：「識之乎？」對曰：「是某表娣妹〔三五〕，致之易耳。」旬餘，果致之。數月厭罷。

任氏曰：「市人易致，不足以展效。或有幽絶之難謀者，試言之，願得盡智力焉。」崟曰：「昨者寒食，與二三子游於千福寺，見刁〔三六〕將軍緬張樂於殿堂，有善吹笙者，年二八，雙鬟垂耳，嬌姿艷絶。當識之乎？」任氏曰：「此寵奴也。其母即妾之内姊也，求之可也。」崟拜於席下，任氏許之。乃出入刁家。月餘，崟促問其計，任氏願得雙縑〔三七〕以爲賂，崟依給焉。後二日，任氏與崟方食，而緬使蒼頭控青驪以迓任氏。任氏聞召，笑謂崟曰：「諧矣。」初，任氏加寵奴以病，針餌莫減。其母與緬憂之方甚，將徵諸巫。任氏密賂巫者，指其所居，使言從〔三八〕就爲吉。及視疾，巫曰：「不利在家，宜出居東南某所，以取生氣。」緬與其母詳其地，則任氏之第在焉。緬遂請居，任氏謬辭以偪狹，勤請而後許。乃輦服玩，並其母偕送於任氏。至則疾愈。未數日，任氏密引崟以通之，經月乃孕。其母懼，遽歸以就緬，由是遂絶。

他日，任氏謂鄭子曰：「公能致錢五六千乎？將爲謀利。」鄭子曰：「可。」遂假求於人，獲錢六千。任氏曰：「有人〔三九〕鬻馬於市者，馬之股有疵，可買以居之。」鄭子如市，果見一人牽馬求售者，眚〔四〇〕在左〔四一〕股，鄭子買以歸。其妻昆弟見〔四二〕，皆嗤之曰：「是棄物也，買將何爲？」無何，任氏曰：「馬可鬻矣。當獲三萬。」鄭子乃賣之。有酬二萬，鄭子不與。一市盡曰：「彼何苦而貴買？此何愛而不鬻？」鄭子乘之以歸，買者隨至其門，累增其估，至二萬五千，亦〔四三〕不與，曰：「非三萬不可〔四四〕。」其妻昆弟聚而詬之。鄭子不獲已，遂賣，卒不〔四五〕登三萬。既而密伺買者，徵其由，乃昭應縣之御馬疵股者，死三歲矣。斯〔四六〕吏不時除籍，官徵其估，計錢六萬，設其以半買之，所獲尚多矣。若有馬以備數，則三年芻粟之估，皆吏得之，且所償蓋寡，是以買耳。

任氏又以衣服故弊，乞衣於崟。崟將買全綵與之，任氏不欲，曰：「願得成制者。」崟召市人張大爲買之，使見任氏，問所欲。張大見之，驚謂崟曰：「此必天人貴戚，爲郎所竊，且非人間所宜有者。願速歸之，無及於禍。」其容色之動人也如此。竟買衣之成者，而不自紉縫也，不曉其意。

後歲餘，鄭子武調，授槐里府果毅尉，在金城縣。時鄭子方有妻室，雖晝游於外，而夜寢於內，多恨不得專其夕。將之官，邀與任氏俱去。任氏不欲往，曰：「旬月同行，不足以爲歡。請計給糧餼，端居以遲歸。」鄭子懇請，任氏愈不可。鄭子乃求崟資助，崟與更勸勉，且詰其故。任氏良久曰：「有巫者言，某是歲不利西行，故不欲耳〔四七〕。」鄭子甚惑也，不思其他，與崟大笑曰：「明智若此，而爲妖惑，何哉？」固請之，任氏曰：「儻巫者言可徵，徒爲公死，何益？」二子曰：「豈有斯理乎！」懇請如初。任氏不得已，遂行。

崟以馬借之，出祖於臨皋，揮袂〔四八〕别去。信宿，至馬嵬。任氏乘馬居其前，鄭子乘驢居其後。女奴别乘，又在其後。是時西門圉人教獵狗於洛川，已旬日矣。適值於道，蒼犬騰出於草間。鄭子見任氏歘然墜於地，復本形而南馳，蒼犬逐之。鄭子隨走叫呼，不能止。里餘，爲犬所獲〔四九〕。鄭子銜涕，出囊中錢贖以瘞之，削木爲記。迴睹其馬，齧草於路隅，衣服悉委於鞍上，履襪猶懸於鐙間，若蟬蜕然。唯首飾墜地，餘無所見。女奴亦逝矣。

旬餘，鄭子還城，崟見之喜，迎問曰：「任子無恙乎？」鄭子泫然對曰：「殁矣！」崟聞之驚〔五〇〕慟，相持於室，盡哀。徐問疾故，答曰：「爲犬所害。」崟曰：「犬雖猛，安能害人？」答曰：「非人。」崟駭曰：「非人，何者？」鄭子方述本末，崟驚訝歎息不能已。明日，命駕與鄭子俱適馬嵬，發瘞視之，長慟而歸。追思前事，唯衣不自製，與人頗異焉。

其後鄭子爲總監使，家甚富，有櫪馬十餘匹。年六十五卒。大曆中，沈既濟居鍾陵，嘗與崟遊，屢言其事，故最〔五一〕詳悉。後崟爲殿中侍御史，兼隴州刺史，遂殁而不返。

嗟乎！異物之情也，有人道〔五二〕焉！遇暴不失節，徇人以至死，雖今婦人有不如〔五三〕者矣。惜鄭生非精人，徒悦其色而不徵其情性。向使淵識之士，必能揉變化之理，察神人之際，著文章之美，傳要妙之情，不止於賞翫風態而已。惜哉！

建中二年，既濟自左拾遺與金吾〔五四〕將軍裴冀、京兆少尹孫成、户部郎中崔儒〔五五〕、右拾遺陸淳，皆謫〔五六〕居〔五七〕東南，自秦徂吴，水陸同道。時前拾遺朱放，因旅遊而隨焉。浮潁涉淮，方舟沿流，晝宴夜話，各徵其異説。衆君子聞任氏之事，共深歎駭，因請既濟傳之，以志其〔五八〕異云。沈既濟撰。

【校證】

〔一〕本篇收入《太平廣記》卷四五二《狐六》，題名爲《任氏》，據《類説》所録，知其名略一「傳」字。此傳亦收入《太平廣記詳節》卷四一，據以入校。

〔二〕《太平廣記》及《類説》均未署作者，然據傳末作者自述，知爲沈氏所作。

〔三〕事：原本作「藝」，據沈鈔改。

〔四〕天寶：原本前有「唐」字，或爲《廣記》編者所加，據陸本删。

〔五〕姝：沈鈔、《詳節》作「殊」，均通。

〔六〕授：原本作「受」，據沈鈔改。

〔七〕輒：《詳節》作「輟」，當爲形近而訛。

〔八〕沈鈔闕以上二十二字，漏鈔一行也。

〔九〕嚴：沈鈔、《類説》作「麗」。另，沈鈔前之「室」作「屋」。

〔一〇〕子：原本無，上下均以「鄭子」相稱，此處不當獨云「鄭」，據沈鈔、《詳節》、陸本補。

〔一一〕更衣理妝：原本作「更妝」，據沈鈔、《詳節》、陸本改。

〔一二〕廡：原本作「簾」，然「胡人鬻餅之舍」，「張燈熾爐」，懸簾下似無理，從《詳節》改。

〔一三〕遽：原本作「適」，據沈鈔改。

〔一四〕寓宿：原本作「偶宿」，然此意多爲「偶然借宿」之意，與原文不合，則「偶」字或爲「寓」之訛字，《太平廣記》卷四一八《李衛公靖》云：「叩門久之，一人出問，公告其迷，且請寓宿。」據《詳節》改。

〔一五〕常：原本作「嘗」，據《詳節》改。另：此上二句，諸家均點爲「願復一見之，心嘗存之不忘」，當誤。

〔一六〕近：沈鈔作「迫」，作「近」義勝，則「迫」或爲形近之訛。

〔一七〕患：原本作「惡」，沈鈔、《詳節》、陸本作「患」，「惡忌」爲厭惡猜忌之意，與文義不合；「患忌」即嫌忌，《三國志·呂布傳》云：「而求益兵衆，將士鈔掠，紹患忌之。」故「惡」字或因與「患」字形近，或因前後兩言「見惡」而致誤，據沈鈔、《詳節》、陸本改。

〔一八〕巾櫛：沈鈔、《詳節》作「巾幘」，不通，當爲音同致誤。

〔一九〕此上十二字原本無，據《詳節》、《類説》補，唯《類説》「少」誤爲「小」。

〔二〇〕自「今舊居」至「樓前有」共四十字，原本作「鄭子許與謀棲止任氏曰從此而東□□陋不□□□□□□□□□□□□□□□」三十八字，至許本則徑將「從此而東」後之二十四字删去。《詳節》此處作「今舊居僻陋不可復往從此而東安邑坊之内曲有小宅宅中有小樓樓前有」，其中「陋不」、「從此而東」六字與原本相同，然位置不同，知當有錯簡，《類説》節略之文字中仍有「税小宅」字樣，知《詳節》所録，當爲原文，然其又無原本「鄭子許與謀棲止」之語，則任氏徑自安排税居之事，似亦不妥，故兩存之。李校將「鄭子許與謀棲止」拼接於「不待逐也」之後，故不得不於「許」字之後補一「之」字，以將所「許」者改爲「奉巾櫛」而非「謀棲止」，然《詳節》原文「不等逐也」後接「今舊居僻陋，不可復往」之語，則將原本之文接於此處較當。

〔二一〕具：原本及許本、黄本均因形近而誤作「其」，後人不解，故多有臆改，如沈鈔與《詳節》據上文所言之「什器」分别改爲「什」及「器」，據孫校、庫本、陸本改。

〔二二〕詭：沈鈔作「醜」。

〔二三〕慧：原本作「惠」，據沈鈔、《詳節》、庫本、陸本改。《漢語大詞典》載「惠黠」一詞最早語例即出此傳，而「慧黠」一詞較常用，《太平廣記》卷四四五録《孫恪》云：「開元中，有天使高力士經過此，憐其慧黠，以束帛易之。」

〔二四〕有之：原本作「之有」，「之」屬上，稍覺不暢，據沈鈔、《詳節》改。

〔二五〕曰有：二字原本無，汪校據沈鈔補，《詳節》亦有此二字。

〔二六〕又問：沈鈔、《詳節》作「問其」。

〔二七〕從：沈鈔作「縱」，或涉下文「既縱」而誤。

〔二八〕引：原本作「别」，汪校據沈鈔改，張校據孫校改爲「拽」，其實原本之「别」或爲「引」字形近而誤者，故據沈鈔、《詳節》改。

〔二九〕縱：原本作「從」，當爲「縱」字形近之誤，以「從」字若指任氏，則即遂韋崟之欲，無捍禦如初之事；若指韋崟，又無「縱」字貼切。故據沈鈔、《詳節》改。

〔三〇〕嗟乎：二字原本無，李校據《類説》補，從之。

〔三一〕遇：沈鈔作「逾」，李校據改，然「遇」字較勝。

〔三二〕其：原本作「耳」，屬上讀，雖亦可通，然云「鄭生窮賤耳」，爲清晰之判斷，雖出拒韋之策略，然如此貶鄭，亦甚不妥。沈鈔作「其」，屬下讀，則「鄭生窮賤」之語，僅爲形容之辭，亦合常理；且下云「其所稱愜者，唯某而已」，亦較無「其」字者爲勝。故知二字當爲形近致誤者，據沈鈔改。

〔三三〕褻：原本作「繫」，據沈鈔、《詳節》改。

〔三四〕悋：原本作「怪」，李校以其形近致誤而據孫校改爲「慳」，然文獻之中並無「慳惜」之用法。張校據沈鈔改爲「吝」，當以張校爲是。原用「吝」之異體「悋」，因形近訛爲「怪」，故據沈鈔、《詳節》改。

〔三五〕表娣妹：李校據《詳節》改爲「表姊妹」，或不妥，以其與任氏關係過於直接，「表娣妹」張注云「表弟媳的妹妹」，或較恰當。

〔三六〕刁：《詳節》作「刀」，李校云「兩《唐書》無刁緬或刀緬」，故同周箋據《紀聞》所録爲「刁」，極是。

〔三七〕縑：沈鈔、孫校作「銰」。

〔三八〕從：《詳節》作「徙」，李校從之，或誤。「從就」即往就之意，《後漢書·向栩》云：「不好語言，喜長嘯。賓客從就，輒伏而不視。」「從就」則不辭。

〔三九〕有人：原本無，據沈鈔、孫校、《詳節》、陸本補。

〔四〇〕眚：原本作「青」，當誤，據沈鈔、許本、陸本改。此句《詳節》作「果見一老馬疥瘠有疵而」。

〔四一〕左：諸本皆同，周箋據《唐會要》卷七二云：「凡馬駒以小『官』字印印右膊，以年辰印印右髀，以監名依左右廂印馬尾側」，故知「備作御馬者身上只有兩處烙印，且具在右側」，故「疑『左』爲『右』字之訛」。

〔四二〕見：原本無，據沈鈔、《詳節》補。

〔四三〕亦：原本作「也」，屬上，據沈鈔改。

〔四四〕可：原本作「礐」，據沈鈔改。

〔四五〕卒不：原本無，據沈鈔、《詳節》補。

〔四六〕斯：王校云：「『斯』疑爲『斵』。《集韻》『斵，析薪養馬者』。」甚是。惜無本可依，暫仍原文。

〔四七〕耳：孫校作「俱」，李校據改。

〔四八〕袂：沈鈔作「淚」。

〔四九〕獲：沈鈔作「斃」。

〔五〇〕驚：原本作「亦」，據沈鈔、《詳節》、陸本改。

〔五一〕最：沈鈔作「得」，孫校、《詳節》作「所」。

〔五二〕人道：原本作「人」，據沈鈔、孫校改。《詳節》作「仁」。

〔五三〕今婦人有不如：沈鈔作「世人有不知」。

〔五四〕吾：原本作「吴」，據沈鈔、孫校、《詳節》改。

〔五五〕儒：原本作「需」，據《唐尚書省郎官石柱題名考》卷四，當作「崔儒」，據《詳節》改。

〔五六〕謫：原本作「適」，據沈鈔、孫校、《詳節》改。

〔五七〕居：李校據《虞初志》等改爲「官」，然原本義勝，似不必校改。

〔五八〕其：原本無，據沈鈔補。

【集評】

《艷異編》卷三三：

「將挑而未敢」句眉：極肖當時情狀。

任氏拒韋崟之辭一節眉批：責以人豪，能不首肯否？

《虞初志》（七卷本）卷七：

「亦好酒色，貧無家，託身於妻族」句眉：屠赤水評：好酒色，便伏後案。第託身妻族，作補代者，恐不能自恣乃爾。

「白衣時時盼睞，意有所受」句眉：袁石公評：非許非拒，閒雅自如。

「有乘不解相假，不徒行何爲」句眉：屠赤水評：二句似謔似莊，愈嚼愈覺有味。
「任氏更衣理妝而出，酣飲極歡」句眉：袁石公評：翠袖殷勤，此際極歡，可飲一石。
「某兄弟名係教坊」句眉：湯若士評：儼有其事。
「門旁有胡人鬻餅之舍」句眉：袁石公評：妝點處根株菓葉，宛若見之。
「此中有一狐，多誘男子偶宿，嘗三見矣」句眉：屠赤水評：偶宿者已三見矣，而獨委身鄭子，便不肯復狗使君，是何前淫而後貞也！
「然想其艷冶，願復一見之心，常存之不忘」句眉：湯若士評：鄭子亦達。
「事可愧恥，難施面目」句眉：袁石公評：狐尚知恥，人且有弗如者。試思桑間濮上，總是荒圃，淫迷人特未之耻耳。
「凡某之流，爲人患忌者非他，爲其傷人耳。某則不然」句眉：屠赤水評：索性説透，鄭子可無疑慮。
「若公未見惡，願終己以奉巾櫛」句眉：湯若士評：冶艷風流，大是一段好姻緣。惜鄭生多一渾家，乃屈之側室。
「俄而奔走返命，氣吁汗洽」句眉：屠赤水評：是奔駭光景，極善形摹。
「崟愛之發狂，乃擁而凌之」句眉：袁石公評：韋亦太狂，偶一物妖耳，倘内家子，寧可如是！
「乃縱體不復拒抗，而神色慘變」句眉：又評：神色慘變，固是動韋；而薄責數語，更字字攖心，字字唾面，舌底有儀、秦矣。

「忍以有餘之心，而奪人之不足乎」句眉：湯若士評：責以大義，而語甚慘動，聽者寧不心折。

「每相狎暱，無所不致，唯不及亂而已」句眉：袁石公評：如此得趣更甚。一及於亂，則一登徒子耳。

「顧以陋質，不足以答厚意」句眉：湯若士評：情與詞轉覺纖媚。

「願持此以報德」句眉：袁石公評：氣類相通，只一任氏，凡百妖麗，盡可勾引。

「市人易致，不足以展效」句眉：湯若士評：叙問轉折，彷佛欲真。

任氏爲韋崟誘寵奴一節眉批：屠赤水評：許大神通，許大圈套，欲占風月良緣，萬萬不可少此。

致張十五娘及寵奴一節眉批：袁石公評：狐之變態無窮，如張十五娘，如吹笙女郎，未必不於荒蓁廢圃中作生涯耳。

「鄭子不獲已，遂賣，卒不登三萬」句眉：又評：若説果獲三萬直，則又板腐矣。

「此必天人貴戚，爲郎所竊」句眉：屠赤水評：得此一番洗發，任氏愈覺光艷。

「雖晝游於外，而夜寢於内，多恨不得專其夕」句眉：湯若士評：余美亡此，誰與獨處。鄭生之不得專夕，亦託身妻族所羈耳。

鄭、韋力勸任氏從行一節眉批：袁石公評：任氏不明説，非；鄭子之固請，亦非。豈自有冥數，固有不可求脱者耶？

「發瘞視之，長慟而歸」句眉：袁石公評：「發瘞視之」便俗，便不達。以李夫人之美，而終不以病容見武帝，一見本形，有何意味。

「年六十五卒」句眉：湯若士評：狐雖妖物，而鄭子以壽終，固知死生有命。

「向使淵識之士，必能揉變化之理，察神人之際，著文章之美，傳要妙之情，不止於賞翫風態而已」句眉：袁石公評：良是！良是！只是任氏之艷色、麗詞、慧性、敏質，而終不免洛川之禍。不如賞翫風態，却是見前實際。

總評：狐爲城社小獸，而能知養生之理。其爲男女變幻者，不主於淫佚也。意將藉真氣以自永，如所謂坎離之術也。故道家取其法曰演狐經。夫人之與仙，本一階耳，乃役神於聲色貨利以敗之；蠢如狐者，反知養生之理，其亦可以自怍矣。然往往終膏鼎俎成者，十無二三，信乎魔障之未易脱與。余游兩京，得狐事數十，擬聚而傳之，姑先刻是説，貽諸好事。

《太平廣記鈔》卷七七：

「殆非人世所有」句眉：可愛。

「如是者數四」句眉：可敬。

「不當至是」句眉：可憐。情理動人，不□節行表表。

「有義烈」句眉：崟亦可取。

「皆崟給焉」句眉：親友之契誼不及一婦人，哀哉！

「使言從就爲吉」句眉：可畏。

「時鄭子方有妻室」句中：妻從何來？

「將之官」句中：官從何來？

「爲犬所獲」句眉：可恨！可惜！

「女奴亦逝矣」句眉：馬嵬驛、金谷樓光景。

《情史》卷二一：

「有乘不解相假」句側：語便動人。

「公知之，何相近焉」句側：又動人。

「勤想如是，忍相棄乎」句側：情人。

「覩子之貌，必獲詭陋」句側：輕蔑。

「遽命汲水澡頸」句側：賣俏。

任氏拒韋崟一節眉批：詞足文身，智可免侮，真異人也。

「遽置之」句側：不得不置矣。

「俄而鄭子至，與崟相視咍樂」句側：萬一成事，鄭至何顔相見。

「此寵奴也，其母即妾之内姊」句側：俱詭言。

總評：語云：古者獸面人心，今者人面獸心。若任氏，可謂人面人心矣，美踰西子，節比共姜，古今人類中何可多得！蒼犬無知，作此大殺風景事，思之欲慟，豈特韋、鄭二君已哉！

二六　李行脩〔一〕

温　畬〔二〕

故諫議大夫李行脩，娶江西〔三〕廉使王仲舒女，貞懿賢淑，行脩敬之如賓。王氏有幼妹，嘗挈以自隨，行脩亦深所鞠愛，如己之同氣。

元和中，有名公與淮南節度李公鄘論親，諸族人在洛下。時行脩罷宣州從事，寓居東洛。李家吉期有日，固請行脩爲儐。是夜禮竟，行脩昏然而寐。夢己之再娶，其婦即王氏之幼妹。行脩驚覺，甚惡之。遽命駕而歸。入門，見王氏晨興，擁膝而泣。行脩家有舊使蒼頭，性頗凶横，往往忤王氏意。其時行脩意王氏爲蒼頭所忤，乃駡曰：「還是此老奴。」欲杖之，尋究其由，家人皆曰：「老奴於厨中自説，五更作夢。夢阿郎再娶王家小娘子。」行脩以符己之夢，尤惡其事，乃强喻王氏曰：「此老奴夢，安足信？」無何，王氏果以疾終。時仲舒出牧吴興〔四〕，及凶問至，王公悲慟且極，遂有書疏，意託行脩續親。行脩傷悼未忘，固阻王公之請。有秘書衛隨者，即故江陵尹伯玉之子，有知人之鑒，言事屢中。忽謂行脩曰：「侍御何懷亡夫人之深乎？如侍御要見夫人，奚不問稠桑王老？」

後二三年，王公屢諷行脩，託以小女，行脩堅不納。及行脩除東臺御史，是歲，汴人李介逐其帥，詔徵徐、泗兵討之。道路使者星馳，又大掠馬。行脩緩轡出關，程次稠桑驛。已聞敕使數人先至，遂取稠桑店宿。至是，日迨曛暝，往逆旅間，有老人自東而過。店之南北，爭牽衣請駐。行脩訊其由，店人曰：「王老善禄〔五〕命書，爲鄉里所敬。」行脩忽悟衛秘書之言，密令召之，遂説所懷之事。老人曰：「十一郎欲見亡夫人，今夜可也。」乃引行脩，使去左右。屣履，由一徑入土山中。又陟一坡，近數仞，坡側隱隱若見叢林。老人止於路隅。謂行脩曰：「十一郎但於林下呼妙子，必有人應。應即答云『傳語九娘子，今夜暫將妙子同看亡妻』。」行脩如王老教，呼於林間。果有人應，仍以老人語傳入。有頃，一女子出，可〔六〕年十五，便云：「九娘子遣隨十一郎去。」其女子言訖，便折竹一枝跨焉。行脩覩之，迅疾如馬。須臾，與行脩折一竹枝，亦令行脩跨，與女子並馳，依依如抵。

西南行約數十里，忽到一處。城闕壯麗，前經一大宮，宮有門。仍云：「但循西廊直北，從南第二院，則賢夫人所居。內有所睹，必趨而過，慎勿怪。」行脩心記之。循西廊，見朱裹緹幕下燈明，其內有橫眸寸餘數百。行脩一如女子之言，趨至北廊。及院，果見行脩十數年前亡者一青衣出焉，迎行脩前拜，乃齎一榻云：「十一郎且坐，娘子續出。」行脩比苦肺疾，王氏嘗與行脩備治疾皂莢子湯。自王氏之亡也，此湯少得。至是，青衣持湯，令行脩啜焉，即宛是王氏手煎之味。

言未竟，夫人遽出，涕泣相見。行脩方欲申離恨之久，王氏固止之曰：「今與君幽顯異途，深不願如此，貽某之患。苟不忘平生，但得納小妹鞠養，即於某之道盡矣。所要相見，奉託如此。」言訖，已聞門外女子叫：「李十一郎速出！」聲甚切，行脩食卒而出。其女子且怒且責：「措大不別頭腦，宜速返。」

依前跨竹枝同行。有頃，却至舊所，老人枕塊而寐。聞行脩至，遽起云：「豈不如意乎？」行脩答曰：「然。」老人曰：「須謝九娘子遣人相送。」行脩亦如其教。行脩困憊甚，因問老人曰：「此等何哉？」老人曰：「此原上有靈應九子母祠耳。」老人行，引行脩却至逆旅，壁釭熒熒，櫪馬啖芻如故。僕夫等昏憊熟寐。老人因辭而去。行脩心憒然，一嘔，所飲皂莢子湯出焉。時王公已〔七〕移鎮江西矣。從是行脩續王氏之婚，後官至諫議大夫。

【校證】

〔一〕本篇收入《太平廣記》卷一六〇《定數十五（婚姻）》，注「出《續定命録》」，據朱勝非《紺珠集》卷一〇及葉廷珪《海録碎事》卷一六據《異聞集》所引之《稠桑老人》，知此篇曾收入《異聞集》。據《太平廣記》校録，另《太平廣記詳節》卷一一、《太平通載》卷一九亦録，據以參校。

〔二〕《太平廣記》所録，未署作者，然《續定命録》一書據《新唐書·藝文志》所録，作者爲温畬，故據補。

〔三〕江西：張校據沈鈔、孫校改爲「江南」，並引《舊唐書・王仲舒傳》稱其曾任「江南西道觀察使」，而「江南西道」即「江西」，似不煩校改。

〔四〕興：李校據郁賢皓《唐刺史考》云當爲「郡」，所言甚是，惜無版本依據，仍存原文。

〔五〕禄：原本作「録」，據《詳節》、《太平通載》改。

〔六〕可：原本作「行」，據沈鈔、孫校、《詳節》、《太平通載》改。

〔七〕已：原本作「亡」，據《詳節》、《太平通載》、庫本改。

【集評】

《續艷異編》卷一六：

李行脩與妻子之夢一節眉批：兩夢相合，奇哉！

「行脩傷悼未忘」句眉：不作薄行郎。

「宛似王氏手煎之味」句眉：此時此情，將謂物非人是耶？物亦如真；將謂人非物是耶？人亦不假。真奇！真奇！

「嘔所飲皂筴子湯出焉」句眉：始信人非物亦非也。

二七　梁大同古銘記〔一〕

李吉甫〔二〕

天寶中，有商洛隱者任昇之，嘗貽右補闕鄭欽悦書曰：

昇之白。頃退居商洛，久闕披陳。山林獨往，交親兩絶。意有所問，别日垂訪。昇之五代祖仕梁爲太常，初，任南陽王帳下，於鍾山懸崖〔三〕圯壙之中得古銘，不言姓氏。小篆文云：「龜言土，蓍言水。甸服黄鐘啓靈趾。瘞在三上庚，墮遇七中巳。六千三百浹辰交，二九重三四百圮。」文雖剥落，仍且分明。大雨之後，纔墮而獲。即梁武大同四年秋也〔四〕。數日，遇盂蘭大會，從駕同泰寺，録示史官姚訾〔五〕並諸學官，詳議數月，無能知者。篋〔六〕笥之内，遺文尚在。足下學乃天生而知，計捨運籌而會，前賢所不及，近古所未聞。願采其旨要，會其歸趣，著之遺簡，以成先祖之志，深所望焉。樂安任昇之白。

數日，欽悦即復書曰：

使至，忽辱簡翰，用浣襟懷，不遺舊情，俯見推訪，又示以大同古銘，前賢未達。

僕非遠識，安敢輕言，良增懷愧也。屬在途路，無所披求。據鞍運思，頗有所得。發壙者未知誰氏之子，卜宅者實爲絶代之賢。藏往知來，有若指掌。契終論始，不差錙銖。隗炤之預識龔使，無以過也。不説葬者之歲月，先識圮時之日辰，以圮之日，却求初兆，事可知矣。姚史官亦爲當世達識，復與諸儒詳之，沉吟月餘，竟不知其指趣，豈至〔七〕於是哉。原卜者之意，隱其事，微其言，當待僕爲龔使耳。不然，何忽見顧訪也。謹稽諸曆術，測以微詞，試一探言，庶會微旨。

當梁武帝大同四年，歲次戊午。言「甸服」者，五百也。「黄鐘」者，十一也。五百一十一年而圮。從大同四年上求五百一十一年，得漢光武帝建武四年戊子歲也。「三上庚」，三月上旬之庚也。其年三月辛巳朔，十日得庚寅，是三月初葬於鍾山也。「七中〔八〕巳」，乃七月戊午朔，十二日得己巳，是初圮墮之日，是日己巳可知矣。「浹辰」十二也，從建武四年三月，至大同四年七月，總六千三百一十二月，每月一交，故云「六千三百浹辰交」也。二九爲十八，重三爲六，末言四百，則六爲千，十八爲萬可知。從建武四年三月十日庚寅初葬，至大同四年七月十二日己巳初圮，計一十八萬六千四百日，故云「二九重三四百圮」也。其所言者，但説年月日數耳。據年則五百一十一，會於「甸服」、「黄鐘」；言月則六千三百一十二，會於「六千三百浹辰交」；

論日則一十八萬六千四百，會於「二九重三四百圮」。從「三上庚」至於「七中巳」，據曆計之，無所差也。所言年則月日，但差一數，則不相照會矣。原卜者之意，當待僕言之。吾子之問，契使然也。從吏已久，藝業荒蕪。古人之意，復難遠測。足下更詢能者，時報焉。使還不代。鄭欽悦白。

記：貞元中，李吉甫任尚書屯田員外郎兼太常博士，時宗人巽爲户部郎中。於南宫暇日，語及近代儒術之士，謂吉甫曰：「故右補闕集賢殿直學士鄭欽悦，於術數研精，思通玄奥，蓋僧一行所不逮。以其夭閼當世，名不甚聞，子知之乎？」吉甫對曰：「兄何以覈諸？」巽曰：「天寶中，商洛隱者任昇之，自言五代祖仕梁爲太〔九〕常。大同四年，於鍾山下獲古銘，其文隱秘。博求時儒，莫曉其旨。因緘其銘，誡諸子曰：『我代代子孫，以此銘訪於通人，儻有知者，吾無所恨。』至昇之，頗耽道博雅，聞欽悦之名，即告以先祖之意。欽悦曰：『子當録以示我，我試思之。』昇之書遺其銘，會欽悦適奉朝使，方授駕於長樂驛，得銘而繹之。行及滋水，凡三十里，則釋然悟矣。故其書曰：『據鞍運思，頗有所得。』不亦異乎！」

辛未歲，吉甫轉駕部員外郎，欽悦子克鈞，自京兆府司録授司門員外郎，吉甫數以巽之説質焉，雖且符其言，然克鈞自云亡其草，每想其微言至賾而不獲見，吉甫甚惜之。

壬申歲，吉甫貶明州長史。海島之中，有隱者姓張氏，名玄陽，以明《易經》爲州將所重。召置閣下，因講《周易》卜筮之事，即以欽悦之書示吉甫。吉甫喜得其書。抃逾獲寶。即編次之，仍爲著論曰：

夫一丘之土，無情也。遇雨而圮，偶然也。窮象數者，已懸定於十八萬六千四百日之前。矧於理亂之運，窮達之命，聖賢不逢，君臣偶合。則姜牙得璜而尚父，仲尼無鳳而旅人。傅説夢達於巖埜，子房神授於圮上，亦必定之符也。然而孔不暇暖其席，墨不俟黔其突，何經營如彼？孟去齊而宿晝〔一〇〕，賈造湘而投吊，又眷戀如此？豈大聖大賢，猶惑於性命之理歟？將浼身存教，示人道之不可廢歟？余不可得而知也。欽悦尋自右補闕歷殿中侍御史，爲時宰李林甫所惡，斥擯於外，不顯其身。故余叙其所聞，係於二篇之後。以著蓍筮之神明，聰哲之懸解，奇偶之有數，貽諸好事，爲後學之奇翫焉。時貞元九年十一月二十八日，趙郡李吉甫記。

【校證】

〔一〕本篇收入《太平廣記》卷三九一《銘記一》，題爲《鄭欽悦》，《紺珠集》卷一題爲《鍾山壙銘》，《全唐文》卷五一二又名爲《編次鄭欽悦辨大同古銘論》，然據《新唐書·藝文志》所録，知其名當爲《梁大同古銘記》。《太平廣記》出處注爲《異聞記》，即陳翰《異聞集》。

〔二〕此篇《太平廣記》未署作者，然據《新唐書·藝文志》所録知作者爲李吉甫。

〔三〕崖：原本作「岸」，張校徑作「崖」，然談本、許本、黄本、庫本均作「岸」，未知何據。王校云：「『岸』《廣記校勘記》云一本作『崖』。」或有别本可依，據改。

〔四〕秋也：原本無，據沈鈔、孫校、《紺珠集》補。

〔五〕詧：原本作「訾」，據沈鈔、孫校改。李校云：「姚訾，史無其人。姚詧即姚察。」

〔六〕篋：原本作「筐」，據沈鈔、庫本改。

〔七〕至：原本作「止」，據沈鈔改。

〔八〕中：孫校作「月」，張校據改，似誤，前文明言爲「七中巳」。

〔九〕太：原本作「大」，或涉下「大同」而誤，據沈鈔、許本、黄本、庫本改。

〔一〇〕宿晝：原本作「接淅」，然據《孟子·萬章下》「孔子之去齊，接淅而行」知此爲孔子事，又《孟子·公孫丑下》云：「孟子去齊，宿於晝。」則或當爲「宿晝」，據沈鈔校改。

二八　白皎〔一〕

佚名

河陽從事樊宗仁，長慶中，客游鄂渚，因抵江陵，途中頗爲舟子〔二〕王升所侮。宗仁方舉進士，力不能制，每優容之。至江陵，具以事訴於在任，因得重笞之。

宗仁以他舟上峽，發荆不旬日，而所乘之舟，泛然失纜，篙櫓〔三〕皆不能制。舟人曰：「此舟已爲仇人之所禁矣，昨水行，豈嘗〔四〕有所忤哉？今無術以進〔五〕，不五百里，當歷石灘，險阻艱難，一江之最。計其奸心，度我船〔六〕適至，則必觸碎沉溺〔七〕。不如先備焉。」宗仁乃〔八〕與〔九〕僕登〔一〇〕岸，以巨索縶舟，循岸隨之而行〔一一〕。翌日至灘所〔一二〕。船果奔駭狂觸，恣縱升沉，須臾瓦解。賴其有索，人雖無傷，物則蕩盡。峽路深僻，上下數百里，皆無居人，宗仁即與僕輩〔一三〕蔭於林下，糧餼什具，絶無所有，羈危辛苦，憂悶備至。雖發人告於上官〔一四〕，去二日不見返，飢餒逮絶。

其夜〔一五〕，因積薪起火，宗仁洎童僕皆環火假〔一六〕寢。夜深忽寤。見山獠五人列坐，態貌殊異，皆挾利兵，瞻顧睢盱，言語凶謾。假令揮刃，則宗仁輩束手延頸矣。睹其勢逼，因大語曰：「爾輩家業，應此山中，吾不幸舟船破碎，萬物俱没，涸然古岸，俟爲豺狼之餌。

爾輩圓首横目，曾不傷急，而乃瞯然笑侮，幸人危禍，一至此哉。吾今絶糧，已逾日矣，爾家近者，可遽歸營飲食，以濟吾之將死也。」山獠相視，遂令二〔一七〕人起去〔一八〕。未曉，負米肉鹽酪而至。宗仁賴之以候回信。

因示舟破之由，山獠曰：「峽中行此術者甚衆，而遇此難者亦多。然他人或有以解，唯王升者，犯之非没溺不已，則不知果是此子否。南山白皎者，法術通神〔一九〕，可以延之，遣召行禁者〔二〇〕。我知皎處，試爲一請〔二一〕。」宗仁因懇祈之，山獠一人遂行。

明日，皎果至，黄冠草〔二二〕服，杖策躡履，姿狀山野，禽鳥儕伍〔二三〕。宗仁則又示以窮寓之端。皎笑曰：「瑣事耳，爲君召而斬之。」因薙草剪木，規地爲壇，仍列〔二四〕刀水，而皎立中央。夜闌月曉，水碧山青，杉桂朦朧，溪聲悄然，時聞皎引氣呼叫召王升，發聲清長，激響遼絶，達曙無至者。宗仁私語僕使曰：「豈七百里王升而可一息致哉？」皎又詢宗仁曰：「物沉舟碎，果如所言，莫不自爲風水所〔二五〕害耶？」宗仁暨〔二六〕舟子又實告。皎曰：「果如是，王升安所逃形哉？」又謂宗仁所使曰：「然請郎君三代名諱，方審其術耳。」僕人告之。皎遂入深遠，别建壇墠，候〔二七〕暮夜而再召之，長呼之聲，又若昨夕。良久，山中忽有應皎者，咽絶〔二八〕，因風始聞。久乃至皎處，則王升之魄也〔二九〕。皎於是責其奸蠹，數以罪狀。升求哀俯狀，稽顙流血。皎謂宗仁曰：「已得甘伏，可以行戮矣。」宗仁曰：「原其奸凶尤甚，實爲難恕，便行誅斬，則又不可，宜加以他苦焉。」皎乃斥王升曰：「全爾腰領，當百日血痢而死。」升號泣而去。

皎告辭，宗仁解〔三〇〕衣以贈皎，皎笑而不受。有頃，舟船至，宗仁得進發江陵。詢訪王升，是其日皎召致之夕，在家染血痢，十旬而死。

【校證】

〔一〕本篇收入《太平廣記》卷七八《方士三》，注「出《異聞集》」。另，朝鮮成任編《太平廣記詳節》收入卷七，惜此卷今不存，然成任所編《太平通載》卷八亦録，可據以校勘（張校云《太平廣記詳節》，當爲《太平通載》之誤）。原未署作者，亦不詳爲誰所作。

〔二〕舟子：原本作「駕舟子」，「駕」字無意義，據孫校、《太平通載》删。

〔三〕櫓：《太平通載》作「棹」。

〔四〕嘗：原本作「常」，據《太平通載》改。

〔五〕進：孫校、《太平通載》作「濟進」。

〔六〕船：孫校、《太平通載》作「船之」。

〔七〕沉溺：孫校、《太平通載》作「沉溺之」。

〔八〕乃：原本作「方」，因字形相似致誤，據《太平通載》改。

〔九〕與：《太平通載》作「召」。

〔一〇〕登：孫校作「循」，或涉下「循岸」而誤。
〔一一〕「登岸以巨索縶舟循岸隨之而行」十三字，《太平通載》作「循岸以巨索縻而隨之」。
〔一二〕所：孫校、《太平通載》均無此字。
〔一三〕僕輩：孫校作「使」，《太平通載》作「僕使」。
〔一四〕上官：原本及許本均爲「上官」，至黄本始訛爲「土官」，庫本仍之，至汪校、張校、李校亦未能校出。《太平通載》作「有土官」。
〔一五〕「去二日不見返飢餒逮絶其夜」十二字，孫校、《太平通載》作「俟其來復旬日方至及暝」。
〔一六〕假：孫校、《太平通載》作「而」。
〔一七〕令二：《太平通載》作「命兩」。
〔一八〕去：原本無，據《太平通載》補。
〔一九〕通神：孫校作「神」，《太平通載》又改爲「神異」。
〔二〇〕者：原本無，據孫校、《太平通載》補。
〔二一〕一請：孫校、《太平通載》作「請之」。
〔二二〕草：原本作「野」，據孫校、《太平通載》改。
〔二三〕禽鳥儕伍：原本作「禽獸爲祖」，然不通，庫本即改爲「禽獸爲匿」，亦想當然耳，據孫校、《太平通載》改。

〔二四〕列：孫校、《太平通載》作「以」。

〔二五〕所：孫校作「作」。

〔二六〕暨：孫校、《太平通載》作「洎」。

〔二七〕候：原本無，據孫校、《太平通載》增。

〔二八〕咽絶：王校云：「『咽絶』上疑有『其聲』二字。」極是。

〔二九〕之魄也：孫校作「形焉」，《太平通載》作「形魄也」。

〔三〇〕解：《太平通載》作「遂脱」。

【集評】

《太平廣記鈔》卷一〇：

「宗仁賴之以候回信」句眉：山獠亦有緩急。彼漠然身外者，夷狄不如。

二九　王生[一]

佚名

唐韓晉公滉鎮潤州，以京師米貴，進一百萬石，且請敕陸路觀察節度使發遣。時宰相以爲鹽鐵使進奉，不合更煩累沿路[二]州縣，帝又難違滉請，遂下兩省議。左補闕穆質曰：「鹽鐵使自有官使勾當進奉，不合更煩累沿路[三]州縣。爲節度使亂打殺二十萬人猶得，何惜差一進奉官。」坐中人密聞滉，遂令軍吏李栖華就諫院詰穆公：「滉[四]不曾相負，何得如此。即到京與公廷辯。」遂離鎮，過汴州，挾劉玄佐俱行，勢傾中外。

穆懼不自得，潛衣白衫，詣興趙王生卜[五]，與之束素。王謝曰：「勞致重幣，爲公夜蓍占之。」穆乃留韓年命，並自留年命。明日，令妹夫裴往請卦，王謂裴曰：「此中一人，年命大盛，其間威勢，盛於王者，是誰？其次一命，與前相刻太甚，頗有相危害意。然前人必不見明年三月。卦今已是十一月，縱相害，事亦不成。」韓十一月入京，穆曰：「韓爪距如此，犯著即碎，如何過得數月。」又質王生，終云不畏。

韓至京，威勢愈盛，日以橘木棒殺人，判案[六]郎官每候見皆奔走，公卿欲謁，逡巡莫敢進。穆愈懼，乃歷謁韓諸子皐、群等求解，皆莫敢爲出言者。時滉命三省官集中書視事，人皆謂與廷辯，或勸穆稱疾，穆懷懼不決〔七〕。及衆官畢至，乃曰：「前日除張嚴常州刺史，昨日又除常州刺史。緣張嚴曾犯贓，所以除替。恐公等不諭，告公等知。」諸人皆賀穆，非是廷辯。無何，穆有事見滉，未及通，閽閣中有大聲曰：「穆質争敢如此！」贊者不覺走出，以告質，質懼。明日，度支員外齊抗，五更走馬謂質曰：「公以左降邵州邵陽尉，公好去。」無言握手留贈，促騎而去。質又令裴問王生，生曰：「韓命禄已絶，不過後日。明日且有國故，可萬全無失矣。」至日晚，内宣出，王薨輟朝〔八〕。明日制書不下。後日，韓入班倒，床舁出，遂卒。時朝廷中有惡韓而好穆者，遂不放穆敕下，並以邵陽書與穆。

【校證】

〔一〕本篇收入《太平廣記》卷七九《方士四》，注出處爲《異聞集》。作者不詳。

〔二〕沿路：沈鈔、孫校無「沿」字，或其所據宋本即如此，談本以此字不通，故加「沿」字，然增字則改變行款，故其將此二字排爲雙行小字，許本同，至黄本、庫本方移入正文。

〔三〕沿路：原本仍作小字雙行排列，沈鈔無此二字。

〔四〕滉：原作「滉云」，據孫校改。

〔五〕詣興趙王生卜：沈鈔作「詣興趙王卜」，孫校作「詣興趙卜」，或原文不通，故沈鈔、孫校臆改，然此篇題爲「王生」，二本所改亦未爲當。李校云：「唐無興趙地名，疑有誤。」然此當爲京師之坊名，以穆在京師，詣王卜，此後又多次詣王，則相去必不遠。王校云：「『興趙』諸本並同，但疑『趙』當爲『道』，興道坊在朱雀街東。」極是，然無版本依據，暫依原文。

〔六〕案：原本作「按」，汪校、李校均誤作「桉」，王校云：「『按』本作『案』。」然三字本通，仍以常用之「案」爲當。

〔七〕決：沈鈔、孫校作「敢」，張校據改。

〔八〕王校云：「《唐書·韓滉傳》：滉卒於貞元二年二月。然其時並無王侯之喪至於『輟朝』。稽諸《德宗本紀》：貞元元年十一月，王皇后崩。其事在韓滉卒前兩月，小説蓋附會言之。因疑『王』下或脱『后』字。」所言甚是，唯時間推算有小誤，韓卒於貞元三年二月，而王皇后崩於貞元二年十一月也。

三〇　賈籠〔一〕

佚名

穆質初應舉，試畢，與楊憑數人會。穆策云：「防賢甚於防奸。」楊曰：「公不得矣。今天子方禮賢，豈有言〔二〕防賢甚於防奸。」穆曰：「果如此，是矣。」遂出謁鮮于弁，弁待穆甚厚。食未竟，僕報云：「尊師來。」弁奔走具靴笏，遂命徹食。及至，一眇道士爾。質怒弁相待之薄，且來者是眇道士，不爲禮，安坐如故。良久，道士謂質曰：「豈非供奉官耶？」曰：「非也。」又問：「莫曾上封事進書策求名否？」質曰：「見應制，已過試。」道士賀〔三〕曰：「面色大喜。兼合官在清近。是月十五日午後，當知之矣，策是第三等，官是左補闕。故先奉白。」質辭去。

至十五日，方過午，聞扣門聲甚厲〔四〕，遣人應問〔五〕。曰：「五郎拜左補闕。」當時不先唱第三等，便兼官，一時拜耳，故有此報。後鮮于弁詣質，質怒前不爲畢饌，不與見。弁復來，質見之，乃曰：「前者賈籠也，言事如神，不得不往謁之。」質遂與弁俱往。籠謂質曰：「後三月至九月，勿食羊肉，當得兵部員外郎、知制誥。」

德宗嘗賞質曰：「每愛卿對揚言事，多有行者。」質已貯不次之望，意甚薄知制誥，仍私謂人曰：「人生自有分〔六〕，豈有不吃羊肉便得知制誥，此誠道士妖言也。」遂依前食羊。至四月，給事趙憬忽召質云：「同尋一異人。」及到，即前眇道士也。趙致敬如弟子禮，致謝而坐。道士謂質曰：「前者勿令食羊肉，至九月得制誥，何不相取信？今否矣。」質曰〔七〕：「莫更有災否？」曰：「有厄。」質曰：「莫至不全乎？」曰：「初意過於不全，緣識聖上，得免死矣。」質曰：「何計可免？」曰：「今無計矣。」質又問：「若遷貶，幾時得歸？」曰：「少是十五年。補闕却回，貧道不復〔八〕見。」執手而別，遂不復言。

無何，宰相李泌奏：「穆質、盧景亮於大會中，皆自言頻有章奏諫白〔九〕，國有善，即言自己出；有惡事，即言苦諫，上不納：此足以惑衆，合以大不敬論，請付京兆府決殺。」德宗曰：「景亮不知，穆質曾識，不用如此。」又進〔一〇〕：「決六十，流崖州。」上御筆書令與一官，遂遠貶。後至十五年，憲宗方徵入。

賈籠即賈直言之父也。

【校證】

〔一〕本篇收入《太平廣記》卷七九《方士四》，注出處爲《異聞集》。作者不詳。此與前篇相鄰，且同爲穆質事，開篇徑云「穆質初應舉」云云，與他篇甚異，則或與前篇同出一源。

〔二〕言：原本無，據孫校補。

〔三〕賀：原本無，據沈鈔、孫校補。

〔四〕甚厲：原本作「即甚厲」，不通，據沈鈔、孫校删「即」字。王校云：「依文，『即』字當在『聞扣門聲』上。」亦通。

〔五〕問：王校云：「『問』字疑爲『門』字之誤。」甚是。

〔六〕分：原本無，王校云：「『自有』下疑脱『命』字。」亦通，然無版本依據，此據庫本補。

〔七〕質曰：原本無，據庫本補。

〔八〕復：原本無，據沈鈔、孫校補。

〔九〕白：原本作「曰」，不通，故沈鈔删去，孫校將其移置「國」字下，並改爲「因」，亦不甚通，庫本改爲「白」，茅元儀《暇老齋雜記》卷六引同。然「諫白」不詞，疑作「建白」，惜無據。暫依庫本。

〔一〇〕進：王校云：「此疑脱『奏』字。」

【集評】

《太平廣記鈔》卷一〇：

「官是左補闕」句眉：前知。

「勿食羊肉」句眉：獨忌羊，真不可解。

三一　秦夢記〔一〕

沈亞之

太和初，余〔二〕將之邠，出長安城，客槖泉〔三〕邸舍。春時，晝夢入秦。主〔四〕內史廖家，內史廖〔五〕舉余。秦公〔六〕召至殿前，促〔七〕膝前席曰：「寡人欲强國，願知其方。先生何以教寡人？」余以昆、彭、齊桓對，公悅，遂試補中涓，秦官也。使佐西乞術伐河西。晉、秦郊也。余率將卒前，攻下五城。還報，公大悅，起勞曰：「大夫良苦，休矣。」

居久之，公幼女弄玉婿蕭史先死。公謂余曰：「微大夫，晉五城非寡人有，甚德大夫。寡人有愛女，而欲與大夫備灑掃，可乎？」余少自立，雅不欲遇幸臣蓄之，固辭，不得請，拜左庶長，尚公主，賜金二百斤。民間猶謂「蕭家公主」。其日有黃衣中貴騎疾〔八〕馬來，延余入，宮闕甚嚴。呼公主出，鬒髮，著偏袖衣，裝不多飾，其芳姝〔九〕明媚，筆不可模樣。侍女祗承，分立左右者數百人。召見余便館，居余於宮，題其門曰「翠微宮」。宮人呼爲「沈郎院」。雖備位下大夫，繇公主故，出入禁衛。

公主喜鳳簫，每吹簫，必于〔一〇〕翠微宮高樓上。聲調遠逸，能悲人，聞者莫不自廢。公主七月七日生，余當貺壽〔一一〕，內史廖曾〔一二〕爲秦以女樂遺西戎，戎主與之水犀小合，余從廖得，以獻公主，主悦，常愛重〔一三〕，結裙帶上。

穆公遇余，禮兼同列，恩賜相望於道。復一年春，公之始平公主〔一四〕忽無疾卒，公追傷不已。將葬咸陽原，公命余作挽歌。應教而作曰：

泣葬一枝紅，生同死不同。金鈿墜芳草，香繡滿春風。舊日聞簫處，高樓當月中。梨花寒食夜，深閉翠微宫。

進公，公讀詞，善之。時宫中有出聲若不忍者，公隨泣下。又使余作墓誌銘，獨憶其銘曰：

白楊風哭兮石甃髯莎，雜英滿地兮春色烟和。珠愁紛瘦兮不生綺羅，深深埋玉兮其恨如何。

余亦送葬咸陽原，宫中十四人殉。

余以悼悵過戚，被病，猶在翠微宫，然處殿外特室，不入〔一五〕宫中矣。居月餘，病良已。公謂余曰：「本以小女相託久要，不謂不得周奉君子，而先物故。弊秦區區小國，不足辱大夫。然寡人每見子，即不能不悲悼。大夫盍適大國乎？」余對曰：「臣無狀，肺腑申公室，待罪右〔一六〕庶長。不能從死公主，君免罪戾，使得歸骨父母國。臣不忘君恩。」

期日[一七]將去，公命酒[一八]高會，聲秦聲，舞秦舞。舞者擊髆附髀嗚嗚，而音有不快，聲甚怨。公執酒余前曰：「壽！予顧此聲少善，願沈郎賡揚[一九]歌以塞别。」公命趣進筆硯，余受命，立爲歌，辭曰：

擊髆[二〇]舞，恨滿烟光無處所。淚如雨，欲擬著詞不成語。金鳳銜紅舊繡衣，幾度宫中同看舞。人間春日正歡樂，日暮東風何處去。

歌卒，授舞者，雜其聲而和[二一]之，四座皆泣。既，再拜辭去，公復命至翠微宫，與公主侍人别。重入殿内，時見珠翠遺碎青階下，窗紗檀點依然。宫人泣對余，余感咽良久，因題宫門，詩曰：

君王多感放東歸，從此秦宫不復期。春景自傷秦喪主，落花如雨淚燕脂。

竟别去，公[二二]命車駕送出函谷關，出關已，送吏曰：「公命盡此，且去。」余與别，語未卒，忽驚覺，卧邸舍。

明日，余爲友人崔九萬具道之。九萬，博陵人，諳古，謂余曰：「《皇覽》云，秦穆公葬雍橐泉祈年宫下，非其神靈憑乎？」余更求得秦時地志，説如九萬言。嗚呼！弄玉既仙矣，惡又死乎？

【校證】

〔一〕本篇收入《太平廣記》卷二八二《夢七》，題名《沈亞之》，注「出《異聞集》」，未署作者，然文中常以「沈亞之」云云，又收入《沈下賢文集》，故當爲沈氏之作。此名自爲《太平廣記》編者所改，故依《沈下賢文集》之名。另，此傳亦收入《太平廣記詳節》卷二五，據以入校。

〔二〕余：原本作「沈亞之」，然據後文「九萬，博陵人，諳古，謂余曰」中之「余」，知此傳初以第一人稱叙事，收入《太平廣記》時爲編者所改，一如此前之《古鏡記》然，故據此前依前例回改。下同。

〔三〕橐泉：原本作「索泉」，當爲形近致誤，據《三輔黄圖》卷一所録，知長安有「橐泉宫」，故據庫本、《沈下賢文集》及後文「秦穆公葬雍橐泉祈年宫下」句改。

〔四〕主：沈鈔、觀古堂本沈集作「王」，似亦可通，實爲形近之誤字，「主」指房東。

〔五〕家内史廖：原本無，《四部叢刊》本沈集亦同，據沈鈔、孫校、庫本、《詳節》補。

〔六〕公：原本作「宫」，據沈鈔、孫校、庫本、《詳節》改。

〔七〕促：原本無。李校云《説海》等「膝」作「促」，並按云：「膝前席謂兩膝在坐席上前移，促前席謂坐席往前靠近，均爲尊敬對方、注意傾聽對方意見之意。」然庫本已改「膝」爲「促」。然均未爲當，據《詳節》則作「促膝」，據改。

〔八〕黄衣中貴騎疾：原本作「黄衣人中貴疾騎」，據《詳節》、沈集改。庫本僅删「人」字。

〔九〕姝：原本作「殊」，據沈鈔、孫校、庫本、《詳節》、沈集改。

〔一〇〕必于：原本作「必」，沈集作「必下」，沈鈔作「于」，知「下」當爲「于」字之訛，據沈鈔補「于」字。

〔一一〕當睨壽：原本作「當無睨壽」，然於義未通；沈集改爲「嘗無睨壽」，張校、李校均從，《詳節》改爲「常無睨壽」，庫本則改爲「嘗睨壽」，較前稍順，然亦未安。實當爲「當睨壽」。

〔一二〕曾：汪校云：「曾原作魯，據明鈔本改。」張校仍之。或爲誤校，以談本原即爲「曾」字，唯稍有漶漫。

〔一三〕常愛重：原本作「賞愛重」，李校云原本作「嘗愛重」，誤。沈集作「受嘗」，則分屬上下句，此據《詳節》改。

〔一四〕公之始平公主：沈集句首有「秦」字，然此傳通篇僅首次稱及時用「秦公」，餘皆用「公」，故不據補。另：《沈下賢集校注》注「始平」云：「歷代均有此地名，而所名之地不一。根據亞之文意，秦穆公時之『始平』應在今陝西一帶。三國魏嘗置始平縣，故城在今陝西咸陽縣西北。晉代置始平郡，治所在今陝西興平縣東南。」此若爲地名，則「公之始平」似無意義。實《全唐詩》卷八六八云「尚始平公主弄玉」，則此爲公主之號。

〔一五〕入：原本無，庫本增一「居」字，然與下「居」字頗複，故據沈鈔、沈集增「入」字。

〔一六〕右：前文云其爲左庶長，則此二處必有一誤。

〔一七〕期日：原本作「如日」，沈集作「如今日」，魯迅《稗邊小綴》云：「『如今日』之『今』字，疑衍，小草齋本有，他本俱無。」李校從沈集，然云「『如日』乃指日爲誓」，似以二者皆通，並屬上。然二者皆似牽强，沈鈔作「期日」，屬下，文通義順，據沈鈔改。

〔一八〕命酒：原本作「追酒」，魯迅《稗邊小綴》云：「『追酒』當作『置酒』，各本俱誤。」王校引魯迅之語，然云「非也。追酒猶言追餞」，此言非是，「追酒」不辭，《漢語大詞典》雖收此詞，然語例即出此傳。魯迅未見他本，然其推測極有見地，查《詳節》，此處恰作「置酒」，另沈鈔作「命酒」，亦與「置酒」意同；唯《詳節》此詞之前誤爲「臣」字，故據沈鈔改。

〔一九〕揚：原本作「楊」，據沈鈔、庫本、《詳節》、沈集改。

〔二〇〕髆：原本作「體」，據沈鈔、庫本、沈集觀古堂本改。《詳節》原作「體」，後人墨筆校改爲「髆」。

〔二一〕和：原本作「道」，諸本皆同，據庫本改。

〔二二〕公：原本無，據沈鈔、《詳節》、沈集補。

【集評】

《艷異編》卷二二：

「無疾忽卒」句眉：便是惡夢了。

挽歌一節眉批：挽歌易悲切，如此霞蒸飈舉，殊爲難得。

《太平廣記鈔》卷五一：

「尚公主」句眉：尚公主，漢制也，秦公烏有是？

「窗紗檀點依然」句眉：叙别致凄婉如真。

《情史》卷九：

「弄玉既仙矣，惡又死乎」句眉：簫史獨非仙乎？

「弄玉既仙矣，惡又死乎」句側：結得好！

總評：亞之必多情者，不然，能感弄玉於夢中乎？閲稗官小説，冥中嫁娶，仍如人間。弄玉擇婿或有之，不知何以復死也。豈人不一死，如所云鷄鳴國之説乎！果爾，則弄玉非仙矣。弄玉不仙，何以靈乎？弄玉而靈，將簫史獨無靈乎？又聞上界以歲爲日，冥中以日爲歲，然亦不應晝晌一夢，備悲歡離合之致也。吁，亦幻矣！

又《博異志》載：吴興姚合謂沈亞之曰：「吾友太原王炎云：元和初，夕夢游吴，侍吴王久之。聞宫中出輦，鳴簫擊鼓，言葬西施。王悲悼不止，立詔詞客作挽歌。炎遂應教作之，其詞曰：『西望吴王闕，雲書鳳字碑。連工起珠帳，擇土葬金釵。滿地紅心草，三層碧玉階。春風無處所，凄恨不勝懷。』既進詞，王甚嘉之。及寤，能記其實。」此與沈亞之事相近，必有仿而爲之者。

三二 秀師言紀〔一〕

佚名

唐崔晤、李仁鈞二人中外弟兄，崔年長於李，在建中末，偕來京師調集。時薦福寺有僧神秀，曉陰陽術，得供奉禁中。會一日，崔李同詣秀師。師泛叙寒温而已，更不開一語。別揖李於門扇後曰：「九郎能惠然獨賜一宿否？小僧有情曲，欲陳露左右。」李曰：「唯唯。」後李特赴宿約。饌且豐潔，禮甚謹敬。

及夜半，師曰：「九郎必〔二〕合選得江南縣令，甚稱意。從此後更六年，攝本府糺曹。斯乃小僧就刑之日，監刑官人即九郎耳。小僧是吴兒，酷好瓦棺寺後松林中一段地，最高敞處，上元佳境，盡在其間。死後乞九郎作窣堵波〔三〕梵語浮圖。於此，爲小師藏骸骨之所。」李徐曰：「斯言不謬，違之如皎日。」秀泫然流涕者良久。又謂李曰：「爲余寄謝崔家郎君，且崔只有此一政官，家事零落，飄寓江徼。崔之孤，終得九郎殊力。九郎終爲崔家女婿。秘之秘之！」

李詰旦歸旅舍，見崔，唯說：「秀師云某〔四〕終爲兄之女婿。」崔曰：「我女縱薄命死，且何能嫁與田舍老翁作婦？」李曰：「比昭君出降單于，猶是生活〔五〕。」二人相顧大笑。

後李補南昌令，到官，有能稱，罷攝本府糺曹。有驛遞流人至州，坐泄宫内密事者。遲明宣詔書，宜付府笞死。流人解衣就刑次，熟視監刑官，果李糺曹〔六〕。流人即神秀也。大呼曰：「瓦棺松林之請，子勿食言。」秀既死，乃掩泣請告，捐俸賃扁舟，擇幹事小吏，送尸柩於上元縣。買瓦棺寺松林中地，壘浮圖以葬之。

時崔令即棄世已數年矣。崔之異母弟曄，携孤幼來於高安。曄落拓者，好旅遊。惟小妻殷氏獨在，殷氏號太乘，又號九天仙也。殷學秦箏於常守堅，盡傳其妙。護食孤女，甚有恩意。會南昌軍伶能箏者，求丐高安，亦守堅之弟子，故殷得見之。謂軍伶曰：「崔家小娘子，容德無比。年已及笄，供奉與他〔七〕取家狀。到府日，求秦晉之匹可乎？」軍伶依其請。至府，以家狀歷抵士人門，曾無影響。後因謁鹽鐵李侍御，即李仁鈞也。出家狀於懷袖中，鋪張几案上。李憫然曰：「余有妻喪，已大期矣。侍余飢飽寒燠者，頑童老媪而已。徒增余孤生半死之恨，蚤夜往來於心。矧崔之孤女，寔余之表侄女也。余視之，等於女弟矣。彼亦視余猶兄焉。徵曩秀師之言，信如符契。約〔八〕爲繼室，余〔九〕固崔兄之夙眷也。」遂定婚崔氏。

【校證】

〔一〕本篇收入《太平廣記》卷一六〇《定數十五（婚姻）》中，題爲《秀師言記》，注云「出《異聞録》」，

《太平廣記詳節》卷一一及《太平通載》卷一九均名爲《秀師言紀》，出處爲《異聞集》，從之。又，《太平廣記鈔》改題爲《李仁鈞》。各本均未署作者，故不詳。

〔二〕必：原本作「今」，據《詳節》、《太平通載》改。

〔三〕波：原本作「坡」，一般均作「波」，據庫本、《詳節》、《太平通載》改。

〔四〕「某」字下原本有「説」字，王校云：「『説』字似涉上文而衍。不然，下疑脱一『某』字。」惜其未見《詳節》及《太平通載》，據删。

〔五〕生活：沈鈔作「王沽」，因形近致誤。《詳節》、《太平通載》作「王嬉」，或後人因前云「昭君」而臆改。

〔六〕曹：原本作「也」，據《詳節》、《太平通載》改。

〔七〕他：原本作「把」，汪校、張校據沈鈔改。

〔八〕約：原本作「納」，據沈鈔、孫校、陳校、《詳節》、《太平通載》改。

〔九〕余：《詳節》、《太平通載》作「永」，李校據改。

【集評】

《太平廣記鈔》卷二一：

「比昭君出降單于，猶是生活」句眉：語似《世説》。

三三　異夢録〔一〕

沈亞之

元和十年，沈亞之始以記室從事隴西公軍涇州〔二〕，而長安中賢士皆來客之。五月十八日，隴西公與客期，宴於東池便館。既半，隴西公曰：「余少從邢鳳遊，得記〔三〕其異，請言之。」客曰：「願聽。」公曰：「鳳，帥家子，無他能。後寓居長安平康里南，以錢百萬，質得故豪家〔四〕洞門曲房之第。即其寢而晝偃，夢一美人，自西楹來，環步從容，執卷且吟，爲古妝，而高鬟長眉，衣方領繡帶，被廣袖之襦。鳳大悦，曰：『麗者何自而臨我哉？』美人笑〔五〕曰：『此妾家也。而君客妾宇下，焉有自耶？』鳳曰：『願示其書之目。』美人曰〔六〕：『妾好詩，而常綴此。』鳳曰：『麗人〔七〕幸少留，得賜〔八〕觀覽。』於是美人授詩，坐西床。鳳發卷，視首篇，題之曰《春陽曲〔九〕》，曲終四句；其後他篇皆類此，凡數十篇〔一〇〕。美人曰：『君必欲傳之〔一一〕，無令過一篇。』鳳即起，從東廡下几上取彩箋，傳《春陽曲》。其詞曰：

長安少女踏〔一二〕春陽，何處春陽不斷腸。舞袖弓彎渾忘却，羅帷空度〔一三〕九秋霜。

鳳卒吟，請曰：『何謂弓彎？』曰：『妾昔年父母教妾此舞〔一四〕。』美人乃起，整衣張袖，舞數拍，爲彎弓狀以示鳳。既罷，美人低頭〔一五〕良久。既辭去，鳳曰：『願復少留。』須臾間竟去。鳳亦尋覺，昏然忘有所記。及更衣〔一六〕，於襟袖得其辭，驚視，復省所夢。事在貞元中。後鳳爲余言如是。」

是日，監軍使與賓府郡佐，及宴隴西獨狐鉉、范陽盧簡辭、常山張又新、武功蘇滌皆歎息曰：「可記！」故亞之退而著録。

明日，客復有〔一七〕至者，渤海高允中〔一八〕、京兆韋諒、晉昌唐炎、廣漢李瑀〔一九〕、吴興姚合洎亞之復集於明玉泉，因出所著以示之。於是姚合〔二〇〕曰：「吾友王炎〔二一〕者，元和初，夕夢游吴，侍吴王。久之，聞宫中出輦，吹簫〔二二〕擊鼓，言葬西施。王悲悼不止，立詔門客〔二三〕作挽歌詞〔二四〕。炎〔二五〕應教爲詞〔二六〕曰：『西望吴王闕〔二七〕，雲書鳳字牌。連江起珠帳，擇土〔二八〕葬金釵。滿地紅心草，三層碧玉階。春風無處所，淒恨不勝懷。』詞進，王甚佳〔二九〕之。及寤，能記其事。王炎〔三〇〕，本太原人也。」

【校證】

〔一〕本篇收入《太平廣記》卷二八二《夢七》，題名爲《邢鳳》，注「出《異聞録》」，未題撰者。然此篇收入《沈下賢文集》卷四，知爲沈氏之作。

〔二〕此句沈集無「沈」、「始」、「事」三字。

〔三〕得記：原本作「記得」，據沈集改。

〔四〕質得故豪家：原本作「買故豪」，據沈集改。另：沈鈔、孫校「買」作「質」。

〔五〕笑：原本無，據沈集補。

〔六〕「而君客妾宇下焉有自耶鳳曰願示其書之目美人曰」二十一字原本無，當漏一行，據沈集補。

〔七〕麗人：原本無，據沈集補。

〔八〕賜：原本無，李校據《四庫全書》本《沈下賢集》補，甚是，從之。

〔九〕春陽曲：《類説》卷二四、《詩話總龜》前集卷三六所引均爲「陽春曲」，然據下文之詩有「長安少女玩春陽」，「陽」爲韻脚，則當仍以「春陽」爲是。

〔一〇〕以上十五字，沈集作「終四句。其後他篇，皆累數十句」，李校從之，然此云僅首篇爲四句，而他篇則各數十句，若爲此意，則「終」字不通，故魯輯將「終」改爲「纔」，然未知所據。張校依談本原文，然點爲「終四句。其後他篇，皆類此數十句」，然云《春陽曲》爲四句，他篇「類此」，却數十句，似仍不通，孫校曾改「其」爲「而」，仍未能理順文義。實「皆類此」當屬上，知除首篇外，其各篇皆同，共有數十句耳！庫本於「數十句」前補「凡」字，尤是；另庫本前又補「曲」字，後改「句」爲「篇」，亦甚當。又，王校作「其後諸篇」，「諸」字未知所據。

〔一一〕之：原本無，據沈集補。

〔一二〕踏：原本作「翫」，爲平聲，不合律，據沈集改。

〔一三〕羅帷空度：沈集作「羅衣空换」。

〔一四〕妾昔年父母教妾此舞：原本「父母」之下有「使」字，頗不通順，故魯輯改爲「昔年父母使妾斆此舞」，增字方通，然未知所據。沈集作「妾傅年父母使教妾爲此舞」，《漢語大詞典》收「傅年父母」一詞，云爲「古代保育、輔導貴族子女的翁媼」，語例即出此傳，然古代文獻中並無「傅年父母」之詞，則此恐爲臆測。疑句中「使」爲「始」之音訛，若改此字，則可通矣，惜無本可依。《顧氏文房小説》收有據宋本刊印之《博異志》，所録《沈亞之》一篇即此傳，無「使」字，據删。

〔一五〕低頭：沈鈔作「悵然」，孫校作「低然」，沈集作「泫然」。

〔一六〕衣：原本無，據沈集補。

〔一七〕復有：沈集作「有後」，疑因字形相近而誤「復」爲「後」，並顛倒詞序。

〔一八〕高允中：原本作「高元中」，據沈集及《舊唐書》卷一七一改。

〔一九〕瑀：原本作「璃」，沈集作「瑀」，此人雖不詳，然依上「高允中」之例，或當依沈集。

〔二〇〕上「姚合」之下至此共二十字沈集無，當因二「姚合」重出，每行二十字，故誤落一行耳。

〔二一〕王炎：原本作「王生」，據沈集及《舊唐書》卷一六四改。

〔二二〕吹簫：此前沈集有「鳴笳」二字。

〔二三〕門客：沈集作「詞客」。

〔二四〕輓歌詞：沈集無「詞」字。此指輓歌之詞也。
〔二五〕炎：原本作「生」，據沈集改，沈集「炎」下另有「遂」字。
〔二六〕詞：沈集作「詩」。
〔二七〕闕：沈集作「國」。
〔二八〕土：沈集作「水」。
〔二九〕佳：沈集作「嘉」。
〔三〇〕炎：原本作「生」，據沈集改。

三四　后土夫人傳〔一〕

佚　名

京兆韋安道，起居舍人真之子。舉進士，久不第。唐大足〔二〕年中，於洛陽早出，至慈惠里西門，晨鼓初發。見中衢有兵仗，如帝者之衛。前有甲騎數十隊；次有宦〔三〕者持大杖，衣畫袴襦〔四〕，夾道前驅，亦數十輩；又見黃屋左纛，有月旗而無日旗；又有近侍、才人、宮監之屬，亦數百人；中有飛傘玲瓏，傘〔五〕下見衣珠翠之服，乘大馬，如后、主之飾〔六〕，美麗光艷，其容動人；又有後騎，皆婦人、才官，持鉞，負弓矢，乘馬從，亦千餘人。

時天后在洛，安道初謂天后之遊幸。時天尚未明，問同行者，皆云不見。又怪衢中金吾街吏，不爲静路。久之漸明，見有〔七〕後騎一宮監馳馬而至。安道因留問之：「前所過者，非人主乎？」宮監曰：「非也。」安道請問其事，宮監但指慈惠里之西門曰：「公但自此〔八〕去，由里門循墻而南，行百餘步，有朱扉西向者，扣之問其由，當自知矣。」

安道如其言。扣之。久之，有朱衣宦者〔九〕出應門〔一〇〕曰：「公非韋安道乎？」曰：「然。」宦〔一一〕者曰：「后土夫人相候已久矣。」遂延入。見一大門如戟門者，宦者入通。頃之，又延入。有紫衣宮監，與安道叙語於庭，延〔一二〕一宮中，置湯沐。頃之，以大箱奉美服一襲，其間有青袍、牙笏、紫綬及〔一三〕巾靴畢備，命安道服之。宮監又〔一四〕曰：「可〔一五〕去矣。」遂乘安道以大馬，女騎導〔一六〕從者數人。

宮監與安道聯轡，出慈惠之西門，由正街西南，自通利街東行，出建春門。又東北行，約二十餘里，漸見夾道戍守者，拜於馬前而去，凡數處，乃至一大城〔一七〕，甲士守衛甚嚴，如王者之城。凡經數重，遂見飛樓連閣，下有大門，如天子之居，而多宮監。安道乘馬，經翠樓朱殿而過，又十餘處，遂入一門，內行百步許，復有大殿，上陳廣筵重〔一八〕樂，羅列罇俎，九奏萬舞，若鈞天之樂。美婦人十數，如妃、主之狀，列於筵左右。前所與同行宮監，引安道自西階而上。頃之，見殿內宮監如贊者，命安道西間東向而立。頃之，自殿後門，見衛從者先羅立殿中，乃微聞環珮之聲。有美婦人，備首飾褘衣，如謁廟之服，至殿間西向，與安道對立，乃是昔於慈惠西街飛傘下所見者也。宮監乃贊曰：「后土夫人與公〔一九〕，冥數合爲匹偶。」命安道拜，夫人受之；夫人拜，安道受之：如人間賓主之禮。遂去禮服，與安道對坐於筵上。前所見十數美婦人，亦列坐於左右。須臾進饌，樂人奏《雙合鳳曲》〔二〇〕，及昏而罷。於是嬪相引安道入帳，合巹成親。夫人〔二一〕尚處子也。如此者蓋十餘日，所服御飲饌，皆如帝王之家。

夫人因謂安道曰：「某爲子之妻。子有父母，不告而娶，不可謂禮。願從子而歸，廟見尊舅姑，得〔二二〕成婦之禮，幸也。」安道曰：「諾。」因下令命車駕，即日告備。夫人乘黃犢之車，車有金翠瑶玉之飾，蓋人間所謂庫車也。上有飛傘覆之，車徒儐從，如慈惠之西街所見。安道乘馬，從車而行，安道左右侍者十數人，皆材官、宦者之流。行十餘里，有朱幕城供帳，女吏列後，如〔二三〕行宫供頓之所。夫人遂入供帳中，命安道與同處，所進飲饌華美。頃之，又去。下令命所從車騎減去十之〔二四〕七八。相次又行三數里〔二五〕，復下令去從者。乃至建春門，左右才有二十騎人馬，如王者之遊。

既入洛陽，欲至其家，安道先入。家人怪其車服之異。安道遂見其父母，二親驚愕久之，謂曰：「不見爾者，蓋月餘矣，爾安適耶？」安道拜而明言〔二六〕曰：「偶爲一家迫以婚姻。今〔二七〕新婦即至，故先上告。」父母驚問未竟，車騎已及門矣。遂有侍婢及閹奴數十輩，自外正門傳繡茵綺席，羅列於庭，及以翠屏畫帷，飾於堂門，左右施細繩床二〔二八〕，請舅姑對座。遂自門外設二錦步幛，夫人衣禮服，垂珮而入。修婦禮畢，奉翠玉金瑶羅綺，蓋十數箱，爲人間賀遺之禮，置於舅姑之前。爰及叔伯諸姑家人，皆蒙其禮。因曰：「新婦請居東院。」遂又有侍婢閹奴，持房帷供帳之飾，置於東院，修飾甚周，遂居之。

父母相與憂懼，莫知所來。是時天后朝，法令嚴峻，懼禍及之〔二九〕，乃具以事上奏請罪。天后曰：「此必魅物也，卿不足憂。朕有善咒術者，釋門之師九思、懷素二僧，可爲卿去此妖也。」因詔九思、懷素往。僧曰：「此不過妖魅狐狸之屬，以術去之易耳。當先命於新婦院中設饌，置坐位，請期翌日而至。」真歸，具以二僧之語命之。新婦承命，具饌設位，輒無所懼。

明日，二僧至。既畢饌端坐，請與新婦相見，將施其術。新婦遽至，亦致禮於二僧。二僧忽若物擊之，俯伏稱罪，目眥鼻口皆〔三〇〕流血。

又具以事上聞。天后問之〔三一〕，二僧對曰：「某所〔三二〕咒者，不過妖魅鬼物。此不知其所從來，想不能制。」天后曰：「有正諫大夫明崇儼者〔三三〕，以太一異術制録天地諸神祇，此必可使也。」遂召崇儼。

崇儼謂真曰：「君可以今夕，於所居堂中，潔誠静〔三四〕坐，以候新婦所居室上，見異物至而觀。其勝則已，或不勝，則當更以別法制之。」真如其言，至甲夜〔三五〕，見有物如飛雲，赤光若驚電，自崇儼之居飛躍而至。及新婦屋上，忽若爲物所撲滅者，因而不見。使人候新婦，乃平安如故。乙夜，又見物如赤龍之狀，拿攫噴毒，聲如群鼓，乘黑雲有光者，至新婦屋上，又若爲物所撲，有呦然之聲而滅。使人候新婦，又如故。又至子夜，見有物朱髮鋸牙，盤鐵輪，乘飛雷，輪鋌〔三六〕角，呼奔而至，既及其屋，又如爲〔三七〕物所殺，稱罪而滅。

既而質明，真怪懼，不知其所爲計，又具以事告。崇儼曰：「前所爲法，是太乙符籙法也，但可攝製狐魅耳，今既無效，請更贖之。」因致壇醮之籙，使徵八紘厚地、山川河瀆、丘墟水木主職鬼魅之屬，其數無闕，崇儼異之。翌日，又徵人世上天界部八極之神，其數無闕。崇儼〔三八〕曰：「神祇所爲魅者，則某能制之。若然，則不可得而知也！請試自見而贖〔三九〕之。」因命於新婦院設饌，請崇儼。崇儼至坐，請見新婦，新婦方肅答〔四〇〕，將拜崇儼，崇儼又忽若爲物所擊，奄然自倒〔四一〕，稱罪請命，目眥鼻口流血於地。

真又益驚懼，不知所爲。其妻因謂〔四二〕真曰：「此九思、懷素、明正諫所不能制也，爲之奈何？聞昔安道初與偶之時，云是后土夫人。此雖人間百術，亦不能制之。今觀其與安道，夫婦之道，亦甚相得，試使安道致詞，請去之，或可也。」真即命安道謝之曰：「某寒門，新婦靈貴之神，今幸與小子伉儷，不敢稱敵；又天后法嚴，懼因是禍及。幸新婦且歸，爲舅姑之計。」語未終，新婦泣涕而言曰：「某幸得配偶君子，奉事舅姑，夫爲婦之道，所宜奉舅姑之命。今舅姑既有命，敢不敬從。」

因以即日命駕而去，遂具禮告辭於堂下。因請曰：「新婦，女子也，不敢獨歸，願得與韋郎同去。」真悅而聽之，遂與安道俱行。至建春門外，其前時車徒悉至，其所都城、僕使、兵衛悉如前。

至城之明日，夫人被法服，居大殿中，如天子朝〔四三〕見之像，遂見奇容異人之來朝：或有長丈餘者，皆戴華冠長劍，被朱紫之服，云是四海之内嶽瀆河海之神；次有數千百人，云是諸山林樹木之神；已而〔四四〕，又召〔四五〕天下諸國之王悉至。時安道與夫人坐側置一小床，令觀之。因最後通一人，云是〔四六〕「大羅天女」。安道視之，乃〔四七〕天后也。夫人乃笑謂安道曰：「此是子之地主，少避之。」令安道入殿内小室中。既而天后拜於庭下，禮甚謹。夫人乃延天后上，天后數四辭，然後登殿，再拜而坐。夫人謂天后曰：「某以有冥數，當與天后部内一人韋安道者爲匹偶，今冥數已盡，自當離異，然不能與之無情。此人苦無壽。某嘗〔四八〕在其〔四九〕家，本願與延壽三百歲，使官至三品。爲其尊父母厭迫，不得久居人間，因不果與成其事。今天女幸至，爲與之錢五百萬，與官至五品。無使過此，恐不勝之，安道命薄耳。」

因而命安道出，使拜天后。夫人謂天后曰：「此天女之屬部人也，當受其拜。」天后進退，色若不足而受之。於是諾而去。夫人又〔五〇〕謂安道曰：「以郎常善畫，某爲郎更益此藝，可成千世之名耳。」因居安道於一小殿，使垂簾設幕，召自古帝王及功臣之有名者於前，令安道圖寫。凡經月餘，悉得其狀，集成二十卷。於是安道請辭去。夫人命車駕，於所都城西，設離帳祖席，與安道訣别。涕泣執手，情若不自勝，並遺以金玉珠寶，盈載而去。

安道既至東都，入建春門，聞金吾傳令，於洛陽城中訪韋安道，已將月餘。既至謁，天后〔五一〕坐小殿見之，且〔五二〕述前夢，與安道所叙同。遂以安道爲魏王府長史，賜錢五百萬。取安道所畫帝王功臣圖視之，與秘府之舊者皆驗，至今行於代焉。天策〔五三〕中，安道竟卒於官。

【校證】

〔一〕本篇收入《太平廣記》卷二九九《神九》，題爲《韋安道》，注「出《異聞録》」。按：李校指出宋葉夢得《避暑録話》卷三云「唐人至有爲《后土夫人傳》者」、胡仔《苕溪漁隱叢話》後集卷一八引《藝苑雌黄》云「唐人作《后土夫人傳》」，《太平廣記鈔》雖多沿舊題，然此篇則改名《后土夫人》，亦知原名之不當，則其原題當爲《后土夫人傳》，從之。各本均未署作者，故未詳。《緑窗新話》卷上有《韋生遇后土夫人》一篇，即此之節略，據以參校。

〔二〕足：原本作「定」，唐無大定年號，當爲形近致誤者，據《太平廣記鈔》、庫本改。

〔三〕宧：原本作「宦」，李校據《虞初志》、《艷異編》改爲「宧」，然沈鈔即爲「宧」，據沈鈔改。

〔四〕襦：原本作「衵」，李校云「衵，破衣」，則原文確不通，故據《艷異編》改爲「於」，屬下，亦可。然頗疑此字當爲「襦」，「襦」字音近而誤者，「袴襦」爲詞，《後漢書·廉范傳》云：「百姓爲便，乃歌之曰：『廉叔度，來何暮。不禁火，民安作。平生無襦今五袴。』」後世遂以「袴襦」指地方官之善政，亦可指衣褲。

〔五〕傘玲瓏傘：四字原本爲二墨釘，沈鈔、孫校、許本補二「傘」字，黄本、庫本則補爲「傘蓋」，然據《緑窗新話》，當作「傘玲瓏傘」，據改。

〔六〕后主之飾：原本作「后主人飾」，不通，庫本改爲「后夫人飾」，語義雖通，然韋氏初遇，何可知其爲后土夫人也？然此句之不通使後來各本均有臆改者，如《艷異編》作「后妃之飾」，《緑窗新話》作「玉女之飾」，此後汪校據沈鈔改爲「后之飾」，李校從之，均似未妥。談本原文「后主人飾」中之「人」字或爲「之」字形近而訛者，故當據孫校、陸本改爲「后、主之飾」。

〔七〕有：原本作「其」，據沈鈔、孫校、《緑窗新話》、陸本改。

〔八〕自此：沈鈔作「向北」。

〔九〕宦者：原本作「官者」，《緑窗新話》作「吏」，據沈鈔、孫校、陸本改。

〔一〇〕門：沈鈔、孫校作「問」，屬下。

〔一一〕宦：原本作「官」，據沈鈔、孫校改。

〔一二〕延：沈鈔、孫校作「延入」，張校、李校均據補，然前已有二「延入」，此處不補亦通。

〔一三〕紫綬及：原本無「紫」字，然不能通，故黄本、庫本改「及」爲「衣」，仍未當，據沈鈔補「紫」字。

〔一四〕又：原本無，據孫校補。

〔一五〕可：沈鈔作「今可」。

〔一六〕導：原本作「道」，義通，然爲顯豁，據沈鈔、孫校改。

〔一七〕此下《緑窗新話》有「又西乃黄河汾水」七字，李校據補。

〔一八〕重：沈鈔、孫校作「衆」。

〔一九〕與公：原本作「乃」，孫校覺其不通，改爲「以」。然頗疑「乃」爲「公」字形近之誤，據《緑窗新話》校改。

〔二〇〕須臾進饌樂人奏雙合鳳曲：原本作「奏樂飲饌」，據《緑窗新話》校補。

〔二一〕於是儐相引安道入帳合卺成親夫人：原本作「則以其夕偶之」，據《緑窗新話》校補。

〔二二〕得：孫校作「始得」，李校據補，細味文意，似以不補爲佳。

〔二三〕如：原本作「於」，沈鈔作「乃」，此從孫校改。

〔二四〕之：原本無，據沈鈔補。

〔二五〕三數里：李校據孫校作「三數百里」，恐未當，傳文前云「出建春門，又東北行，約二十餘里」，即已有「夾道戍守者」，然後即至后土夫人之所，此之回程，前已「行十餘里」，則此不當有「三數百里」之遠。

〔二六〕明言：沈鈔作「告」，孫校作「對」。

〔二七〕今：原本作「言」，據沈鈔改。

〔二八〕二：原本作「一」，據孫校、庫本改。

〔二九〕之：沈鈔作「已」。

〔三〇〕皆：原本無，據沈鈔補。

〔三一〕問之：原本作「因命」，據沈鈔改。

〔三二〕所：原本作「所以」，據沈鈔、孫校、陸本改。

〔三三〕者：原本無，據沈鈔補。

〔三四〕静：原本無，據沈鈔補。

〔三五〕甲夜：原本作「申夜」，誤，顔之推《顔氏家訓·書證》云：「漢魏以來，謂爲甲夜、乙夜、丙夜、丁夜、戊夜；又云鼓，一鼓、二鼓、三鼓、四鼓、五鼓；亦云一更、二更、三更、四更、五更，皆以五爲節。」知當爲形近而訛者。汪校據沈鈔改，張校據沈鈔、孫校改，實許本、庫本亦已校正之。

〔三六〕鉒：孫校作「鐵」。按：前已云「盤鐵輪」，此必不復云「輪鐵角」，或涉上而誤。

〔三七〕爲：原本無，據沈鈔補。王校云「『如』當是『爲』」，依前文「忽若爲物所撲滅」、「又若爲物所撲」，則前當有一「如」字。

〔三八〕「崇儼」下孫校有「異之」二字，張校、李校均據補。然前文方云「其數無闕，崇儼異之」，僅十四字後即重複出現，或涉上而衍者，故不補。

〔三九〕䠞：原本作「頣」，庫本仍與前之「䠞」字處同作「跡」，據孫校改。

〔四〇〕答：張校云：「疑爲『容』之誤。」李校據改。實「答」字亦可通，無版本依據，不必改。

〔四一〕自倒：原本作「斥倒」，不辭，孫校作「而倒」。陸本作「自倒」，則「斥」或爲「自」字之訛。

〔四二〕謂：原本作「爲」，據孫校、庫本、陸本改。

〔四三〕朝：孫校作「廟」，或涉前文「廟見」一詞而誤。

〔四四〕已而：原本作「而已」，據庫本、陸本乙正。

〔四五〕又召：汪校誤作「又乃」，談本原實爲「召」字，李校以「乃」爲訛字，遂據孫校改爲「有」；張校又據沈鈔將「又」改爲「乃」。實均未當，仍以原本爲是。

〔四六〕是：原本無，據《緑窗新話》補。

〔四七〕乃：原本無，據《緑窗新話》補。

〔四八〕當：原本作「當」，不通；沈鈔作「前」，張、李二校均據之補於「當」字之前，亦似不妥，以沈鈔無「當」字，此「前」字即代替「當」字者，然亦不能通；頗疑此「當」字原或爲「儻」字，惜無版本可據。《艷異編》作「嘗」，於義較勝，據改。

〔四九〕其：原本作「某」，據孫校、陸本改。

〔五〇〕又：原本無，據孫校改。

〔五一〕此處各本均點爲「既至謁天后」，然文義不通，或「天后」二字當有重文而誤被刊落，然無異文可據補，故將「天后」二字屬下。

〔五二〕且：孫校作「具」。

〔五三〕天策：不詳所指。武則天有「天册萬歲」之年號，然在大足之前，當非是。或小説家言，隨意點染而已。李校改爲「天寶」，然后土夫人云其「苦無壽」，本欲延其壽而「不果與成其事」，則傳文結尾仍當明其爲無壽之人，若此天策爲天寶，大足爲公元七〇一年，天寶爲公元七四二至七五五年，距「天寶中」至少四十餘年，此時之韋或在二十餘歲，至天寶中已六七十歲，不可謂無壽。故非是。

【集評】

《虞初志》（七卷本）卷二：

「有月旗而無日旗」句眉：湯若士評：有月旗句，想頭甚巧。

后土夫人儀仗一節眉批：袁石公評：未見后土夫人面目，確是后土夫人規模。

「前所過者，非人主乎」句眉：屠赤水評：漸漸説出。

「宫監但指慈惠里之西門」句眉：袁石公評：指點天台路，雲階拜洞仙。

「后土夫人相候已久矣」句眉：又評：纔出本色。

「内行百步，復有大殿」句眉：屠赤水評：極森嚴，極委邃。歷歷指據，安道未必一一記省。

「乃是昔於慈惠西街飛傘下所見者也」句眉：湯若士評：回棹一語，覺筆姿生動幾許。

「則以其夕偶之，尚處子也」句眉：袁石公評：着想至此，點破造化根苗。后土夫人聞之，當不自持，文亦太谿刻矣。

「願從子而歸，廟見尊舅姑」句眉：屠赤水評：一轉，波瀾不窮。袁石公評：復顧其母。

韋安道歸家一節眉批：又評：序次屈曲容與，宛是身履其境。

「左右施細繩床一」句眉：湯若士評：形摹情景，更覺改觀。屠赤水評：即道所見，那得如此詳悉。

「是時天后朝法令嚴峻」句眉：袁石公評：從此嵌入天后，後面覺有根據，豈惟敷衍數行文字！結構之妙，皆本於此。

天后召人制后土夫人一節：袁石公評：數段摹狀后土威靈愈震，則安道遇合愈奇。只一天后，靡然削色，諸張輩遜韋君遠矣。漫誇獎獨占風流第一群也。

崇儼作法一節眉批：屠赤水評：自甲夜至子夜，摹狀異物，有色有聲，讀之不覺股慄，而只説新婦如故，「如故」纔是后土夫人。袁石公評：非歷數衆神，不足顯后土之尊。

「此雖人間百術，亦不能制之」句眉：屠赤水評：總此一句，是一筆渡法。

韋安道致辭請去一節眉批：袁石公評：我做安道，斷不肯辭；我娶后土，何畏天后。

「爲舅姑之計」句眉：屠赤水評：株斷根連，復生科幹。

后土夫人會見諸神一節眉批：袁石公評：與前段所徵八極天界諸神等語隱隱照合，愈覺光燦。

「本願與延壽三百歲」句眉：湯若士評：情緣斷續，情語淋漓。

「天后進退，色若不足」句眉：屠赤水評：安道所畏者，天后也，乃今亦竟爾爾。

「與安道决别」句眉：袁石公評：絶冷絶淡，極宛極真。

「與秘府之舊者皆驗」句眉：屠赤水評：一一如后土夫人所言，纔了一段姻緣公案。

總評：袁石公評：宛轉闗生，絲絲入扣。

《太平廣記鈔》卷五一：

「令安道圖寫」句眉：若然，則自古帝王及功臣之有名者，雖千古常在也。

「天策中，安道竟卒於官」句眉：枉此奇遇，到頭一般。

《情史》卷一九：

「天后拜於庭下，禮甚謹」句眉：人間主與后土亦敵體耳，何以跪拜甚謹。

「召自古帝王及功臣之有名者」句眉：古人皆在，神耶？仙耶？鬼耶？吾不知之矣。

三五　獨孤穆[一]

佚名

唐貞元中，河南獨孤穆者，客淮南。夜投大儀縣宿，未至十里餘，見一青衣乘馬，顔色頗麗。穆微以詞調之，青衣對答，甚有風格。俄有車輅北下，導[二]者引之而去。穆遂謂曰：「向者粗承顔色，謂可以終接周旋，何乃頓相捨乎？」青衣笑曰：「愧耻之意，誠亦不足。但娘子少年獨居，性甚嚴整，難以相許耳。」穆因問娘子姓氏及中外親族，青衣曰：「姓楊，第六。」不答其他。

既而不覺行數里，俄至一處，門館甚肅。青衣下馬入，久之乃出，延客就館曰：「自絶賓客，已數年矣。娘子以上客至，無所爲辭。勿嫌疏漏也。」於是秉燭陳榻，衾褥備具。有頃，青衣出謂穆曰：「君非隋將獨孤盛之後乎？」穆乃自陳是盛八代孫。青衣曰：「果如是，娘子與郎君乃有舊。」穆詢其故，青衣曰：「某賤人也，不知其由，娘子即當自出申達。」須臾設食，水陸畢備。

食訖。青衣數十人前導曰：「縣主至。」見一女，年可十三四，姿色絶代。拜跪訖，就坐，謂穆曰：「莊居寂寞，久絶賓客，不意君子惠顧。然而與君有舊，不敢使婢僕言之，幸勿爲笑〔三〕。」穆曰：「羈旅之人，館穀是惠〔四〕，豈意特賜相見，兼許叙故。且穆平生未離京洛，是以江淮親故，多不相識〔五〕，幸盡言也。」縣主曰：「欲自陳叙，竊恐驚動長者。妾離人間，已二百年矣。君亦何從而識？」初，穆〔六〕聞姓楊，自稱縣主，意已疑之，及聞此言，乃知是鬼，亦無所懼。縣主曰：「以君獨孤將軍之貴裔，世禀〔七〕忠烈，故欲奉託，勿以幽冥見疑。」穆曰：「穆之先祖，爲隋室忠臣〔八〕。縣主必以穆忝有祖風，欲相顧託，乃平生之樂聞也。有何疑焉？」縣主曰：「欲自宣洩，實增悲感。妾父齊王，隋帝第二子。隋室傾覆，妾之君父，同時遇害。大臣宿將，無不從逆。唯君先將軍，力拒逆黨。妾時年幼，常在左右，具見始末。及亂兵入宮，賊黨有欲相逼者，妾因辱駡之，遂爲所害。」因悲不自勝。穆因問其當時人物及大業末事，大約多同《隋史》。

久之，命酒對飲。言多悲咽，爲詩以贈穆曰：

江都昔喪亂，闕下多構〔九〕兵。豺虎恣吞噬，干戈〔一〇〕日縱横。逆徒自外至，半夜開重城。膏血浸宫殿，刀槍倚簷楹。今知從逆者，乃是公與卿。白刃汙黄屋，邦家遂因傾。疾風知勁草，世亂識忠誠〔一一〕。哀哀獨孤公，臨死乃結纓。天地既板蕩，雲雷時未亨。今者二百載，幽懷猶未平，山河風月古，陵寢露烟青〔一二〕。君子秉〔一三〕祖德，方垂忠烈名。華軒一惠〔一四〕顧，土室以爲榮。丈夫立志操，存没感其情。求義若可託〔一五〕，誰能抱幽貞。

穆深[一六]嗟歎，以爲班婕妤所不及也。因問其平生製作，對曰：「妾本無才，但好讀古集[一七]。常見謝家姊妹及鮑氏諸女皆善屬文，私懷景慕。帝亦雅好文學，時時被命。當時薛道衡名高海内，妾每見其文，心頗鄙之。向者情發於中，但直叙事耳，何足稱讚？」穆曰：「縣主才自天授，乃鄴中七子之流。道衡安足比擬？」穆遂賦詩以答之曰：

皇天昔降禍，隋室若綴旒。患難在雙闕，干戈連九州。出門皆凶豎，所向多逆謀。白日忽然暮，頹波不可收。望夷既結釁，宗社亦貽羞。温室兵始合，宫闈血已流。憫哉吹簫[一八]子，悲啼下鳳樓。霜刃徒見逼，玉笄不可求。羅襦遺侍者，粉黛成仇讎。邦國已淪覆，餘生誓不留。英英將軍祖，獨以社稷憂。丹血濺黼扆，豐肌染戈矛。今來見禾黍，盡日悲宗周。玉樹深[一九]寂寞，泉臺千萬秋。感兹一顧重，願以死節酬。幽顯[二〇]儻不昧，終[二一]焉契綢繆。

縣主吟諷數四，悲不自堪[二二]者久之。

逡巡，青衣數人皆持樂器，而[二三]有一人前白縣主曰：「言及舊事，但恐使人悲感。且獨孤[二四]郎新至，豈可終夜啼淚[二五]相對乎？某請充使，召來家娘子相伴。」縣主許之。既而謂穆曰：「此大將軍來護兒歌人，亦當時遇害。近在於此。」俄頃即至，甚有姿色，善言笑。因作樂，縱飲甚歡。來氏歌數曲，穆唯記其一曰：

平陽縣中樹，久作廣陵塵。不意何〔二六〕郎至，黄泉重見春。

良久，曰：「妾與縣主居此二百餘年，豈期今日忽有佳禮。」縣主曰：「本以獨孤公忠烈之裔〔二七〕，願一相見，欲豁幽憤耳。豈可以塵土之質，厚誣君子。」穆因吟縣主詩落句云：「求義若可託，誰能抱幽貞。」縣主微笑曰：「亦大强記。」穆因以歌諷之曰：

金閨久無主，羅袂坐生塵。願作吹簫〔二八〕伴，同爲騎鳳人。

縣主亦以歌答曰：

朱軒下長路，青草啓孤墳。猶勝陽臺上，空看朝暮雲。

來氏曰：「曩日蕭皇后欲以縣主配后兄子，正見江都之亂，其事遂寢。獨孤〔二九〕冠冕盛族，忠烈之家〔三〇〕。今日相對，正爲佳耦。」穆問縣主所封何邑，縣主云：「兒〔三一〕以仁壽四年生於京師，時駕幸仁壽宫，因名壽兒。明年，太子即位，封清河縣主。上幸江都宫，徙封臨淄縣主。特爲皇后所愛，常在宫内。」來曰：「夜已深矣，獨孤郎宜且成禮。某當奉候於東閣，候〔三二〕曉拜賀。」於是群婢戲謔，皆若人間之儀。既入卧内，但覺其氣奄然，其身頗冷。頃之，泣謂穆曰：「殂謝之人，久爲塵灰。幸將奉事巾櫛，死且不朽。」於是復召來氏，飲讌如初。因問穆曰：「承〔三三〕君今適江都，何日當回？有以奉託，可乎？」穆曰：「死且不顧。其他有何不可乎？」縣主曰：「帝既改葬，妾獨居此。今爲惡王墓〔三四〕所擾，欲聘妾爲姬。妾以帝王之家，義不爲凶鬼所辱。本願相見，正爲此耳。君將適江南，路出其墓下，以妾之故，必爲其所困。道士王善交書符於淮南市，能制鬼神。君若求之，即免矣。」又曰：「妾居此亦終不安。君江南回日，能挈我俱去，葬〔三五〕我洛陽北坂上，得與君相近。永有依託，生成之惠也。」穆皆許諾，曰：「遷葬之禮，乃穆家事矣。」酒酣，倚穆而歌曰：

露草芊芊，頽塋未遷。自我居此，於今幾年。與君先祖，疇昔恩波。死生契闊，忽此相過。誰謂佳期，尋當別離。俟君之北，攜手同歸。

因下淚沾襟〔三六〕，來氏亦泣，語穆曰：「獨孤郎勿負縣主厚意。」穆因以歌答曰：

伊彼維揚〔三七〕，在天一方。驅馬悠悠，忽來異鄉。情通幽顯，獲此相見。義感疇昔，言存繾綣。清江桂舟〔三八〕，可以遨遊。惟子之故，不遑淹留。

縣主泣謝穆曰：「一辱佳貺，永以爲好。」

須臾，天將明，縣主涕泣，穆亦相對而泣。凡在坐者，穆皆與辭訣。既出門，回顧無所見。地平坦，亦無墳墓之象〔三九〕。穆意恍惚，良久乃定。因徙柳樹一株以志之。家人索穆頗甚急〔四〇〕。復數日，穆乃入淮南市〔四一〕，果遇王善交於市，遂獲〔四二〕一符。既至惡王墓下，爲旋風所撲三四，穆因出符示之，乃止。

先是，穆頗不信鬼神之事，及縣主言，無不明曉，穆乃深歎訝，亦私爲親者言之。時年〔四三〕正月，自江南回，發其地數尺，得骸骨一具。以衣衾斂之。穆以其死時草草，葬必有闕，既至洛陽，大具威儀，親爲祝文以祭之，葬於安喜〔四四〕門外。其夜，獨宿於村墅，縣主復至，謂穆曰：「遷神之德，萬古〔四五〕不忘。幽滯之人，分不及此者久矣。幸君惠存舊好，使我永得安宅。道途之間，所不奉見者，以君見我腐穢，恐致嫌惡耳。」穆睹其車輿導從，悉光赫於當時。縣主亦指之曰：「皆君之賜也。歲至己卯，當遂相見。」其夕因〔四六〕宿穆所，至明乃去。

穆既爲數千里遷葬，復倡〔四七〕言其事，凡穆之故舊親戚無不畢知。貞元十五年，歲在己卯。穆晨起將出，忽見數人〔四八〕至其家，謂穆曰：「縣主有命。」穆曰：「相見之期至乎？」其〔四九〕夕暴亡，遂合葬於楊氏。

【校證】

〔一〕本篇收入《太平廣記》卷三四二《鬼二七》，注「出《異聞録》」，作者不詳。朝鮮成任所編《太平廣記詳節》卷三十收録，惜此卷不存，然成任所編《太平通載》卷六五亦録，可據參校。

〔二〕輅北下導：原本作「路北有導」，沈鈔作「路北下道」，汪校據改，此據孫校、《太平通載》改。

〔三〕笑：沈鈔、孫校作「訝」。

〔四〕恚：沈鈔、孫校作「患」。

〔五〕相識：沈鈔、《太平通載》作「識之」。

〔六〕初穆：沈鈔作「穆初」，張校據改。

〔七〕禀：沈鈔、孫校作「家」。

〔八〕忠臣：原本作「將軍」，然據下文縣主云「以獨孤公忠烈之家，願一相見」等語，知其託事實在「忠烈」而非「將軍」，故從沈鈔、《太平通載》改。

〔九〕構：沈鈔、孫校作「御名」，則當爲其所據宋本對宋高宗之敬諱。

〔一〇〕干戈：原本作「戈干」，據庫本、《太平通載》乙正。

〔一一〕誠：原本作「臣」，此詩十五韻，唯「青」字在《唐韻》「青」部，餘均在可通押之「庚」、「清」二韻中，而「臣」字則屬「真」部，或因太宗「疾風知勁草，板蕩識誠臣」而致誤，據《太平通載》改。

〔一二〕青：據前可知，此詩唯此字屬「青」部，此傳後數首五言詩均未用鄰韻，則此或當爲「清」字之誤。

〔一三〕秉：原本作「乘」，當爲形近而誤，沈鈔、孫校覺其不通而改爲「禀」，無據；李校云「乘，奉也」，故依原本，似未爲當。據《太平通載》改。

〔一四〕惠：原本作「會」，不通，據《太平通載》改。
〔一五〕求義若可託：沈鈔、孫校作「義心求可託」，下同。
〔一六〕深：沈鈔、孫校無此字，張校據删。
〔一七〕古集：孫校作「書集」，張校據改，不當。此「古集」指古人之别集耳。
〔一八〕簫：原本作「蕭」，據沈鈔、許本、黄本、庫本、《太平通載》改。
〔一九〕深：原本作「已」，據沈鈔、孫校、《太平通載》改。
〔二〇〕幽顯：沈鈔作「幽靈」，張校據改；黄本、庫本作「幽願」，李校云「亦通」。疑均不合，此句所云，並指陰陽兩界，而「幽靈」、「幽願」均僅指陰間。
〔二一〕終：原本作「中」，據《太平通載》改。
〔二二〕堪：沈鈔、孫校作「任」，均通。
〔二三〕而：沈鈔、孫校作「出」，屬上，張、李二校均據改。
〔二四〕孤：原本無，據沈鈔、孫校、庫本、《太平通載》補。
〔二五〕淚：沈鈔、孫校作「泣」。
〔二六〕何：沈鈔作「阿」，汪校據改，張校云黄本亦作「阿」，當誤。此仍當以「何郎」爲是。
〔二七〕裔：原本作「家」，按此處所指當爲獨孤穆，故據沈鈔、孫校改。
〔二八〕簫：原本作「蕭」，據沈鈔、許本、黄本、庫本、《太平通載》改。

〔二九〕獨孤：《太平通載》誤作「孤穆」。

〔三〇〕家：沈鈔、孫校作「裔」，張校據改。然前文指獨孤穆，故當改，此指獨孤氏家庭，或不改爲妥。

〔三一〕兒：此字各本皆同，然本篇縣主自稱皆用「妾」，頗疑此字與下之「壽兒」之「兒」隔十九字，近一行之數，或因彼而誤「妾」爲「兒」。

〔三二〕候：原本作「伺」，沈鈔作「俟」，《太平通載》作「侯」，當爲「候」字之誤，據孫校、《太平通載》改。

〔三三〕承：沈鈔、孫校作「聞」。

〔三四〕墓：《太平通載》作「神」，當爲誤字，因下文《太平通載》亦作「墓」。

〔三五〕葬：沈鈔、孫校、《太平通載》均作「置」，以下云「遷葬之禮」，當以原本爲是。

〔三六〕沾襟：原本作「沾巾」，據沈鈔、孫校改。《太平通載》作「添襟」。

〔三七〕揚：原本作「陽」，據沈鈔、庫本改。

〔三八〕舟：原本作「州」，據孫校改。

〔三九〕象：沈鈔、孫校作「形」。

〔四〇〕急：原本作「忽」，屬下，據沈鈔、孫校改。

〔四一〕市：原本作「京」，當爲形近致誤，汪校據沈鈔改，另《太平通載》亦爲「市」。

〔四二〕獲：沈鈔、孫校作「求」。

〔四三〕時年：沈鈔、孫校作「是年」，李校云：「並誤。」並據《説海》等校改爲「次年」。疑未必誤，因獨孤穆回淮南尚需時日，則此所云之「時年」，當已爲穆遇縣主之次年，亦可通。

〔四四〕喜：原本作「善」，《唐兩京城坊考》卷五云洛陽「北面二門，東曰安喜門」，然無「安善門」，《全唐文》卷八百二十五黃滔《靈山塑北方毗沙門天王碑》載閩地有「安善門」，知此處或形近而訛，故據沈鈔、《太平通載》改。

〔四五〕古：沈鈔作「載」。

〔四六〕因：沈鈔、孫校作「同」。

〔四七〕倡：沈鈔、《太平通載》作「昌」。

〔四八〕人：原本作「車」，或因不通，沈鈔、孫校改爲「卒」，然此傳通篇未云此縣主之手下爲卒，故據《太平通載》校改。

〔四九〕其：沈鈔、孫校作「是」。

【集評】

《艷異編》卷三七：

「乃有舊」句眉：忽然道故。

「隋室傾覆」句眉：凄怨歷歷可據。

縣主贈詩眉批：其言不没陳詞，泠泠有生氣。

獨孤穆贈詩眉批：清如秋月，鮮若朝花，而凄慘之聲不忍多聽。

「召來家娘子相伴」句眉：解愁人到。

「死且不朽」句眉：辭甚決裂！

「穆皆許諾」句眉：慨然任之而不辭。

獨孤穆歌之眉批：婉曲清□，至讀其□，楚楚如□也。

獨孤穆遷葬一節眉批：不負約、不背盟，獨孤真可對鬼神矣。嗟嗟，朝盟夕寒，始動終怠，滿路皆然，大可耻耶！

《太平廣記鈔》卷五九：

「今知從逆者，乃爲公與卿」句側：絶非女子語。

「得與君相近，永有依託」句眉：據此，則鬼仍以尸體爲依矣。

「因徙柳樹一株以志之」句側：精細。

「遂合葬於楊氏」句眉：結果妙。

《情史》卷二十：

「言及舊事但恐使人悲感」句側：青衣通竅。

「獨孤冠冕盛族」句側：來家娘子通竅。

「惡王墓下」句側：惡王何以名。

三六　廬江馮媼傳〔一〕

李公佐

馮媼者，廬江里中嗇夫之婦。窮寡無子，爲鄉民賤棄。元和四年，淮楚大歉，媼逐食於舒。途經牧犢墅，暝〔二〕值風雨，止於桑下。忽見路隅一室，燈燭熒熒。媼因詣求宿。見一女子，年二十餘，容服美麗，携三歲兒，倚門悲泣。前又有〔三〕老叟與媼，據床而坐，神氣慘戚，言語呫〔四〕囁，有若徵索財物追〔五〕逐之狀。見馮媼至，叟媼默然捨去。女久乃止泣，入户備饌食，理床榻，邀媼食息焉。

媼問其故，女復泣曰：「此兒父，我之夫也，明日别娶。」媼曰：「向者二老又〔六〕何人也？於汝何求而發怒？」女曰：「我舅姑也，今嗣子别娶，征我筐筥刀尺祭祀舊物，以授新人。我不忍與，是有斯責。」媼曰：「汝前夫何在？」女曰：「我淮陰令梁倩女。適董氏七年，有二男一女，男皆隨父，女即此也。今前邑中董江，即其人也。江官爲酇丞，家累巨産。」發言不勝嗚咽，媼不之異，又久困寒餓，得美食甘寢，不復言。女泣至曉。

媼辭去，行二十里，至桐城縣。縣東有甲第，張簾帷，具羔雁，人物紛然云：「今夕有官家禮事。」媼問其郎，即董江也。媼曰：「董有妻，何更娶也？」邑人曰：「董妻及女亡矣。」媼曰：「昨宵我〔七〕遇雨，寄宿董妻梁氏舍，何得言亡？」邑人詢〔八〕其處，即董妻墓也。詢其二老容貌，即董江之先父母也。董江本舒州人，里中之人，皆得詳之。有告董江者，董以妖妄罪之，令部者迫逐媼去。媼言於邑人，邑人皆爲感歎。是夕，董竟就婚焉。

元和六年夏五月，江淮從事李公佐使至京。回次漢南，與渤海高鉞〔九〕、天水趙儹、河南宇文鼎會於傳舍，宵話徵異，各盡見聞。鉞具道其事，公佐因爲之傳。

【校證】

〔一〕本篇收入《太平廣記》卷三四三《鬼二八》，題名爲《廬江馮媼》，注「出《異聞録》」。魯迅《稗邊小綴》云：「《廣記》舊題無『傳』字，今加。」考李公佐傳奇文爲本書所録者，既有《南柯太守傳》，復有《謝小娥傳》，均以「傳」爲名，而《太平廣記》除「雜傳記」類外又多删改原篇名，尤多刊落篇名中之「傳」，故依其例加之。又，《太平廣記》未署作者，然傳文之末云「公佐因爲之傳」，故知作者爲李公佐也。

〔二〕瞑：原本作「瞑」，據沈鈔、許本、黄本、庫本改。

〔三〕有：原本作「見」，據沈鈔改。

〔四〕呫：此字汪本誤爲「咕」，李校據黄本、庫本等改，實談刻原本亦不誤。《史記·魏其武安侯列傳》云：「生平毁程不識不直一錢，今日長者爲壽，乃效女兒呫囁耳語。」裴駰集解引韋昭曰：「呫囁，附耳小語聲。」

〔五〕追：沈鈔、孫校作「迫」。

〔六〕又：原本作「人」，或爲形近而誤，據沈鈔、孫校改。

〔七〕昨宵我：沈鈔、孫校作「我昨宵」。

〔八〕詢：沈鈔、孫校作「詰」。

〔九〕釴：原本作「鉞」，沈鈔作「錢」。李校疑其爲高釴，所疑甚是。白居易《有唐善人碑》云：「唐有善人曰李公。公名建，字杓直，隴西人……階中大夫，勳上柱國，爵隴西縣開國男。有史官起居郎渤海高釴作行狀，有翰林學士、中書舍人河南元稹作墓誌，有尚書主客郎中、知制誥太原白居易作墓碑。」所云「起居郎渤海高釴」當即此人，故據改，下同。

【集評】

《太平廣記鈔》卷五八：

「我不忍與，是以相責」句眉：豈陽授必須陰與乎？

三七　無支祁傳〔一〕

李公佐

唐貞元丁丑歲，隴西李公佐泛瀟湘蒼梧，偶遇征南從事弘農楊衡泊舟古岸，淹留佛寺，江空月浮〔二〕，徵異話奇。

楊告公佐云：「永泰中，李湯任楚州刺史。時有漁人，夜釣於龜山之下。其鈎〔三〕因物所制，不復出。漁者健水〔四〕，疾沉於下五十丈。見大鐵鎖，盤繞山足，尋不知極。遂告湯，湯命漁人及能水者數十，獲其鎖，力莫能制。加以牛五十餘頭，鎖乃振動，稍稍就岸。時無風濤，忽〔五〕驚浪翻湧，觀者大駭。鎖之末，見一獸，狀有如猿〔六〕，白首長鬐〔七〕，雪牙金爪，闖然上岸，高五丈許。蹲踞之狀若猿〔八〕猴，但兩目不能開，兀若昏昧〔九〕。目鼻水流如泉，涎沫腥穢，人不可近。久乃引頸伸欠，雙目忽開，光彩若電。顧視人焉，欲發狂怒。觀者奔走。獸亦徐徐引鎖拽牛，入水去，竟不復出。時楚多知名士，與湯相顧愕慄，不知其由。爾因漁者特〔一〇〕知鎖所，其獸竟不復見。」

公佐至元和八年冬，自常州餞送給事中孟簡〔一一〕至朱方，廉使薛公苹館待禮備。時扶風馬植、范陽盧簡能、河東裴蘧皆同館之，環爐會語終夕焉。公佐復説前事，如楊〔一二〕所言。

至九年春〔一三〕，公佐訪古東吴，從太守元公錫泛洞庭，登包山，宿道者周焦君廬。入靈洞，探仙書，石穴間得古《岳瀆經》第八卷，文字古奇，編次蠹毁，不能解。公佐與焦君共詳讀之。

禹理水，三至桐柏山，驚風走〔一四〕雷，石號木鳴，五伯擁〔一五〕川，天老肅兵，不能興。禹怒，召集百靈，搜命夔、龍。桐柏千君長稽首請命，禹因囚鴻蒙氏、章商氏、兜盧氏、犁婁氏。乃獲淮渦水神，名無支祁，善應對言語，辨江淮之淺深，原隰之遠近。形若猿猴，縮鼻高額，青軀白首，金目雪牙，頸伸百尺，力踰九象。搏擊騰踔，疾奔輕利，倏忽間〔一六〕視不可久。禹授之童律〔一七〕，不能制；授之烏木由〔一八〕，不能制；授之庚辰，能制。鴟脾、桓胡〔一九〕、木魅、水靈、山妖、石怪，奔號聚遶以數千載〔二〇〕，庚辰以戰逐去〔二一〕。頸鎖大索，鼻穿金鈴，徙淮陰之龜山之足下，俾淮水永安流注海也。庚辰之後，皆圖此形者，免淮濤風雨之難。

即李湯之見，與楊衡之説，與《岳瀆經》符矣。

【校證】

〔一〕本篇收入《太平廣記》卷四六七《水族四》，題名爲《李湯》，注「出《戎幕閑談》」。此出處極不可信，方詩銘《跋〈戎幕閑談〉》（《方詩銘文集》第三卷）、李劍國《唐五代志怪傳奇叙録》已詳論之。其名爲「李湯」更非原名，一者僅以人名爲篇名，正爲《太平廣記》整齊之例，則或爲李昉等更動；二則此全篇所述，李湯僅爲引子，不過全文之三分之一，篇幅既少，亦無關緊要，以其爲名，不亦謬乎。魯迅《稗邊小綴》據陶宗儀《輟耕録》所引東坡《濠州塗山詩》「川鎖支祁水尚渾」句程縯注云：「《異聞集》載《古岳瀆經》：『禹治水，至桐柏山，獲淮渦水神，名曰巫支祁。』」並云其「出處及篇名皆具，今即據以改題，且正《廣記》所注之誤。」故魯輯以《古岳瀆經》爲題，後世論著，無不從之。然以此爲名，多有不妥之處。最簡單者，李公佐所擬之經非《古岳瀆經》，而作《岳瀆經》，此實仿《山海經》所得之名也，傳文始及之時，有一「古」字修飾，然非書名中字，傳文之末再及此書已明云《岳瀆經》，可知《古岳瀆經》絶非原名。尤要者，雖學者多從宋人詩注所稱引署名而論之，然細審東坡詩注及山谷詩注之例，引《異聞集》者，均不具引篇名，則此「古岳瀆經」四字亦自非傳文之名，不過爲傳文中所擬經書之名也，此點實亦可得確證，細繹詩注引文，均爲李公佐虚擬之經文，而非此傳之文，則其「古岳瀆經」當指此經而非傳文之名也甚明。李肇《唐國史補》曾引録此節，李氏與李公佐關係密切，故此材料頗值注意。《唐國史補》一書共三百零八節，正文無標目，然全書之首列有全部三百餘條標目，且爲整齊之五言目，其中一條名爲《淮水無支奇》。以李公佐作品而言，其例用「傳」爲名，則此篇之名若依李肇定爲《無支祁傳》，則較《古岳瀆經》似稍切當。

〔二〕浮：沈鈔、孫校作「净」，或因字形相近而抄誤，然亦可通。

〔三〕鈎：原本作「釣」，據沈鈔改。

〔四〕水：沈鈔、陳校此字在下句「下」字之上，李校從之，張校此處保留，下句補一「水」字。

〔五〕忽：原本無，據沈鈔補。

〔六〕有如猿：沈鈔作「如巨猿」，張校據改；孫校作「有如青猿」，李校據改。

〔七〕長鬐：孫校作「長鬣」，均通。另據李校，《吴郡志》陸振岳校，云其宋本作「朱鬐」，據前云「白首」，後云「雪牙金爪」，疑當以「朱」爲是。

〔八〕猿：沈鈔、孫校作「獮」。

〔九〕昧：孫校作「醉」。

〔一〇〕因漁者特：原作「乃漁者時」，汪校云「時原在者字下，據明鈔本移上」，實爲誤校，沈鈔作「因漁者特」，並無「時」字，據沈鈔改。

〔一一〕簡：原本作「蕳」，據沈鈔、孫校改。

〔一二〕楊：沈鈔作「湯」，誤爲李湯之言。

〔一三〕春：孫校作「秋」。

〔一四〕走：孫校作「迅」。

〔一五〕擁：沈鈔作「濬」。

〔一六〕間：原本作「聞」，據孫校改。

〔一七〕童律：原本作「章律」，《施注蘇詩》作「同律」，則「章」爲形近之誤，「同」爲音近之誤。李校據《寰宇記》、《吴郡志》等書改爲「童律」，並據杜光庭《墉城集仙録》卷三《云華夫人》云：「時大禹理水……因命其神狂章、虞余、黄魔、大翳、庚辰、童律」相證，然沈鈔即作「童律」，據沈鈔改。

〔一八〕烏木由：庫本作「烏木由」，《寰宇記》、《吴郡志》等書作「烏木田」，未知孰是，仍依原本及沈鈔之文。

〔一九〕胡：原本無，然此上下皆雙字，此單字當有脱誤，李校據《路史》、《天中記》、《少室山房筆叢》、《廣博物志》、《繹史》等補，甚是。

〔二〇〕以數千載：沈鈔、孫校作「以千數」，張校據改；《路史》、《少室山房筆叢》作「者千數」，李校據改。然此亦通，或可不改。張、李二校或以「數千載」不合情理，然此傳本托古書，所述又在神怪之間，則「數千載」亦無足怪。

〔二一〕去：沈鈔作「之」。

【集評】

《太平廣記鈔》卷七八：

「徙淮陰龜山之足下」句眉：今相傳龜山水母是也。

三八　櫻桃青衣傳〔一〕

佚名

天寶初，有范陽盧子，在都應舉，頻年不第，漸窘迫。嘗晨〔二〕乘驢遊行，見一精舍，中有僧開講，聽徒甚衆。盧子方詣講筵，倦寢，夢至精舍門。見一青衣，携一籃櫻桃在下坐。盧子訪其誰家，因與青衣同飡櫻桃。青衣云：「娘子姓盧，嫁崔家，今孀居在城。」因訪近屬，即盧子再從姑也。青衣曰：「豈有阿姑同在一都，郎君不往起居？」盧子便隨之。

過天津橋，入水南一坊，有一宅，門甚高大。盧子立於門下。青衣先入。少頃，有四人出門，與盧子相見。皆姑之子也。一任户部郎中、一前〔三〕任鄭州司馬、一任河南功曹〔四〕、一任太常博士。二人衣緋，二人衣緑，形貌甚美。相見言叙，頗極歡暢。

斯須〔五〕，引入北堂拜姑。姑衣紫衣，年可六十許。言詞高朗，威嚴甚肅。盧子畏懼，莫敢仰視。令坐，悉訪内外，備諳氏族。遂訪〔六〕：「兒婚姻未？」盧子曰：「未。」姑曰：「吾有一外生〔七〕女子姓鄭，早孤，遺吾妹鞠養。甚有容質，頗亦〔八〕令淑。當爲兒平章，計必允遂。」盧子遂即〔九〕拜謝。

乃遣迎鄭氏妹。有頃，一家並到，車馬甚盛。遂檢曆擇日，云：「後日大吉。」因與盧子定議〔一〇〕。姑云：「聘財、函信、禮席，兒並莫憂，吾悉與處置。兒在城有〔一一〕何親故，並抄名姓，並具家第。」凡〔一二〕三十餘家，並在臺省及府縣官。

明日下函，其夕成結。事事華盛，殆非人間。明日拜席，大會都城親表。拜席畢，遂入一院。院中屏帷床席，皆極珍異。其妻年可十四五，容色美麗，宛若神仙。盧生心不勝喜，遂忘家焉〔一三〕。

俄而不覺〔一四〕，又及秋試之時〔一五〕。姑曰：「禮部侍郎與姑有親，必合極力，更勿憂也。」明春〔一六〕遂擢第。又應宏詞，姑曰：「吏部侍郎與兒子弟當家連官，情分偏洽，令渠爲兒必取高第。」及榜出，又登甲科，授秘書郎。姑云：「河南尹是姑堂外甥，令渠奏畿縣尉。」數月，敕授王屋尉，遷監察，轉殿中，拜吏部員外郎，判南曹。銓畢，除郎中，餘如故。知制誥，數月即真〔一七〕，遷禮部侍郎。兩載知舉，賞鑒平允，朝廷稱之，改河南尹，旋屬車駕還京，遷兵部侍郎。扈從到京，除京兆尹。改吏部侍郎。三年掌銓，甚有美譽，遂拜黃門侍郎平章事。恩渥綢繆，賞賜甚厚。作相五年，因直諫忤旨，改左僕射，罷知政事。數月，爲東都留守、河南尹，兼御史大夫。自婚媾後，至是經二十年，有七男三女，婚宦俱畢，內外諸孫十人。

後因出行，却到昔年逢携櫻桃青衣精舍門，復見其中有講筵，遂下馬禮謁。以故相之尊，處端揆居守之重，前後導從，頗極衆〔一八〕盛。高自簡貴，輝映左右。升殿禮佛，忽然昏醉，良久不起。耳中聞講僧唱云：「檀越何久不起？」忽然夢覺，乃見著白衫，服飾如故。前後官吏，一人亦無。回遑迷惑，徐徐出門，乃見小豎捉驢執帽在門外立，謂盧曰：「人驢並饑，郎君何久不出？」盧訪其時，奴曰：「日向午矣。」盧子罔然歎曰：「人世榮華窮達，富貴貧賤，亦當然也。而今而後，不更求官達矣！」遂尋仙訪道，絶跡人世矣。

【校證】

〔一〕本篇收入《太平廣記》卷二八一《夢六》，題爲《櫻桃青衣》，未注出處，亦無作者。《孔帖》卷九九、《錦繡萬花谷》後集卷三七、《全芳備祖》後集卷九均節引自《異聞集》，則知當收入此書。又《太平廣記》之名往往删去「傳」字，據《緑窗女史》補。此篇又收入《太平廣記詳節》卷二五，據以參校。

〔二〕晨：原本作「暮」，許本、黄本、庫本、《詳節》均同，諸家亦未校改。然傳文之末盧子出夢時云「盧訪其時，奴曰：『日向午矣。』」若入夢之時爲「暮」，則其奴與驢在門外等候一夜，不合情理。此字唯沈鈔作「晨」，情理俱切，故據改。

〔三〕前：沈鈔無此字。

〔四〕功曹：汪校及張校均云原本作「王曹」，當爲誤校，談本原作「工曹」，其後許本、黄本、庫本均作「功曹」。

〔五〕斯須：《詳節》作「須臾」。
〔六〕訪：沈鈔作「問」。
〔七〕生：原本作「甥」，據沈鈔、孫校、《詳節》改。
〔八〕亦：原本作「有」，據沈鈔改。
〔九〕遂即：原本作「遽即」，沈鈔作「即再」，據孫校改。
〔一〇〕議：原本作「謝」，據沈鈔改。
〔一一〕在城有：原本作「有在城」，據《詳節》乙正。
〔一二〕第凡：沈鈔作「弟兄」，並屬上。
〔一三〕焉：原本作「屬」，據沈鈔改。
〔一四〕而不覺：原本無，據沈鈔補。
〔一五〕秋試之時：《詳節》「試」作「賦」，沈鈔「時」作「期」。
〔一六〕明春：沈鈔作「是秋」。
〔一七〕即真：沈鈔作「即日」，誤，即真，指官吏之轉正也。
〔一八〕衆：原本作「貴」，此前云「前後導從」，指隨從之多；後云「高自簡貴」，方言其貴，故此不當作「貴」，據沈鈔改。

三九　東城老父傳〔一〕

陳鴻祖〔二〕

老父姓賈名昌，長安宣陽里人，開元元年癸丑生。元和庚寅歲，九十八年矣。視聽不衰，言甚安徐，心力不耗。語太平事，歷歷可聽。父忠，長九尺，力能倒曳〔三〕牛，以材官爲中宫幕士。景龍四年，持幕竿，隨玄宗入大明宫誅韋氏，奉睿宗朝群后，遂爲景雲功臣，以長刀備親衛，詔徙家東雲龍門。昌生七歲，趫捷過人，能摶柱乘梁。善應對，解鳥語音。

玄宗在藩邸時，樂民間清明節鬭鷄戲。及即位，治〔四〕鷄坊於兩宫間。索長安雄鷄，金毫〔五〕鐵距、高冠昂尾千數，養於鷄坊。選六軍小兒五百人，使馴擾教飼。上之好之，民風尤甚，諸王世〔六〕家、外戚家、貴主家、侯家，傾帑破産市鷄，以償鷄直。都中男女以弄鷄爲事，貧者弄假鷄。

帝出遊，見昌弄木鷄於雲龍門道旁，召入爲鷄坊小兒，衣食右龍武軍。三尺童子入鷄群，如狎群小，壯者弱者，勇者怯者，水穀之時，疾病之候，悉能知之。舉二鷄，鷄畏而馴，使令如人。護鷄坊中謁者王承恩言於玄宗，召試殿庭，皆中玄宗意。即日爲五百小兒長，加之以忠厚謹密，天子甚愛幸之，金帛之賜，日至其家。

開元十三年，籠鷄三百從封東嶽。父忠死太山下，得子禮奉尸歸葬雍州。縣官爲葬器，喪車乘傳洛陽道。十四年三月，衣鬭鷄服，會玄宗於温泉。當時天下號爲神鷄童。時人爲之語曰：

生兒不用識文字，鬭鷄走馬勝讀書。賈家小兒年十二〔七〕，富貴榮華代不如。能令金距期勝負，白羅繡衫隨軟輿。父死長安千里外，差夫持道挽喪車。

昭成皇后之在相王府，誕聖於八月五日。中興之後，制爲千秋節。賜天下民牛酒樂三日，命之曰酺，以爲常也，大合樂於宫中。歲或酺於洛，元會與清明節，率皆在驪山。每至是日，萬樂俱舉，六宫畢從。昌冠雕翠金華冠，錦袖繡襦袴，執鐸拂，導〔八〕群鷄，叙立於廣場，顧眄如神，指揮風生。樹毛振翼，礪吻磨距，抑怒待勝，進退有期。隨鞭指低昂，不失昌度。勝負既决，强者前，弱者後，隨昌雁行，歸於鷄坊。角觝萬夫，跳劍尋橦〔九〕，蹴球踏繩，舞於竿顛者，索氣沮色，逡巡不敢入，豈教猱擾龍之徒歟？

二十三年，玄宗爲娶梨園弟子潘大同女，男服珮玉，女服繡襦，皆出御府。昌男至信、至德。天寶中，妻潘氏以歌舞重幸於楊貴妃，夫婦席寵四十年，恩澤不渝，豈不敏於伎，謹於心乎？

上生於乙酉鷄辰，使人朝服鬭鷄，兆亂於太平矣，上心不悟。十四載，胡羯陷洛，潼關不守，大駕幸成都。奔衛乘輿，夜出便門，馬踣道穽，傷足不能進，杖入南山。每進鷄之日，則向西南大哭。

禄山往年朝於京師，識昌於横門外，及亂二京，以千金購昌長安洛陽市。昌變姓名，依於佛舍，除地擊鐘，施力於佛。洎太上皇歸興慶宫，肅宗受命於别殿，昌還舊里。居室爲兵掠，家無遺物，布衣顦顇，不復得入禁門矣。明日，復出長安南門道，見妻兒於招國里，菜色黯焉。兒荷薪，妻負故絮。昌聚哭，訣於道，遂長逝息〔一〇〕長安佛寺，學大師佛旨。大曆元年，依資聖寺大德僧運平，往〔一一〕東市海池，立陁羅尼石幢。書能紀姓名，讀釋氏經，亦能了其深義至道。以善心化市井人。建僧房佛舍，植美草甘木。晝把土擁根，汲水灌竹，夜正觀於禪室。

建中三年，僧運平人壽盡。服禮畢，奉舍利塔於長安東門外鎮國寺東偏，手植松柏百株，構〔一二〕小舍，居於塔下。朝夕焚香灑掃，事師如生。

順宗在東宫，捨錢三十萬，爲昌立大師影堂及齋舍。又立外屋，居遊民，取傭給。昌因日食粥一杯，漿水一升，卧草席，絮衣，過是悉歸於佛。妻潘氏後亦不知所往。

貞元中，長子至信衣并州甲，隨大司徒燧入覲，省昌於長壽里。昌如己不生，絶之使去。次子至德歸，販繒洛陽市，來往長安間，歲以金帛奉昌，皆絶之。遂俱去，不復來。

元和中，潁川陳鴻〔一三〕祖携友人出春明門，見竹柏森然，香烟聞於道。下馬覲昌於塔下，聽其言，忘日之暮。宿鴻祖於齋舍，話身之出處，皆有條貫，遂及王制。鴻祖問開元之理亂〔一四〕，昌曰：「老人少時，以鬭鷄求媚於上，上倡優畜之，家於外宫，安足以知朝廷之事？然有以爲吾子言者。老人見黄門侍郎杜暹，出爲磧西節度，攝御史大夫，始假風憲以威遠。見哥舒翰之鎮涼州也，下石堡，戍青海城，出白龍，逾葱嶺，界鐵關，總管河左道，七命始攝御史大夫。見張説之領幽州也，每歲入關，輒長轅挽輻車，輦河間、薊州傭調繒布，駕轊連軏，坌入關門。輸於王府，江淮綺縠，巴蜀錦繡，後宫玩好而已。河州敦煌道，歲屯田，實邊食，餘粟轉輸靈州，漕下黄河，入太原倉，備關中凶年。關中粟麥〔一五〕藏於百姓。天子幸五嶽，從官千乘萬騎，不食於民。老人歲時伏臘得歸休，行都市間，見有賣白衫白疊布。行鄰比鄽間，有人禳病，法用皂布一匹，持重價不克致，竟以襆頭羅代之。近者老人扶杖出門，閲街衢中，東西南北視之，見白衫者不滿百，豈天下之人，皆執兵乎？開元十二年，詔三省侍郎有缺，先求曾任刺史者。郎官缺，先求曾任縣令者。及老人四十〔一六〕，三省郎吏，有理刑才名，大者出刺郡，小者鎮縣。自老人居大道旁，往往有郡太守休馬於此，皆慘然，不樂朝廷沙汰使治郡。開元取士，孝弟理〔一七〕人而已，不聞進士宏詞拔萃之爲其得人也。大略如此。」

因泣下。復言曰：「上皇北臣穹廬，東臣鷄林，南臣滇池，西臣昆夷，三歲一來會。朝覲之禮容，臨照之恩澤，衣之錦絮，飼之酒食，使展事而去，都中無留外國賓。今北胡與京師雜處，娶妻生子，長安中少年有胡心矣。吾子視首飾靴服之制，不與向同，得非物妖乎？」鴻祖默不敢應而去。

【校證】

〔一〕本篇收入《太平廣記》卷四八五《雜傳記二》，注作者爲「陳鴻」，未注出處。然據南宋蔡夢弼《杜工部草堂詩箋》卷二九《鬬鷄》注、《歲時廣記》卷一七《治鷄坊》等，知此當出《異聞集》。另，其名《宋史·藝文志》引爲《東城父老傳》，當誤。

〔二〕《太平廣記》注作者爲「陳鴻」，然據傳文，知作者當名爲「陳鴻祖」。

〔三〕倒曳：沈鈔作「倒拽」，孫校作「曳倒」。

〔四〕治：原本作「洎」，據沈鈔改。

〔五〕毫：沈鈔作「毛」，孫校作「尾」。然下文即云「昂尾」，故非尾；而「毛」即「毫」，不煩改字也。

〔六〕世：沈鈔作「子」，李校據改，然此或指封王之家，未必皆爲王子也。

〔七〕二：原本作「三」。據傳文「開元元年癸丑生」、「十四年三月……時人爲之語曰」，知此「十三」當誤，應爲「十五」，然無版本依據，沈鈔作「十二」，雖不合，然此句之末當爲仄聲，故據改。

〔八〕導：原本作「道」，據沈鈔、孫校改。

〔九〕尋橦：原本作「尋撞」，尋橦爲百戲之一，張衡《西京賦》云「烏獲扛鼎，都盧尋橦」，王建亦有《尋橦歌》，故據魯輯改。

〔一〇〕逝息：此詞魯輯、李校均點開，然「長逝」似與情節不符；汪輯、張注未點開，張注云「長期住在那裏」，亦似不妥。按：此「逝息」實爲往居之意。《詩經·碩鼠》云「逝將去汝」，鄭箋云「逝，往也」；謝靈運《遊南亭》云「逝將候秋水，息景偃舊崖」，清人張玉穀評云「秋來逝息舊崖」，即此意也。

〔一一〕往：原作「住」，諸本皆同，然李校云：「據《唐兩京城坊考》卷三，資聖寺在崇仁坊東南隅，其東南緊臨東市，東市西北隅有放生池，俗號爲海池。賈昌依資聖寺僧運平，必住寺中，而海池亦非居住之所。」所言極是，據陸本、《唐人百家小説》改。

〔一二〕構：沈鈔、孫校作「御名」，爲避宋高宗趙構之諱也。

〔一三〕鴻：原本作「洪」，據後文三次提及「鴻祖」，以本校之法改之。另《全唐文》亦改爲「鴻」，亦可據。

〔一四〕理亂：陸本作「理」，或鈔、刻者未明「理亂」實即「治亂」，蓋避唐高宗諱所改，故以「亂」爲衍字而誤刪。

〔一五〕麥：原本作「米」，汪校據沈鈔改。以關中之地並不産米，故從改。

〔一六〕四十：原本作「見四十」，賈昌爲開元元年生，至天寶十一載四十歲，然此時已爲元和中，賈昌九十餘歲，故「見」字亦非「現」字，據沈鈔、陸本刪。

〔一七〕理：沈鈔作「治」，此本爲唐人避高宗李治諱所改，沈鈔或爲宋人之回改。

【集評】

《虞初志》（七卷本）卷六：

開篇總評：湯若士評：此傳可補開元遺事，較他作徒爲怪誕語者自別。

「傾帑破産市鷄」句眉：袁石公評：天子好鬬鷄，則鷄之諸勝畢集，尤而效之者，遂至破産市鷄，識者以爲亂階自此始矣。

「喪車乘傳洛陽道」句眉：袁石公評：昌父景雲功臣也，以子弄鷄故，始得禮葬，乘傳洛陽，不然太山下一枯骸耳，鷄寧不貴於功臣哉。

「昌冠雕翠金華冠，錦袖繡襦袴」句眉：屠赤水評：服彩繽紛，大好點綴。

「樹毛振翼，礪吻磨距，抑怒待勝，進退有期」句眉：袁石公評：悉狀鬬鷄之妙，「抑怒待勝」句，更爲鬬鷄傳神。昌其汜渚之流歟。

「胡羯陷洛，潼關不守」句眉：屠赤水評：優旃云「寇從東方來，侵麋鹿觸之」。陷洛之日，金毫鋏距、高冠昂尾，能使一抵觸否！

「昌變姓名，依於佛舍，除地擊鐘，施力於佛」句眉：袁石公評：二十四郡曾無義士，若昌者，可謂得所皈依矣。

「昌聚哭，訣於道，遂長逝」句眉：湯若士評：寵澤已休，愛緣復斷，際此何以爲情。

「晝把土擁根，汲水灌竹，夜正觀於禪室」句眉：袁石公評：頗愜幽趣，居然不俗。又評：屈膝降賊，只爲富貴功名割捨不斷；昌能屏絶妻兒，茹苦食淡，是大有决烈丈夫，五百小兒中，應無昌比。

「家於外宫，安足以知朝廷之事」句眉：屠赤水評：從容恬雅，更有轉折之妙。

賈昌論政一節眉批：袁石公評：淡淡説出，縷縷分明，數見字只是描述，絶不議論，不説破何如致亂，而致亂之由，瞭然在目。

「見白衫者不滿百，豈天下之人，皆執兵乎」句眉：若疑若駭，非問非答，極含蓄，極閒淡。

「開元取士，孝弟理人而已」句眉：屠赤水評：簡而盡。

「吾子視首飾靴服之制，不與向同」句眉：袁石公評：如此句法，味之滿口甘甜，到底只不説出。

總評：袁石公評：玄宗好鬬鷄，偶得昌於雲龍門道傍，昌非以術干主也。千古有一好鬬鷄之玄宗，隨有一善弄鷄之賈昌，偶一相遭耳。觀其變姓名而皈依佛寺，終不入亂賊彀中，至其斷恩割愛，如脱屣振槁，斯蓋有大過人者矣。夫以摩詰才名，而不免爲禄山所致，則甚毋以鷄坊小兒目昌也。

錢鍾書《管錐編·太平廣記·二〇七》：

《東城老父傳》（陳鴻撰）「今北胡與京師雜處，娶妻生子，長安中少年有胡心矣。吾子觀首飾韡服之制，不與向同，得非物妖乎？」按王建《凉州行》：「城頭山鷄鳴角角，洛陽家家學胡樂」；元稹《新題樂府·法曲》：「胡音胡騎與胡妝，五十年來競紛泊」；白居易《新樂府·時世妝、儆戎也》：「元和妝梳君記取，髻椎面赭非華風。」與此老有同憂焉。

四〇　虬髯客傳〔一〕

佚　名〔二〕

隋煬帝之幸江都也〔三〕，命司空楊〔四〕素守西京。素驕貴，又以時亂，天下之權重望崇者，莫我若也。奢貴自奉，禮異人臣。每公卿入言，賓客上謁，未嘗不踞床而見，令美人捧出，侍婢羅列，頗僭於上。末年愈〔五〕甚。無復知所負荷，有扶危持顛之心〔六〕。

一日，衛公李靖以布衣來〔七〕謁，獻奇策，素亦踞見〔八〕。公〔九〕前揖曰：「天下方亂，英雄競起，公爲帝室重臣，須以收羅豪傑爲心，不宜踞見賓客。」素斂容而起，謝公〔一〇〕，與語大悦，收其策而退。當公之騁辯也，一妓有殊色，執紅拂，立於前，獨目公。公既去，而執拂者〔一一〕臨軒指吏曰：「問〔一二〕去者處士第幾？住何處？」公〔一三〕具以對，妓誦〔一四〕而去〔一五〕。

公歸逆旅，其夜五更初，忽聞扣門而聲低者，公起問焉，乃紫衣戴〔一六〕帽人，杖揭〔一七〕一囊。公問：「誰？」曰：「妾，楊家之紅拂妓也。」公遽延入。脱衣去帽，乃十八九佳麗人也，素面畫〔一八〕衣而拜。公驚答拜〔一九〕。曰：「妾侍楊司空久，閲天下之人多矣，無〔二〇〕如公者。絲蘿非獨生，願托喬木，故來奔耳。」公曰：「楊司空權重京師，如何？」曰：「彼尸居餘氣，不足畏也。諸妓知其無成，去者甚衆矣。彼亦不甚逐也。計之詳矣，幸無疑焉。」問其姓，曰：「張。」問其伯仲之次，曰：「最長。」觀其肌膚儀狀，言詞氣性〔二一〕，真天人也。公不自意獲之，愈喜愈懼〔二二〕，瞬息萬慮不安，而窺户者足〔二三〕無停履。

既〔二四〕數日，亦聞追討〔二五〕之聲，意亦非峻，乃雄服乘馬，排闥而去。

將歸太原，行次靈石〔二六〕旅舍。既設床，爐中烹肉且熟，張氏以髮長委地，立梳床前，公方刷馬。忽有一人，中形，赤髯如虬〔二七〕，乘蹇驢而來，投革〔二八〕囊於爐前，取枕欹卧，看張〔二九〕梳頭。公怒甚。未決，猶〔三〇〕刷馬。張熟視〔三一〕其面，一手握髮〔三二〕，一手映身摇示公，令勿怒。急急梳頭畢，斂袂前問其姓。卧客答曰：「姓張。」對曰：「妾亦姓張，合是妹。」遽拜之。問第幾，曰：「第三。」因問：「妹第幾？」曰：「最長。」遂喜曰：「今夕幸逢〔三三〕一妹。」張氏遥呼〔三四〕：「李郎且來見〔三五〕三兄。」公驟拜之。遂環坐。曰：「煮者何肉？」曰：「羊〔三六〕肉，計已熟矣。」客曰：「饑〔三七〕。」公出市〔三八〕胡餅，客抽腰間〔三九〕匕首，切肉共食。食竟，餘肉亂切，送驢〔四〇〕前食之，甚速〔四一〕。

客曰：「觀李郎之行，貧士也，何以致斯異人？」曰：「靖雖貧，亦有心者焉。他人見問，固〔四二〕不言。兄之問，則不隱耳〔四三〕。」具言其由。曰：「然則將〔四四〕何之？」曰：「將避地太原。」客曰：「然吾故非君所致〔四五〕也。」

曰：「有酒乎？」曰〔四六〕：「主人西則酒肆也。」公取酒一斗。酒〔四七〕既巡，客曰：「吾有少下酒物，李郎能同之乎？」公〔四八〕曰：「不敢。」於是開革〔四九〕囊，取〔五〇〕一人頭並心肝，却〔五一〕頭囊中，以匕首切心肝共食之，曰：「此人〔五二〕天下負心者〔五三〕，銜之十年，今始獲之，吾憾釋矣。」

又曰：「觀李郎儀形器宇，真丈夫也，亦聞太原有〔五四〕異人乎？」曰：「嘗識〔五五〕一人，愚謂之真人也，其餘將帥〔五六〕而已。」曰〔五七〕：「何姓？」曰：「靖之〔五八〕同姓。」曰：「年幾？」曰：「僅〔五九〕二十。」曰：「今何爲？」曰：「州將之子〔六〇〕。」曰：「似矣，亦須見之。李郎能致吾一見乎〔六一〕？」曰：「靖之友劉文静者與之狎，因文静見之可也。然兄〔六二〕何爲？」曰：「望氣者言太原有奇氣，使吾〔六三〕訪之。李郎明發〔六四〕，何日到太原？」靖計之：「某日當到〔六五〕。」曰：「達之明日，日方曙，候我於汾陽橋〔六六〕。」言〔六七〕訖，乘驢而去〔六八〕，其行若飛，回顧已失〔六九〕。

公與張氏且驚且喜〔七〇〕，久之，曰：「烈士不欺人，固無畏。」促〔七一〕鞭而行。及期〔七二〕，入太原，果復〔七三〕相見。大喜，偕詣劉氏。詐謂文静曰：「有善相者〔七四〕思見郎君，請迎之。」文静素奇其人，方議論匡輔〔七五〕，一旦聞有客善相〔七六〕，其心可知〔七七〕，遽致酒，使迎之〔七八〕。

使迴而至〔七九〕，不衫不履，裼〔八〇〕裘而來，神氣揚揚，貌與常異。虬髯默居坐末〔八一〕，見之心死。飲數杯〔八二〕，起〔八三〕，招公〔八四〕曰：「真天子也。」公以告劉，劉益喜自負。既出，而虬髯曰：「吾得十八九〔八五〕矣，然〔八六〕須道兄見之〔八七〕。李郎宜與一妹復入京，某日午時，訪我於馬行東酒樓，下有此驢及一瘦騾〔八八〕，即我與道兄俱在其上矣〔八九〕，到即登焉。」又別而去。

公與張氏復應之，及期訪焉，宛〔九〇〕見二乘。攬衣登樓，虬髯與一道士方對飲。見公驚喜，召坐。圍〔九一〕飲十數巡。曰：「樓下櫃中有錢十萬，擇一深隱處，駐一妹畢〔九二〕，某日復會我〔九三〕於汾陽橋。」

如期至〔九四〕，即道士與虬髯已到〔九五〕矣。俱謁文静，時方弈棋，揖而話〔九六〕心焉。文静飛書，迎文皇看〔九七〕棋。道士對弈，虬髯與公傍侍焉〔九八〕。俄而文皇到來，精采驚人，長揖而坐，神清氣朗〔九九〕，滿坐風生，顧盼煒〔一〇〇〕如也。道士一見慘然，下〔一〇一〕棋子曰：「此局全輸矣〔一〇二〕，輸矣。於此失却局，奇〔一〇三〕哉。救無路矣，復〔一〇四〕奚言！」罷弈而請去。

既出，謂虬髯曰：「此世界非公世界也，他方可圖〔一〇五〕。勉之，勿以爲念。」因共入京。虬髯曰：「計李郎之程，某日方到。到之明日，可與〔一〇六〕一妹同詣某坊曲小宅相訪。愧李郎往復〔一〇七〕相從，一妹懸然如磬〔一〇八〕，欲令新婦祗謁，兼〔一〇九〕議從容，無前却也〔一一〇〕。」言畢，吁嗟而去。

公策馬遄征，俄〔一一一〕即到京，遂與張氏同往。乃一小板〔一一二〕門子，扣之，有應者，拜曰：「三郎令候李郎、一娘子〔一一三〕久矣。」延入重門，門愈壯麗〔一一四〕，奴〔一一五〕婢四〔一一六〕十餘人羅列於前：奴二十人，引公入東廳；婢二十人，引張氏入西廳。廳之陳設，窮極珍異，巾箱、妝奩、冠鏡、首飾之盛〔一一七〕，非人間之物。巾櫛妝飾〔一一八〕畢，請更衣，衣又珍異〔一一九〕。

既畢，傳云：「三郎來。」乃虬髯紗帽裼裘而來，亦有龍虎之姿〔一二〇〕。歡然相見〔一二一〕，催其妻〔一二二〕出拜，蓋亦天人耳〔一二三〕。遂延中堂，陳設盤筵之盛，雖王公家不侔也〔一二四〕。於是四人對坐，牢饌畢陳〔一二五〕；女樂二十人〔一二六〕，列奏其前：飲食妓樂〔一二七〕，若從天降，非人間之物〔一二八〕。

食畢行酒。家人自堂東〔一二九〕舁出二十〔一三〇〕床，各以錦繡帕覆之。既陳〔一三一〕，盡去其帕，乃文簿、鑰匙耳。虬髯〔一三二〕曰：「此盡寶貨泉貝〔一三三〕之數，吾之所有，悉以充贈。何〔一三四〕者？某本〔一三五〕欲於此世界求事，或當〔一三六〕龍戰三二十載〔一三七〕，建少功業。今既有主，住〔一三八〕亦何爲！太原李氏，真英主也，三五年內，即當太平。李郎以英特〔一三九〕之才，輔清平之主，竭心盡善，必極人臣；一妹以天人之姿，蘊不世之藝〔一四〇〕，從夫之貴，以盛〔一四一〕軒裳。非一妹不能識李郎，亦不能存李郎〔一四二〕；非李郎不能遇〔一四三〕一妹，亦不能榮一妹〔一四四〕。聖賢起陸之漸〔一四五〕，際會如期〔一四六〕，虎嘯風生，龍吟〔一四七〕雲萃，固非偶〔一四八〕然也。持予〔一四九〕之贈，以佐〔一五〇〕真主，贊功業也〔一五一〕。勉之哉！此後十餘〔一五二〕年，當東南數千里外有異事，是吾得事〔一五三〕之秋也。一妹與李郎可瀝酒東南〔一五四〕相賀。」因命家僮列拜〔一五五〕曰：「李郎、一妹，是汝主也。」言訖，與其妻戎裝〔一五六〕，從一奴，乘馬而去。數步，遂不復見。

公據其宅，乃爲豪家，得以助文皇締構〔一五七〕之資，遂匡天下〔一五八〕。貞觀十年〔一五九〕，公以左僕射平章事〔一六〇〕，適東〔一六一〕南蠻入奏曰：「有海船〔一六二〕千艘，甲兵十萬〔一六三〕，入扶餘國，殺其主自立，國已定矣〔一六四〕。」公心〔一六五〕知虬髯得志〔一六六〕也，歸告張氏，具禮相〔一六七〕賀，瀝酒東南祝拜之。

乃知真人之興也，非〔一六八〕英雄所冀，況非英雄者乎！人臣之謬思亂者，乃螳臂〔一六九〕之拒走輪耳。我皇家垂福萬葉，豈虚然哉〔一七〇〕！或曰，衛公之兵法，半乃〔一七一〕虬髯所傳耳〔一七二〕。

【校證】

〔一〕本篇收入《太平廣記》卷一九三《豪俠一》，題名《虬髯客》，注「出《虬髯傳》」。李劍國《唐五代志怪傳奇叙録》云北宋王讜《唐語林》序目列唐宋五十家小説書目，中有《異聞集》，然今本《唐語林》唯卷六所録上清事載於《異聞集》，然其事原附《常侍言旨》後，而《唐語林》所引書目亦有《常侍言旨》，則其當非自《異聞集》録入者。然則《唐語林》中似無文字出《異聞集》，而此傳又不詳出何書，故推論《唐語林》或由《異聞集》録入此傳，所論甚是，從之。至於此傳之題名，饒宗頤、李劍國等先生均認爲當依《神仙感遇傳》所題爲《虬鬚客傳》，然或未明此「虬髯」非但對張氏乃至唐太宗髯鬚之形容，尤爲關鍵者爲此種説法背後之出典，即《史記》所載黄帝鑄鼎後有龍垂胡髯迎黄帝事，故此之「髯」字當爲原名（相關考論，參筆者《唐太宗的髯子——從〈虬髯客傳〉談起》一文）。此傳亦收入陸采《虞初志》卷二及《顧氏文房小説》，二本幾近全同，顧本或源於陸本，其文字較《太平廣記》差勝，故以陸本爲底本，以《廣記》對校。另朝鮮成任所刊《太平廣記詳節》卷一四亦載，惜其僅存末葉；亦偶據《唐語林》及《神仙感遇傳》所收簡本參校。

〔二〕此傳作者，各本均未注，故爲唐稗研究之難題。因杜光庭《神仙感遇傳》中録入此文，故長期以來，均以杜氏爲作者，其實大誤，杜氏此書，不過捃拾他書，全非自作，此傳文字節縮尤甚，破綻亦多，自非原本。又有研究者指其爲張説所撰，其證則來自《豪異秘纂》，然此書既「妄造書名」，又「亂題撰人」，全不可信，且張説亦不可能寫一欲龍戰二三十載以定天下之人取己之姓。又有學者據《紺珠集》一條引文之注，指此爲裴鉶《傳奇》中之一篇，然此傳與裴氏之文風格大相徑庭，《紺珠集》又僅爲孤證，其書徵引材料時有不可靠處，故亦不可爲據（以上所論，詳參筆者《〈虬髯客傳〉作者獻疑》一文）。則此傳作者仍當以「佚名」爲當。

〔三〕也：陸本無，以此句前有「之」，後無「也」字則不通，故據《廣記》補。

〔四〕司空楊：沈鈔作「楊司空」。

〔五〕愈：《廣記》作「益」。

〔六〕無復知所負荷有扶危持顛之心：此十三字《太平廣記》諸本無。

〔七〕來：陸本作「上」，前文已云「上謁」，故據《廣記》改。

〔八〕見：《廣記》此字下有「之」字。

〔九〕公：《廣記》本作「靖」，下同，不具列。

〔一〇〕謝公：此二字《太平廣記》諸本無。

〔一一〕執拂者：《廣記》本作「拂妓」，或闕第一字。

〔一二〕曰問：《廣記》作「問曰」，當爲誤解原傳之改文，此爲紅拂使吏問李靖者，非問吏者。

〔一三〕公：《廣記》作「吏」，同上誤。

〔一四〕誦：談本、許本作「領」，沈鈔、黄本、庫本校改爲「頷」。

〔一五〕去：沈鈔作「退」。

〔一六〕戴：陸本作「帶」，據《廣記》改。

〔一七〕揭：陸本無，據《廣記》補。

〔一八〕畫：《廣記》作「華」。

〔一九〕拜：《廣記》無此字，「答」字屬下。
〔二〇〕無：《廣記》作「未有」。
〔二一〕性：陸本作「語」，前云「言辭」，此用「語」字頗複，據《廣記》改。
〔二二〕愈喜愈懼：《廣記》作「益喜懼」。
〔二三〕足：陸本無，據《廣記》補。
〔二四〕既：陸本無，據《廣記》補。
〔二五〕亦聞追討：《廣記》作「聞追訪」。
〔二六〕石：陸本作「右」。顧祖禹《讀史方輿紀要》卷四一載有靈石縣，爲「漢太原郡介休縣地。隋開皇十年，分置靈石縣，屬介州，以傍汾水開道得瑞石而名也」，知此爲字形相近之誤，據《廣記》改。
〔二七〕赤髯如虬：《廣記》作「赤髯而虬」。顧本作「赤髮如虬」，或因上行幾乎同一位置之「髮」字而致誤。另，沈鈔及孫校「髯」均作「鬚」。
〔二八〕革：陸本作「草」，當爲形近而誤，據《廣記》改。
〔二九〕張：《廣記》作「張氏」。
〔三〇〕猶：陸本作「猶觀」，「觀」字當衍，據《廣記》删。李校據《豪異秘纂》、《唐人説薈》等書改爲「親」，或因「觀」字而誤解，前已云「公方刷馬」，則此「親」字實爲贅字。

〔三一〕視：《廣記》作「觀」。

〔三二〕一手握髮：此四字陸本無，據《廣記》補。

〔三三〕今夕幸逢：陸本原作「今多幸逢」，《唐語林》作「今日幸逢」，《廣記》作「今日多幸遇」，《豪異秘纂》作「今夕幸逢」。以前有「行次靈石旅舍，既設床」之語，後有「李郎明發」之語，知已天晚，則原當作「夕」，後因字形相近訛爲「多」，又因「多」字不通，或於其前加「日」，或以「日」换「多」。故據《豪異秘纂》改。

〔三四〕呼：《廣記》下有「曰」字。李校據補，似贅。

〔三五〕見：《廣記》作「拜」。李校據改，或未妥。張呼李來相見，相見之禮自須拜，然若呼「拜」，則似稍過，仍以「見」爲是。

〔三六〕羊：沈鈔、孫校作「牛」。

〔三七〕此處《廣記》有「甚」字。

〔三八〕此處《廣記》有「買」字。

〔三九〕腰間：《廣記》無此二字。

〔四〇〕送驢：《廣記》作「爐」，前已云「食竟」，此復云「爐前」，當誤。

〔四一〕速：陸本作「遠」，當爲形近而誤，據《廣記》改。

〔四二〕固：陸本作「故」，據《廣記》改。

〔四三〕不隱耳：《廣記》作「無隱矣」。

〔四四〕將：《廣記》無。

〔四五〕然吾故非君所致：陸本無「吾」字，《廣記》作「然吾故非君所能致」，沈鈔「吾故」作「無固」。從魯輯、汪輯據《廣記》補「吾」字。

〔四六〕曰：《廣記》作「靖曰」。

〔四七〕酒：陸本無，據《廣記》補。

〔四八〕公：陸本無此字，《廣記》作「靖」，據前例改爲「公」。

〔四九〕革：陸本作「草」，據《廣記》改。

〔五〇〕取：《廣記》作「取出」。

〔五一〕却：《廣記》作「却收」。

〔五二〕人：此字下《廣記》有「乃」字。

〔五三〕者：此下《廣記》有「心也」二字。

〔五四〕聞太原有：《廣記》作「知太原之」。

〔五五〕識：《廣記》作「見」。

〔五六〕帥：《廣記》作「相」。另沈鈔「將」前有「則」字。

〔五七〕曰：《廣記》作「其人」。

〔五八〕靖之：《廣記》無此二字。
〔五九〕僅：《廣記》作「近」，孫校作「近年」。
〔六〇〕子：《廣記》作「愛子也」。
〔六一〕乎：《廣記》作「否」。
〔六二〕然兄：《廣記》作「兄欲」。
〔六三〕吾：陸本無，據《廣記》補。
〔六四〕明發：陸本無，據《廣記》補。
〔六五〕某日當到：陸本作「日」，據《廣記》改。
〔六六〕候我於汾陽橋：《廣記》作「我於汾陽橋待耳」。
〔六七〕言：談本無此字，沈鈔、孫校與陸本同。
〔六八〕去：談本無此字，沈鈔、孫校作「行」。
〔六九〕失：《廣記》作「遠」。
〔七〇〕且喜：《廣記》作「懼」。
〔七一〕促：《廣記》作「但速」。
〔七二〕及期：陸本作「承期」，據《廣記》談本改，孫校作「及其」，屬下讀。
〔七三〕果復：《廣記》作「候之」。

〔七四〕有善相者：《廣記》作「以善相」。

〔七五〕方議論匡輔：陸本無，據《廣記》補，談本「匡」作「幵」，當爲承襲宋本避「匡」字諱者，後之許本、黄本均同，汪校據沈鈔校改，庫本亦已改過。另《神仙感遇傳》亦作「匡」，唯其前無「論」字。

〔七六〕有客善相：《廣記》作「客有知人者」。

〔七七〕其心可知：陸本無，據《廣記》補。李校云：「按：其心可知，意謂通過相面可以了解李世民之志向。」甚是。

〔七八〕遽致酒使迎之：陸本無「酒」字，《廣記》作「遽致酒延焉」，《神仙感遇傳》作「遽致酒迎之」。「遽致使迎之」不通，以「致」字無義，依情理，據《廣記》、《神仙感遇傳》補「酒」字。又沈鈔「遽」作「遂」。

〔七九〕使迴而至：《廣記》作「既而太宗至」，《神仙感遇傳》作「俱見太宗」。

〔八〇〕裼：《神仙感遇傳》作「褐」，當誤，裼裘爲行禮之法，《禮記·檀弓上》云：「曾子襲裘而弔，子游裼裘而弔。曾子指子游而示人曰：『夫夫也，爲習於禮者，如之何其裼裘而弔也？』」「褐裘而至」頗不通，故《云笈七籤》本於其前加「衣」字。

〔八一〕默居坐末：陸本原作「默然居末坐」，據《廣記》删「然」字。

〔八二〕杯：《廣記》作「巡」。

〔八三〕起：陸本無，據《廣記》補。

〔八四〕公：陸本原作「靖」，前已言，陸本通篇以「公」稱李靖，獨此處稱「靖」，據前後文校改。
〔八五〕得十八九：《廣記》作「見之十八九定」。
〔八六〕然：《廣記》作「亦」。
〔八七〕之：陸本無，據《廣記》補。
〔八八〕一瘦騾：陸本原作「瘦驢」，則與前頗複，據《廣記》改。
〔八九〕上矣：《廣記》作「所矣」。
〔九〇〕以上自「上矣」至此二十二字，《廣記》作「所也公到即」，疑或漏一行。
〔九一〕闤：《廣記》作「環」。
〔九二〕擇一深隱處駐一妹畢：陸本「隱」作「穩」，無「駐」、「畢」二字。李校據《廣記》補「駐」字，然删「畢」，並保留「穩」字，或未爲妥。有「畢」字語氣尤爲完足，而「深穩」或非虬髯所思慮，疑以「深隱」爲是。
〔九三〕我：陸本原無，據《廣記》補。
〔九四〕至：《廣記》作「登樓」，當誤，此約在汾陽橋，不必登樓，故孫校改爲「登橋」，然亦不妥。
〔九五〕到：《廣記》作「先坐」，亦同上誤。
〔九六〕揖而話：《廣記》作「揖起而語」。
〔九七〕看：沈鈔作「着」。

〔九八〕傍侍焉：《廣記》作「旁立爲侍者」。

〔九九〕神清氣朗：陸本原作「神氣清朗」，據《廣記》改，《神仙感遇傳》作「神清氣爽」。

〔一〇〇〕煒：《廣記》作「暐」，《唐語林》作「偉」，均誤，《晉書・元帝紀》云元帝「目有精曜，顧眄煒如也」，爲此句所本。

〔一〇一〕下：《唐語林》作「失」，似乎過於誇大道士之反應。餘本皆作「下」。

〔一〇二〕此局全輸矣：《廣記》作「此局輸矣輸矣」，《神仙感遇傳》作「此局輸矣，此局輸矣」。

〔一〇三〕奇：陸本原無，據《廣記》、《神仙感遇傳》、《唐語林》補。

〔一〇四〕復：《廣記》、《神仙感遇傳》作「知復」。

〔一〇五〕圖：陸本原作「也」，據《廣記》改。另《唐語林》作「圖之可矣」。

〔一〇六〕與：陸本原作「以」，據《廣記》改。

〔一〇七〕愧李郎往復：陸本原作「李郎」，據《廣記》補。另，孫校「往復」作「復往」。

〔一〇八〕如磬：談本「如」誤作「知」，許本沿其誤，日本公文書館藏本有後人校改爲「如」，庫本亦改爲「如」。然沈鈔及孫校不知此爲「如」字形近之誤，反因「知」字而改其後之「磬」爲「鑒」，尤誤，張校據改，似未當。

〔一〇九〕兼：《廣記》作「略」，因前言「欲令新婦祗謁」，故此以「兼」爲當。

〔一一〇〕前却也：《廣記》作「令前却」。

〔一一〕遄征俄：陸本原作「而歸」，據《廣記》改。

〔一二〕乃一小板：陸本原作「一小版」，據《廣記》改。

〔一三〕李郎一娘子：《廣記》作「一娘子李郎」。

〔一四〕麗：陸本原無此字，據《廣記》補。

〔一五〕奴：陸本原無此字，當誤，下分云「奴」、「婢」，故據《廣記》補。

〔一六〕四：《廣記》作「三」，當誤，以後云「奴二十人，引公入東廳」，又云「婢二十人引張氏入西廳」，則共當有四十餘人。又，陸本無「餘」字，據《廣記》補。

〔一七〕以上自「婢二十人」至此共二十八字，《廣記》無；此二十八字中，前十字陸本亦無。故前十字據《唐語林》補。

〔一八〕巾櫛妝飾：《廣記》作「巾妝梳櫛」。

〔一九〕異：《廣記》作「奇」。

〔二〇〕姿：陸本原作「狀」，當爲形近而誤者。因此處之「龍虎之姿」實爲對新舊《唐書》中李世民「龍鳳之姿」的仿寫，故當用「姿」。

〔二一〕歡然相見：《廣記》作「相見歡然」。

〔二二〕其妻：沈鈔作「妾」，孫校作「妻」。

〔二三〕亦天人耳：《廣記》作「天人也」，《唐語林》作「真天人也」。

〔二四〕以上十七字，陸本原無，據《廣記》補。

〔二五〕於是四人對坐牢饌畢陳：陸本原作「四人對饌訖」，《廣記》無「於是」。李校據《唐語林》校補「於是」及「陳」字，或不盡當。此「陳」可不補，以《廣記》本下云「女樂二十人」，自可成句，陸本下句無「二十人」三字，則「陳」字不得不屬下而讀，致使上句闕一「陳」字，若據《廣記》，則此字屬上即可，無庸再補。

〔二六〕二十人：陸本原無，據《廣記》補。

〔二七〕飲食妓樂：《廣記》無，前一云飲食，一云女樂，此並讚之，故《廣記》本誤。

〔二八〕物：陸本原作「曲」，《廣記》作「曲度」，然上並飲食而言，故據《唐語林》改。

〔二九〕堂東：《廣記》作「西堂」，《唐語林》作「堂來」，或爲「堂東」之形訛。

〔三〇〕二十：陸本、《廣記》皆同，李校云「文簿、鑰匙二十床不合事理」，故據《唐語林》校改爲「兩」。此似亦不必，究其實，文簿、鑰匙兩床亦不合事理也。此不過誇張之詞而已。

〔三一〕陳：《廣記》作「呈」，當爲音同致誤。

〔三二〕此下《廣記》有「謂」字。

〔三三〕寶貨泉貝：《廣記》作「是珍寶貨泉」。

〔三四〕何：陸本與《廣記》均同，張校、李校均據《唐語林》改爲「向」，似均通，不必改。

〔三五〕某本：陸本原無，據《廣記》補。

〔三六〕或當：陸本原作「當或」，據《廣記》乙正。

〔三七〕三二十載：《廣記》作「三二年」，《神仙感遇傳》作「三五年」，《唐語林》作「一二十年」，《廣記》與《神仙感遇傳》必誤，以虬髯客一見心死之「真英主」李世民，也需「三五年内，即當太平」，則虬髯客「三五年」或「三二年」都不可能。

〔三八〕住：沈鈔、孫校作「往」。

〔三九〕英特：陸本原作「奇特」，《廣記》爲「英特」，義勝，據改。

〔四〇〕藝：《廣記》作「略」。

〔四一〕以盛：《廣記》作「榮極」，李校據改，似以原本爲勝。

〔四二〕亦不能存李郎：陸本、《廣記》均無，據《唐語林》補。

〔四三〕遇：陸本原作「榮」，據《廣記》、《唐語林》改。

〔四四〕亦不能榮一妹：陸本、《廣記》均無，據《唐語林》補。就陸本、《廣記》「遇」、「榮」二字之歧即可知，《唐語林》此由「遇」至「榮」之二句均當爲原本所有，以此亦可知前所補「亦不能存李郎」亦同。

〔四五〕聖賢起陸之漸：陸本原作「起陸之貴」，據《廣記》改。

〔四六〕期：陸本、《廣記》均同，李校以其爲「斯」字之訛，故據《唐語林》校改，實仍以「期」字爲勝。

〔四七〕吟：《廣記》作「騰」。

〔一四八〕非偶：《廣記》作「當」，或誤將二十二字後即下行同一位置之「當」字誤抄於此，並删「非偶」二字，致其下「東南」二字前少一「當」字。
〔一四九〕持予：《廣記》作「將余」。
〔一五〇〕佐：《廣記》作「奉」。
〔一五一〕也：《廣記》無。
〔一五二〕餘：陸本原無，據《廣記》補。
〔一五三〕得事：《廣記》作「得志」，此語由虬髯自述，則「得志」似未當。
〔一五四〕此處《廣記》無「東南」二字。
〔一五五〕因命家僮列拜：《廣記》作「顧謂左右」。
〔一五六〕戎裝：陸本原無，據《廣記》補。
〔一五七〕締構：陸本原作「帝」，據《廣記》改。
〔一五八〕天下：《廣記》作「大業」。
〔一五九〕十年：《廣記》作「中」。
〔一六〇〕以左僕射平章事：《廣記》作「位至僕射」。
〔一六一〕東：陸本原無，據《廣記》及前文補。
〔一六二〕船：《廣記》作「賊以」。

〔一六三〕甲兵十萬：《廣記》作「積甲十萬人」。

〔一六四〕已定矣：《廣記》作「内已定」。

〔一六五〕心：《廣記》無。

〔一六六〕得志：陸本原作「得事」，確與前言虬髯客相同，然前爲虬髯自言，此爲旁人之評判，故用「得事」又不妥，或與前《廣記》之異文有關，故據《唐語林》改。《廣記》作「成功」。

〔一六七〕禮相：陸本原作「衣拜」，然下已云「祝拜之」，則此頗複，故據《廣記》改。

〔一六八〕非：陸本原作「由」，則刊刻者未理解此句之意，以前後復云「非英雄」，疑有舛誤，故改前字，其實大誤。汪輯及《全唐五代小説》即據此爲「由」。

〔一六九〕臂：《廣記》作「蜋」。

〔一七〇〕以上十一字《廣記》無。

〔一七一〕乃：《廣記》作「是」。

〔一七二〕耳：《廣記》作「也」。又，此下李校據《唐語林》補「信哉」二字，似未爲當，以其或爲《唐語林》編者之語也。

【集評】

《艷異編》卷二三：

「不宜踞見賓客」句眉：有膽氣。

「願託喬木」句眉：識人。

「問其姓」句眉：二張結爲兄妹，俱非凡眼。然遇亦巧合。

「兄之問，則不隱」句眉：惟英雄識英雄，信然！

「乃天下負心者也」句眉：豪氣莫敢當。

「烈士不欺人，固無畏」句眉：信得真！

「今既有主，住亦何爲」句眉：古來讓天下、讓國者頗多，讓家者獨虬髯一人而已。

《虞初志》（七卷本）卷一：

「令美人捧出」句眉：袁石公評：便起紅拂奔意。

李靖騁辯一節眉批：湯若士評：有膽。

紅拂奔靖一節眉批：鄒虎臣評：紅拂，其天資捷給人也。從指顧間識藥師者亡論，跡其邸中遇虬髯，卒結以兄妹，亦足見拂之機警矣。彼視去越公，直脱稿耳。

「排闥而去」句眉：袁石公評：英雄本色。

「髮長委地，立梳床前」句眉：湯若士評：「髮長委地，立梳床前」，小小點綴，甚佳。

「令勿怒」句眉：袁石公評：衛不如拂。

「李郎且來見三兄」句眉：袁石公評：英雄相遇，乃在女子，更奇。

「兄之問則不隱耳」句眉：李卓吾評：邂逅處自饒臭味。

「取一人頭並心肝」句眉：李卓吾評：英雄相遇，各道肺腑，自不藏頭露尾。今有知之最深、忌之最刻者，視此當作何等面孔相向！

「此天下負心人，銜之十年，今始獲之」句眉：袁石公評：天下有心人，纔能誅負心人。若草草放過，定是凡局。

「公與張氏且驚且喜」句眉：袁石公評：舉止自是磊落不凡。

「見之心死」句眉：袁石公評：虬髯真英雄也，一見文皇，便自心死。固知真人之興不偶。庸庸輩妄希大物，特自取覆滅耳。

「此局全輸矣」句眉：屠赤水評：一盤棋局識雌雄。却不知未下一子，氣先奪矣。

「此世界非公世界」句眉：鍾瑞先評：自是大英雄，寓其無聊之志。

虬髯贈産一節眉批：袁石公評：虬髯，異人也，無所不異。掀翻從來英雄公案，有獨辟世宙手段。人以爲寶貨泉貝，盡讓李郎夫婦，爲一大奇事。公視之，特尋常着衣吃飯耳。

「今既有主，住亦何爲」句眉：袁石公評：龍争虎鬬，誰敗誰成，鹵莽圖濟者，只是肉眼覷不破耳。一到英雄眼，徹底看破，便不做連皮帶骨事業。

「一妹與李郎可瀝酒相賀」句眉：屠赤水評：如此結局，奇！能預料於十年之前，更奇！瀝酒相賀，却如射覆。確是胸中有定着，豈僥倖成功者！

「乘馬而去」句眉：李卓吾評：不作尋常分别態，亦是俠烈規模。

「殺其主自立」句眉：屠赤水評：快心之文，快心之事！

「半乃虬髯所傳」句眉：袁石公評：結得冷。

總評：此傳本張燕公譔，或曰杜光庭，非也。其事與唐史不合。史稱大業十四年，文皇年十八起義兵，而煬帝以元年幸江都，是時文皇甫六齡，安得謂僅二十而有天子相乎？若以此幸爲十二年事，則楊素之亡已久，且衛公嘗上高祖急變，豈能識天子塵埃中耶！其爲子虛烏有之説無疑矣。説之豈真昧此，特故爲是舛繆以顯其寓言耳。雖然，亦奇甚矣。

《太平廣記鈔》卷二九：

「李郎且來拜三兄」句眉：紅拂妓亦女俠。

「擇一深隱處駐一妹畢，某日復會我於汾陽橋」句眉：節節見精細處，英雄必不粗豪也。

錢鍾書《管錐編·太平廣記·七三》：

按《雲笈七籤》卷一一二《神仙感遇傳·虬鬚客》即蹈襲本篇而增首句云：「虬鬚客道兄者，不知名字。」道士瓜皮搭李，買菜求益，令人笑來，豈師法紅拂之稱虬髯爲「兄」乎？真取則不遠矣！

紅拂曰：「妾亦姓張，合是妹」，蓋睹虬髯平視己之梳頭，故正名定分，防其萌非分想也。《水滸傳》第八一回李師師「看上」燕青，「把言語調他」，燕青「心生一計」，問師師年齡，即曰：「娘子既然錯愛，願拜爲姐姐」；《警世通言》卷二一《宋太祖千里送京娘》公子曰：「俺借此席面，與小娘子結爲兄妹」，即爲後文「兄妹相稱，豈可及亂！」伏筆；均可相參。王實甫《西廂記》第二本第三折：

「老夫人云：『小姐近前拜了哥哥者。』張背云：『呀！　聲息不好了也！』鶯鶯云：『呀！　俺娘變了卦也！』張生退席云：『今日命小生赴宴，將謂有喜慶之期，不知夫人何見，以兄妹之禮相待？』」；鄭德輝《傷梅香·楔子》：「裴小蠻云：『不知夫人主何意，却叫俺拜他做哥哥』」，第一折：「白敏中云：『將親事全然不提，則説著小姐拜哥哥』」；則老母板障，以「兄妹之禮」阻兩小夫婦之儀，作用正同。孟德斯鳩《隨筆》亦引語云：「願彼美莫呼我爲兄；若然，吾亦不得不以妹稱之矣！」。當世英國一小説家撰自傳，記曾識一女小説家才高而貌寢，恐其鍾情於己，乃與書約爲兄妹。與紅拂、宋祖、燕青百慮一致。王猷定《四照堂集》卷一二《戲論紅拂奔李靖》：「嗟乎！　興衰去就之際，苟失大勢，雖以英雄處此，不能保婢妾之心。況其他乎！」慨明亡而借題寓感耳。

參考書目

爲避繁瑣，此處僅列本書使用最多之校勘資料、集評資料及相關研究資料，其餘書中偶一引及者即隨文注明，一概不録。

一、校勘資料

（宋）李昉等編《太平廣記》，（明）談愷刻本，國家圖書館出版社二〇〇九年影印本。
（宋）李昉等編《太平廣記》，（明）沈與文野竹齋鈔本，國家圖書館藏本。
（宋）李昉等編《太平廣記》，（明）許自昌刻，（清）陳鱣校，國家圖書館藏本。
（宋）李昉等編《太平廣記》，（明）許自昌刻本，日本公文書館藏本。
（宋）李昉等編《太平廣記》，（清）黄晟刻本，日本國會圖書館藏本。
（宋）李昉等編《太平廣記》，《文淵閣四庫全書》本，臺灣商務印書館一九八五年影印本。
［朝鮮］成任編《太平廣記詳節》，孫遜、［韓］朴在淵、潘建國主編《朝鮮所刊中國珍本小説叢刊》，上海古籍出版社二〇一四年影印本。

［朝鮮］成任編《太平通載》，孫遜、［韓］朴在淵、潘建國主編《朝鮮所刊中國珍本小説叢刊》，上海古籍出版社二〇一四年影印本。
（宋）李昉編，汪紹楹校《太平廣記》，中華書局一九八六年版。
（宋）李昉編，張國風會校《太平廣記會校》，北京燕山出版社二〇一一年版。
李時人編校《全唐五代小説》，陝西人民出版社一九九八年版。
李劍國輯校《唐五代傳奇集》，中華書局二〇一五年版。
（宋）曾慥編《類説》，（明）岳鍾秀天啓六年刻本，《北京圖書館古籍珍本叢刊》第六二册，書目文獻出版社一九八八年影印本。
（宋）曾慥編《類説》，明嘉靖伯玉翁抄本，臺灣「國家圖書館」藏本。
（宋）曾慥編《類説》，明有嘉堂抄本，國家圖書館藏本。
（宋）曾慥編，嚴一萍校訂《類説》，臺灣藝文印書館一九七〇年版。
（宋）曾慥編《類説》，《文淵閣四庫全書》本，臺灣商務印書館一九八五年影印本。
（宋）曾慥編《類説》，上海圖書館藏明抄本。
《類説節要》，日本京都大學圖書館藏清家寫本。
（宋）羅燁《醉翁談録》，《續修四庫全書》第一二六六册，上海古籍出版社二〇〇二年影印本。
（宋）皇都風月主人編，周楞伽箋註《緑窗新話》，上海古籍出版社一九九一年版。
（明）陸采輯《虞初志》（八卷本），嘉靖年間如隱草堂刻本，國家圖書館藏本。
（明）顧元慶輯《顧氏文房小説》，《中華再造善本》影印本，北京圖書館出版社二〇〇四年影印本。
（明）陶宗儀等編《説郛三種》，上海古籍出版社一九八八年影印本。
王夢鷗《唐人小説研究二集——陳翰異聞集校補考釋》，臺灣藝文印書館一九七三年版。
魯迅《唐宋傳奇集》，上海北新書局一九二七年本，朝華出版社二〇一八年影印本。
汪辟疆校録《唐人小説》，上海古籍出版社一九七八年版。
張友鶴《唐宋傳奇選》，人民文學出版社二〇〇七年版。
周紹良《唐傳奇箋證》，人民文學出版社二〇〇〇年版。
（唐）元稹著，周相録校注《元稹集校注》，上海古籍出版社二〇一一年版。
（唐）李德裕撰，傅璇琮、周建國校箋《李德裕文集校箋》，中華書局二〇一八年版。
（唐）沈下賢著，肖占鵬《沈下賢集校注》，南開大學出版社二〇〇三年版。

（唐）杜光庭撰，羅争鳴輯校《神仙感遇傳》，《杜光庭記傳十種輯校》，中華書局二〇一三年版。

（宋）王讜撰，周勛初校證《唐語林校證》，中華書局一九八七年版。

（宋）李昉等編《文苑英華》，中華書局一九八二年影印本。

（宋）司馬光《資治通鑑考異》，《文淵閣四庫全書》本，臺灣商務印書館一九八五年影印本。

（宋）趙令畤著，孔凡禮點校《侯鯖録》，中華書局二〇〇二年版。

（明）解縉等編《永樂大典》，中華書局一九八六年影印本。

竇懷永、張涌泉匯集校注《敦煌小説合集》，浙江文藝出版社二〇一〇年版。

二、集評資料

（明）陸采編《虞初志》（八卷本），《四庫全書存目叢書》子部二四六册，齊魯書社一九九六年影印本。

（明）袁宏道參評《虞初志》（七卷本），（明）凌性德刊本，國家圖書館藏本。

（明）王世貞編《艷異編》（附《續艷異編》），日本公文書館藏本。

（明）梅鼎祚纂輯，陸林校點《青泥蓮花記》，黄山書社一九九八年版。
（明）吴震元《奇女子傳》，《明清善本小説叢刊》本，臺灣天一出版社一九八五年影印本。
（明）馮夢龍《太平廣記鈔》，魏同賢主編《馮夢龍全集》本，鳳凰出版社二〇〇七年版。
（明）馮夢龍《情史》，《古本小説集成》影印本，上海古籍出版社一九九五年版。
（明）鄧喬林輯《廣虞初志》，柯愈春編纂《説海》本，人民日報出版社一九九七年版。
［日］田能村評《風竹簾前讀》，日本文化七年（一八一〇）跋刊本。
錢鍾書《管錐編》，生活·讀書·新知三聯書店二〇一一年版。

三、研究資料

魯迅《唐宋傳奇集·稗邊小綴》，朝華出版社二〇一八年影印北新書局一九二七年本。
程毅中《古小説簡目》，中華書局一九八一年版。
程毅中《唐代小説史》，人民文學出版社二〇〇三年版。
程毅中《程毅中文存》，中華書局二〇〇六年版。
程毅中《程毅中文存續編》，中華書局二〇一〇年版。
方詩銘《方詩銘文集》，上海社會科學院出版社二〇一〇年版。

李劍國《唐五代志怪傳奇叙録》（增訂本），中華書局二〇一七年版。
李劍國《千古一夢：談黄粱夢》，《華北水利水電學院學報》二〇〇七年第二期。
張國風《太平廣記版本考述》，中華書局二〇〇四年版。
李小龍《〈虬髯客傳〉作者獻疑》，《勵耘學刊（文學卷）》二〇一二年第二輯。
李小龍《唐太宗的髯子——從〈虬髯客傳〉談起》，《文史知識》二〇一三年第一期。
李小龍《必也正名——中國古代小説書名研究》，生活·讀書·新知三聯書店二〇一〇年版。